A FEITICEIRA do Inverno

Da autora:

A filha da feiticeira

PAULA BRACKSTON

A FEITICEIRA do Inverno

Tradução
Dênia Sad

1ª edição

BERTRAND BRASIL
Rio de Janeiro | 2016

Editoração: FA Studio

Texto revisado segundo o novo
Acordo Ortográfico da Língua Portuguesa

2016
Impresso no Brasil
Printed in Brazil

Cip-Brasil. Catalogação na publicação.
Sindicato Nacional dos Editores de Livros, RJ.

B789f	Brackston, Paula
	A feiticeira do inverno / Paula Brackston; tradução Dênia Sad. — 1. ed. — Rio de Janeiro: Bertrand Brasil, 2016.
	322 p.; 23 cm.
	Tradução de: The winter witch
	ISBN 978-85-286-2071-9
	1. Ficção inglesa. I. Sad, Dênia. II. Título.
	CDD: 823
16-37433	CDU: 821.111-3

Todos os direitos reservados pela:
EDITORA BERTRAND BRASIL LTDA.
Rua Argentina, 171 — 2º andar — São Cristóvão
20921-380 — Rio de Janeiro — RJ
Tel.: (0xx21) 2585-2000 — Fax: (0xx21) 2585-2087

Atendimento e venda direta ao leitor:
mdireto@record.com.br ou (0xx21) 2585-2002

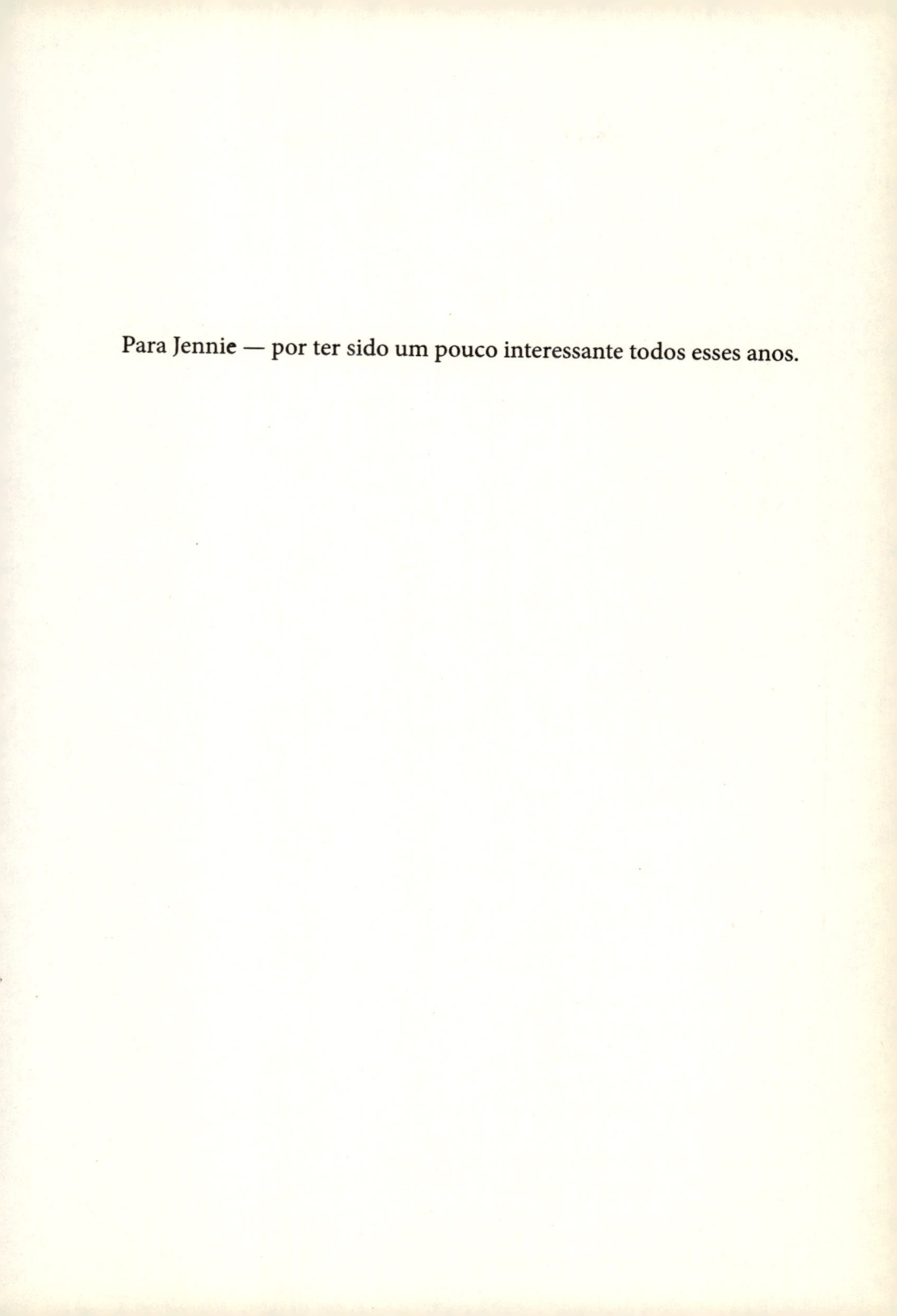

Para Jennie — por ter sido um pouco interessante todos esses anos.

Agradecimentos

Foi uma alegria escrever *A feiticeira do inverno* devido, em grande parte, ao apoio e à contribuição de Peter Wolverton e Anne Bensson, da Thomas Dunne Books. Então, um grande agradecimento aos dois. Obrigada também à equipe de design por uma capa tão fabulosa e a todos os outros da SMP pelo entusiasmo e pela atenção aos detalhes.

Eu gostaria de expressar minha gratidão a todos da The Worshipful Company of Farriers e do museu de Brecon, que foram muito prestativos durante minha pesquisa para este livro. Uma menção honrosa também à minha grande amiga Melanie Williams por checar meu galês um tanto enferrujado — um verdadeiro trabalho feito com amor.

Como sempre, agradeço de coração à minha família pela compreensão e pelo apoio contínuo e basicamente por não ter enlouquecido com minha obsessão pela escrita e por tudo o que tem a ver com feitiçaria.

1.

Será que a aranha se considera bonita? Quando ela olha para uma gota de orvalho, seu reflexo lhe agrada? Sua teia é mais fina do que a mais fina das rendas; seu corpo, um carretel tecendo a própria trama de sussurros. É a teia que os outros admiram. Sua delicadeza, sua força frágil. A aranha, porém, pobre criatura, é tida como feia. Ela desperta repulsa em alguns. Faz com que outros desmaiem. E, no entanto, *é* bonita ou assim me parece. Tão ágil. Tão habilidosa. Tão perfeita para a vida que o destino escolheu para ela. Como esta aqui, na palma da minha mão. Veja como ela ensaia o próximo passo, testando a superfície, por aqui e por ali, com os pés minúsculos me fazendo cócegas e os pelos do corpo varrendo minha pele enquanto ela se move. Como pode uma coisa que se encaixa tão bem aos seus arredores, à sua existência, não merecer nossa admiração? Como pode uma forma tão elegante, tão precisa, tão brilhante não ter sua beleza reconhecida? Tudo tem que ser belo para ser adorado? A joaninha tem pernas pretas e corpo de besouro, mas as meninas exclamam diante do resplendor de suas asas vermelhas e da alegria de suas bolinhas. Será que sempre temos que nos adornar para sermos considerados agradáveis? Parece que sim. Uma mulher deve ter determinada aparência para ser digna das atenções de um homem. É o que se espera. Então, aqui estou, num longo vestido branco, emprestado, com flores no cabelo e na cintura, chamativa como um mastro enfeitado para o feriado de primeiro de maio, num visual que nunca tenho, apresentando um aspecto de mim mesma que não existe. É uma mentira. Eu me sentiria muito mais feliz em usar a delicada teia de aranha como véu. E em me cobrir com as cores escuras de sempre. É melhor para me misturar às sombras, melhor para observar e não ser observada.

— Morgana? Morgana!

Mamãe está impaciente. Não, impaciente não, um pouco receosa. Teme que eu fuja, me esconda em um de meus diversos lugares secretos e permaneça lá até este momento passar. Este momento que não pedi. Que não escolhi.

— *Morgana!*

Será que ela deseja mesmo que eu vá? Que eu deixe o único lar que conheço? Que a deixe? Não há dúvidas de que o lugar de uma filha é ao lado da mãe. Por que as coisas têm que mudar? Por que ela não permite que eu faça a minha escolha nesta, dentre todas as questões?

— Morgana, o que você está fazendo?

Sou descoberta. Ela me espia aqui dentro, se curvando em direção à entrada de minha toca sagrada. O sangue corre para sua cabeça abaixada, corando seu rosto. Mesmo sob a luz fraca que entra no abrigo espinhoso, dá para ver que ela está agitada. E que o rubor de suas bochechas contrasta com uma palidez preocupada.

— Morgana, seu vestido... Você vai sujá-lo todo sentada aí dentro. Venha. — Ela se afasta e não posso mais adiar o momento. Reflito sobre a aranha em minha mão. Podia levá-la comigo, metê-la no bolso da anágua. Pelo menos assim eu teria uma amiga para testemunhar este dia. Mas não, o lugar dela é aqui. Por que nós duas deveríamos ser arrancadas daqui?

Pronto, pequena tecelã, volte para sua teia.

Eu a devolvo a seu lugar. Queria poder ficar com ela neste ambiente escuro, fechado, neste ventre da terra. Minha vontade, porém, não conta agora. Meu destino foi decidido. Me esgueiro para sair da toca.

Do lado de fora, o sol fere meus olhos. A luz impetuosa ilumina minhas flores chamativas e meu vestido tolo. Me sinto horrivelmente reluzente. Ridiculamente colorida. No absurdo em que todos nós estamos envolvidos.

— *Duw*, menina, você tem tanta terra no corpo que poderia usá-la para plantar batatas. Onde é que estava com a cabeça? Usando o seu vestido de noiva.

Ela estala a língua, me reprovando, bufa e franze a testa para mim, mas não me convence. Vejo medo em seus olhos. Ela não consegue escondê-lo de mim. Para de bater na saia de meu vestido, numa tentativa de tirar a terra, e põe as mãos em meus ombros, prendendo meu olhar com a mesma firmeza com que me segura.

— Você é uma mulher agora — diz ela, embora tivesse me chamado de *menina* um segundo antes. — Ficaria bem se comportar como tal. Seu marido vai esperar alguns... modos, no mínimo.

Agora é a minha vez de franzir a testa. Marido! Também poderia dizer Proprietário! Mestre! Senhor! Me viro. Não quero olhar para ela com o coração está repleto de raiva. Sinto minha fúria repreendida fervilhar dentro de mim e alguma coisa muda, alguma coisa se transforma. Os sons se tornam distantes. As vozes perdem o sentido. Há tanta pressão em meu crânio, tanta força lutando para ser liberada. Minhas pálpebras se fecham. Meus movimentos se tornam lentos e pesados. A sensação de estar caindo para trás aumenta.

— Morgana! — A urgência na voz de Mamãe me atinge. Me chama de volta. — *Não*, Morgana! Agora não!

Abro os olhos e vejo a determinação inabalável nos dela. Somos, no fim das contas, parecidas nesse sentido.

Ela me põe de pé e me leva do jardim, passando pelo caminho até a capela. A cada passo apressado, a construção de pedra sem graça se aproxima. Entrarei ali como dona de mim mesma e sairei pertencendo a alguém. Como isso é possível?

— Pronto. — No portão que dá para o cemitério, Mamãe interrompe nossa marcha para ajeitar meu cabelo. — Me deixe olhar para você. — Ela olha e sei que me vê. Sei também que, quando eu estiver longe, não haverá ninguém para me olhar como ela. E esse pensamento traz consigo uma solidão tão pesada que tenho que me equilibrar para suportá-la. Mamãe toca meu rosto. — Tudo ficará bem, *cariad* — diz.

Balanço a cabeça.

— Só quero o melhor para você — insiste ela. — É tudo o que eu sempre quis. — Sinto sua hesitação. Um gaio passa apressado em seu voo instável e ri de nossa dor. — Ele é um homem bom, Morgana. Vai lhe dar um lar, uma vida. Um futuro. — Minha mãe vê que não ligo para o que ele vai me dar; que eu preferiria ficar com ela e não ter nada dessas coisas. Ela não tem uma resposta para isso.

Um trotar rápido nos alerta da chegada daquele a quem fui prometida. Nós duas nos viramos para observar o garanhão branco se inclinando com o pescoço na coelheira, envolto nos arreios, audacioso, enquanto puxa a charrete morro acima, adiantando o momento que venho temendo todos esses meses. O dia está quente, e o pescoço do cavalinho, encharcado de tanto suor, mas é claro que ele, pelo menos, gosta do passeio. Na charrete, que felizmente não tem flores nem fitas, Cai Jenkins fecha as mãos nas rédeas e faz o pônei parar. É um homem alto, esbelto, porém forte, penso. Tem um rosto angular, quase severo, mas suavizado por uma boca grande e olhos azul-claros. São estonteantes e vívidos — da cor de não-me-esqueças sob o sol. Ele amarra as rédeas e desce do estreito assento de madeira. O terno de lã está largo para seu porte ossudo. Mamãe jamais garantiu a ele que sei cozinhar. Será ele vai se lembrar disso depois? É má ideia fazer suposições sobre as pessoas. Ao descer da charrete, ele se mexe com facilidade; um homem claramente acostumado a uma vida de atividades físicas. A marca das escápulas sob o paletó, porém, indica que ele não anda bem. Sem dúvida, tem sentido falta de uma cozinheira desde que sua primeira mulher morreu. Isso foi três anos atrás. Ele a amava; nos disse isso com todas as letras. Veio junto com as seguintes palavras:

"Ela era tudo para mim, entendem? Não vou fingir que não era", falou, sentado em nossa sala de visitas, com a melhor porcelana chinesa da Mamãe nas mãos e o chá esfriando enquanto ele preenchia o cômodo com tais palavras desnecessárias. Na época, olhou para mim como se eu fosse um potro arredio e coubesse a ele encontrar a maneira mais eficaz de me domar. "Quero ser sincero com vocês duas", disse ele. "Um condutor de rebanhos precisa ser casado para ter direito à licença. Não existe nenhuma moça na minha região que seja... apropriada."

Por quê?, me perguntei na época e me pergunto agora. Por que não há ninguém mais perto de sua casa que sirva para ser sua mulher? Por que ele precisa viajar para arranjar uma que seja *apropriada*? Como eu poderia ser *apropriada*?

"Bem", a xícara de chá na mão de Mamãe chacoalhava enquanto ela falava, "muito foi dito sobre o amor e pouco foi compreendido, Sr. Jenkins. Respeito e gentileza falam por si".

Ele assentiu e, então, sorriu, aliviado por estarem de acordo. Não era para ser um casamento por amor.

Agora ele tira o chapéu, o segura com muita força e seus dedos compridos o viram, inquietos. Seu cabelo cor de areia está rebelde, começando a cachear na altura do pescoço, e precisa de um corte. Seus olhos não param em nada nem ninguém.

— Uma bela manhã para a ocasião, Sra. Pritchard — diz ele. Mamãe concorda. Agora ele põe os olhos em mim. — Você está... muito bem, Morgana.

É o melhor que ele pode fazer?

— Vamos entrar? — Mamãe está ansiosa para acabar com isso antes que eu consiga fugir. Ela ainda segura meu braço com firmeza.

Lá dentro, a velha Sra. Roberts está de pé, perto dos arranjos de flores lamentavelmente pequenos. Mamãe exclama e lhe agradece. O reverendo Thomas é só boas-vindas e deleites. Mamãe me põe onde devo ficar e Cai Tomos Jenkins está a meu lado. Não olharei para ele. Não tenho nada a lhe dizer.

O reverendo dá início à cerimônia e vou para outro lugar. Um lugar selvagem, alto e livre, imperturbado pelas tolices dos homens e seus planos. Uma parte da montanha acima de Cwmdu tão íngreme que nem mesmo as ovelhas pisam ali. A superfície não é de grama nem de pedra e sim de xistos instáveis que desafiam o equilíbrio de pés ou patas. Para chegar ao topo, é preciso se inclinar para o lado em direção ao declive, deixar os pés escorregarem meio passo para baixo a cada um que se sobe. Lutar contra a montanha é inútil. Deve-se trabalhar em harmonia com ela. Ser paciente, aceitar os caminhos desestabilizadores e, aos poucos, ela vai suportá-lo até o cume. E, uma vez no cume, se sente renovado. Que vista! Que distância! Que ar que não foi respirado por pulmões úmidos nem sugado por fornalhas ou fogo. Um ar que preenche sua alma e também seu corpo.

— E você, Morgana Rhiannon Pritchard, aceita este homem como seu legítimo esposo...?

Diante da menção a meu nome, sou puxada de volta para a capela numa velocidade que me deixa tonta.

— Morgana? — Mamãe pega em meu braço mais uma vez. Esperam algo de mim. Ela se vira para o reverendo Thomas, implorando.

Ele dá um sorriso para mim tão inapropriado para o momento que me pergunto se este não deixa seu rosto nunca.

— Sei que você não consegue falar, menina — diz ele.

— Não fala *mais* — corrige Mamãe. — Ela consegue, reverendo, ou, pelo menos, conseguia quando era muito pequena. Agora não.

O que ela não revela é exatamente a quantos anos o "agora" se refere.

O sorriso falha um pouco, abandonando os olhos do reverendo e permanecendo apenas em torno de sua boca úmida.

— Está bem — diz ele. Então, mais alto e devagar: — Morgana, precisamos saber se você aceita se casar com o Sr. Jenkins. Agora, quando eu perguntar de novo, se você aceitar, assinta da maneira mais clara que puder.

Por que ele acha que ser calada é o mesmo que ser tola? Sinto todos os olhos voltados para mim agora. O reverendo fala mais um pouco e então deixa um espaço para minha resposta. Há um barulho em minha cabeça como o da cachoeira em Blaencwm quando a correnteza do rio está forte. O calor da respiração curta de minha mãe me atinge. Não é a respiração de uma mulher que está bem. Sei disso. E, sabendo disso, assinto.

Eu me viro e olho para meu marido. Ele se vira para mim, dá um sorriso e gentilmente desliza a estreita tira dourada por meu dedo.

— Excelente! — grita o reverendo Thomas, apressado, nos declarando marido e mulher e fechando com força o belo livro, que sopra um pouco de poeira ao selar meu destino.

Ranjo os dentes. A porta da capela se abre e bate na parede com um estrondo. O reverendo exclama diante do vento repentino, comenta sobre como o tempo pode mudar bruscamente nesta época do ano. Uma forte corrente de ar perturba o interior da capela, agitando os hinários sobre os bancos e arrancando pétalas das flores mais delicadas.

Tiro os olhos de Cai Jenkins, que está impressionado. Sinto o peso da reprovação de minha mãe.

Ela é mais jovem do que ele se lembra, de certa maneira. Talvez seja o vestido branco. Aos dezoito anos, é uma mulher, afinal. A diferença de idade entre os dois não passa de alguns anos, ainda que esses anos tenham sido, para ele, longos e lentos. Apesar de não ser incomum, vinte e cinco é jovem para ser viúvo. Ele acha que ela é menor também. Seu porte quase frágil. A mãe garantiu que a filha é forte, mas, para o resto do mundo, é como se uma ventania de outono na Ffynnon Las fosse erguê-la do chão. No entanto, o verão começa agora. Ela terá tempo de se adaptar antes que o inverno venha testá-la. Testar os dois.

Depois da breve e desconfortável cerimônia, os três vão de charrete para a casa de Morgana. A viagem é curta e eles a concluem sem dar uma palavra além das instruções da Sra. Pritchard ao genro. A pequena casa fica no fim de uma fileira de quatro habitações de trabalhadores rurais, cada uma com um jardinzinho na frente. Cai espera do lado de fora com o pônei enquanto as duas pegam os pertences da noiva. Uma trouxa de roupa amarrada com um barbante, um caixote de madeira e uma colcha de retalhos são o enxoval. Cai prende tudo na caçamba da charrete e se afasta delicadamente enquanto mãe e filha se despedem.

— Morgana, lembre-se de se agasalhar. E não se aventure para longe da fazenda. Vai levar tempo para você se acostumar com os arredores do seu novo lar.

Morgana assente sem levar aquilo muito a sério.

— Trate as montanhas com respeito, menina. — Ela ajusta o xale da filha sobre os ombros estreitos. — Não existe ninguém nesta terra de Deus que não possa ser derrotado por uma mudança repentina no tempo ou um atoleiro escondido. Nem você está livre disso. — Ela balança a cabeça e interrompe as repreensões. Pondo um dedo sob o queixo da filha, ergue o rosto dela em direção ao seu. — Morgana, vai ser melhor assim.

A filha, porém, ainda não está disposta a fitar os olhos da mãe.

— Se você for tão boa como esposa quanto tem sido como filha, Cai Jenkins será um homem de sorte, *cariad*.

Agora Morgana olha para a frente, com os olhos cheios de lágrimas quentes. Cai arrasta os pés, testemunhando, relutante, aquela separação tão dolorosa. A jovem lança os braços ao redor da mãe, abraçando-a com força, soluçando em silêncio no ombro dela. Cai vê Mair fechar os olhos para segurar as lágrimas. Agora ele enxerga com nitidez, sob a claridade inclemente do sol da manhã e na intensidade do sofrimento da mulher, que a sombra da morte anuvia seu rosto esquelético. Ele imagina o amor que a mãe tem pela filha para abrir mão dela num momento em que suas necessidades são tão graves. Lembra-se da cautela de Mair quando ele a abordou pela primeira vez a respeito de Morgana. Era compreensível, já que se ouve de tudo sobre os condutores de rebanhos. Costumam ser vistos como homens selvagens e severos, que se afastam dos outros por conta das viagens. Muitos têm fama de solitários e até de um tanto misteriosos. Afinal, vários dos que vivem em comunidades rurais nunca vão se aventurar além do horizonte que avistam de suas janelas. Quem sabe em que confusão ou feitos chocantes os condutores de rebanho se metem durante as viagens? E quem confiaria num homem chegado a dormir no campo com o gado ou frequentar hospedarias, noite após noite, sem dúvida conhecendo mulheres encantadas pelo romance de seus negócios? Não havia sido uma tarefa fácil convencer Mair de que o chefe dos condutores de rebanhos, o *porthmon*, era diferente. De que *Cai* era diferente. É verdade que ele é inexperiente e que este será seu primeiro ano nessa função. Mas ele herdou isso. Seu pai e seu avô foram *porthmon* antes dele. Sempre foi aceito que ele seguiria seus passos. Não é um direito garantido, não é uma herança que os dois poderiam passar para ele com certeza, pois haveria outros que cobiçassem o posto. No entanto, a tradição, o costume e até o bom senso exigem que a honra continue na família. Afinal, se um homem herda uma boa fazenda e é conhecido como um fazendeiro capaz e confiável, é um belo começo para se tornar um *porthmon*. A Ffynnon Las tinha construído a reputação de uma fazenda com um rebanho de dar orgulho e vinha fornecendo gado para alimentar a fome de rosbife dos ingleses havia duas gerações. Cai ajudara o pai em muitas conduções de rebanhos, manejando os animais, levando a vida dos peões viajantes durante várias semanas, todo ano, desde a adolescência. Se casou com Catrin e, quando o pai de Cai faleceu, esperava-se que ele assumisse o comando. Nessa época, porém, Catrin tinha morrido e tudo mudou. Pois ninguém pode ser chefe dos condutores de rebanho sem ter uma mulher, uma mulher *viva*, e um lar no campo para onde voltar. O cargo de *porthmon* vai colocá-lo numa posição de grande confiança na região. Além da criação, os outros deixarão em suas mãos os acordos de compra, itens de valor e transações importantes que ele fará em nome de todos ao chegar a Londres, no fim da jornada. Vários dos que vivem em áreas tão remotas quanto Tregaron nunca vão se aventurar além da paróquia, muito menos em outro país. A condução de rebanhos oferece a oportunidade de comércio e comunicação com um mundo diferente. Casamentos são arranjados. Propriedades passam de mão em mão. Relíquias são vendidas. E toda a renda é dada ao chefe dos condutores de rebanhos, ao *porthmon*, para guardá-la e entregá-la. Tamanha riqueza deve ser uma grande tentação para um homem sem raízes, alega o raciocínio por trás da lei, mas um homem com uma mulher e um lar na fazenda, bem, este voltará para casa.

Por fim, sua nova mulher sobe na charrete. Ela trocou o vestido de noiva por roupas da cor da terra seca da montanha. Parece menos delicada agora, mas não menor. Cai registra — e se surpreende com — um pequeno arrepio por estar perto da moça enquanto ela se acomoda ao seu lado. Ele volta sua atenção para Mair, que agora tem um ar de determinação resoluta.

— A partir de agora, Morgana está sob meus cuidados — garante ele. — A senhora não precisa se preocupar.

Mair assente, lhe entregando um pouco de pão e um queijo enrolado num pano.

— E a senhora? — pergunta Cai. — Como ficará sem sua filha?

Um lampejo de raiva cruza o rosto de Mair. Cai sabe que a pergunta é injusta, que não existe uma resposta satisfatória para aquilo e, ainda assim, não conseguiu evitar. Por que, ele se pergunta. Em benefício de quem? Pelo desencargo da consciência de quem?

Por fim, Mair responde:

— Fico contente por saber que minha filha está encaminhada.

— Ela será bem tratada na Ffynnon Las — diz Cai. Ele vê que isso lhe dá um pouco de conforto. Sabe que é nisso que ela deseja acreditar. Ao longo dos meses em que o casamento foi combinado, ele se dera ao trabalho de descobrir tudo o que pudesse sobre a bela moça calada que lhe saltara aos olhos durante a condução de rebanhos, no ano anterior. Conseguira descobrir pouco além do fato de seu pai ter ido embora de repente quando ela era criança, de ela trabalhar com a mãe na enorme fazenda de laticínios em Cwmdu e de que Morgana não fala desde menina. As perguntas que andara fazendo na hospedaria haviam rendido informações escassas: algumas palavras sobre a afinidade da moça com cavalos, sua disposição para trabalhar pesado com a mãe, seu toque que acalmava o rebanho e, é claro, seu silêncio. Cai, porém, percebeu algo. Algo significativo nas respostas que conseguiu. Todas elas foram precedidas de uma pausa. Não importava a quem ele perguntasse, havia sempre uma leve, porém inconfundível hesitação antes de o questionado dar sua opinião. Era como se fizessem um esforço para encontrar as palavras certas. Como se houvesse algo que *não* estivessem contando. Cai se convence de que nessas breves pausas, nesses suspiros, está a verdade sobre Morgana.

Ele ergue as rédeas e, ao estalar a língua, o pequeno cavalo parte num trote animado, parecendo não ter dificuldades para suportar o peso extra que precisa puxar. Morgana se vira em seu assento, acenando para a figura solitária da mãe, que acaba abaixando a mão. Então, a estrada faz uma curva e ela não pode mais ser vista.

Logo passam a acompanhar o curso das águas do Usk. O grande rio está à esquerda enquanto sobem o amplo vale, com montanhas majestosas de um lado e de outro. Um bútio sobrevoa, em ascensão no ar quente e animador do dia sem nuvens, com um canto tão afiado quanto suas garras. Cai olha para o lado. Sua nova mulher tem os olhos secos agora, mas parece abalada. Ele tem consciência de que não existe nada que possa dizer para aliviar o peso do coração dela nesse momento e, ainda assim, começa a falar:

— Vamos parar em Brecon para passar a noite. Podemos chegar a Ffynnon Las amanhã à tarde tranquilamente, se continuarmos neste ritmo — diz ele, indicando a superfície plana e rígida da trilha. — É uma boa estrada. Deviam agradecer aos condutores de rebanhos por isso, sabe? Não que agradeçam. Não, é mais provável que gostem de reclamar quando chove antes da condução de rebanhos passar e os animais pisotearem o chão molhado até ele virar uma sopa. Só que isso é um inconveniente temporário, sabe? A estrada passa o resto do ano desse jeito que você está vendo. Beneficiando a todos. — Ele fica irritado com a própria necessidade de preencher o silêncio com conversa. É um hábito do qual sabe que tem que se libertar se quiser levar uma vida suportável ao lado da moça. Afinal, o silêncio dela foi uma das coisas que o atraiu no começo. Ele ainda não sabe ao certo por quê. Quando Catrin estava viva, os dois gostavam de estimular a conversa. Ela era especialista em provocar o marido e depois rir da irritação dele. Cai se pergunta se um dia vai ouvir Morgana rir. Parece improvável. Ele enfia a mão no bolso do casaco e pensa em tirar dali o presentinho que tem para ela. Seus dedos sentem a maciez do tecido e da fita do embrulho. Ele passara muitas horas felizes esculpindo para a nova mulher a pequena colher de madeira decorada com símbolos do amor. A tradição teria mandado que ele lhe desse o presente no noivado, mas não houve oportunidade. Ele tinha pensado, em vez disso, em lhe dar o presente no dia do casamento, mas é tomado por uma timidez e o momento não lhe parece apropriado.

A rota os leva pela subida íngreme da última das Montanhas Negras, através do vilarejo de Bwlch, empoleirado no topo rochoso. Depois de escalar a montanha, o pônei segue com dificuldade, num ritmo instável, com a cabeça baixa envolta na coelheira. Cai sabe que o animal não vai falhar e sim levá-los em segurança até o topo. Há um cocho alimentado por uma nascente às margens da estrada. Ele estabiliza o pônei até pará-lo e salta da charrete.

— Vamos deixá-lo descansar um pouco — diz a Morgana.

Ela também desce, se virando depressa para apreciar a última vista de Cwmdu ao longe, no vale abaixo. O resto de seu lar. Cai leva o pônei até o cocho e o animal bebe a goladas, mexendo as orelhas numa espécie de ritmo a cada gole de água fresca que o reabastece. Ele pega uma caneca de lata na charrete, que enche e passa para Morgana antes de desembrulhar a comida que a mãe da jovem lhes deu. Os dois comem e bebem em silêncio. Ele se pega observando Morgana e nota que ela não olha para ele em momento algum. É como se ele não fizesse a menor diferença para ela. Quanto tempo, ele se pergunta, levará para mudar isso? O suspiro de uma brisa da montanha mexe os cabelos da moça, negros como a noite. No casamento, estavam presos para cima, mas agora estão soltos, descendo por suas costas, com as laterais presas, como os de uma menina. De trás da cerca viva, vem o berro de um carneiro, separado da mãe por um instante, sob protestos altos e cheios de pânico. A resposta baixa da ovelha o invoca e a quietude impera mais uma vez. Cai não está acostumado a permanecer em silêncio quando tem companhia e, ainda assim, acha isso interessante e relaxante. É claro que Morgana não requer a conversa quase infinita em que tantas das conhecidas do rapaz parecem ser obrigadas a se envolver. Se ao menos ele conseguir acalmar a própria mente, se aprender a resistir aos pensamentos que percorrem desesperadamente sua cabeça, talvez também possa encontrar paz em tamanha quietude. Desde que perdeu Catrin, desde o golpe de pesar diante de seu falecimento, ele só tem encontrado solidão e falta no silêncio. Nota apenas a ausência do amor e do companheirismo. No entanto, também é verdade — e Cai tem toda consciência disso — que tem se sentido igualmente desolado, igualmente solitário e até igualmente sozinho na companhia dos outros. Existe, escondida em algum lugar bem lá no fundo, uma pequena e frágil esperança de que, com Morgana, as coisas mudem.

No fim daquela tarde, os dois chegam à hospedaria Recanto dos Condutores de Rebanhos, na zona oeste do pequeno centro comercial de

Brecon. O crepúsculo já tinge de rosa a caiação da modesta construção. Cai dá uma moeda ao estribeiro para ele cuidar do pônei e, com Morgana, leva a bagagem para dentro. A hospedaria tem um salão no andar de baixo, mobiliado apenas por uns bancos de madeira com o encosto alto ao lado da lareira e outros ao longo das mesas. Há um pequeno bar em um dos cantos, formado por um cavalete, barris, jarros e canecas de metal. É o começo da noite, por isso, o salão está vazio, a não ser por um fazendeiro solitário cochilando ao lado da lareira que ainda não foi acesa. O dono da hospedaria, um homem amigável de rosto arredondado, cumprimenta Cai calorosamente:

— Jenkins, meu camarada! — Ele pega na mão de Cai e a aperta com vigor. — É cedo nesta temporada para receber a visita de alguém como você.

— Ah, Dafydd, hoje não estou aqui como condutor de rebanhos. — Ele sabe que uma explicação mais detalhada é esperada de sua parte, mas a expressão de Morgana o impede de usar palavras como *casamento* ou *esposa*. Imagina que ela se sinta aliviada quando ele solicita apenas uma acomodação para passar a noite e um jantar, fingindo ignorar a curiosidade óbvia do amigo.

Os dois são levados para o andar de cima, até um cômodo de teto baixo que quase não é grande o bastante para acomodar a cama. Quando ficam sozinhos, Cai se apressa para tranquilizar Morgana.

— Vou passar um tempo com Dafydd — diz ele. — Ele gosta muito de falar e só quer ser ouvido. Não preciso contar a ele sobre o nosso... Bem, aqui estamos. Vou mandar trazerem o jantar para você.

Morgana olha para ele com os olhos escuros arregalados e levemente ferozes, lhe fazendo uma pergunta tão óbvia, como se tivesse pronunciado as palavras em voz alta.

— Fique tranquila — diz Cai. — Pretendo ficar até mais tarde no bar, está bem? Não vou... incomodar você.

Ela assente com a cabeça e olha para baixo. Ele assente também, muito embora ela não esteja vendo pois está ocupada abrindo o caixote. Ele espia por cima do ombro dela e se surpreende ao ver que o caixote contém livros.

— Ah, você sabe ler? — Ele fica corado diante da expressão que a pergunta desperta nela. — É claro, por que não? E em inglês e galês, pelo que vejo. Muito bom. Isso é muito bom. — Ele se afasta, aliviado por ser capaz de deixá-la, já prevendo o alívio ainda maior que uma caneca de cerveja lhe trará.

Cai fecha a porta depois de passar e, por fim, estou sozinha de novo. Suas sinceras e boas intenções me cansam. Mamãe diria que eu deveria me sentir agradecida, satisfeita por ter um marido atencioso. Mas não estou satisfeita. Dou o melhor de mim para impedir que minha agitação interior se revele para os outros através de minha expressão, mas ela deve ser notada, pelo menos por ele. E aqui estou, presa neste quarto, uma noiva sozinha em sua noite de núpcias. Ele me garantiu que não serei *incomodada*. Por isso, sim, me sinto agradecida. O que ele espera de mim? Nesta noite, se contenta com a companhia dos homens. Não posso me convencer de que essa restrição continuará depois que ele tiver me instalado em sua casa.

É melhor dar uma olhada nos livros de Papai para me distrair dessa situação. Há duas velas e ainda um pouco de luz do dia que chega ao fim. Ele ficou surpreso ao descobrir o conteúdo do meu caixote. Conclui que sei ler e isso o surpreende. Sei mesmo, apesar de ter menos habilidade para escrever. Será que ele também me considera simples? Teria se casado com uma simplória? Preciso acreditar que não. Ele realmente pareceu satisfeito ao saber que não sou alguém sem a menor instrução. Me permitiram frequentar a escola por um tempo e tenho que agradecer à Mamãe por isso e por tudo mais. Foi ela quem insistiu para que me dessem uma vaga na escola primária da região.

— Mas, Sra. Pritchard — o professor cansado, Sr. Rees-Jones, tentara dissuadi-la —, com certeza não podemos esperar que a menina aprenda, por conta da... aflição dela.

— Morgana não é aflita, professor. Só calada.

— Exatamente. Se ela não pode formar o som das letras, como pode aprendê-las? Se não posso ouvir a menina lendo, como posso corrigi-la? Se ela não pode responder perguntas, como pode aprender?

"Ela ouve, Sr. Rees-Jones. Não foi assim que os discípulos do Nosso Senhor aprenderam?"

Ele não teve nenhuma reação àquilo, a não ser apertar os lábios finos e secos. Me deram uma vaga e permissão para assistir às aulas. Essa foi a disposição do Sr. Rees-Jones de me encaixar ali. Minha carteira ficava nos fundos da sala de aula. Não recebi lápis nem caderno e jamais qualquer instrução sobre como escrever. Tinha, porém, permissão para ouvir e deixar meus olhos seguirem as palavras na página de qualquer livro que ainda não tivesse sido pego. Eu ouvia e observava e, aos poucos, as formas no papel começaram a revelar seu mistério para mim. Como eu desejava conhecer seus segredos! Ah, que alegria teria sido! Ser capaz de entrar na mente dos outros, ouvir seus pensamentos com tanta clareza quanto se estivessem sussurrando em meu ouvido. Não mentes formadas por uma vida inteira trabalhando no campo nem ofuscadas pelo barulho do tear e sim mentes mais elevadas. Mentes dadas a ideias e abstrações que iam além do meu mundinho. O Sr. Rees-Jones não se importava se eu progredia. Não tinha, é verdade, nenhuma maneira satisfatória de avaliar meu progresso, afinal. Mamãe, porém, o notava. Ela me via agachada no tapete, diante da lareira, lendo sob a luz das chamas. Testemunhava minha concentração quieta enquanto eu acompanhava o que estava escrito e virava cada página com cuidado e reverência, muito embora tivesse que me esforçar bastante para decifrar o que havia ali.

— Morgana — dissera ela, certa vez. — Só vejo você quieta quando está com um livro nas mãos. — E sorriu, satisfeita com minha modesta conquista. Satisfeita com um talento tão comum. Satisfeita, desconfio eu, com a prova de que ela estava certa.

Pena meu tempo na escola não ter durado o bastante para que eu concluísse o aprendizado. A tolerância do professor comigo, como transparecia, era frágil. Num dia escuro de inverno em que uma espessa camada de neve cobria o chão, logo depois do meu aniversário de dez anos, um novo garoto se juntou à turma. A família se mudara para a região havia pouco. O pai era um criador de gado muito conceituado e tinha sido contratado por Spencer Blaencwm para cuidar de seu rebanho no condado de Pembrokeshires. Ifor era filho único e estava claro que havia sido mimado de todas as maneiras possíveis todos os dias de sua vida. Tinha o corpo rechonchudo de tantos mimos. Sob o cabelo laranja-amarronzado berrante, o rosto era redondo e vermelho, com um semblante de expectativa constante, como se ele esperasse para ver de que maneiras os outros o agradariam em seguida.

Por ser novo em nossa escola, se deparou com uma hostilidade a que não devia estar acostumado. As outras crianças não gostavam de sua aparência supernutrida, de sua postura presunçosa, de sua crença evidente de que o mundo existia para seu benefício acima de todo o resto. Por cobrirem o filho de presentes e mimos, os pais tinham falhado em ajudá-lo a desenvolver a capacidade de fazer amigos. À deriva nas águas revoltas da sala de aula, completamente confuso por não se interessarem por ele, Ifor escolheu alguém a quem provocar; uma criança que, em sua opinião, serviria mais para que ele se revelasse sob uma boa luz. Para esses propósitos, era preciso alguém mais excluído do que ele. Alguém distante dos outros. Foi azar dele, tanto quanto meu, seus olhos terem se voltado para mim.

Por um tempo, suportei seus deboches e suas provocações sem reagir. Não era, que seja dito, a primeira vez que me tratavam daquele jeito. As pessoas têm medo do que não entendem e esse medo pode torná-las cruéis. Ifor, porém, não era esperto o bastante para sentir medo. Melhor para ele se tivesse sentido. A cada dia ele me empurrava, cutucava, e fazia gracinhas às minhas custas. A cada dia ele ganhava um pouco mais de espaço em sua batalha por uma posição na turma. E a cada dia minha paciência diminuía.

Naquela manhã de inverno, quando um sol fraco brilhava, monótono, num céu sem cor, o Sr. Rees-Jones nos mandou tomar um pouco de ar e fazer exercícios do lado de fora para acabar com nossa agitação. Ifor aproveitou a deixa. Ele estava sentado num banco baixo, sob a janela da sala de aula, com um cachecol espesso que o deixava ainda mais gordo do que de costume e a gordura pendendo para trás, toda esparramada no banco coberto de neve. Me chamou com um sorriso de escárnio já planejado no rosto.

— Não faça *barulho* demais, Morgana. O Sr. Rees-Jones não gosta de *barulho*, não gosta de *conversa*. Ah! Esqueci... Você não conversa, não é? É burra demais para falar.

Uma ou duas das outras crianças começaram a rir, interrompendo as brincadeiras para prestar atenção nas gracinhas. Gracinhas feitas às minhas custas.

— Sshh, agora, Morgana! — Ifor se atreveu ainda mais. — Você está incomodando todo mundo com esse seu papo furado. O que está dizendo? Não pode ser você porque você é burra demais para falar? Burra e muda! Burra e muda! — repetia ele, corando as bochechas. — Morgana Burra e Muda. É assim que devíamos chamar você. A idiota da senhorita Morgana Burra e Muda.

Ifor repetiu duas vezes, ganhando força à medida que os outros se juntavam a ele, curtindo o verso cruel, de modo que logo o ar foi tomado por aquela zombaria. Os olhos de Ifor brilharam ainda mais e ele estufou o peito, satisfeito com a própria inteligência. Assim não ia dar. Realmente, não ia dar, não.

Eu queria estar em algum outro lugar. Podia ter escolhido deixar minhas pálpebras pesarem, deixar as vozes se tornarem distantes e mandar a mente para algum lugar quieto e livre. Mas não o fiz. Não nessa situação. Dessa vez, a fúria cresceu dentro de mim, se tornando algo duro e feroz e quente até precisar sair ou eu seria queimada por ela, completamente consumida. Respirei fundo, sentindo o ar alimentar as chamas dessa fúria. Encarei aquele que me atormentava, com os olhos arregalados, prendendo o olhar dele, um olhar que vacilava ao fitar a fúria dentro de mim. Não desviei os olhos dos dele nem por um segundo, nem quando a neve pesada no telhado acima de onde ele estava sentado começou a tremer, nem quando as outras crianças notaram e se calaram, nem mesmo quando, com uns ruídos e o barulho de alguma coisa cortando o ar, a neve escorregou das telhas e bateu no chão, caindo bem em Ifor, soterrando seu corpo inteiro. Agora o silêncio foi quebrado por gargalhadas entusiasmadas, e as crianças apontavam e riam da desgraça do menino — um boneco de neve, eis o que era agora. Ele fez um esforço e, num gemido, emergiu, com a neve ainda presa na roupa e se acumulando nos cílios. As gargalhadas aumentaram. Ele parecia um belo desastre, suportando as provocações como um bebezinho, nos papéis invertidos, de modo que fosse o foco do ridículo. Agora ele sabia como era.

É claro que o barulho fez o Sr. Rees-Jones vir correndo. Ele escancarou a porta, parando abruptamente na entrada, assimilando o menino coberto de neve. Olhou primeiro para os outros meninos e meninas, que se esforçavam para conter o riso, e depois para mim. Estreitou os olhos de um jeito que não me agradou. Era óbvio que ao professor também não agradava o jeito que eu olhava para ele. Para começar, relutara em me admitir em sua preciosa escola. À medida que os meses passavam, ele tolerava cada vez menos a minha presença e meu conflito com Ifor não ajudou em nada.

As coisas pioraram ainda mais algumas semanas depois do incidente da pequena avalanche. Tínhamos recebido a tarefa de resolver umas equações matemáticas tediosas, e a luz do sol do começo da primavera nas janelas altas aumentava nosso sofrimento, deixando a sala insuportavelmente quente e abafada. Uma das meninas mais velhas implorou para que abrissem a janela e o Sr. Rees-Jones me deu a tarefa de usar a longa vara com um gancho na ponta para soltar o ferrolho. Quando atravessei a sala, porém, Ifor pôs o pé no caminho. Tropecei e me esparramei no chão, bem nos pés do professor. Mais uma vez, suportei as gargalhadas que zombavam de mim. Peguei a vara depressa e, pisando na ponta dos pés, a usei para abrir a tranca. Era para eu travar a janela sobre um suporte de metal, o que deixaria apenas alguns centímetros de ar entrar. Me pareceu, porém, que isso mal seria o bastante para sustentar um dos pombos cinzentos do pátio lá fora, muito menos uma sala cheia de alunos. Ou uma sala cheia de pombos, pensei. A imagem que invoquei em minha mente de um bando de pássaros batendo asas, cortando o ar e descarregando seus excrementos pela sala de aula e em especial sobre Ifor era simplesmente gloriosa demais para eu resistir. É claro que o Sr. Rees-Jones me culpou por ter largado a janela toda aberta. Me responsabilizou por permitir que os pombos entrassem na sala. E não pôde deixar de notar que fui a única sem as manchas brancas e cinzas que os pássaros em pânico depositaram em todos os outros que estavam ali, inclusive nele. O professor nunca foi capaz de explicar por que aquele comportamento incomum das aves era culpa minha, mas isso não o impediu de querer se livrar de mim. Quando Mamãe me buscou na escola naquele dia, ouviu com todas as letras que eu não era mais bem-vinda ali.

2.

À medida que os dois chegam ao fim da viagem e as árvores na fronteira das terras de Cai começam a ser vistas, ele sente um frio na barriga. O que será de Morgana na Ffynnon Las? Cai está seguro de que ela não se decepcionará com o tamanho da casa, nem com a extensão da fazenda, nem com a qualidade dos rebanhos, mas Morgana enxergará o lugar como seu lar? Ele não tem como saber o quanto a mãe contou à filha sobre sua posição. Nem tem como saber se a menina se importa com esse tipo de coisa. Sabe, porém, que ela está muito longe do único lar que já conheceu, distante da mãe, jogada numa nova vida com um estranho. Ele não quer continuar sendo um estranho para ela. Na verdade, independentemente dos argumentos que Cai apresentou a Mair sobre precisar de uma esposa para manter a licença de condutor de rebanhos — o que não deixa de ser verdade —, ele sabe que no fundo quer, espera ter, torce para ter...? Não, essas seriam palavras fortes demais, mas *gostaria* de ter uma ligação com Morgana que vá além de um contrato. Além de um acordo.

Lembra-se da primeira vez em que a viu, longos e solitários meses antes. A condução dos rebanhos fizera uma pausa para pernoitar em Crickhowell e dera a sorte de chegar num dia de feira. Depois de acomodar o rebanho e não tendo outras obrigações além das de um condutor de rebanhos, e não as de um *porthmon*, vagara pela cidadezinha para se distrair, olhando as barracas. Era fim de tarde e grande parte das pessoas ia para casa. Alguns mercadores guardavam tudo, dando o dia por encerrado. Ele, porém, encontrou uma pequena área coberta da feira onde os donos das barracas permaneciam, suas mercadorias empilhadas até o alto sobre carrinhos de mão ou mesa resistentes, ainda esperando por mais clientes. Num canto, um banco curto e baixo coberto por um tecido xadrez expunha meia dúzia de queijos cremosos arredondados, tudo o que não havia sido vendido.

Morgana estava de pé atrás do banco. Usava um vestido simples de algodão e um avental branco impecável, que a fazia parecer limpa e saudável, apesar de haver algo de desajeitado nela. O cabelo estava preso sem firmeza para cima, com os cachos escuros escapando aqui e ali, dando a impressão de que poderiam despencar a qualquer momento, caindo como uma cascata sobre seus ombros esbeltos. Ele se lembra de ter torcido para que isso acontecesse. Muito embora ela estivesse parada, sua agitação o atingiu de imediato. Era como se a moça mal conseguisse se conter de tão ansiosa que estava para ser liberada de seu posto, para estar em outro lugar, qualquer outro, percebeu ele, mais livre e aberto. Seus olhos não sossegavam em ninguém e, quando o relógio da cidade deu cinco horas, ela se agitou toda, reconhecendo o som como um sinal para, enfim, juntar as coisas e ser libertada da tarefa de tomar conta da barraca.

Na pressa para embrulhar os queijos, um escapou de suas mãos. Rolou pelo chão pavimentado do mercado, pegando sujeira e poeira enquanto girava em meio a botas e pés de mesa. Morgana saiu em disparada atrás dele, sob as gargalhadas e os gritos dos frequentadores do mercado. Teve que ficar de joelhos para se abaixar numa barraca de frutas e recuperar o queijo fujão. Dois homens, claramente no pior estado de uma bebedeira, fizeram comentários em voz alta às custas dela. Comentários descabidos que, para Cai, eram cruéis e insultavam a moça. Ele forçou a passagem pela pequena multidão, se apressando para ajudar Morgana, mas, antes que pudesse alcançá-la, ela já tinha reagido por conta própria. Agarrou o calcanhar do bêbado mais desequilibrado e torceu o pé dele para o lado, derrubando-o sobre o amigo e fazendo com que os dois se chocassem contra as barracas de peixe e caça. Um urro de gargalhadas emergiu dos espectadores enquanto a dupla destruía tudo em meio a cabeças de truta e faisões. Morgana ficou de pé, segurando o queijo errante com firmeza. O pior dos bêbados cambaleou de joelhos, disparando mais insultos contra ela. Cai prendeu a respiração, esperando a reação da moça. Ela estreitou os olhos, levantou o queijo bem no alto e então o trouxe abaixo com uma força considerável sobre a cabeça de seu alvo. O homem tombou para trás, confuso, com o queijo despedaçado caindo pelas orelhas e a multidão revelando a graça do momento.

Cai se pegou rindo também, até se dar conta de que era observado por Morgana. Então, se virou para ela, olhando profundamente em seus olhos escuros e vívidos e, naquele instante, naquela espiada, seria capaz de jurar que sentiu alguma coisa acontecer entre os dois. O quê? Um lampejo de atração? Uma chama de luxúria passageira? Ele não conseguia dar nome àquilo, mas, o que quer que fosse, o atingiu, o tocou. E Cai tinha certeza de que Morgana sentira aquilo também.

Ele olha para ela do outro lado. Nesta manhã, ela escolheu se sentar de frente para ele e não ao seu lado. Melhor para o equilíbrio da charrete, supôs o jovem. Ele gosta de poder olhar para ela com mais facilidade, mas sente falta da proximidade, de tê-la ao seu lado. Tinha achado surpreendentemente difícil, na noite anterior, passar tanto tempo conversando com Dafydd, sabendo que Morgana estava lá em cima. No entanto, havia considerado sensato deixá-la em paz. Não se imporia a ela. Não queria que os dois ficassem juntos por obrigação ou direito. Teria paciência. Quando, por fim, entrou, silencioso, no pequeno quarto, a imagem da menina dormindo não despertou sua paixão e sim sua compaixão. Ela parecia tão vulnerável. Ele se permitiu observá-la por mais um instante antes de se acomodar sob um cobertor de lã na poltrona cheia de farelos. Afinal, nada de pressa. Os dois tinham uma vida inteira pela frente.

— Ali! — Ele não consegue esconder o próprio deleite ao ver a fazenda de novo. — Aquela é a Ffynnon Las. — Ele aponta para uma coleção de construções de pedra ainda ao longe enquanto fala. Observa a reação de Morgana. Já começa a ser capaz de interpretar as minúsculas mudanças em seu semblante. Ela não suspira nem fica boquiaberta, mas suas sobrancelhas se elevam um pouco, seus olhos recuperam o foco, seus lábios se separam o mínimo possível. O pônei, se sentindo em casa, aperta o ritmo, e logo estão passando pela entrada da fazenda. Agora Morgana fica bem animada. Se mexe em seu assento, se virando para um lado e para o outro ao máximo para assimilar os prados íngremes, o bosque de carvalhos, o lago alimentado pelo riacho com um salgueiro leve como uma pluma, o morro se erguendo atrás da casa, o pátio de celeiros coberto e, por fim, a casa em si.

A Ffynnon Las é como foi feita por mais de um século, com os fundos amplos voltados para a montanha em que se apoia, a fachada extensa, dois andares, janelas altas que dão para o sudeste, para saudar o sol da manhã e proteger dos ventos do norte no inverno. Não é uma casa bonita e sim aconchegante. Suas proporções não são grandes, mas generosas e não meramente funcionais. A pedra azul-acinzentada da construção é suavizada por uma madressilva trepadeira que se alastra sem ser podada acima da porta da frente, margeando as janelas do andar de baixo com folhas estreitas e flores no tom mais claro de amarelo. Até o telhado de ardósia escuro reluz, animado, sob o sol do verão. A entrada é por uma pequena porteira de ferro e ao longo de um caminho pavimentado com pequenos recortes de grama não aparada de um lado e de outro e canteiros de rosas e arbustos aparentemente felizes num estado de quase negligência.

Cai para o pônei inquieto antes de passar pela porteira da frente.

— E então? — Ele não resiste e pergunta: — O que você acha deste lugar?

Cai pode ver, pela expressão de Morgana, que ela está surpresa. O que ela havia imaginado?, se pergunta ele. Uma habitação humilde, talvez? Nada além de uma chácara que ela tivesse que compartilhar com os animais? Ele descobre que está muito satisfeito diante da surpresa da moça.

Morgana se vira para Cai e ele percebe que ela está prestes a dar um grande sorriso quando o momento é interrompido por um latido estridente vindo de dentro da casa. A porta da frente é escancarada e os dois corgis de Cai saem a passos curtos e rápidos, com vozes muito mais fortes do que os cãezinhos em si. Eles correm ao redor da charrete, contornando-a em meio a latidos e um borrão de pelo vermelho como o de raposa e branco como giz, as pernas curtas e os rabos peludos se mexendo sem parar. Agora Morgana parece mesmo admirada.

Cai dá uma gargalhada.

— Já chega, Bracken! Meg, pare com esse barulho! Imagino que você não esteja acostumada com esse tipo de cachorro.

Ela balança a cabeça, pulando da charrete para permitir que as criaturas empolgadas a cumprimentem direito.

— Você não vai ver muitos collies por aqui — explica ele. — Os corgis são melhores para lidar com o gado, sabe?

Cai gosta de observar o evidente deleite da moça com os cães, e cerca de um minuto passa até ele perceber que também é observado. Se vira e vê a Sra. Jones parada na entrada.

— Cai Jenkins — ela balança a cabeça para ele —, por quanto tempo você pretende deixar essas criaturas irritantes incomodarem sua mulher antes de lhe mostrar seu novo lar? *Duw, bach*, o que vamos fazer com você?

Heulwen Eluned Pryce-Jones, que sempre insistiu em ser apenas a Sra. Jones para todos, é uma mulher tão redonda quanto alta e da melhor natureza que alguém pode ser. Sua largura comprova o amor que ela sente pela boa comida, assim como as linhas de expressão e as covinhas nas bochechas demonstram sua animação constante. Como sempre, está envolta num avental impecável com uma touca bem presa e engomada com capricho e tem um sorriso pronto iluminando olhos que não revelam os sessenta invernos que já viram. Não é a primeira vez que Cai se pergunta se teria sobrevivido aos dias sombrios logo após a morte de Catrin se não tivesse sido pela determinação da Sra. Jones.

Sem pensar, ele estende a mão para Morgana.

— Venha conhecer a Sra. Jones — diz.

Ela para de acariciar os cães e se levanta. Hesita um pouco antes de pegar na mão de Cai e permitir que ele a conduza pelo caminho até a casa. Cai está impressionado ao sentir aquela mão leve na sua e descobre que, quando chega a hora, reluta em soltá-la.

— Sra. Jones, quero lhe apresentar minha mulher, Morgana Jenkins. Morgana, esta é minha tia e empregada, a Sra. Jones.

— Ah, como você é bonita! Perdoe meus modos. — A Sra. Jones faz uma reverência com certa dificuldade e uma rigidez nas pernas robustas que só piora a situação. Morgana dá um passo apressado à frente para ajudá-la a se reerguer, balançando a cabeça, claramente constrangida por ter sido tratada com tamanha deferência. As duas se olham de perto. Por fim, a Sra. Jones bate a palma de uma das mãos na outra, empolgada.

— Bem, *Duw, Duw* — diz ela em voz baixa —, já era hora da felicidade chegar a Ffynnon Las. — Ela dá um grande sorriso para Cai, que olha para os pés.

— Vou buscar a bagagem — diz ele.

— Não se preocupe com a bagagem! — A Sra. Jones está escandalizada. — Você não devia estar fazendo outra coisa? — Quando ele olha para a tia com cara de quem não entendeu, ela continua: — Bem, carregue sua nova mulher lá para dentro, Sr. Jenkins!

Cai abre a boca para protestar. Olha para Morgana e nota que ela dá um pequeno passo para trás. Será que ela gostaria mesmo que ele fizesse isso? Carregá-la nos braços para dentro da casa? Como recém-casados de verdade? Sua hesitação estende o momento até a estranheza, de modo que agora ele não poderia ter uma atitude tão extravagante, muito embora quisesse fazê-lo. Em vez disso, ele resmunga alguma coisa sobre a viagem ter sido longa e cansativa e se apressa para descarregar a charrete.

Por um segundo, acho que ele vai fazer isso, que vai se aproximar, me pegar no colo e me levar lá para dentro como manda a tradição. Mas ele não o faz. O que devo pensar sobre sua relutância em me pegar no colo? Será que é por que ele não me vê como uma mulher em todos os sentidos? Então sou apenas uma necessidade? Uma exigência por sua posição de chefe dos condutores de rebanhos? Esse deve ser meu propósito na vida e nada mais? Posso não querer que ele se imponha a mim, mas isso não significa que desejo existir como numa espécie de limbo, nem donzela nem amante. O que será que ele quer comigo?

Confesso que estou impressionada com a Ffynnon Las. Não é a fazenda modesta que eu esperava que fosse e sim uma casa de certa importância. E a empregada! Parece que a ausência de carne nos ossos de Cai não é pela falta de uma cozinheira, afinal. E está claro que a Sra. Jones adora a própria comida. Por que ele permanece tão magro, tão fraco, apesar dos cuidados dessa boa mulher? Vendo que não serei levada nos braços para dentro de meu novo lar e que meu marido está ocupado com a bagagem, é ela quem se encarrega de me convidar para entrar.

— Entre e seja bem-vinda. O Senhor sabe que somos nós, as mulheres, que temos que agir quando os homens hesitam.

Ela me conduz por uma entrada ampla que abriga uma escada curvada de madeira polida. Há portas para todos os lados, de modo que não sei como um dia terei certeza de que caminho tomar. Para que um homem tem tantos cômodos? Sou levada para o que a Sra. Jones insiste em chamar de sala de visitas. As venezianas extensas estão abertas para que a luz do sol inunde o cômodo. Há uma grande lareira, preparada com capricho, um sofá suntuoso e um relógio de pêndulo fazendo tique-taque, mas o móvel mais impressionante é um enorme aparador de carvalho que exibe mais porcelana chinesa do que já vi na vida inteira. As formas e cores em cada prato e xícara são muito requintadas, então, chego mais perto, perdida em meio aos redemoinhos e retorcidos de roseiras, heras, flores rasteiras e vinhas espiraladas.

Cai chega e para atrás de mim.

— Então você gostou da porcelana da Catrin? Ela se orgulhava tanto dessa coleção. Era da mãe dela, sabe? — Ele faz uma pausa para olhar pela sala como se a visse direito pela primeira vez. — Não venho muito aqui. Não sou chegado a receber visitas.

Uma estranheza se junta a nós na sala e ele sai apressado, com a Sra. Jones logo atrás, ambos me falando com determinação sobre os vários confortos que a casa oferece. Sou levada de cômodo em cômodo até ficar tonta de tanto olhar ao redor e começo a me sentir sufocada pelo ar parado, desejando ir lá para fora. E tem mais alguma coisa, coisa essa que chama a minha atenção, como se puxasse a barra da minha saia. Sinto isso ao parar na entrada do quarto principal. Há uma frieza no ar e um peso estranho, que parece não ter uma causa óbvia. Disponho de pouco tempo para pensar mais sobre essa curiosidade, porém, já que meus guias me apressam para prosseguir. Por fim, chegamos à cozinha. Está claro, qualquer que tenha sido o caso no passado, que agora é ali que se vive na Ffynnon Las. O fogo no fogão bem equipado está aceso e emana um calor acolhedor. Há uma mesa comprida escovada, uma variedade de cadeiras, um banco de madeira com encosto alto, ganchos para carne e panelas e um aparador menor abrigando apenas cerâmica simples e algumas peças de peltre. Na janela, há um assento acolchoado gasto e cheio de pelos de cachorro. De fato, no instante em que recebem permissão, os dois corgis assumem seus postos, com o nariz pressionando o vidro e os olhos vívidos vigiando a entrada, caso estranhos cheguem.

— Bem, agora — diz Cai —, tenho que dar uma olhada na criação. Vou deixar você... — Ele hesita, tão incerto quanto eu sobre o que exatamente devo fazer. — ... A Sra. Jones pode lhe mostrar onde as coisas estão... — Ele vai baixando o tom de voz até parar de falar, sabendo muito bem que acabo de ver onde tudo está. Ela tenta resgatá-lo.

— Talvez a Sra. Jenkins queira descansar um pouco — sugere. — Depois da viagem.

Cai olha para mim e sei que ele sabe que não estou cansada. Não faço nada há dois dias. Por que iria descansar? O desconforto em seus olhos e o jeito como ele se mexe o entregam. Ainda assim, ele diz:

— Claro. Você deve querer acomodar suas coisas. Descansar... A Sra. Jones pode ajudar você a preparar alguma coisa para comermos. — Ele desiste agora, se virando para a porta. A porta aberta. Cerro os punhos. A porta bate, se fechando.

— Ah! — exclama a Sra. Jones. — Que corrente de vento percorre esta casa!

Cai olha de novo para mim. Ele vê alguma coisa em meu rosto que o faz pensar, refletir. Mantenho os olhos nos dele. As recomendações de minha mãe me vêm à mente. *Não seja teimosa, Morgana. Você tem que fazer o que seu marido desejar.* Tenho? Tenho que ficar nesta casa tão grande que nem faz sentido, fingindo que gosto de cozinhar enquanto ele caminha pelas montanhas? Tombo um pouco a cabeça para o lado, pedindo. Uma compreensão ilumina suas feições.

— Ou quem sabe você prefere me acompanhar?

Assinto discretamente e a porta se abre um pouco. Cai e a Sra. Jones ficam boquiabertos enquanto passo por eles com os corgis correndo aos meus pés.

Deixamos a casa e atravessamos o pequeno prado ao lado. O sol brilha tanto que faz o horizonte tremeluzir. Sigo Cai e subimos a ladeira. O dia está quente, mas não chega a ser desagradável, e uma leve brisa refresca minha pele conforme avançamos. Os cães nos seguem a passos curtos e rápidos, com o focinho para baixo, as orelhas grandes para cima, o rabo balançando de um lado para outro. No começo, Cai preenche nossos passos com uma conversa, mas quanto mais nos afastamos da casa e nos aproximamos do cume, mais quieto ele fica. Não acho que seja porque ele precisa poupar o fôlego para caminhar, pois segue num ritmo tranquilo, está acostumado a subir montanhas, e tem músculos que agora vejo trabalharem sob o algodão fino da camisa. Não chega a precisar se esforçar para isso. Na verdade, acho que está sendo afetado pelo ambiente, que está sendo acalmado e ao mesmo tempo estimulado pelo ar fresco e pelos horizontes infinitos. Como eu.

Passamos por outra porteira. Já estamos a certa distância da casa e a qualidade da grama sob nossos pés é outra. Não há mais as lâminas verdes exuberantes da pastagem rasteira. Não há trevos aqui e sim uma vegetação resistente, de raízes retorcidas, se agarrando com força à fina camada de terra que cobre a montanha rochosa. O solo em si é turfoso, com uma fonte que se tornará um pântano em alguns pontos com as chuvas do outono.

Dá para sentir o cheiro amargo da turfa e quase o seu gosto. Quando, por fim, chegamos ao topo, cotovias batem as asas e se agitam ao nosso redor, alertando umas às outras de nossa presença. Em algum lugar mais para o norte, ouço o canto do quero-quero e suas notas agudas parecendo questionar sem parar a vida e sua tênue existência. Nos deparamos com um trecho de rochas pontudas e Cai me oferece a mão. Será que me considera tão fraca, tão frágil, a ponto de achar que preciso de ajuda para passar por uma pilha de pedrinhas? Lembro a mim mesma que ele não me conhece. Não é totalmente irracional ele imaginar que eu seja tão... feminina. Deixo que ele pegue na minha mão. Só por um instante. Mamãe ficaria satisfeita.

Cai para e ergue o braço.

— Dá para enxergar nossas fronteiras daqui. Você está vendo aqueles pinheiros escoceses a oeste? Então, para o norte, até o começo do cânion Cwm... dá para ver que a cor da terra muda onde começam as turfas. Mais ao sul, bem, os prados abaixo da casa que você viu quando viemos de Lampeter...

Ele acaba se calando porque, com toda a certeza, percebe que não estou ouvindo. Não preciso de palavras para me conduzir, para ver o que está ao meu redor. Que vista! Que paisagem! Diferente de minha casa, das escarpas rochosas e extensões impressionantes das Montanhas Negras. Aqui temos planaltos ondulados com pastagens até o topo. Estamos bem acima da copa das árvores, mas dá para ver vales arborizados ali, e o terreno é salpicado ora por um arbusto tenaz de sorveira-brava ora por um abrunheiro retorcido. A vegetação se espalha, verde-clara com curvas douradas e bronzeadas, trechos de urze lilás, punhados de torjo ainda com flores amarelas e mirtilos baixos de folhas grandes, prometendo frutos ainda neste ano. A brisa é mais densa aqui, perturbando os tufos nas pontas do algodão que crescem em meio aos trechos de solo mais úmidos, onde riachos minúsculos e nascentes antigas serão fontes de água confiáveis, mesmo numa seca de verão. As únicas habitações visíveis estão longe, como casas de boneca postas nos limites mais baixos ou amontoadas aos pés das montanhas, protegidas do vento. Um canto repentino e agudo sobre nossas cabeças faz com que todos nós, inclusive os cães, olhemos para cima. Um lampejo de cobre cintilando sob o sol, uma rajada de cor, ligeira demais no início para ser devidamente identificada, logo se revela como uma ave de rapina de tamanho considerável.

— Um falcão vermelho — diz Cai. — Há muitos deles aqui em cima.

Estou acostumada a gaviões menores e falcões, mas nunca tinha visto uma ave de porte e cores tão impressionantes. Observo até não conseguir mais avistá-la.

— Vamos continuar? — pergunta Cai. — O rebanho deve estar perto das poças de orvalho.

Olho para ele e vejo meu entusiasmo se refletir em sua reação à minha cara. Sei que não posso esconder o quanto estou tocada por esse lugar maravilhoso. Ele sorri, contente. E retribuo o sorriso. Ele está surpreso. Dá para notar.

— É — concorda. — Elas são mesmo muito especiais, essas montanhas. Alguns acham esse lugar sombrio. Nada acolhedor. Alguns o chamam de "deserto verde". Isso é tão vago. Já eu acho que ninguém poderia desejar coisa melhor.

Nisso concordamos, definitivamente. Ele parece relutar em interromper aquele momento, mas, por fim, me diz para segui-lo e continuar nossa caminhada. Mais dois quilômetros e chegamos a outra ladeira. Agora, atravessamos a lateral de uma montanha menor e mais íngreme, e a passagem é tão estreita que mal cabe uma charrete. Num determinado ponto, a curva é muito acentuada. Enquanto Cai caminha, esbarra numa pedra que despenca da trilha e quica ao longo do declive até a rochosa margem do rio, lá embaixo. Eu não me dei conta de que já havíamos subido muito, e ver a pedra desaparecer a tamanha distância me deixa tonta. Não é exatamente um penhasco, pois a superfície está coberta por uma grama resistente, mas é íngreme demais para descer a cavalo ou mesmo a pé, e cair significaria descer os cerca de sessenta metros até o fim sem esperanças de parar.

— Temos que tomar cuidado aqui, sabe? — diz Cai. — Um primo meu perdeu a vida por não levar essa descida a sério.

Por fim, chegamos às poças de orvalho e avistamos o rebanho. Sou incapaz de esconder minha surpresa. Não é o tipo de gado leiteiro enorme que estou acostumada a ver. Esses animais são bem menores, todos pretos; têm os pelos, mesmo nesta época do ano, compridos e ásperos, e os chifres, curtos e cortantes. Sentem nosso cheiro na brisa e erguem a cabeça, se mexendo e virando para nos olhar. À medida que nos aproximamos, um ou outro se afasta ou se esconde atrás dos parentes mais corajosos. O grupo inteiro me parece inquieto, claramente agitado por estar perto de nós dois e de um dos cães, que começa com um latido empolgado que em nada ajuda a acalmar os nervos das feras.

— Agora chega, Meg! Bracken! — Cai acrescenta um assobio agudo que sossega os pequenos caçadores e os traz para seu lado. O gado espera, atento.

— Eles se agitam com muita facilidade — diz Cai. — Nunca conte com a cooperação de um animal como esse, não com a de um Welsh Black. Eles são resistentes, entende? Nenhum outro se sairia tão bem aqui em cima, suportando todo tipo de clima, num pasto tão escasso. — Seu semblante fica mais suave e vejo mais do que orgulho estampado ali. Afeição? Poderia ser? — Os cães vão juntá-los com facilidade, sabe? Você vai ver.

Olho dos corgis atarracados e cômicos para as feras poderosas e cautelosas e imagino se aquilo é verdade. Dou passos lentos em direção à novilha mais próxima. Ela bufa, abaixando a cabeça larga.

Fique tranquila, minha amiga negra como um corvo.

Ela hesita, depois se inclina para a frente e cheira a palma de minha mão voltada para cima. Olho para Cai, atrás de mim, que sorri, com surpresa no rosto. Me pego pensando que ele é atraente quando sorri.

Deixamos o gado ali e caminhamos ao longo do topo até onde o outro rebanho está pastando. Cai não faz muito alarde por ser criador de pôneis das montanhas galesas, mas estou ansiosa para vê-los, ainda mais se todos forem tão irritáveis e de aparência selvagem quanto o pequeno garanhão que puxou nossa charrete desde Cwmdu. Nossa jornada, porém, é interrompida pelo barulho de rodas lá embaixo, no vale. O barulho não tem nada a ver com aqui em cima e parece vir de outra vida. Cai protege os olhos do sol e os estreita, voltando-os para a faixa de estrada lá embaixo. Também procuro e avisto uma carruagem elegante e um par de cavalos parando na entrada da Ffynnon Las. Os ombros de Cai se curvam, só um pouco, mas o bastante para se notar. Ele me pega o observando.

— É a Sra. Cadwaladr, com as senhoritas Cadwaladr, sem dúvida. Temos que descer.

Me afasto. Não tenho a menor vontade de deixar a montanha e, com certeza, nenhum desejo de cumprimentar uma carruagem cheia de estranhos. Ele para, ciente de minha relutância. Ainda assim, diz com firmeza:

— Temos que descer.

Quando Cai e Morgana chegam à sede da fazenda, a Sra. Cadwaladr e suas duas filhas já estão acomodadas na sala de visitas, esperando pelo chá que a Sra. Jones se apressou em fazer.

— Ah, Sr. Jenkins. Nos perdoe por termos vindo sem avisar. É nossa impaciência de sempre! Não podíamos esperar nem mais um instante para pôr os olhos na sua nova esposa. E aqui está ela! Ah! Tão jovem. Menina, chegue mais perto. Nos deixe olhar para você. Ora, *ora*, Sr. Jenkins, o que o senhor arranjou?

A Sra. Cadwaladr, como de costume, ostenta um exagerado chapéu decorado com fitas, um vestido chique demais para a hora e a ocasião e uma quantidade de ruge nada recomendável para alguém com um tom de pele naturalmente rosado. Sua escolha de um tecido roxo-amarronzado, com as filhas vestidas em imitações mais claras de seu traje, não é feliz. Cai pensa numa fileira de pudins de frutas vermelhas. Tenta fazer as apresentações, mas sua voz é logo encoberta pelas exclamações escandalosas da visita.

— Estas são minhas meninas, Bronwen e Siân. Jovens damas evidentemente elegantes e atraentes. Estou certa de que você concorda comigo. Nenhuma delas casou ainda... Isso é um mistério para todos nós. Digamos apenas que são cuidadosas na escolha de um marido. Agora, menina, me diga seu nome. Fale mais alto. Não suporto sussurros.

Como Morgana não responde nada, Cai se apressa para explicar:

— Minha esposa... Morgana... não fala, Sra. Cadwaladr.

— Não fala? — A mulher fica muito surpresa. — Será que perdeu a língua? Não tem a capacidade de produzir sons? Uma doença na infância, talvez? — Suas filhas se amontoam mais perto agora, tendo a curiosidade despertada pela presença de uma estranheza.

— Ela tem voz — conta ele. — Ou seja, é capaz de falar, mas não faz isso há muitos anos.

A informação é recebida por um silêncio perturbador, como se agora, por um breve instante, todos tivessem perdido a habilidade de falar. Cai olha ansioso para Morgana e se satisfaz ao vê-la erguendo o queixo. O movimento é mínimo, mas sugere coragem, sente ele.

— Bem, Sr. Jenkins, acho isso difícil de compreender. Um homem como o senhor, com todas as qualidades e atributos de um cavalheiro e com tantas jovens na vizinhança para escolher — agora, Bronwen e Siân têm a decência de enrubescer —, acabar se sobrecarregando com alguém tão... parco.

Cai se enfurece.

— Não me considero sobrecarregado, Sra. Cadwaladr. Tampouco vejo Morgana como deficiente. Ela é capaz de se comunicar, à sua maneira, quando é preciso.

— Preciso? — A Sra. Cadwaladr está tão abalada que tira um leque do corpete e começa a se abanar de um jeito agitado e agitador. — E quando, por obséquio, não é *preciso* que uma esposa, que a dona de uma casa como esta, que alguém que, de fato, pretende fazer parte da sociedade, quando *não* é preciso que ela se comunique? Perdoe a minha franqueza, Sr. Jenkins, mas receio que o senhor tenha cometido um grande erro de julgamento e acredito que, com o passar do tempo, vai se arrepender disso.

Cai está prestes a protestar quando chega a Sra. Jones, carregando uma bandeja de chá. Há um grande rebuliço enquanto os refrescos são postos na mesa e todos arranjam um lugar para sentar. Os corgis fazem certo alarde, tentando ir para o colo de Bronwen. Cai manda os cachorros para fora junto com a empregada. Olha nos olhos de Morgana e acena para o bule. Apesar de um tanto confusa, ela consegue encher as xícaras e passá-las. A Sra. Cadwaladr não tira os olhos da nova Sra. Jenkins nem por um instante.

— Ah, que bela porcelana. Era de sua primeira esposa, suponho. Que tragédia. Catrin era tão alegre, tão charmosa. Sempre gostei da companhia dela. E das nossas conversas.

Siân e a irmã sufocam risinhos. Um franzido enruga a testa de Morgana. Cai não sabe ao certo o motivo, mas agora sente um pouco de medo dela. A moça é, conclui ele, imprevisível. E apesar de Cai não se importar com a visita nem com suas crias vazias, ela tem certa posição na comunidade e, como a experiência já ensinou a ele, esse tipo de gente pode, se provocada, trazer problemas. Ele pigarreia, ignorando o comentário, e assume o tom de voz mais animado que consegue:

— Morgana, nossa visitante é esposa do reverendo Emrys Cadwaladr. Ele é muito conhecido por aqui. O ministério dele é seguido com avidez. Você vai ouvi-lo pregar no domingo, quando formos até a capela Soar-y-Mynydd.

— Ah, o senhor tem planos de sair com ela, Sr. Jenkins? Acha mesmo uma boa ideia? — pergunta a Sra. Cadwaladr, com a xícara perto dos lábios.

Cai sente o calor da raiva se intensificar dentro dele e se esforça para ser civilizado.

— Naturalmente, Morgana frequentará a igreja — é tudo o que ele confia em si mesmo para dizer.

A visita dá um sorriso doce. Doce até demais.

— Bem, se o senhor insiste. Imagino que ela vá gostar, em especial, dos cantos — diz a mulher.

Cai não tem certeza, mas, em retrospecto, pensa ter ouvido os dentes de Morgana rangendo um instante antes de a Sra. Cadwaladr ser tomada por uma crise de espirros. Uma crise tão forte que a faz soltar a xícara que tinha na mão, derramando o chá quente em seu decote enfitado.

3.

Cai se mexe algumas vezes. Não está dormindo nem devidamente acordado. Por instinto, estende o braço, procurando no outro lado da cama. Encontra apenas um espaço frio, inabitado. Sem abrir os olhos, se lembra, apunhalado por uma dor que ainda resiste mesmo depois de três longos anos. Catrin está morta. Por mais quanto tempo sua retomada de consciência a cada manhã vai começar assim?, se pergunta ele. Seus olhos se abrem bem enquanto uma lembrança mais recente e clara lhe vem. Morgana. Ele suspira, esfregando os olhos. Dar a ela o próprio quarto lhe parecera o certo. O decente. O mais gentil. Ele já questiona o quanto sua decisão foi sábia. Noite passada, quando mostrou a ela o quarto que a Sra. Jones decorara com tanto cuidado para deixá-lo bonito, Morgana pareceu aliviada, pensou ele. E por que não pareceria? Os tempos são outros, afinal. Ele não exigiria dela seus direitos do marido do mesmo jeito que não arrastaria uma mulher pela rua. Não, é melhor assim. Os dois vão levar tempo para se conhecer. Ela terá tempo para se adaptar. Para se ajustar ao novo lar e à nova vida. E, passado esse tempo, ele espera, o afeto vai crescer. Quanto tempo, porém, esse processo demorará? Teria sido mais simples levá-la direto para a cama de casal e deixar a proximidade, a languidez do sono e a chegada da noite ajudar no entrosamento dos dois? Ela parece tão distante. Tão reservada. Não apenas com ele, percebe Cai, não com ele em especial. Ainda assim, se preocupa com a possibilidade de ela ficar no quarto no fim do corredor para sempre se ele não fizer nada para conquistar seu... seu o quê? Amor? Por que ela deveria amá-lo? Ele não disse a ela e à mãe que Catrin havia sido seu único amor verdadeiro e que não tinha ilusões românticas com relação ao casamento com Morgana? Talvez a moça pense que ele não a considera atraente. Talvez ela espere por algum sinal de sua parte, alguma mudança em seu comportamento que sugira que ele a deseja.

Lá de fora, do lago no prado, vem um latido agitado. A urgência no latido sugere que um dos corgis, Bracken, pensa Cai, está perseguindo um coelho. Mas como o cãozinho pode estar lá fora tão cedo? A Sra. Jones foi para casa depois do chá no dia anterior, pois tem o hábito de só dormir na fazenda quando a casa estivesse vazia. Ele não ouviu a porta da frente se abrir nem se fechar, apesar de esta ser pesada e costumar raspar no piso, fazendo barulho. Cai se levanta, vai até a janela e abre as venezianas.

A visão que o saúda o emociona de tantas maneiras que não lhe resta absolutamente dúvida alguma sobre o que sente por sua nova mulher. Morgana, ainda numa camisola branca sem mangas, descalça, com o cabelo solto e selvagem, corre pelo prado, dançando com os cães. Ela é iluminada pela tremeluzente luz do amanhecer, de modo que, em alguns momentos, sua roupa fica completamente transparente e, em outros, sua silhueta aparece. Corre, brincalhona, sem se importar com a aparência, com o que pode parecer aos outros. Corre com a alegria de um espírito livre, de uma menina das montanhas, de alguém completamente à vontade com seus arredores e o lugar que ocupa ali. Cai nunca viu ninguém tão bonito. Naquele instante, sente um desejo tão grande por ela, uma necessidade tão essencial e exata de tê-la, que logo se envergonha, sentindo-se constrangido e culpado. De algum jeito, apesar de irracional, sua reação o faz sentir que está traindo Catrin. Ele afasta os pensamentos sobre ela. Se quiser sucesso no casamento com Morgana, terá que deixar Catrin descansar em paz. E terá que fazer mais do que esperar se quiser conquistar essa selvagem criatura dos elementos que dança descalça sob a luz do sol nascente.

Depressa, ele se lava, se veste e desce. A Sra. Jones havia deixado a despensa bem abastecida. Ele põe uma tampa sobre o fogo aceso com habilidade e puxa a chaleira para cima dela para esquentar. Pega ovos e fatias espessas de bacon e começa a fazer o café da manhã. Corta o pão crocante em pedaços e põe a tábua na mesa. Anos vivendo sozinho aliados à determinação da Sra. Jones em não permitir que Cai emagrecesse de fome fizeram dele um cozinheiro razoável. Logo a chaleira está apitando e o aroma de bacon frito preenche o cômodo. Ele pega na alça da chaleira sem usar a luva acolchoada e queima a palma da mão. Xingando e sacudindo a mão, cruza a cozinha apressado, até o balde d'água ao lado do guarda-louça e enfia a mão lá dentro. Ainda murmura palavrões quando olha para a frente e vê Morgana parada à porta, olhando para ele com uma cara que revela o quanto ela está se divertindo.

— Eu estava fazendo um café para nós dois — diz Cai, sem necessidade. Os cães chegam a passos curtos e apressados para cumprimentá-lo, pulando e quase derrubando-o enquanto ele se inclina sobre o balde.

— Meg, agora chega. Bracken, pare com essa loucura, amigo. — Os cães se aproveitam do fato de Cai estar muito mais perto do chão do que de costume e insistem em tentar subir em seu colo e lamber seu rosto, de modo que ele acabe perdendo o equilíbrio. — Criaturas tolas! — Cai repreende, mas não consegue esconder o riso em sua voz. Morgana se aproxima e ele vê que ela também está rindo. Uma gargalhada silenciosa balança seus ombros expostos, e ela tem o rosto corado. Para a surpresa de Cai, Morgana lhe oferece uma das mãos. Ele aceita, se levantando e afastando os cães. Agora, ela pega a mão ferida e a vira, examinando a queimadura.

— Não é nada — diz ele. — Foi culpa minha. A marca vai durar apenas o bastante para me lembrar de não ser tão tolo de novo. — Cai não quer parecer mais idiota do que se sente, então, puxa a mão de volta, apontando a mesa para Morgana. — Venha, sente aqui. O café está pronto — diz, voltando para o fogão para pôr o bacon e os ovos na travessa.

Ele toma seu lugar de frente para ela e a serve de um pouco de chá. Sua estranha nova mulher come sem disfarçar seu prazer. Devora cada migalha no prato, usando o pão para absorver a última gota de gema dourada. Cai quase espera que Morgana lamba a travessa, mas ela para um pouco antes de chegar a esse ponto. Quando termina, recosta na cadeira e limpa a boca com as costas da mão. Ele sorri, balançando a cabeça. Com os cabelos soltos e embaraçados, o rosto corado devido à corrida e às risadas, a gordura de bacon espalhada na bochecha e um brilho nos olhos por ter apreciado a comida, ela parece tão selvagem e incivilizada quanto é possível. Cai nunca viu uma mulher naquele estado.

— Ora, ora minha selvagem, o que todos vão achar de você?

Morgana abre um grande sorriso e dá de ombros, deixando claro que não se importa nem um pouco com o que qualquer um pensa dela.

— Vou dar uma olhada nos pôneis depois do café. Você quer vir comigo?

Ela assente, vigorosa, se levantando com avidez.

— Calma! Termine o chá primeiro. — Ele dá uma gargalhada e então acrescenta: — Seria bom você se trocar também. Não vai querer assustar os cavalos, não é?

Morgana olha para baixo, para a camisola, como se estivesse alheia, naquele tempo todo, ao quanto se encontrava despida. Ela enrubesce de um jeito atraente.

O momento é interrompido por uma batida à porta da frente. Cai franze a testa, se levantando.

— Quem será a essa hora? — pergunta ele, levantando-se para descobrir a identidade do visitante indesejado.

Cai alega não ser chegado a receber visitas e, no entanto, recebe uma após a outra. Volta com uma mulher alta, em trajes caros de amazona, complementados por um chapéu com um pequeno véu. A roupa é feita de um suntuoso veludo vermelho-vinho, que tem um belo brilho. Ela é toda elegante e graciosa e, no mesmo instante, sinto um desconforto. Pouco antes, eu tomava um café delicioso, em minha nova cozinha, preparado para mim por meu novo marido, e sentia as primeiras cócegas da felicidade. Agora estou diante dessa criatura orgulhosa e feminina e me sinto como uma menina presa num lugar a que não pertence. Por que Cai a trouxe aqui para dentro? Ele não poderia ter levado essa mulher para a sala de visitas?

— Morgana, esta é minha grande amiga, a Sra. Isolda Bowen, de Tregaron. Isolda, esta é Morgana — diz ele.

Só Morgana, é? Nada de *minha esposa* ou *a nova Sra. Jenkins*. Não para sua grande amiga, a Sra. Fulana de Tal. Ao que parece, fui rebaixada por causa dela. O que essa mulher que nos impõe sua presença na hora do café da manhã significa para ele?

— É um grande prazer conhecê-la, Morgana. — Ela se aproxima de mim, estendendo mão enluvada que devo apertar. — Por favor, me chame de Isolda — diz. Agora Cai está se atrapalhando e murmurando por eu não falar. Realmente, às vezes ele faz um trabalho tão ruim com as palavras que me pergunto se ele se importa. Ela ainda segura minha mão e a aperta mais forte agora, como se quisesse transmitir algum tipo de compaixão ou compreensão, imagino. Acho seu toque muito desagradável e fico aliviada com a luva. Existe alguma coisa nela, alguma coisa nessa mulher bonita e confiante, que não me agrada. Existe uma escuridão dentro dela, apesar da bela aparência.

— Estamos todos tão contentes em saber que Cai tem uma nova esposa — diz ela, soltando minha mão, por fim. Eu a esfrego na saia da camisola. Cai percebe e franze a testa. — Seu marido e eu compartilhamos a aflição e o pesar de perder nossos primeiros cônjuges — continua ela. — É claro que meu querido marido deixou esta vida há muitos anos, mas ainda gosto de pensar que fui capaz de compreender e confortar Cai num momento de perda e mágoas.

Os dois trocam sorrisinhos. Sorrisos conspirativos. Estou confusa. Por que ele não decidiu se casar com sua grande amiga, a Sra. Bowen? Os dois são muito íntimos. É óbvio que ela o adora. Por que, então, ele não a escolheu para ser a nova dona da Ffynnon Las?

— *Duw*, onde estão meus modos? — pergunta Cai de repente, em tom de exclamação, puxando uma cadeira para a mulher. Ela se senta, graciosa, se acomodando no assento de madeira, deixando o chicote na mesa. — Talvez você queira um pouco de chá — oferece ele.

— Um chá seria muito bem-vindo.

Cai olha para mim. Olho para ele. Tomo meu lugar à mesa, me jogando, pesada, na cadeira. Ela é a grande amiga *dele*. *Ele* que pegue o chá para ela. Cai faz isso, desajeitado. A queimadura na mão ainda o incomoda. Bem, a culpa é dele. É tudo culpa dele. Se Cai a tivesse levado para a sala de visitas, talvez eu me sentisse menos constrangida e concordasse em fazer o chá. Ela não está de olho nele e sim em mim. Seu olhar é desconcertante. Será que um dia ele encontrou conforto de verdade em sua presença? Tenho a sensação de lacraias subindo pela espinha. Essa mulher não é confiável.

— Morgana — que desgosto meu nome em seus lábios! —, não pense que costumo visitar os vizinhos a essa hora. O brilho do sol me acordou cedo. Uma manhã tão bonita que decidi no mesmo instante aproveitá-la ao máximo, levando Angel para galopar. Ele está amarrado à sombra agora. Acho que está feliz por descansar um pouco. Você gosta de cavalgar? — pergunta ela.

Penso em negar com a cabeça, só para acabar com a conversa por ali. Só para evitar concordar com aquela mulher de algum jeito, mas Cai está me observando e sabe a verdade. Assinto, mas não demonstro entusiasmo algum. Ainda assim, isso não a impede de adentrar no terreno comum entre nós.

— Então, espero que você me permita levá-la para passear em breve. Tenho um cavalo jovem maravilhoso que serviria muito bem para você, com certeza. Cai, você permitiria que sua mulher cavalgasse comigo?

— Claro — responde ele, pondo o chá à nossa frente. — É um convite muito gentil. Não é, Morgana?

Um aceno com a cabeça pode ser surpreendentemente eloquente. Nem Cai nem Isolda deixam de perceber o desdém em minha resposta. Vejo a mandíbula de Cai entesar e seus olhos endurecerem. Por que é tão importante para ele agradarmos essa mulher? Com quantos mais ele espera que eu tome chá enquanto me encaram como se eu fosse uma atração de circo? Ele se casou comigo para servir de motivo para a fofoca e a curiosidade de seus preciosos vizinhos? Me sinto sufocada por essa ideia. Presa. Começo a sentir na cabeça uma pressão familiar. Há um barulho em meu crânio como o vento do inverno por entre os pinheiros. Sei que Cai está falando comigo, pronunciando meu nome, com perplexidade na voz, mas ele me parece distante. Quero fechar os olhos, me deixar ser levada para aquele outro lugar, fugir. Um toque na minha mão me faz voltar para o cômodo, com a mente girando. Mudo o foco, com um pouco de esforço, e vejo que Isolda pôs a mão sobre a minha. Ela não está mais com a luva e o contato inesperado com sua pele faz uma sensação de ardência subir por meu braço até as profundezas de minha mente em conflito.

— Morgana? — Sua preocupação soa falsa. — Você está bem, querida?

Puxo mão de volta num movimento brusco. Uma varejeira azul, gorda e pesada, voa para dentro do cômodo. Pousa na mesa entre nós. Franzo a testa, encarando-a. Por um momento, a mosca apenas esfrega uma perna brilhante na outra, mas então, meio que de súbito, voa e paira entre mim e Isolda. A mulher me observa de perto, tombando a cabeça para o lado, com uma expressão que só posso chamar de pena. Não vou suportar sua condescendência! De repente, a mosca voa na direção dela, zunindo e mirando em seu rosto. Sem se incomodar nem um pouco, Isolda levanta a mão, como que para tocá-la com calma. Pelo menos, é o que ela permite que Cai veja. Eu, porém, vejo mais de perto e testemunho o momento em que ela prende a mosca na mão, silenciando-a com um aperto ágil, de modo que os sucos vitais escorram por entre seus dedos. Durante esse tempo todo, ela não tira os olhos frios de mim uma vez sequer.

Fico de pé num pulo, minha cadeira raspa no piso atrás de mim, fazendo barulho. Parando apenas para olhar zangada para aquela mulher perversa, saio pisando forte da cozinha, voando para meu quarto, com a irritação de Cai clara em sua voz quando ele me chama pelas costas.

Quase uma hora passa até eu ouvir a porta da frente raspar no chão e o som das despedidas no jardim. O tropel do cavalo acelera pela entrada da fazenda. Momentos depois, ouço passos na escada. Me viro para a porta, esperando para descobrir como serei repreendida. Cai, porém, não vem até meu quarto. Nem mesmo bate à porta. Em vez disso, fala do outro lado, com uma voz indiferente e contida.

— Vou subir para ver os pôneis. A Sra. Jones não vem hoje. Tem legumes na despensa para você preparar nossa refeição, Morgana. Volto no começo da tarde.

Dito isso, ele sai com os cães latindo logo atrás. Vou até a janela, esperando vê-lo caminhar a passos largos pelo prado perto do lago, mas não. Espero e, pouco tempo depois, ele reaparece, dessa vez montado num cavalo marrom-avermelhado comum, forte e de pernas curtas, que sobe o morro lento e desajeitado. Observo até perdê-los de vista. Nossa refeição? Ando de um lado para outro no quarto e as tábuas de madeira gastas tremem sob meus pés. Ele sabe que quero ver os pôneis. Me convidou para ir junto. E agora não vou, tudo por causa daquela detestável *grande amiga* dele. Devo passar o dia todo no quarto. Ele que prepare a própria comida! Vou me perder nos livros de meu pai. Assim não noto as horas passando e esqueço a injustiça com que fui tratada.

E, no entanto, o dia está tão bonito que não quero passá-lo trancada em casa. Será que fui mesmo tão rude? Por que ele não consegue **ver** aquela mulher como ela é? O jeito como olhou para mim... como se eu fosse digna de pena. Uma coisa patética. Ela acha que não sirvo para ser a dona da Ffynnon Las. Bem, devo mostrar a ela o contrário. Devo mostrar a todos eles o contrário.

Visto depressa meu vestido marrom sem graça e amarro minhas botas. As solas estão tão finas que posso sentir as pedras ao pisar no chão. No topo da escada, faço uma pausa, pegando no corrimão. Mais uma vez, sinto um arrepio vindo do quarto de Cai. Não há nenhuma corrente de vento, mas, ainda assim, o ar parece se mover na minha direção, como se dedos duros e gelados tocassem meu ombro. Me viro, mas não há nada a ser visto. Brava comigo mesma por ser tão imaginativa, desço para a cozinha. O fogo parece amuado e inútil de tão baixo. Há um resto de carvão no balde de latão. Jogo um pedaço ali, provocando uma pequena nuvem fedida de fumaça cinzenta, mas pouco calor. Com certeza, o fogo ganhará força em breve. Me arrisco a entrar na despensa. Há potes de picles e garrafas de frutas em conserva e sacos de farinha e peças de presunto penduradas em ganchos acima de minha cabeça. A Sra. Jones não verá ninguém passar fome nessa casa, penso eu. Resolvo fazer uma espécie de *cawl*, um prato típico. O cozido básico e farto que fervilha nas cozinhas de toda a região. Essa ideia me transporta para casa. Bem, esse não vai ter o cordeiro que Mamãe teria acrescentado na época das vacas gordas, mas, ainda assim, será um *cawl*. Pensar nela, em sua comida, em casa, traz uma dor fria a meu coração. O que será que ela está fazendo agora? Como está se saindo sem mim? O que acharia do meu novo lar? Me pergunto se ela já sabia o quanto ele é grandioso. Acho difícil acreditar nisso, pois, com certeza, ela nunca teria me imaginado como a mulher de um cavalheiro fazendeiro com uma empregada. Sei que Mamãe daria uma gargalhada longa e alta se me visse aqui na despensa diante da tarefa de cozinhar. Pensar em sua gargalhada traz outra apunhalada forte de tanta saudade. Ela costumava dizer que eu seria capaz de queimar até água, se deixada por conta própria. Bem, sou uma mulher casada agora. Tenho a minha casa. E cozinho se quiser.

Pego uma braçada de legumes e levo para a mesa da cozinha. A fumaça diminuiu e dá para ver pequenas chamas no fogão. Tiro o caldeirão do gancho acima do fogo e procuro uma caçarola apropriada para cozido. A que encontro é de ferro fundido, pesada mesmo quando vazia, mas serve ao meu propósito. Encho a caçarola até a metade com água do balde antes de, com certa dificuldade, pô-la no lugar sobre o calor. Uma breve procura me rende uma faca gasta, mas afiada e começo a descascar e picar. Tenho a impressão de que os legumes foram projetados para resistir às nossas tentativas de torná-los comestíveis. Eles se escondem sob barro e cascas duras, nodosos com olhos ou formatos astutos que desafiam a eficácia da lâmina. Ainda nem passei da metade na minha tarefa quando a faca escapa de uma cenoura deformada e corta meu dedo. Prendo a respiração por um instante, levo o ferimento à boca e o gosto metálico do sangue faz meu estômago se contrair. Já chega desse absurdo. A água fervente que termine o trabalho. Formo uma concha com as mãos para juntar os ingredientes malpreparados e os jogo na panela. A água espirra para fora, chiando ao encontrar o carvão quente. A bagunça cinzenta não se parece em nada com o *cawl* que eu pretendia fazer. Depois de encontrar uma colher de madeira comprida, cutuco os ingredientes com cuidado. O calor do carvão sob a panela e o vapor que sobe cada vez mais escaldam minha mão de tal maneira que largo a colher. Me afastando, a uma distância segura, franzo a testa diante daquela mistura um tanto perturbadora. Estreito os olhos, respiro fundo e volto a mente para a questão. Devagar, a colher se ergue e então começa a mexer. Ela mexe e mexe e mexe, misturando o cozido num ritmo que o transforma em algo que talvez, depois de cozinhar um pouco, dê mesmo para comer. Quando fico contente com o resultado, gesticulo a cabeça em direção à mesa e a colher de madeira, obediente, voa para a fora da panela e descansa ao lado da tábua de cortar. Encontro uma tampa que serve direitinho e a largo sobre o *cawl*. Lá de dentro, vem um promissor barulho de borbulhas. Não vejo por que ficar aqui sentada para vigiar isso e, de todo jeito, o calor da cozinha é opressor com o fogo brilhando num dia tão quente, então, vou lá para fora.

Observo o horizonte ao longe em busca de um sinal de Cai ou talvez um ponto laranja acelerado que poderia ser um dos corgis. Não há nada. Vou até os fundos da casa para procurar no celeiro e nos estábulos. São todos feitos da mesma pedra fria que a casa, com telhados de ardósia inclinados e pontudos para resistir à chuva abundante do inverno galês. Estou prestes a entrar no alto celeiro de feno quando o barulho de água corrente me distrai. Descubro, um pouco à esquerda do curral, num declive que sobe até os prados mais altos, um poço. Há um baixo muro de pedras à frente, onde puseram um cocho para os animais. Isso em si não é impressionante, mas, ao lado, mais um muro circular feito de pedra separa outro poço profundo. Foi projetado para que a criação não chegue ali e construído sob um teto curvado de pedra, como a entrada de uma caverna. Musgos de um brilho surpreendente e samambaias delicadas e leves crescem por entre os blocos de pedra e as rochas. No ponto mais alto, a água, ligeira e reluzente sob o sol da manhã, desce como numa cascata até o poço. A combinação de sombra, profundidade da água, cor das pedras e um elemento desconhecido deixa a superfície no mais belo tom de azul. Ah! Me dou conta de que é isso o que dá nome à casa, pois Ffynnon Las significa "poço azul". Não dá para ver nenhum escoadouro saindo do poço nem do cocho, então, a água deve passar pelo subsolo. Presumo que desça até o lago no prado abaixo. Me inclinando para a frente, formo uma concha com as mãos abaixo da fonte. A água é gelada, pois vem direto do coração da montanha e ainda não foi aquecida pela luz do sol ou pelo ar do verão. Tem um gosto bom. É um pouco turfosa, mas extraordinariamente fresca e revigorante. Bem no topo do telhado do poço, há uma parte de alvenaria ampla e achatada com um entalhe. Está velha e gasta, mas consigo reconhecer um leve vestígio de duas letras, apesar de não saber ao certo quais são. Existe alguma coisa sobre esse poço, alguma coisa além do frescor da fonte de água borbulhante e da beleza das plantas. Sinto, não, mais do que isso, eu seria capaz de jurar que posso *ouvir* mais alguma coisa. É como se o poço cantasse para mim; uma nota alta e clara, ressoando pelo calor do dia, tocando com doçura meus ouvidos

Me abaixo no poço e molho os braços. A água gelada anestesia o corte que ferroa meu dedo. Por um segundo, vejo uma gota de sangue remoinhar pelos contornos antes de ser diluída até não restar nada e então o gelo trabalha em meu corpo para estancar o fluxo. Quando tiro a mão dali e examino o corte, quase não dá mais para vê-lo. É quase como se ele nunca tivesse existido

Cai não precisa tirar o relógio de seu pai do bolso do casaco para saber que passa do meio-dia. Os pôneis estavam no ponto mais distante do pasto alto e encontrá-los levou mais tempo do que ele previa. O rebanho ia de vento em popa: pelos brilhando, potros brincando e crescendo bem. No instante em que se viu entre os animais, lamentou não ter levado Morgana. Ele tem certeza de que ela compartilhará de seu amor por aqueles cavalinhos inflamados. Agora, enquanto conduz a velha égua amarelo-amarronzada ladeira abaixo a caminho de casa, sente que talvez tenha sido duro demais com a moça Não consegue imaginar por que Morgana foi tão hostil com Isolda, mas também há várias coisas que ele ainda precisa compreender sobre ela. Pode ser que ela tenha se sentido em desvantagem, sentada ali de camisola. Mesmo que estivesse encantadora. Talvez ela não tenha dormido bem — foi sua primeira noite na Ffynnon Las, afinal, e ela estava lá fora, nos prados, para saudar o nascer do dia. Ao avistar a casa, ele resolve ser mais paciente com ela. A moça deve estar com saudade da mãe. O tempo vai acalmar seu temperamento e ajudá-la a se adaptar. Ou, pelo menos, é nisso que ele deve acreditar.

No curral, Cai apeia e tira a sela e as rédeas de Honey. A égua se contenta com a grama entre as rochas do calçamento enquanto ele guarda o equipamento no depósito. O pequeno estábulo de pedra está cheio de arreios adoravelmente limpos e bem gastos, próprios para cavalgar, arar e puxar charretes, todos mantidos no alto, longe do alcance de ratos famintos. Cai abre a porteira que dá para o pequeno campo nos fundos do curral.

— Venha, menina. Pode ir.

Honey passeia pelo campo e balança o rabo cortando o ar, preguiçoso, para espantar as moscas insistentes atraídas por seu pelo suado. Cai lhe dá um tapinha carinhoso na garupa quando ela passa. É a égua mais simples que ele já teve, mas seu temperamento estável e seu porte resistente o conquistaram ao longo dos anos. Cai se pergunta, porém, se ela estaria apta aos rigores da condução de rebanhos. Terá que arranjar outra montaria logo, uma mais apropriada para três semanas de cavalgada pesada. Chamando os cães, que pararam para descansar na sombra ao lado do poço, ele segue de volta para casa. Ao abrir a porta dos fundos, cheira o ar, otimista, procurando algum indício de que uma refeição esteja à sua espera. O fedor de comida queimada quase o faz vomitar.

— Morgana? — chama Cai, com a ansiedade dando um tom extremo à sua voz. Ele se depara com a cozinha tomada pela fumaça vinda de um fogo sibilante e um caldeirão em erupção. — Por Deus, o que...? — Apressando-se, ele apanha o pegador de carvão e, com cuidado, pega a panela pelo gancho antes de botá-la no chão. Os corgis, que vinham logo atrás dele, recuam para procurar ar fresco em outro lugar. A tampa da panela foi expulsa pelo cozido fervilhando, que espirrou nos carvões, resultando numa bagunça em brasa. O interior da panela contém os restos de o que um dia talvez tenham sido cenouras, pastinacas, batatas e alho-poró, apesar de Cai não conseguir reconhecer nada.

— Morgana! — grita ele. Dessa vez é raiva e não preocupação o que aumenta o tom de sua voz. Uma olhada pela cozinha lhe diz que, onde quer que sua mulher esteja, ela não só abandonou o cozido como também não se importou em tirar a mesa do café. O pão e o leite e as xícaras permanecem ali, cobertos por uma camada de fuligem. — Morgana! — Ele sai da cozinha, furioso como uma tempestade, e sobe as escadas, agora sem hesitar, escancarando a porta. Na verdade, não fica surpreso ao encontrar o quarto vazio, pois logo percebeu que sua nova mulher não é chegada a ficar dentro de casa. Ele está prestes a ir procurá-la quando vê o caixote de livros. Está aberto e, apesar de ela ainda não ter tido tempo de tirá-los dali, ao que parece, andou dando uma olhada em vários volumes. Vencido pela curiosidade, ele se agacha ao lado do caixote para ver mais de perto. O primeiro livro que encontra é *O peregrino*. Está com algumas dobras nas pontas — mas tudo indica que seja pelo uso e não por negligência —, sem manchas de mofo nem danos causados por traças. Ele abre o livro e, lá dentro, lê, numa caligrafia elaborada: *Silas Morgan Pritchard, 1821*. Pega o próximo e encontra a mesma coisa. E o próximo. Todos os livros, ao que parece, um dia pertenceram ao pai de Morgana, e se torna evidente que ela foi batizada em homenagem a ele. Foi o pai, então, quem despertou nela o amor pela escrita. Esse homem misterioso a respeito de quem Mair não disse mais nada a não ser que sua filha o idolatrava e que um dia ele desapareceu, quando a menina ainda era muito pequena. Cai sente uma compreensão se formar dentro dele. Algo tão óbvio, agora que se dá conta disso, que fica impressionado com a própria lentidão por não ter entendido aquilo antes. Morgana parara de falar quando criança e, aquele momento, o momento em que ela se calou para o mundo, foi o mesmo em que seu pai desapareceu de sua vida para sempre.

Cai se senta sobre os calcanhares e tenta imaginar como a dor dessa perda só pode ter afetado a menina. Logo se lembra da agonia de seu pesar por Catrin. Sua própria reação havia sido, de fato, se distanciar do mundo. Não teria sido o que Morgana fizera, pelo menos da maneira que, como criança, era capaz de fazer? A porta do guarda-roupa está aberta e lá dentro estão penduradas as poucas peças que ela possui. Ele se levanta para ver mais de perto. Depara-se com um vestido de algodão azul-escuro, obviamente guardado para as ocasiões mais importantes, talvez para ir à igreja. É de dar dó por ser tão simples, antiquado e remendado. A combinação, o avental e a anágua estão no mesmo estado de desgaste e reparação. Cai sente uma pontada de dor por causa da moça. Ali está ela, que acabou numa casa grande e fria, casada com um estranho, com todo tipo de visita vindo para olhá-la, pasmo, e ela não tem um traje decente sequer para vestir. Não é de se admirar que ela queira fugir e se esconder.

Cai sente, mais do que ouve, Morgana à porta, e sua aparição repentina o surpreende tanto que ele dá um pulo. Envergonhado, ele se afasta das roupas. Como deve ser encontrá-lo tocando suas roupas íntimas e examinando suas coisas? O constrangimento o deixa mais severo do que ele pretende ser.

— Você largou o *cawl*. Isso foi uma grande asneira. Cheguei em casa e encontrei a cozinha toda enfumaçada. — Como ela não demonstra o menor indício de remorso, ele acrescenta: — Você poderia ter incendiado a casa inteira!

A reação de Morgana é olhar para baixo. Ao fazer isso, seus olhos passam pelo caixote de livros e ela nota que eles foram mexidos. No mesmo instante, sua postura muda de mal-humorada, na defensiva, para furiosa. Ela corre até o caixote de madeira, caindo de joelhos ao seu lado. Agarra os livros, pondo-os de volta exatamente como estavam e, então, puxa a tampa para cima e a fecha com força. Levanta-se num pulo, ainda na defensiva, permanecendo à frente de suas preciosas posses, os punhos cerrados junto aos flancos e a cara sombria de tanta ira.

Cai fica enervado com a intensidade da reação de Morgana.

— Não fiz nada demais — diz ele. — Vi que esses livros pertenceram ao seu pai...

Morgana não lhe permite terminar a frase. Corre para cima dele, com o cabelo solto esvoaçante e os punhos erguidos. Por instinto, Cai ergue as mãos para se proteger, mas ela não bate nele. Em vez disso, o empurra com força, as mãos pressionando seu peito de modo que ele tomba para trás, sem equilíbrio, cambaleando para fora do quarto. No instante em que ele passa da soleira, ela bate a porta em sua cara. Todos os cinco quadros pendurados entre um lance de escada e outro despencam no chão e seus vidros parecem se despedaçar antes mesmo de se chocarem contra as tábuas do assoalho, como se não tivessem sido sacudidos até se soltarem dos pregos e sim explodidos. Cai permanece imóvel, com o coração acelerado. Só depois de se convencer de que a tempestade passou é que se vira e vai lá para baixo.

4.

Como Cai se atreve a tocar nos meus livros! Estava mexendo nas minhas coisas, como se elas lhe pertencessem agora. Como, de fato, pertencem. Como eu lhe pertenço, suponho. Não me resta nada de mim mesma? Levanto a tampa do caixote mais uma vez, só para me certificar de que nada foi levado. Não, estão todos aqui. Cai estava dando uma olhada em *O peregrino*. Me pergunto se ele já leu esse livro. Será que se interessa por histórias? Ainda não vi nenhum livro nesta casa até agora. Talvez ele os guarde para si mesmo, em seu quarto. O quarto que, sem dúvida, espera que eu divida com ele um dia. O que um homem como Cai leria? Um homem que tem passado a vida inteira no mesmo lugar, a não ser quando conduz rebanhos. O que ele escolheria para ler?

Papai selecionou esses livros. Cada um significava alguma coisa para ele. Suas escolhas nunca foram extravagantes nem feitas ao acaso. Ele tinha seus preferidos. Deste aqui, com esta bela capa de couro vermelha, nunca se cansava. *As mil e uma noites*. Como ele adorava este livro! E como eu adorava ouvi-lo ler essas histórias ou recontá-las de cor, como ele costumava fazer. A capa me parece aquecida, como se Papai tivesse acabado sua leitura neste minuto. Enquanto a percorro com o polegar, o título se soletra para mim, entalhado no couro, muito embora o dourado tenha sido apagado há muito tempo pela palma das mãos e pelo colo. Uma tristeza pesa sobre mim, como costuma acontecer quando revivo a dor de sua partida. Quando me lembro de que num dia ele estava lá, e no outro, não. E de como ele levou minha voz consigo ao ir embora.

De repente sou tomada por um cansaço. A viagem, a dor da saudade de casa que vem se arrastando, esta casa estranha, a sociedade desconhecida, o calor... Tudo isso tem contribuído para que agora eu só queira dormir. E, ainda assim, tenho medo de não conseguir. Se eu apertar o livro de Papai com muita força, junto do coração, talvez possa trazer à mente um pouco do calor de sua presença. Vou me deitar aqui no tapete, neste pedaço de sol que ilumina as cores da trama de lã. Fecho os olhos e desejo poder ir até onde meu querido Papai está. Mas, para mim, ele está perdido. Tantas vezes tentei encontrá-lo, viajar como só eu posso para ficar perto dele. Mas meu pai se foi. Tão completamente. O único conforto que me resta é a lembrança. É reviver essas doces cenas e recordações do tempo que passei com ele. Invocar um desses momentos preciosos que minha memória enterrou e preservou como um tesouro antigo. Um momento em que ele estava perto de mim. Tapo os ouvidos para o canto do cuco lá fora. Me encolho ao redor do livro, enfiando o nariz nas páginas secas e empoeiradas como que para manter distante o aroma amargo de legumes queimados e da fumaça de carvão que sobe pelas escadas. Fecho os olhos bem forte, permitindo apenas a oscilante dança do sol sobre minhas pálpebras. Aos poucos, as imagens aparecem. Uma noite escura, imóvel e quente. Uma fogueira lá fora, na ponta mais distante do jardim. E, por fim, Papai, sentado perto dela, com o rosto iluminado pelas chamas. Ele sempre preferiu ficar do lado de fora da casa, para o desgosto da Mamãe. Sempre que o tempo permitia, depois de comer, ele se recolhia em seu cantinho tranquilo, juntava galhos e troncos e, em poucos minutos, se aconchegava ao lado de uma fogueira acolhedora, com um cachimbo de barro na mão e uma calma relaxando os ombros. Uma calma que lhe escapava quando ele era forçado a permanecer fechado, separado das estrelas por ardósia ou sapê. Eu insistia para que Papai me contasse uma história e, depois de resistir um pouco, ele concordava, tragando seu cachimbo, com os olhos voltados para o céu como se procurasse orientação divina para escolher uma. E então começava. Ah, ele era um excelente contador de histórias! Minha mente jovem, maleável como um salgueiro, acompanhava as reviravoltas da aventura, as imagens lampejando vívidas diante de meus olhos, o uivo dos lobos ou o canto das donzelas preenchendo o céu da noite ao meu redor. Eu ficava fascinada. Encantada. De fato, grande parte de seus mais amados contos envolvia magia. A magia, disse-me ele, é para ser levada a sério.

— Os viajantes entendem de magia — falou. — Não estou dizendo que são todos feiticeiros e coisas do tipo, só que reconhecem a magia quando a veem. Seus ancestrais ciganos cruzaram o globo, Morgana, e nas viagens, viram muitas coisas maravilhosas e conheceram muitos seres magníficos. Foi assim que adquiriram o conhecimento vindo de terras distantes e costumes estranhos de povos ainda mais estranhos. Viajar era minha norma, meu estado natural, digamos, até sua mãe me prender na teia dela. — Ele deu uma gargalhada. — Ela é uma boa mulher, mas não é como você e eu, minha filha. — Ele se inclinou para a frente, baixando a voz para um tom de conspiração. — Você tem sangue mágico aí dentro, Morgana. Sei que tem. Não tenha medo, como alguns têm. É um dom, apesar de, em alguns momentos, você não acreditar nisso. — Ele tragou com força o cachimbo, que tinha se apagado. Fez uma pausa para acender um graveto na fogueira e tocou a ponta em brasa na tigela de tabaco. Uma fumaça abundante o encobriu por um tempo e se dispersou aos poucos, com pequenas nuvens formando anéis ao sair de seu nariz. Eu tinha sete anos de idade e um dragão como pai.

— Se você não puder viajar — disse ele —, a segunda melhor coisa é ler. Leia tudo o que puder, minha filha. E guarde esse conhecimento, pois você nunca sabe quando irá precisar dele. — Ele fez uma pausa, se endireitando no assento e olhando, pensativo, para mim. Venho tentando, ao longo desses anos, ver o que havia por trás daquela expressão, o que era aquilo ele estava tentando me dizer. — Uma pessoa tem que traçar o próprio caminho, Morgana. A vida trará coisas para empurrar você em todas as direções, puxando daqui e dali. — Meu pai deu mais uma baforada, se recostando, de modo que a luz do fogo mal chegasse até ele, duas fontes de fumaça o deixando embaçado, fantasmagórico. A única coisa substancial ali era sua voz. — Trace o próprio caminho — disse ele mais uma vez.

Na manhã seguinte, ele já tinha partido e nunca mais o vi de novo.

A lembrança me embala o sono e, quando desperto, algumas horas já passaram e o quarto está escuro, a não ser por uma pequena vela tremeluzindo no parapeito da janela. Me surpreendo ao ver que a colcha de retalhos foi tirada da cama e posta, aconchegante, sobre mim. Cai deve ter feito isso. Deve ter vindo conversar comigo, me encontrado dormindo e pensado em me deixar mais confortável. Esse homem é um mistério. Mais cedo, eu esperava que ele me acordasse e me mandasse preparar sua comida. Me levanto e espio pela janela. A noite está brilhante; as constelações, claras; a lua, incandescente. É difícil julgar a hora exata, mas a casa está quieta, como se eu fosse a única acordada.

Deixo a colcha sobre a cama e apanho meu xale de lã. Pego a vela e giro a maçaneta da porta com cuidado. De novo, enquanto passo em frente ao quarto de Cai, sinto algo de errado com o silêncio imóvel da noite. Tenho a sensação de estar sendo observada. Ajeito o xale para ficar mais justo e sigo para o andar de baixo. Já identifiquei as tábuas e os degraus que reclamam de meus passos, então, sou capaz de descer até a cozinha sem fazer barulho. O fogo do fogão está apagado. Um leve cheiro de fumaça permanece, mas a desagradável prova de minha calamitosa tentativa de cozinhar se foi. A mesa está limpa e tudo de volta ao lugar. Um conflito me perturba. Fico satisfeita porque a prova de minha falta de jeito foi apagada, mas me sinto desconfortável só de pensar em meu marido tendo que limpar a imundice dos meus erros. Não devia sobrar para ele. E agora me sinto estranha e em falta com ele. A fome ressoa em minha barriga e pego um pedaço de queijo e um naco de pão na despensa. Estou prestes a me acomodar no assento da janela quando vejo Cai dormindo na cadeira da cabeceira da mesa. Me pergunto se não o acordei circulando desajeitada pela cozinha. Com que frequência, imagino, ele adormece aqui embaixo? Me lembro que depois que Papai foi embora, às vezes, encontrava minha mãe em sua cadeira perto do fogão. Ela costumava explicar que estava exausta e acabara adormecendo. Só mais tarde é que admitiu para mim que achava sua cama solitária demais. Então ele ainda tem saudade da primeira mulher? Estou competindo com um fantasma?

Agora noto os corgis encolhidos aos seus pés. Bracken abre um olho, me reconhece, com certeza mais pelo faro do que pela visão naquele cômodo pouco iluminado, abana o rabo um tanto alheio e volta a dormir.

Quietinho, pequeno! Não acorde seu dono.

Cai dorme profundamente. Estou perto o bastante para estender o braço e tocá-lo. Ele parece mais jovem, de alguma maneira. Em repouso, suas feições perdem um pouco da tensão que vejo. Ou, pelo menos, que vejo quando ele olha para mim. Sou tão irritante assim o tempo todo? Sua camisa sem colarinho é de boa qualidade e esse é um belo colete de lã. Dá para ver o fecho e a corrente de um relógio de ouro. Ele gosta de parecer... respeitável, eu acho. Até em casa, quando está cuidando da criação. Não é a imagem que alguns condutores de rebanhos passam com seus casacos compridos e modos ríspidos. Reconheço, porém, que ele sempre está muito apresentável. Nas ocasiões em que o vi no mercado de Crickhowell, ele estava bem-vestido, apesar de conduzir os rebanhos. Mamãe e eu vendíamos queijo lá quando podíamos, comprando leite barato do laticínio de Spencer Blaencwm, onde trabalhávamos. Mamãe costumava colher alho selvagem, que batíamos juntas até formar uma peça cremosa e arredondada para vender. Os negócios sempre iam bem quando os condutores de rebanhos chegavam. Foi no mercado que Cai me viu pela primeira vez. Não tinha como se iludir quanto ao que eu era. Uma vendedora de laticínios com uma banca esporádica de queijo no menor mercado do condado. Ele vinha inspecionar nossas mercadorias na noite em que chegava e na manhã antes de os rebanhos seguirem seu caminho. Então, nos visitava na viagem de volta, quando não estava tão sobrecarregado. Um ano e meio passando por ali e parando. Fragmentos de momentos para se convencer de que havia encontrado uma noiva apropriada. E para convencer Mamãe de que meu futuro era com ele. É, ele comprou muito queijo! Talvez tenha sido isso o que o levou a acreditar que eu fosse capaz de cozinhar. Me lembro de que ele fez o melhor que pôde para parecer próspero, sensato e confiável.

E agora olhe para ele. Cílios mais longos do que aqueles com que um homem deveria ser abençoado. Pele bronzeada pela vida ao ar livre, mas não desgastada ainda. O cabelo tem mechas douradas pelo sol do verão. Há vários anos de diferença entre nós, porém, enquanto Cai dorme, vejo o menino dentro dele. Incerto de si mesmo. Vulnerável. Ah! Ele está se mexendo. Não quero ser encontrada aqui, observando. Ele resmunga alguma coisa, com os olhos ainda fechados. Os dois cães erguem a cabeça, que estava apoiada nas patas. Me apresso para sair da cozinha e voltar para meu quarto.

Cai recobra os sentidos aos poucos. Seu braço pende na lateral da cadeira, anestesiado por dormir naquela posição estranha. Bracken lambe a mão dele. Cai se esforça para se endireitar no assento. Sente uma cãibra medonha no pescoço. Antes de conseguir abrir os olhos direito, percebe uma presença. Uma sombra pairando sobre ele, feita por uma figura parada ali perto. Morgana? Ele estava sonhando com ela. Agora se lembra disso. No sonho, ela apareceu como um fantasma. Se inclinou para a frente e tocou seu rosto, observando-o em silêncio, sorrindo para ele. A voz de Cai parecia tê-lo deixado por um tempo, enquanto ele tenta pronunciar o nome dela.

— Sr. Jenkins! — A Sra. Jones não fica muito satisfeita ao ver que ele passou a noite na cozinha. De novo. — *Duw*, o que vamos fazer com o senhor?

— Ah, Sra. Jones... — Não era Morgana, no fim das contas. Só um sonho. A realidade está diante dele, corpulenta, na forma substancial e resoluta de sua empregada.

— Aí está o senhor, de novo não se deu ao trabalho de ir para a cama. Se privou de uma bela noite de sono sem um bom motivo. — Ela põe as mãos na cintura e emite estalos altos com a língua, reprovando, e balançando a cabeça. — E como a Sra. Jenkins se sente diante desse comportamento? O senhor parou para pensar na impressão que ela vai ter disso?

Cai abre a boca para falar, mas hesita. Estava prestes a lembrá-la de que os dois ainda não dividem o quarto e de que, por isso, Morgana não deve saber onde ele passou a noite. De algum jeito, porém, não deseja começar uma discussão voltada para a cláusula de seu acordo matrimonial que diz respeito ao sono. É um assunto delicado demais e com o qual ele ainda não sabe como lidar muito bem. Se levanta, tirando os corgis do caminho com a bota.

— Maldwyn deixou a senhora aqui antes de ir trabalhar?

— Como ele faz quase todas as manhãs. — A Sra. Jones lança para Cai um olhar que diz que ela não vai desistir do assunto assim tão fácil.

— Ele é um rapaz muito trabalhador, Sra. Jones. A senhora o criou bem. — Cai se ocupa puxando o balde, como se checasse se ainda há carvão.

— Com certeza, o senhor terá seus filhos para criar um dia. Logo, talvez, se tratar essa sua bela nova esposa como deve.

Cai não vai se distrair pensando no que, exatamente, a Sra. Jones quer dizer com "como deve".

— Ela é isso mesmo, Sra. Jones: nova. E como tal precisa de um tempo para se adaptar antes de... antes de...

A Sra. Jones espera com as sobrancelhas erguidas.

Cai puxa os baldes num movimento brusco.

— Vou buscar o carvão — diz.

— O carvão pode esperar. — Ela chega para o lado, de modo que ele teria que recuar e contornar a mesa para sair dali. — Posso não ser uma mulher do mundo, Sr. Jenkins, mas disso eu sei: nunca se concebe muitos filhos se o dono da casa dorme na cadeira da cozinha e sua mulher mantém uma cama solitária no andar de cima.

— Sra. Jones, tenha dó. Estamos casados há cinco minutos...

— Cinco minutos, cinco anos... Que diferença faz?

— Como eu disse, Morgana precisa de um tempo.

— O senhor pode ter razão nisso. — Ela assente devagar. — Ou talvez seja *o senhor* que precisa de um tempo.

— Eu?

O rosto da empregada amolece, seus braços pendem pelos flancos, suas mãos puxam o avental.

— Você perdeu uma mulher no parto, *bachgen*. Só uma alma inabalável e incomum para não temer o próximo. Pelo menos para começo de conversa.

Cai se espanta. Não é uma hipótese que tenha entrado em sua cabeça, mas agora que ele a ouve em voz alta, com a simplicidade que só a Sra. Jones é capaz de ter, se pergunta se não pode haver um minúsculo grão de verdade naquilo. A alegria de descobrir que Catrin carregava uma criança no ventre e a feliz expectativa de ser pai passou tão de repente para o horrível parto sem sucesso de Catrin e a perda tanto da mulher quanto do bebê. Será que ele, no fundo, em algum lugar escondido, abriga o medo de que Morgana tenha um destino parecido? É possível. Mas, é claro, enquanto os dois dormem em quartos separados, enquanto ele lhe dá um tempo para "se adaptar", enquanto os dois não são marido e mulher como devem...

Com um desespero cada vez maior, ele tenta pensar em algo que possa fazer a Sra. Jones mudar de assunto.

— Recebemos uma visita ontem de manhã. — Ele tem toda a certeza de que isso despertará seu interesse.

— Ah, é? — Ela faz uma pausa enquanto se dirige à despensa.

— É, foi muito cedo. Nós dois tínhamos acabado de levantar. — Cai permite que essa informação seja assimilada por um momento, na esperança de que "nós dois" fosse apaziguá-la, lhe dar motivos para imaginar que tudo esteja bem. Então, continua: — Fomos pegos de surpresa, mal tínhamos terminado nosso bacon com ovos. — Ele não vê problema em deixá-la supor, como sabe que a mulher vai fazer, que foi Morgana quem preparou o café da manhã.

— *Duw*, quem apareceria a essa hora?

— A Sra. Bowen. Estava cavalgando para apreciar aquela manhã tão bonita. Ela até se ofereceu para levar Morgana para passear num dia desses. Disse que tem um cavalo que acredita que servirá muito bem para ela.

Sobre isso, a Sra. Jones não faz nenhum comentário. Sua atípica falta de palavras faz Cai se perguntar se o silêncio de Morgana é contagioso de alguma forma.

— A senhora não acha isso civilizado da parte dela? — pergunta ele.

— Ah, é mesmo — concorda a Sra. Jones, indiferente. — Muito civilizado — diz ela, mas seu rosto mostra justamente o contrário.

Cai franze a testa. Sabe que as duas não se gostam, mas, com certeza, a Sra. Jones não consegue detectar nada além de gentileza em um convite como esse. Ele sente sua paciência começar a se desgastar um pouco. Outro pensamento lhe vem à mente, uma questão em que, de fato, ele gostaria de alguma assistência.

— Vou levar Morgana à igreja amanhã.

— A Soar-y-Mynydd? Ah, sim! Excelente ideia, Sr. Jenkins.

— Fico feliz em saber que a senhora aprova — diz ele, sem se dar ao trabalho de esconder a alfinetada. — Me dei conta de que, por ter levado uma vida tranquila, sem muitos compromissos sociais, digamos, ela pode não ter nada apropriado para vestir, entende? Então, me parece sensato deixá-la dar uma olhada nos vestidos de Catrin, para ver se ela encontra alguma coisa. A senhora acha que ela vai gostar disso? — Ele se vira para olhar de novo para a Sra. Jones e se surpreende ao ver seus olhos cheios de lágrimas. Por um instante, supõe ter sido de uma insensibilidade horrível, ter julgado mal a situação e que ofenderá a todos com essa ideia. Mas não, são lágrimas de afeto e alívio, acredita ele.

— Ah, *bachgen*! Acho que ela vai gostar muito disso, sim.

— Que bom, então. Está bem. A senhora pode ajudá-la? Levá-la até o quarto dos fundos onde as roupas estão guardadas? Ela deve apreciar sua assistência.

— Não, não. Isso deve partir do senhor. Eu não poderia...

— Mas, outra mulher, nessas questões...?

A Sra. Jones ainda balança a cabeça.

— Não seria certo. É o senhor quem tem que fazer isso — insiste ela.

Naquele momento, os cães se levantam, abanando o rabo e correm para cumprimentar Morgana, que chega a passos silenciosos. Cai nunca tinha conhecido ninguém tão capaz de aparecer sem fazer o menor alarde, tanto que até os corgis, com aquelas orelhas enormes, pareceram surpresos.

— Bom dia, Sra. Jenkins. Bem, *Duw*, o tempo segue em frente sem nós, e aqui estou. Ainda nem coloquei a chaleira no fogo. — A empregada se volta para seus afazeres, mas não antes de assentir, encorajando Cai.

Ele limpa a garganta.

— Ah, Morgana, acabei de comentar uma coisa com a Sra. Jones. Bem, amanhã é dia de ir à igreja, sabe? As pessoas das redondezas gostam de se vestir com elegância. Nada chamativo, entende? Isso não seria nada bom. Não. Bem, me lembrei de que tem um baú cheio de vestidos lá em cima. Eram da Catrin. E não estão servindo para ninguém trancados lá, não é?

A Sra. Jones encara Cai boquiaberta, erguendo a chaleira vazia, tendo suas ações interrompidas pelo esforço desesperador do patrão.

Cai está dolorosamente consciente de que está se saindo muito mal ali.

— Por favor, venha comigo — diz ele, por fim, saindo da cozinha apressado, acompanhado de Morgana, que está intrigada. Os dois sobem as escadas e ele a leva até o andar de cima. A porta do quarto não está trancada, mas a atmosfera lá dentro sugere que o lugar não costuma ser perturbado. Ele se aproxima de um pesado baú de carvalho aos pés da cama e levanta a tampa rangedora. Por um momento, fica paralisado ao ver o vestido de Catrin com não-me-esqueças. Gostava de vê-la naquele em especial. Se recompõe e começa a tirar as peças do baú, dispondo-as na cama.

— Estão em bom estado, vê? A Sra. Jones tem cuidado deles desde que... Ah, este é muito bonito, não acha? — Ele segura um vestido longo de seda, da cor de framboesas amassadas, se virando para ver a reação de Morgana. Não é difícil interpretar sua expressão, tomada de deleite. Ela estende o braço, hesitante. — Vamos — diz ele —, pode pegar.

Morgana pega, deixando escapar um suspiro de prazer enquanto seus dedos tocam a seda cintilante. Isso foi um som?, se pergunta Cai. Ela emitiu mesmo um som, ainda que baixo? Ele a observa de perto agora, fascinado. Pensa se não se incomoda ao ver as coisas de Catrin tão expostas, tão escrutinadas, tão avidamente avaliadas, mas não. Acha aquilo... emocionante, conclui. Tanto que, depois de um tempo, se sente desconfortável por observar Morgana. Ele se levanta, se afastando da cama.

— Então vou deixá-la aqui. Devo fazer isso? Sim. Leve o tempo que quiser. Você é um pouco menor do que Catrin era, mas tenho certeza de que a Sra. Jones pode lhe dar uma mãozinha na costura, se for preciso.

Ela ainda segura o vestido de seda como se nunca mais quisesse soltá-lo. Se vira para ele, com os olhos brilhando e um sorriso de pura alegria reorganizando suas feições.

— Então você vai experimentá-los? — pergunta ele.

Ela assente, vigorosa dessa vez. Feliz. E Cai também fica feliz. Ele se dá conta, enquanto sai do quarto, de como a felicidade aparece nos momentos mais inesperados e nos lugares mais improváveis.

A Sra. Jones se mostra mesmo uma verdadeira especialista com a agulha, ainda mais do que minha mãe. Ela aprova o vestido que escolhi para ir à igreja e me ajuda a apertá-lo um pouco na cintura e a fazer uma bainha. Se ajoelha aos meus pés, verificando o caimento da saia.

— Ah, assim está bem melhor. Ficaria bom com pregas nas mangas, sabe? — diz a Sra. Jones. — Mas acho que serve para amanhã. Vou dar uma olhada nos outros que você escolheu quando tivermos mais tempo. — Ela olha para cima e sorri para mim. — Você está mesmo muito bonita, *merched* — diz. E fico agradecida por ela ter parado de me chamar de Sra. Jenkins. — Você vai estar muito bem na igreja e dar a todas aquelas fofoqueiras de língua afiada um motivo para balbuciar, viu?

Terminamos o trabalho com a agulha e, um pouco relutante, volto para minhas roupas velhas. Admito estar surpresa por ter amado tanto meus novos trajes. Por um instante, quando Cai sugeriu que se tornassem meus, hesitei. Catrin aprovaria isso? Suas roupas usadas pela mulher que tomou seu lugar? No entanto, quando Cai começou a tirar os vestidos do baú, quando os segurou para eu examinar, quando os toquei e senti o algodão fresco, a lã quente e a seda macia, ah! Que maravilhas! E não detectei a menor frieza, o menor indício de que estivessem impregnados por algo negativo. Qualquer que seja a causa dos arrepios que esta casa sempre me dá, a presença nada acolhedora no quarto de Cai, isso, ao que parece, não se estende de maneira alguma às roupas que um dia pertenceram à primeira Sra. Jenkins.

A Sra. Jones desce as escadas, um pouco ofegante até por aquele esforço, já que suas pernas incomodam tanto. Vou atrás. Na mesa da cozinha, Cai deixou um coelho caçado naquela manhã. Acaricio o pelo. É tão macio que meus dedos mal o registram.

— Vou fazer uma torta para o jantar — diz a Sra. Jones, amarrando um avental limpo sobre o vestido. — O Sr. Jenkins é muito chegado a uma torta de coelho. Você gosta?

Dou de ombros devagar e meu gesto explica que nunca me ofereceram isso antes. O rosto da Sra. Jones demonstra primeiro surpresa e, então, pena.

— Bem, *Duw, Duw* — resmunga ela. — Você gostaria que eu lhe mostrasse como se faz ou enjoa com facilidade? — pergunta, vendo minha mão sobre o animal.

Como resposta, num movimento brusco, pego uma caçarola com uma das mãos e o coelho pelas orelhas na outra, balançando-o sobre a panela. Uma gargalhada vinda da porta assusta nós duas.

Os olhos de Cai enrugam quando ele dá risada e sua pele bronzeada faz a íris de seus olhos azul-claros brilhar ainda mais.

— É melhor despi-lo primeiro — diz Cai. — Você pode ter dificuldade para engolir esse pelo! — Ele sai, ainda rindo. A Sra. Jones estala a língua, reprovando, e balança a cabeça, pegando o coelho das minhas mãos, e começa a primeira de minhas aulas de culinária.

Observo enquanto ela estripa o coelho com habilidade e rapidez. Mamãe nunca conseguiu me manter muito tempo dentro de casa para eu me interessar por culinária. Ela sabia que eu preferia ficar do lado de fora, caminhando a passos pesados nos morros ou conversando com os pôneis selvagens das montanhas. Agora, porém, minha vida é diferente e devo me dedicar aos desafios com que me deparo. Depois de estripar o coelho, a Sra. Jones ergue uma machadinha e, com um corte preciso, arranca a cabeça, tão indiferente quanto poderia ser. Em seguida, corta logo acima de cada pata e, então, num movimento rápido, remove a pele sem mais dificuldade do que teria para tirar um casaco de pele. O corpo nu da coitada da criatura é desagradavelmente carnudo e lembra demais um cadáver para que eu possa imaginar comê-lo. Fico aliviada quando a Sra. Jones começa a cortá-lo em pedaços e a aparência de um animal morto logo dá lugar à de carne comum. Ela pressiona a lâmina numa junta da perna, encontrando, como uma especialista, o vão entre a articulação e o encaixe, de modo que o membro se solte facilmente e os ossos permaneçam intactos e sem lascas. Ela faz uma pausa depois de remover a segunda perna.

— Tente você — diz, passando a faca para mim.

Minhas primeiras tentativas são tímidas demais. A lâmina escapa e a ponta perfura a tábua de madeira embaixo da carcaça.

— Não precisa ter medo do coelho. — Ela dá uma gargalhada. — Ele já era bastante inofensivo vivo... Não vai começar uma briga agora. Continue.

Tento de novo, dessa vez com mais sucesso. A Sra. Jones assente com a cabeça, aprovando, formando uma concha com as mãos para pegar os pedaços de carne e jogá-los na panela de ferro fundido, que põe no fogão. Ela me entrega uma cebola para picar e nota meu olhar consternado enquanto fracasso em manter a coisa estável para cortá-la. A cebola escapa de meus dedos e a casca fina como papel de alguma forma rejeita a lâmina.

Estalando a língua, repreendendo, ela pega a cebola de minhas mãos.

— *Duw*, você descobriu o jeito mais rápido que conheço de perder a ponta de um dedo. Tem que segurar firme. Um corte ao meio e depois a parte plana virada para a tábua. Está vendo? Agora pode terminar o trabalho.

Faço o que ela recomenda, sentindo seus olhos em mim.

— Muito bem. Isso mesmo. Não é tão difícil, é? — A Sra. Jones continua me olhando enquanto corto e tenho a sensação de que ela está me avaliando. Ponderando. Muito tempo depois, ela parece ter chegado a algum tipo de conclusão sobre mim.

— Dizem que aqueles que não falam passam mais tempo ouvindo. Me parece que podem ouvir coisas que os outros não ouvem.

Continuo minha tarefa. Começo a me sentir desconfortável sob seu escrutínio.

— Este é o lugar certo para você, *cariad* — continua ela. — Você se encaixa aqui como uma cavilha numa viga furada. Ah, não duvido que você ainda se sinta como uma estranha. Só é preciso um pouco de tempo. Tempo e cuidado. — Ela dá uma risada alta. — E, *Duw*, o Sr. Jenkins se importa muito com você, *merched*!

Sinto que fico toda corada, meu rosto queimando.

— Não há nada do que se envergonhar. Agradeço aos céus por isso. Houve um tempo em que achei que nunca veria a dor deixar os olhos desse pobre homem. Mas a senhora fez mágica ali, Sra. Jenkins. Fez, sim.

Na manhã seguinte, me levanto cedo, ainda incapaz de dormir depois que o dia amanhece. Desço depressa e passo meia hora banhando os pés no orvalho antes de me forçar a voltar para o quarto e me arrumar para ir à igreja. A Sra. Jones sugeriu com delicadeza que, agora que sou uma mulher casada, deveria pensar em prender o cabelo para cima. Apesar de suas instruções, luto com os grampos. Mechas e cachos desafiam todos os meus esforços, escapando por baixo do chapéu em ângulos nada atraentes. Irritada com minha falta de jeito, fecho os olhos e ponho as mãos sobre o colo. Minha mente é muito mais habilidosa e, aos poucos, sinto mechas e fios rebeldes se enrolarem ao redor de minha cabeça, se prendendo uniformes com capricho e firmeza. Abro os olhos para conferir o resultado no espelho, esperando me ver parecida com minha mãe. Estranhamente, é Papai quem reconheço em meu reflexo agora. Me levanto, desdobrando a aba virada de meu chapéu de palha, passando a mão no algodão limpinho, admirando as minúsculas não-me-esqueças do tecido. Me lembro do Sr. Rees-Jones na escola nos dizendo que o orgulho é pecado. Sou pecadora, então? Por estar satisfeita com minha aparência? Por pela primeira vez na vida querer me apresentar como... como o quê? Bonita? Desejável? Minha intenção é impressionar a congregação da igreja ou me deixar mais atraente para Cai? Na verdade, não sei a resposta para essa pergunta.

Lá embaixo, o encontro na entrada, esperando por mim. Ele está elegante, apesar de seu cabelo poder se beneficiar de um pouco de atenção, caindo sobre o colarinho sob seu melhor chapéu de domingo. Cai franze a testa quando me vê e, por um momento, acho que todos nós cometemos um péssimo erro e que, para ele, ver outra usando um dos vestidos de sua mulher é perturbador. Mas não. Aos poucos, ele sorri e me oferece o braço.

— E então, para a igreja, Sra. Jenkins? — pergunta ele, e eu assinto com a cabeça.

O pônei branco, que agora sei que se chama Prince, está tão reluzente que desconfio de que Cai tenha lhe dado um banho. O pequeno cavalo trota, impecável, seguindo em frente, com a exuberante paisagem do campo passando acelerada por nós, enquanto viajamos ao longo do trajeto sinuoso, subindo pelo alto vale até a capela. Sobre nossas cabeças, um falcão rodopia e dá rasantes para fugir de dois corvos incômodos. O céu está completamente sem nuvens e num tom de azul tão intenso que me faz entrefechar os olhos. A viagem leva uns bons trinta minutos e Cai preenche grande parte desse tempo me contando sobre aonde vamos e quem deve estar lá.

— Num dia tão bonito, muitos devem aparecer. Soar-y-Mynydd fica bem no topo da montanha e não é uma viagem para os mais covardes no inverno, sabe? Foi construída há apenas alguns anos e já é conhecida na região toda, ainda mais agora que temos o reverendo Cadwaladr pregando para nós. Alguns percorrem longas distâncias só para ouvi-lo. Não haverá lugar para todos. Você vai ver. Alguns terão que ficar do lado de fora, só escutando. — Ele lança um olhar na minha direção. — Um ou outro vai querer reparar na nova dona da Ffynnon Las — diz. — Você não tem com o que se preocupar. A maioria é muito gentil, e os que não são, bem... Nos importamos com a opinião deles? — Cai sorri para mim, tentando me tranquilizar, mas não estou tranquila. Me dou conta de que, apesar de meu vestido ser adequado, apesar de casada com Cai Jenkins, ainda sou uma curiosidade. Sem dúvida, as notícias viajaram a passos rápidos e maliciosos, de fazenda em fazenda, hospedaria em hospedaria, cozinha em cozinha. Cai Jenkins arranjou uma mulher muda. A muda e burra da Morgana, é o que devem estar pensando. As pessoas são iguais no mundo todo.

Prince bufa e perde o ritmo tranquilo enquanto chegamos ao topo de um morro íngreme. Viramos aqui e ali e avistamos a igreja caiada. Está recém-pintada, com dois jovens pinheiros no cemitério e sem nenhuma lápide ainda. Ao lado, corre um riacho estreito, de modo que chegamos à porta da frente por uma passarela de pedras achatadas. A igreja é belamente situada na paisagem das terras elevadas, com as janelas altas recebendo a luz do sol. Uma considerável aglomeração de adoradores já apeia dos cavalos, desce das charretes ou chega a pé. Sinto um aperto retorcer minhas entranhas. Para a minha surpresa, Cai estende o braço e, apenas por um instante, põe a mão sobre a minha.

— Coragem agora, minha selvagem — diz ele, e de repente me sinto mais forte. Mais forte por causa dele. Essa percepção me espanta, mas, antes que eu tenha tempo para refletir mais sobre isso, chegamos e um garoto vem correndo para amarrar o pônei para nós.

Desço da charrete e pego no braço de Cai. Juntos enfrentamos a multidão. Vejo a Sra. Cadwaladr e suas filhas, vestidas com uma falta de fitas e de uma maneira surpreendentemente contida. Elas nos veem, assim como os outros que se aproximam para serem apresentados e apertarem minha mão. Ouço um murmurinho de nomes, como um riacho no outono, todos correndo para o mesmo mar do esquecimento, e me sinto agradecida porque não serei convocada a lembrar de nenhum deles. Como evidenciado pela falta de questionamentos, a notícia de meu silêncio de fato chegou a todos e ninguém faz comentários a respeito. Cai obviamente interpreta isso como um gesto de uma espécie de aceitação e respeito. Noto que ele começa a relaxar e seu braço em que apoio a mão perde um pouco da tensão de antes.

Ouvimos uma voz alta cumprimentando os paroquianos e Cai se curva para sussurrar em meu ouvido:

— Olhe ali. Aquele é nosso ministro, o reverendo Cadwaladr — diz ele.

Vejo um homem corpulento de cara vermelha, vestido com os trajes costumeiros e severos de um pregador, com um paletó comprido e preto, culotes e um colarinho branco duro, ao que parece, composto, em grande parte, de goma. Ele quase não chega a ser mais alto do que sua mulher igualmente rechonchuda, mas a altura que lhe falta no corpo é compensada na voz. Estou a vários passos de distância, mas cada palavra que ele pronuncia é perfeitamente audível para mim, como deve ser para todo mundo. Será que o reverendo acha que Deus só o ouvirá se ele gritar? Ele observa o público em busca de rostos novos e sou pega por seu olhar afiado.

— A-há! — berra o reverendo, fazendo com que uma senhora de pé ali perto perca o equilíbrio, tombando para trás. — Cai Jenkins e sua nova esposa. Bem-vindos! Bem-vinda, menina. Venha aqui, deixe-me olhar para você. — Ele estende os braços na minha direção e a multidão se parte, como o Mar Vermelho diante de Moisés. — Ah, a inocência e a pureza da juventude. Você veio para um bom lugar, menina. Todos são bem-vindos a Soar-y-Mynydd, e ninguém mais do que a dona da Ffynnon Las. — Ele põe a mão sobre minha cabeça, em algum tipo de bênção. Se espera que eu desmaie ou comece a tremer, não faço nem um nem outro. Nenhum membro do clero, por mais fervoroso ou bem-intencionado que seja, tem a capacidade de me tocar minimamente. Este homem de Deus, porém, tem algo diferente. Estranho. Sinistro. Meu instinto me diz para escapar de sua mão e correr depressa, mas tenho consciência de que há olhos voltados para mim e de que Cai espera, pelo menos, que eu coopere. Invoco o que espero que seja um sorriso humilde e um pouco agradecido. Fico muito aliviada quando ele me solta.

— Excelente! Excelente! — grita o reverendo Cadwaladr. Pelo mais breve dos instantes, ele fica em silêncio, mas, mesmo sem dar uma palavra, de alguma maneira, é barulhento. Parece até *olhar* para mim de um jeito barulhento. Durante esses poucos segundos, enquanto ele me encara, com um olhar penetrante, é que me dou conta de uma sensação de desassossego se retorcendo e me percorrendo sob a pele. Afasto esse sentimento. Ele é só mais um pregador espalhafatoso. Já conheci outros desse tipo antes e nenhum deles gostou de mim. O que quer que ele diga, ainda que suas boas-vindas sejam cordiais, garanto que não vai se mostrar nada diferente dos outros.

Somos tocados para dentro da igreja como tantas ovelhas, berrando e empurrando uns aos outros em busca de um lugar. Cai me guia até o que deve ser seu banco particular, no lado mais distante, mas na primeira fila. Interpreto isso como um sinal de sua posição na comunidade. O interior é incomum por ter os bancos baixos e amontoados ao longo do comprimento e não da largura do espaço e por não haver um corredor no centro. O púlpito fica entre as janelas altas e nele há um atril resistente. Atrás de onde o pregador ficará está uma larga placa de madeira com uma inscrição louvando a Deus e marcando a data da construção da igreja. Tudo isso dá um efeito de simplicidade e utilidade. A única referência a qualquer tipo de ligação com o celestial é a altura do teto, que, apesar de não abrigar um órgão, presumo que vai elevar e ampliar as vozes da congregação nos cantos.

Quando tomo meu lugar, um arrepio me percorre de repente, como se o ar daquele lugar tivesse perdido todo o calor. Não consigo encontrar nenhuma causa para isso e tenho que atribuí-lo ao meu nervosismo por estar confinada com tanta gente. E, talvez, à minha inclinação a não gostar de pregações.

Espio Isolda Bowen entrando na igreja. Ela é cumprimentada por todos com um falso deleite. Como as pessoas perdem a cabeça com facilidade — bela alfaiataria, dinheiro e posição. Por um momento, os paroquianos não são fiéis a Deus e sim a quereres e desejos mais mundanos. Cai, que já tirou o chapéu, faz uma reverência para ela. Ela dá um sorriso para ele e acena com a mão numa luva branca para mim. Seu vestido é sofisticado e, no entanto, simples e até eu sou capaz de julgar que custou caro. É obvio que ela não recorre à empregada para costurar suas roupas. Tamanha elegância só pode ter vindo de Londres. Ela se senta na outra ponta do banco mais à frente. O reverendo entra, pensa um pouco e faz uma pausa para falar com Isolda, claramente tão encantado por ela quanto todos os outros. De fato, depois da breve conversa, o homem parece um tanto iluminado, quase agitado. Que palavras os dois podem ter trocado? Quando todos estão sentados, o pregador toma seu lugar, de onde é capaz de ver de cima até os mais altos entre nós. A porta fica aberta para que os obrigados a permanecer de pé lá fora possam escutar o sermão.

— Irmãos e irmãs! Irmãos e irmãs! — começa ele, com suas palavras quicando nas paredes brancas de pedra, forçando a entrada em cada ouvido e em cada mente. Já ouvi falar de ministros como esse. Exortadores, como são chamados, que instigam um fervor entusiasmado pela fé aonde quer que vão. — Vocês vieram aqui hoje para louvar Nosso Senhor, para adorá-Lo, para se mostrarem cristãos bons e fiéis, dignos do amor Dele. Portanto, pergunto: quem de vocês deu graças nesta manhã? — A congregação responde com uma tensão silenciosa. — Me digam, meus devotos irmãos e irmãs, quem de vocês elevou sua voz, seu coração e seus olhos aos céus nesta manhã e deu graças ao Senhor?

Nenhuma reação ainda, a não ser por movimentos inquietos de peças de algodão e lã no banco polido.

— O quê? Isso pode ser verdade? Estão me dizendo que nenhum de vocês, devotos, *nem um*, pensou em agradecer ao Nosso Pai hoje por tudo o que Ele nos deu? Quer dizer que vocês se levantaram de suas camas quentes e seguras, vestiram roupas limpas e calçaram botas secas, chegaram até aqui sob um céu inigualável, atravessando campos de plantações prósperas e gado em processo de engorda, cumprimentaram seus vizinhos e bons amigos igualmente devotos e *nem um* de vocês pensou em agradecer ao Senhor por todas essas bênçãos maravilhosas? Por toda a generosidade que Ele derrama sobre nós?

Agora o reverendo finge que está prestes a desmaiar de tanta descrença. Cambaleia, agarrando-se ao atril para se apoiar diante de tamanha ingratidão.

— Que vergonha! Que vergonha que vocês sejam capazes de receber com tanta facilidade toda essa abundância com que foram abençoados e não deem nem uma única e humilde palavra de agradecimento! — Os olhos do reverendo Cadwaladr começam a se arregalar, alarmados. — Juntem-se a mim, irmãos e irmãs, juntem-se a mim. Eu imploro a vocês que agradeçam. Agora. Não temos um instante a perder! — Ele ergue o braço e tomba a cabeça para trás, olhando para o teto. — Damos graças ao Senhor! Damos graças ao Senhor por todas as maravilhosas dádivas abundantes com que o Senhor entende que deve nos abençoar. Damos graças ao Senhor!

— Damos graças ao Senhor — repete a congregação. — Damos graças ao Senhor!

Uma tontura começa a me tomar, somando-se à frieza que se espalhou por meus ossos mais cedo.

— Isso, meus irmãos, agradeçam a Ele. Pois se Ele nutre nosso corpo, nutrirá nossa alma. Deem graças!

— Damos graças! — repete a congregação com um entusiasmo audível.

É nesse instante que começo a me sentir extremamente tonta. Me agarro à frente do banco para me equilibrar. O reverendo Cadwaladr continua com suas súplicas e os fiéis reunidos respondem, ávidos, mas não é o barulho nem o frenesi espiritual o que me afeta. Espio o outro lado e vejo que Isolda Bowen ainda está sentada em seu lugar, com as costas eretas e firmes, observando o pregador com muita atenção, parecendo absorta. Então, de repente, um cheiro horrível, ou, melhor dizendo, um *fedor*, um azedo toma minhas narinas. Sequer consigo expressar. E embora desperte uma lembrança há muito tempo enterrada, não consigo identificá-lo. De onde vem isso? Sinto náuseas. Meu estômago está embrulhado e sinto o gosto de bile na boca. As vozes do pregador e dos fiéis parecem se retorcer e distorcer, se tornando um rugido de barulhos, e as palavras, indecifráveis. Minha mente se afrouxa. Tento fechar os olhos, deixar as pálpebras caírem, me deixar ir para outro lugar, meu esconderijo especial. Mas não consigo. Meu olhar é atraído para o pregador. Seu rosto vermelho e brilhante, suas bochechas proeminentes e o barulho incessante o tornam ridículo em vez de intimidador e, no entanto, ao que parece, é ele quem me afeta desse jeito tão adverso. Isso não faz o menor sentido para mim, mas não posso negar que a fonte do meu mal-estar e, na verdade, a fonte do fedor maligno que tanto perturba meu estômago só pode ser o reverendo Cadwaladr. De repente ele se volta diretamente para mim, e me espanta a força de seu olhar. Não, mais do que força. Há um *ódio* feroz ali.

Cai percebe que não estou bem e posso ouvi-lo chamar meu nome, preocupado. Mas não consigo olhar para ele. O mal-estar dentro de mim cresce sem parar até que não seja mais capaz de lutar. Por fim, logo que a congregação fica em silêncio, vomito, fazendo um barulho alto e em abundância, despejando o conteúdo do estômago no colo, encobrindo as pobres não--me-esqueças com jorros vívidos de café da manhã meio digerido.

5.

Cai está aos pés da escada, tocando o pilar do corrimão, hesitante. Os acontecimentos da manhã o deixaram incerto sobre como tratar Morgana. Incerto
sobre a melhor maneira de se comportar em sua presença. A menina ficou
muito abalada depois da humilhação que sofreu na igreja. As pessoas foram
gentis, apesar de sentirem repulsa. Muitos ofereceram ajuda. Mas Morgana
estava inconsolável, tinha saído correndo da igreja, se ajoelhando apressada
no riacho, esfregando o vestido com um punhado de musgo úmido. O vestido de Catrin. Não, ele não deve pensar assim. Afinal, serviu em Morgana de
maneira surpreendente. E agora estava destruído, e a menina, muito constrangida. De fato, quando Isolda se ofereceu para levá-la para casa em sua
carruagem coberta, proporcionando mais rapidez e privacidade, Morgana
reagiu de um jeito que só poderia ser descrito como rude. Ela fez cara feia
para Isolda, lhe deu as costas, subiu na charrete do marido com dificuldade,
pegou as rédeas e partiu sem Cai, que foi obrigado a pular no veículo em
movimento enquanto Prince avançava.

Desde que chegaram em casa, ele não viu Morgana, que permanece
trancada no quarto. Ele não pode deixá-la ficar remoendo o que aconteceu.
Um pouco de ar fresco. Um tempo nas montanhas. Ele está confiante de
que isso lhe devolverá o bom humor. Resolvido, sobe as escadas. Limpa a
garganta e bate à porta.

— Morgana? Morgana, você está se sentindo melhor? — Nenhuma resposta. Cai põe o ouvido na madeira, mas não consegue detectar nenhum
som vindo lá de dentro. Talvez ela esteja dormindo. Ou amuada. Ele tenta
de novo.

— Você aceita uma xícara de chá? Eu estava indo fazer um pouco... — Mais silêncio. Mais uma tentativa. — Pensei em subir para ver os pôneis. Quero trazer as éguas e os potros aqui para baixo, para o segundo prado. Você quer vir comigo para me ajudar? — Cai espera, sabendo que jogou sua melhor carta. E, no entanto, nenhuma resposta ainda. Suspirando, ele se vira e sai andando. Ainda não desceu metade das escadas quando a porta do quarto se abre e Morgana aparece. Usa seu velho vestido marrom e o cabelo solto de novo. Está pálida e quieta, mas, pelo menos, disposta a ir com ele.

Cai assente para ela.

— Que bom, então — diz ele, e juntos os dois saem da casa.

Cai busca Prince no estábulo, usando um velho cabresto de corda para puxá-lo.

— As éguas vão segui-lo até aqui embaixo — explica ele. Os corgis seguem em frente a passos curtos e rápidos, abrindo caminho morro íngreme acima, em direção ao prado mais alto. O dia está muito quente agora. Cai se pergunta se o tempo vai continuar assim. Faltam apenas três semanas para a condução de rebanhos e já tiveram um período tão longo de seca. Se chover muito perto do dia da partida, terão que enfrentar o barro, o que desacelerará seu progresso de maneira considerável. Ainda há muito a ser feito. Ele anda envolvido com o fato de Morgana ter vindo morar na Ffynnon Las e não tem dado atenção suficiente aos negócios. Isso não vai funcionar. Ele irá a Tregaron no próximo dia de feira e confirmará os acordos com os fazendeiros que ainda desejarem que seu rebanho seja levado para Londres. Também precisa combinar a visita de Dai Fornalha e Edwyn Nails.

Quando chegam ao topo do morro, Prince fica animado e inquieto, correndo apesar da subida. Cai ri dele.

— Calma, *bachgen*. Você vai ver suas damas logo. — Morgana estende o braço e acaricia os flancos quentes do pônei, mas ele agita o rabo como um chicote. Cai balança a cabeça. — Prince não vai dar a mínima para nenhum de nós dois agora, não com o cheiro do rebanho no focinho. — Como se quisesse ressaltar aquilo, o garanhão levanta a cabeça e solta um relincho estrondoso, chamando suas éguas. De algum lugar ao longe, vem a resposta. Prince bufa e puxa o cabresto. Cai aperta o ritmo. Morgana protege os olhos do sol com a mão, espiando o horizonte, tentando avistar os pôneis. E, de repente, ali estão, cavalgando em direção aos dois. Num primeiro momento, dá para ver só os mais adiantados: três éguas acinzentadas, todas com potros correndo atrás. Então, um grupo de cavalos de um ano de idade os alcança, brincando e mordendo uns aos outros enquanto correm. Agora a tropa inteira, mais de vinte e cinco pôneis ao todo, vem dançando na grama maleável sob patas ágeis. Prince tomba a cabeça para trás, relinchando de novo, com um brilho nos olhos, puxando as rédeas que Cai segura firme. Logo estão cercados pelos pôneis ariscos e bufadores. Há vários acinzentados, em grande parte quase totalmente brancos. Cai avista sua égua baia preferida, facilmente distinguida pela elegante mancha branca na cara e as quatro meias brancas compridas.

— Aquela é Wenna — diz ele a Morgana, apontando, orgulhoso. — É, ela é uma bela eguinha. Está ficando um pouco velha, mas ainda gera os melhores potros, sabe? Está vendo aquele ali com ela? É um dos filhos de Prince. Olhe para ele. Pernas belas e firmes e essa cabeça elegante... olhos grandes e pretos, cara côncava. Você vai ter que viajar muito para encontrar um melhor.

Morgana claramente se deleita com os animais. Ela anda com facilidade entre eles. Cai nota que, no mesmo instante, eles se sentem confortáveis com ela e nem um pouco nervosos. Ele a observa por um momento, enquanto ela estende a mão para tocar o focinho de um dos mais jovens, bagunça a crina cacheada de um potro e dá um tapinha no pescoço de uma velha égua alazã. O rosto de Morgana fica corado de novo e parece ser ela mesma outra vez. Cai fica satisfeito ao descobrir que ela pode recuperar o bom humor e a saúde de forma tão simples. O que importa, afinal, se ela não sabe cozinhar, não se interessa pela casa e prefere evitar a companhia dos vizinhos? É muito melhor ela compartilhar de seu amor pela terra e pelos animais. Talvez sejam as montanhas e os pôneis que lhe permitirão alcançá-la. Ele se pega sorrindo. Ela olha para a frente e vê que ele a observa. Ele espera que ela olhe para baixo, se vire, dê algum sinal de inibição ou desconforto. Mas ela não faz isso. Parada ali, com os cavalinhos ao seu redor, a brisa do verão balançando seu cabelo preto comprido e o amor pela vida brilhando em seu rosto, ela lhe concede um belo sorriso verdadeiro, de coração. Ele pode sentir sua alegria e se emociona com isso. Se acanha com a própria reação e teme que ela seja capaz de detectar seus sentimentos através do semblante. Para encobrir a timidez, ele começa a lhe contar sobre o rebanho. Explica que foi seu avô quem comprou o primeiro garanhão na feira hípica de Llanybydder e o levou para a Ffynnon Las e que o sangue desse animal ainda corre nas veias dos pôneis. Ele lhe conta que seu pai multiplicou os números com um cuidado quase sobre-humano, vendendo tudo que não estivesse à altura, mantendo apenas os melhores animais para a procriação. Reconta o inverno em que quase perderam o rebanho num surto de garrotilho e comenta que se lembra de se sentar com os potros doentes, repetidas noites, vendo-os morrer daquela doença cruel um atrás do outro, até que seu pai pegou os únicos cinco pôneis que tinha certeza de que não estavam infectados e os levou para um pasto emprestado a uns quinze quilômetros dali. Os pôneis que ficaram morreram todos. Mas seu pai era destemido e recuperou o rebanho, comprando outro garanhão, o avô de Prince.

Prince, porém, não tem paciência de ouvir essa história e relincha para as éguas, sentindo que mais de uma delas está no cio.

— Quieto! — repreende Cai. — Tudo a seu tempo, *bachgen*. Ele puxa o cabresto do animal e este anda em pequenos círculos ao seu redor. — Hoje os pôneis da Ffynnon Las são conhecidos no País de Gales inteiro — diz — e até fora daqui. Tenho que levar três comigo na condução de rebanhos para um homem em Londres. Ele compraria o lote, éguas velhas, animais rebeldes de um ano de idade, cada pônei que houver, se eu deixasse. — Cai sorri, balançando a cabeça. — Mas dinheiro não é tudo, é?

Morgana balança a cabeça de maneira enfática antes de se abaixar para abraçar um dos potros gordinhos. Cai se lembra de que está tentando voltar suas atenções para a condução de rebanhos e de tudo o que precisa ser feito.

— Vou ao mercado de Tregaron na terça — diz ele. — Tenho que me encontrar com alguns fazendeiros. Vou levar uma parte dos animais deles comigo na condução de rebanhos. Ainda temos que combinar um preço, entende? Eu podia só levá-los, sabe? Só ficar responsável por entregá-los aos compradores em Londres. Ficaria com uma parte de qualquer que fosse o preço que pagassem. É menos arriscado assim... Se algum animal se perdesse, eu não teria pagado por ele, mas é melhor se eu comprar esses animais aqui. Assim posso embolsar todo o dinheiro que eu conseguir no fim da condução de rebanhos. Mais risco gera mais lucro. Pelo menos, é o que estou querendo. Deve ser um rebanho grande neste ano. É o meu primeiro ano como chefe da condução, então, tenho que fazer um bom trabalho, sabe? Calculo uns duzentos dos meus animais com, ah, uns cinquenta de Evans Blaenmelyn e uns oitenta de Dai Cwmtydu. Watson vai querer levar as ovelhas dele por conta própria. Mais trabalho do que vale a pena, se você quer saber, mas elas vão ficar sob a responsabilidade dele. — Cai vai parando de falar, distraído, observando um dos potros mordiscando a manga de Morgana. Tenta retomar os pensamentos mais uma vez. — Então, você pode ir também. A Sra. Jones faz compras na vendinha... Ela vai mostrar as coisas para você. E, se você precisar de algo... bem, já vamos estar lá mesmo. — Ela olha para ele por um instante, registrando a informação, mas não parece nem um pouco interessada em qualquer coisa que o comércio de Tregaron tenha a oferecer. Ele fica um pouco surpreso por ela não estar mais entusiasmada com a oportunidade de fazer alguma coisa diferente, passar o dia fora, com os estandes do comércio e tudo mais. Mas se lembra dos acontecimentos daquela manhã e imagina que a ideia de aparecer em público tão cedo não deva lhe agradar tanto.

— Você me parece... muito melhor, Morgana — diz ele. — Lamento pelo que aconteceu na capela. Será que foi a torta de coelho?

Ela enrubesce, dando as costas para ele.

Cai se sente um pouco desgastado pela dificuldade que tem de conversar com Morgana. Num instante, acha que está fazendo algum progresso, que ela está baixando a guarda. No outro, se sente tão distante dela quanto no primeiro dia, quando a levou para a Ffynnon Las. Seria tão difícil assim ela encontrá-lo na metade do caminho?

— Você devia ter deixado os outros ajudarem. As pessoas se preocupam com o que é melhor para você, sabe? Não precisava ter sido tão dura com Isolda...

Ela se vira e o encara com tanta ferocidade que isso o cala no mesmo instante. Para o espanto de Cai, Morgana cospe com veemência no chão, perto do pé dele. Até os pôneis recuam. Cai está consciente de que o controle que tem sobre o próprio temperamento não é tanto quanto o que tem do cabresto do pônei.

— Está bem. Você não gosta dela. Já deixou muito claro o que sente. Não entendo o que ela fez para deixar você tão contrariada, mas tudo bem. Cada um escolhe os próprios amigos, eu acho — cede ele. — Então venha. Vamos dar um jeito nesses pôneis. Temos que levar as éguas e os potros conosco e deixar os de um ano e as éguas que não estão prenhes aqui em cima. Todos esses animais vão nos seguir até a porteira do topo. Podemos separá-los lá.

Ele leva Prince, agora posudo, à frente, assobiando para os cães que, obedientes, se posicionam atrás do rebanho, mordiscando, às vezes, o calcanhar de um rebelde. Morgana segue ao seu lado, deixando os pôneis trotarem pelo caminho com ela. Logo descem até os limites da pastagem alta. Cai começa o trabalho de separar os que quer levar dos que quer deixar ali. Não é uma tarefa fácil. Os corgis são surpreendentemente ágeis e fazem o que lhes mandam, mas os pôneis são rápidos e não gostam de ser pastoreados nem que latam para eles. Prince fica ainda mais agitado, empinando numa tentativa de se libertar de Cai.

— Comporte-se, camarada! Já chega, Bracken! Meg! Venha aqui, Meg! *Duw*, veja só aquelas criaturas estúpidas. — Ele aponta para duas éguas jovens correndo para longe da porteira, com seus potros alarmados, galopando ao seu lado. — Bracken, tenha dó, cão, venha aqui! — Frustrado, ele tira o chapéu da cabeça e o joga no chão. As duas éguas seguem rumo ao horizonte distante, assustadas, sem cooperar e quase somem de vista. O resto do rebanho, percebendo o drama e uma ameaça velada, começa a se virar junto e as segue. Cai sabe naquele instante que vai perder o lote. Assobia alto, tanto para os pôneis quanto para os cães, que dão o melhor de si para manter os animais juntos. A batalha, porém, já está perdida. Cai está prestes a desistir quando Morgana toma a corda de suas mãos.

— O que você está fazendo? — Cai é pego de surpresa e, antes que possa detê-la, ela já está correndo com o pequeno garanhão. Num único movimento fluido, ela pula, afastando as pernas sobre o dorso de Prince, pousando com leveza. Ainda segurando a corda, agarra um punhado de crina e apressa o animal com os calcanhares. Cai só consegue observar, boquiaberto, enquanto ela e o pônei correm atrás das éguas. Morgana não tem sela nem rédeas que permitam um controle apropriado da montaria e, no entanto, os dois se movem como se fossem um. Em momento algum ela dá a impressão de que pode cair. Prince não oferece resistência e corre para onde ela o guia, virando e contornando até, num feito impressionante, terem reunido o rebanho inteiro. Ela consegue até acalmar os animais agitados, de modo que, quando volta para a porteira e para Cai, todos já trotam com calma. Prince está coberto de suor, e Morgana parece mais selvagem e desarrumada do que nunca. Também se mostra completamente relaxada, como se reunir um rebanho galopante de pôneis meio selvagens sobre um garanhão fogoso fosse a coisa mais fácil do mundo. Cai se lembra de sua sogra lhe dizendo que Morgana era uma amazona confiante, e agora lhe parece que a mulher foi muito modesta ao se referir à filha. Não há tempo para comentários, porém, pois Morgana faz sinal para Cai abrir a porteira. Ele faz isso e as éguas e os potros seguem Prince tranquilamente até o campo. Cai fecha a porteira com firmeza, impedindo a passagem dos pôneis de um ano de idade, que relincham e reclamam, dando trotes largos de um lado para outro da cerca por um tempo. Mas eles logo são vencidos pelo calor e passam a pastar.

Morgana faz Prince, obediente, parar, deslizando de seu dorso e entregando a corda para Cai.

— Muito bem, minha selvagem — diz ele, dando um sorriso largo. — Se você continuar assim, vai acabar tomando o lugar dos cachorros.

Morgana dá de ombros, se vira e começa a descer o morro. Ele a observa, se perguntando que outros talentos sua mulher esconde.

O dia seguinte é belo e seco de novo, e Cai e Morgana passam o tempo todo trabalhando com os potros. Quanto mais estiverem cuidados, mais caros custarão, se Cai decidir vendê-los, ou melhores reprodutores se tornarão, se ele resolver mantê-los. Morgana sente-se muito à vontade com os pôneis, é tão delicada com eles. Cai se impressiona com a rapidez com que ela ganha a confiança até mesmo dos jovens mais inconstantes ou das éguas mais cautelosas. Os dois estão tão envolvidos com o trabalho que já começa a escurecer quando a Sra. Jones os chama da casa, brava por terem passado tanto tempo sem parar para comer.

Eles descem pelos campos, passeando em companhia do silêncio, com os cães abanando o rabo à frente e de repente se lembrando da própria fome. Lá dentro, são recebidos por aromas de dar água na boca e um vapor agradável enquanto a Sra. Jones usa uma concha para servir o *cawl* em tigelas. Há pedaços de pão quente para mergulharem no saboroso cozido e uma jarra de suco de gengibre. Cai observa Morgana, que come apreciando a comida, sugando cada gota que resta do molho com o pão, deixando apenas uma casquinha para jogar aos corgis, que estão esperando. A refeição é devorada depressa e os três se acomodam em poltronas para contemplar a lareira por um tempo. A Sra. Jones põe os pés sobre um banquinho usado para ordenhar, o que é melhor para descansar suas pernas roliças e doloridas.

— Vi outra rã no poço hoje — diz ela a Cai, que não consegue identificar nada de significativo nisso.

— O que mais a senhora esperava encontrar? Vejo rãs ali quase todos os dias nesta época do ano.

— *Sapos*, Sr. Jenkins. O senhor vê sapos e não rãs.

— Ah — diz ele, com falsa modéstia —, perdoe minha lamentável ignorância!

A Sra. Jones aperta os lábios.

— Pode rir, *bachgen*, mas não é comum encontrar rãs em águas tão profundas sem margens. Elas preferem lagoas com extremidades rasas.

Cai dá uma gargalhada.

— E o que fazemos agora? Devemos dar importância à tão estimada visitante em nosso poço? — Ele se vira para Morgana e explica: — A Sra. Jones gostaria que acreditássemos que o poço tem propriedades mágicas. Está vendo como é? Uma rã perdida não pode aparecer saltitando sem que a Sra. Jones interprete isso como uma coisa importante. Sendo que a rã só estava procurando água e encontrou, sabe?

A Sra. Jones franze a testa.

— Ninguém descarta tão depressa o que não entende quanto os que têm medo. E talvez com razão.

Morgana ouve uma história por trás de suas palavras e se ajoelha aos pés da mulher, tombando a cabeça para o lado e convidando-a a dar mais detalhes.

— Aquele, *merched*, não é um poço qualquer.

— Agora, Sra. Jones, não comece a encher a cabeça da Morgana com lendas de antigas esposas.

— As antigas esposas sabem de uma coisa ou outra e você faria bem em se lembrar disso, *bach*. — Ela olha para Morgana, baixando o tom de voz para um sussurro sério. — Você sabe que a casa recebeu esse nome por causa do poço, mas aposto que não sabe por quê.

Cai interrompe, acrescentando:

— A água é azul. Poço Azul... Ffynnon Las. Não há mistério nenhum nisso.

— A cor é bonita, sim, e incomum. Mas os prados verdes e a lagoa branca no inverno também são. E ninguém pensou em dar os nomes deles à fazenda, não é?

— Então, prossiga — diz Cai, balançando a cabeça. — É melhor eu não gastar minha saliva tentando impedir a senhora de contar a sua história.

— Ah, não é a minha história. A lenda do poço azul é muito antiga. Mais antiga do que a fazenda. Alguns chegam a dizer que é tão velha quanto a lembrança. — Ela dá de ombros. — Pelo menos, definitivamente, é mais antiga do que eu.

— Imagine! — exclama Cai.

Morgana lança um olhar para ele como se dissesse *fique quieto*. Pega na mão da Sra. Jones e aperta, incentivando a mulher a continuar.

— Dizem mesmo que existem algumas fontes de água com propriedades especiais. *Especiais*. Qualquer um que beba dessa água terá boa saúde. Nas mãos certas, essa água pode praticar todo tipo de cura e aliviar vários, vários tipos de sofrimento.

— Ha! — faz Cai. — Essa água é mágica mesmo.

— Por acaso eu disse mágica?

— A senhora está fazendo aquela cara.

— Me provoque o quanto quiser, Sr. Jenkins. O poder daquele poço é conhecido em todos os cantos e essa sua zombaria toda não vai mudar os fatos, sabe?

— Ah, então agora são *fatos*?

— Não dê ouvidos a ele — diz a Sra. Jones a Morgana. — Sempre existirão aqueles que não querem enxergar. Mas a verdade é uma só, *cariad*, ainda que ela realmente perturbe alguns.

Cai abre a boca para responder ao comentário, mas pensa melhor. A Sra. Jones, satisfeita por ele ter parado com as interrupções fúteis, continua:

— Diz a lenda que há anos, há séculos, um homem santo passou por aqui numa peregrinação. Esse homem não era jovem e não levava uma vida completamente santa e por isso tinha a saúde fraca. Para ele, a viagem era um grande esforço. Bem, a noite começava a cair quando o homem chegou a este lugar e decidiu montar o acampamento. Ele foi com um criado encher de água os cantis feitos de pele de cabra e se deparou com uma velha feia sentada ao lado da fonte.

— Feiticeira — diz Cai. — Na história que ouvi era uma feiticeira e não uma velha.

A Sra. Jones franze a testa.

— Pensei que fosse ficar quieto, Sr. Jenkins.

— Já que a senhora está lidando com fatos, achei que gostaria de dar os detalhes certos, sabe?

A Sra. Jones o ignora.

— A tal... *velha*... andava sem sorte e sem dinheiro. Cumprimentou o homem santo com muita gentileza e lhe pediu um pouco de comida. Só uma casca de pão ou um punhado de mingau de aveia, sabe? Para que ela não morresse de fome. Mas o homem santo disse que não tinha nenhuma comida para dar. Bem, *Duw*, isso deixou a velha brava, mas ela viu que o homem santo estava mancando e pensou em barganhar. Se ofereceu para curar o que o afligia, se depois ele lhe desse alguma coisa para comer. O homem concordou. Ela pegou um pouco da água da fonte e a derramou na perna inchada dele, sussurrando um encanto. E a dor passou no mesmo instante! O homem santo ficou satisfeito e recuperou os movimentos, mas quando chegou a hora de pagar o combinado, ele foi mesquinho e deu apenas uma casca de pão mofada e um queijo bichado. A velha se sentiu traída. Ele lhe ofereceu uma bênção para ajudá-la a seguir seu caminho. Mas ela esbravejou. "De que me vale a bênção de um homem como você?", berrou ela. "Você se diz santo, mas não tem nenhuma caridade no coração! Eu amaldiçoo você!". E, dizendo isso, ela juntou as mãos em forma de concha, pegou um pouco de água do poço e jogou nele. "A água será veneno para você deste dia em diante. Que você nunca mais tenha boa saúde!" O criado fez que iria bater na velha, mas ela fugiu noite adentro, movimentando suas pernas idosas numa agilidade que ninguém poderia alcançar. Bem, o homem sagrado partiu no dia seguinte, mas morreu antes de chegar à costa. Dizem que ele podia tomar uma poça de gotas de orvalho até secá-la sem nunca saciar a sede que sentia e que ele definhou até que não restasse mais nada. — A Sra. Jones se recosta, pesada, na poltrona, assentindo com a cabeça como quem entende tudo aquilo. — Desde então, a fonte da Ffynnon Las é conhecida como um poço de maldições.

Cai boceja e se estica.

— Uma bela história para antes de dormir, Sra. Jones.

— Por um lado é bom o senhor não se interessar por esse tipo de coisa, Sr. Jenkins. Senão viveriam batendo à sua porta, oferecendo dinheiro em troca de maldições e milagres. O dono do poço de fato maneja todo o poder que ele tem. Outros podem tentar usá-lo, mas, sem permissão, existe um limite para o que conseguirão provocar. O dono da Ffynnon Las é o dono do poço. Ou a dona, sabe?

Cai dá uma gargalhada.

— *Duw*, é melhor eu pendurar uma placa. A renda extra seria muito bem-vinda.

A Sra. Jones bufa e deixa os olhos se fecharem.

— Zombe o quanto quiser. Fatos são fatos. — Depois de dizer isso, ela fica em silêncio, desacelerando a respiração quase que de imediato, e logo adormece.

Na terça-feira de manhã, Cai está de pé, do lado de fora da porta da casa aberta e chama:

— Morgana! — Ele forma uma concha com as mãos para que sua voz chegue melhor ao topo do morro, onde tem quase certeza de que ela está se escondendo, e tenta de novo: — Mor-ga-na! — Nada. Sem o menor movimento nem sinal dos dois cães, que também desapareceram.

A Sra. Jones já está sentada na charrete, com a cesta no colo. Prince balança a cabeça para se livrar de moscas chatas. Não são nem oito horas e o sol já castiga lá de cima, num céu sem nuvens, um calor inevitável.

— O senhor não disse a ela que iríamos ao mercado agora de manhã, Sr. Jenkins? — pergunta a Sra. Jones.

— Falei para ela, sim. — Ele se sente tomado de irritação. Pensa que se Morgana não queria ir, poderia ter dito isso. Se pega diante dessa impossibilidade, mas sabe que, mesmo sem palavras, ela poderia ter expressado seus sentimentos em vez de fugir como uma criança. Sobe na pequena charrete, nervoso, fazendo com que Prince cambaleie um pouco, se ajustando ao peso repentino. Com um leve movimento nas rédeas, os dois partem e, junto deles, um silêncio tenso no lugar de Morgana. Não é a primeira vez que Cai percebe o quanto a falta de palavras de sua mulher é eloquente, pois o silêncio que acompanharia Morgana seria de uma qualidade muito diferente do causado por sua ausência. Ainda mais quando sua ausência parece, de algum jeito, uma ofensa deliberada.

A estrada para Tregaron é sinuosa e estreita, mas plana o bastante na época da seca, talvez um pouco empoeirada. O ar está pesado hoje. Por baixo do casaco, a camisa de Cai já está úmida, colando em suas costas, o que o desagrada. A Sra. Jones tenta envolvê-lo numa conversa leve, mas ele não tem ânimo para isso. Seu humor não melhora diante da percepção de que importa mais do que apenas um pouco que Morgana tenha escolhido ficar em casa. Apesar de entender seus motivos, deseja, só dessa vez, que ela tivesse pensado nele antes de se esquivar do convite para ir ao mercado.

Ele a queria ao seu lado quando chegasse na cidade. Queria que o povo de Tregaron visse sua nova mulher, recuperada dos acontecimentos lamentáveis de domingo, sentada, bonita, na charrete com ele ou num passeio pegando em seu braço. Queria observá-la percorrendo os estandes do mercado, escolhendo itens para o armário da despensa e talvez um ou outro presente — uma fita para o cabelo ou um pedaço de renda. Queria ver outros homens observando Morgana. Podia admitir pelo menos para si mesmo agora: tinha orgulho dela. Queria exibi-la e nesse instante não pode, e não sabe se deve se sentir egoísta ou culpado por isso, ou magoado e muito injustiçado. De todo jeito, no momento em que passam pela casa imponente de Isolda na praça da cidade e Prince entra no cercado atrás do Talbot Hotel, o humor de Cai fica mais negro do que o melhor chapéu-coco que ele está usando, como sempre usa quando existem negócios a serem feitos.

A Sra. Jones fica feliz por estar liberada para fazer suas compras e Cai empurra a porta da frente da estalagem coberta de latão. Faz tempo que Tregaron é conhecida como a cidade principal na condução de rebanhos do oeste do País de Gales e o Talbot Hotel é o centro de tudo. O amplo bar do saguão ostenta uma bela lareira, mesas e bancos de madeira com o encosto alto polido, dispostos com cuidado para permitir a privacidade necessária quando negócios importantes estão para serem feitos. Cai cumprimenta o barman e pede uma caneca de cerveja. Observa a cerveja e a espuma preencherem o caneco de peltre e lambe os beiços — calor, umidade e um tempero amargo aguçando sua sede. Uma boa quantidade de fazendeiros já tomou mais da metade da primeira dose. Alguns se apoiam no bar, outros se sentam em grupos, com a cabeça abaixada em conversas extremamente sigilosas. Aqui, acordos serão feitos e animais serão comprados e vendidos sem a ajuda de um leiloeiro. Promessas de trabalho ou empréstimos de instrumentos usados na agricultura serão garantidos. Aqui, os homens podem conversar sobre negócios, com os pensamentos voando livremente depois de um pouco de cerveja e sem o fardo da companhia de suas mulheres, que estão envolvidas com as próprias questões importantes do lado de fora, na praça. Cai acena com a cabeça para um vizinho idoso antes de tomar um gole ganancioso da cerveja escura e forte. Enxuga a espuma do lábio superior com as costas da mão, dá um profundo suspiro de satisfação, agradece, afinal, a ausência de companhia feminina e arrota em melodia.

— *Duw, Duw*! Parece que você estava precisando muito disso, Jenkins Ffynnon Las! — A voz animada atrás dele só pode ser de Dai Fornalha. Cai se vira, sorrindo contra sua vontade, apoiando a caneca para apertar a mão enorme do ferreiro. Dai Fornalha, como é conhecido por todos, como era seu pai antes dele, é uma montanha. Com mais de dois metros de altura e ombros tão largos que precisa passar de lado por quase todas as portas, ele é perfeito para a profissão que herdou. Pois Dai é um ferreiro que trabalha na condução de rebanhos. Não é para ele a delicada tarefa de ferrar o pangaré preferido de uma dama nem aparar os cascos esbeltos dos cavalos de corrida do Lorde Cardigan. Prefere um grupo de clientes mais robustos, que consistem, principalmente, em milhares de quilos de belos bifes galeses. Apesar de o gado ser resistente, não aguenta a viagem de três semanas sem antes cada animal distraído, chifrudo e musculoso ser ferrado.

— Então, Dai, me deixe pagar uma cerveja para você. A primeira da temporada. — Cai faz sinal para o barman.

— Bem, isso é muito generoso da sua parte — diz Dai, dando um tapinha nas costas de Cai numa brincadeira, deixando-o incapaz de respirar por um momento. — E como está aquele seu rebanho, camarada? Pronto para partir, não é?

Cai responde, um tanto rouco:

— É, estão bem o bastante. Vou trazê-los do topo da montanha na semana que vem.

— Que dia partimos?

— Na última terça-feira do mês. Chamo você e Edwyn Nails quando estivermos prontos para recebê-los.

— Está certo. — Ele faz uma pausa para receber a cerveja das mãos do barman, agradece a Cai com uma piscada e despeja quase todo o conteúdo da caneca goela abaixo a goles barulhentos. — Então hoje você veio a negócios — diz. Ele indica uma figura magra, porém forte, sentada perto da janela mais distante. — Pelo que vejo, seu amigo também está aqui.

Cai franze a testa. Llewellyn Pen-yr-Rheol não é seu amigo coisa nenhuma e Dai sabe muito bem disso. Tendo ocupado uma vez a posição de chefe da condução de rebanhos, o homem é uma lição a duras penas de o que pode acontecer com alguém que perde a confiança daqueles de quem depende para sobreviver. Llewellyn se dá conta de que está sendo observado e ergue sua cerveja num cumprimento, com um sorrisinho amargo.

Cai tomba a cabeça um centímetro para o lado, mas não consegue se forçar a fazer mais do que isso. Aquele era o homem que assumiu a condução de rebanhos depois do pai de Cai, sendo que essa posição deveria ter, teria, sido sua se Catrin não tivesse morrido. Pois nenhum homem, nem mesmo um viúvo, pode manter a licença de condutor de rebanhos sem uma mulher. O *porthmon* precisa ser casado e possuir uma casa no distrito, e o raciocínio por trás dessas regras é o de que um homem como esse tem razões para voltar. Alguém sem raízes, sem nada que o atraia de volta para a região, deve ser tentado além do que pode suportar pela bolsa de dinheiro pesada que receberá dos compradores de Londres no fim da condução de rebanhos. Uma parte desse dinheiro será dele, mas uma quantia considerável pertencerá a outros fazendeiros e habitantes da cidade que confiaram seus negócios a ele. Uma esposa e um lar servem de garantia contra tamanha tentação.

Llewellyn tinha sido rápido — um pouco demais, na opinião de muitos — ao tomar o cargo e assumir essa responsabilidade. Não era bem quisto na comunidade, e houve aqueles que deram voz às dúvidas sobre o quanto ele seria adequado para a função. O tempo, porém, era curto e muitos dependiam do êxito na condução de rebanhos para sobreviver ao inverno que estava por vir. Llewellyn Pen-yr-Rheol aparecera para impressionar, para fazer o próprio nome desde o começo. Pegara um empréstimo altíssimo no banco de Tregaron para comprar rebanhos enormes, resultando na maior condução de rebanhos de que todos conseguiam se lembrar de ter visto. Envolvidos na atmosfera de oportunidade e prosperidade, vários fazendeiros chegaram para solicitar que seu gado também fosse levado para Londres, apostando tudo na condução, confiando a garantia de suas famílias a um homem de quem, até então, poucos tinham falado bem. Cai se lembra com clareza dos rebanhos partindo e de como era evidente que Llewellyn apreciara sua posição recém-descoberta. O homem chegou até a dizer que, ao voltar com os bolsos cheios, faria uma oferta a Cai pela Ffynnon Las. A ideia de vender sua adorada fazenda, a fazenda de seu pai, para um homem tão venenoso despertou fúria em Cai, mas ele andava tão derrubado pelo pesar que temia que talvez, no fim das contas, isso fosse a única coisa sensata que lhe restaria fazer.

A condução de rebanhos feita por Llewellyn viajara num tempo bom e alcançara os campos de engorda com poucas perdas. Preços justos foram conseguidos por todos os animais e as comemorações já estavam em andamento na cidade quando a notícia do desastre chegou aos ouvidos dos farristas. Na viagem de volta, roubaram todo o dinheiro que Llewellyn fizera — o dele e o de todos os outros. Bandidos que cruzavam a região montanhosa de Epynt armaram para ele e o deixaram ferido numa valeta rasa, sem um centavo. Depois de passar o momento de choque e fúria e dos esforços em vão para encontrar os criminosos, os habitantes da cidade, por desespero, se voltaram contra Llewellyn. Como chefe da condução de rebanhos, era sua responsabilidade, e somente sua, cuidar para que o dinheiro de todos fosse entregue. Por que ele considerara apropriado voltar para casa desacompanhado? Por que não viajara por partes? Por que não contratara homens para proteger si mesmo e os fundos? Rumores sobre apostas e dívidas começaram a circular e também sobre a possibilidade de ele nem ter sido roubado e sim dado um jeito de esconder o dinheiro para si mesmo.

Por mais que tenha aversão a esse homem, Cai duvida dessa hipótese. Se Llewellyn está montado numa fortuna, esconde isso de maneira excepcional. Quando Cai olha para ele, vê alguém que mirou alto e caiu feio. Seu corpo é tão magro, tão insubstancial, como se ele viesse sendo consumido por dentro pelo próprio fracasso. Apesar de não possuir mais um rebanho, muito menos uma fazenda, ele continua se vestindo como um condutor de rebanhos, com um casaco longo que chega a varrer o chão e um chapéu de abas largas. Enquanto que com esses trajes Cai parece um trabalhador e durão, Llewellyn dá a impressão do fantasma de um homem com uma força que mal chega a bastar para suportar o próprio peso. E ele não é um homem capaz de odiar si mesmo, então, direcionou seu ódio para fora, primeiro para sua pobre mulher, que costuma exibir um olho roxo, depois para seu filho adolescente, que saiu de casa jurando nunca mais voltar e, por fim, para seu sucessor, Cai. Não esconde de maneira alguma o fato de que duvida que Cai seja capaz de comandar a condução de rebanhos com êxito. Diz a qualquer um que queira ouvir, e a muitos que não querem, que Cai é jovem demais, inexperiente demais e levará todos à ruína.

Uma pequena parte de Cai teme que Llewellyn tenha razão. Teme que o que vê diante de si mesmo agora seja seu futuro. A cidade não pode suportar mais um fracasso na condução de rebanhos. Todos os riscos — mau tempo, doenças, ladrões de gado, debandadas, mercadores inescrupulosos, ferimentos e perdas — tudo isso deve ser previsto e superado. Ele não pode falhar. Sabe que deixou a fazenda cair quando Catrin morreu. Levou um tempo para refazer o próprio rebanho e refazer a si mesmo para se preparar para o desafio que está por vir. Por duas estações, negligenciou a fazenda e ainda não se recuperou financeiramente. Precisa que essa condução de rebanhos seja bem-sucedida tanto quanto qualquer um para garantir o futuro da Ffynnon Las. Um futuro ao lado de Morgana.

— *Duw*, acho que ele quer falar com você, Jenkins — diz Dai Fornalha.

Llewellyn fica de pé, instável, e atravessa o cômodo sobre o desnivelado piso de lajota. Cai se endireita, apoiando a caneca. O velho para tão perto que chega a ser desconfortável. Quando fala, sua voz é tão aguda e fina quanto seu físico.

— Bem, aqui está ele, nosso ilustre novo chefe da condução de rebanhos. Que belo *porthmon*. Um homem digno de confiança. Estão vendo? — Ele se vira para falar com os demais. — Vocês todos não confiariam num camarada desses, com seu belo chapéu e seu relógio de ouro no bolso e sua nova mulher, comprada especialmente para isso?

— Cuidado com o que diz, Pen-yr-Rheol — avisa Cai. Ele sabe que não deve morder a isca, mas já começa a perder o controle sobre o próprio temperamento.

Llewellyn acena com um dos braços, num gesto expansivo.

— Ele fez isso pelo bem de todos, sabem? Arranjou uma mulher só para poder liderar a condução de rebanhos e manter o adorável dinheiro de todos vocês a salvo. Muito gentil da parte dele, não é?

— Você está bêbado. Vá para casa.

— Bêbado? Eu? E o que é isso na sua caneca? Chá? Você se acha muito superior e poderoso, Cai Jenkins. Cuidado para não cair. A queda é muito grande.

— Você deve saber disso.

— É, sei mesmo. O bastante. Ah, e não olhe para mim desse jeito! Só falo porque me importo com você. Foi seu pai quem me levou na minha primeira condução de rebanhos. Você sabia disso? Ele era um homem de bem. — Llewellyn faz uma pausa, balançando, com um sorriso sórdido reconfigurando suas feições. — Que bom que ele não está aqui para ver o quanto você deixou a Ffynnon Las cair, sabe?

Isso chega muito perto de dar nos nervos de Cai, que cerra os punhos, mas tem sua trajetória bloqueada pela montanha de músculos, Dai Fornalha.

— Escute, Llewellyn. Não precisamos desse tipo de conversa — fala o homem, gentil, mas firme, virando o cambaleante e empurrando-o em direção à porta. — Arranje um lugar na sombra. Durma para se recuperar um pouco dessa cerveja.

Llewellyn se permite ser conduzido para longe de Cai, mas, enquanto sai, olha para trás, por cima do ombro, e diz:

— Estaremos de olho em você, Cai Jenkins. A cidade inteira estará de olho em você. Acha que pode ser o homem que seu pai era? Por isso quer liderar a condução de rebanhos? Então boa sorte, *bachgen*. Você vai precisar de muita!

Hoje de manhã cedo, do meu esconderijo nas alturas, vi Cai e a Sra. Jones lá embaixo, na frente da casa, com a charrete pronta, vestidos com suas melhores roupas para passar o dia no mercado. Ouvi meu nome sendo chamado, mas ele foi dissipado pela brisa da montanha. Instantes depois, o barulho dos cascos de Prince no chão ecoou pelo vale enquanto ele levava seus passageiros emburrados para a cidade. Que vão sem mim. Não tenho o menor desejo de ser exibida na cidade como fui na capela. Quem sabe que outra humilhação pode estar à minha espera? Se existe a menor possibilidade de eu ter que suportar mais um momento na presença do reverendo Cadwaladr, não vou correr esse risco. O dia está bonito demais, dourado demais, para ser perdido na companhia de estranhos. Prefiro ficar aqui, ouvindo as batidas do coração da montanha.

Aqui em cima, nas pastagens altas, encontrei um lugar perfeito. Um declive raso no chão desgastado por anos abrigando ovelhas. De um lado, há três rochas grandes arredondadas pelo tempo e, tombado sobre o topo, está um abrunheiro forte, com seus galhos baixos e retorcidos e suas folhas resistentes fazendo sombra. Se eu me arrastar para a frente e espiar por sobre a borda de sua curvatura coberta de grama, posso observar tudo o que acontece na sede da fazenda lá embaixo sem ter medo de ser vista. Hoje os corgis se juntaram a mim. Bracken se agita. Acaricio o pelo denso acobreado do cãozinho e ele relaxa mais uma vez, se esticando para apoiar o focinho sobre as patas brancas. Atrás dele, Meg boceja, preguiçosa. Sorrio para os dois.

Nós três não vamos ao comércio hoje.

Bracken responde batendo o rabo peludo lentamente no chão de musgo.

Imagino a bronca que Mamãe me daria se me visse deitada aqui em vez de partir com uma cesta no braço e moedas para gastar, como uma boa esposa deveria fazer. Deito de costas na grama quente. Os raios de luz do sol que o abrunheiro permite entrar dançam sobre minhas pálpebras fechadas e me deixam sonolenta. Aqui, segura, livre, longe das pessoas, onde nada é esperado de mim, posso refletir sobre as coisas com a mente equilibrada. E preciso refletir, enquanto posso dedicar toda a minha sagacidade ao assunto, na verdade não sobre *o que* e sim sobre *quem*. Reverendo Emrys Cadwaladr.

Ainda vejo com clareza a expressão em seu rosto enquanto se divertia com a humilhação que sofri na capela. É como se ele tivesse me julgado de imediato, no instante em que me conheceu, me julgado e me achado deficiente. Seu sermão foi bastante vago — não posso dizer que alguma parte tenha sido voltada para mim, mas sinto que sua desaprovação, sua fúria, essas, sim, eram para mim. Ainda não consigo explicar isso direito. Só sei que fiz um inimigo sem sequer tentar. Não consigo acreditar que ele tenha sido capaz, naquela breve apresentação, de detectar que existe algo... diferente em mim. Algo com que, confesso, nenhum pregador jamais se sentiu confortável. O que mais me intriga, porém, é que perdi minha capacidade singular de ir para outro lugar, de viajar do meu jeito especial para escapar de uma situação que não me agrada. Passei a vida inteira fazendo isso e, no entanto, na capela, fiquei completamente presa. Tinha perdido o dom de viajar através da magia.

Ao longo da vida, só conheci uma pessoa além de mim mesma capaz de viajar através da magia. Papai. Me lembro da primeira vez que ele deu um nome a isso. Na época, não me dava conta de que isso era algo que outros conseguiam fazer, e acreditava que fosse uma peculiaridade minha. Era primavera, me lembro bem. Eu não estava com mais de quatro anos de idade. Tínhamos ido a Crickhowell, me esqueci por quê. Mamãe não estava conosco, mas isso não era incomum. Papai e eu costumávamos sair juntos para fazer mandados. Mandados que, quase sempre, acabavam no Veado Branco. Papai me sentou do lado de fora num banco de madeira curvado e me mandou esperar por ele. Logo fiquei impaciente, mas nem pensei em desobedecer meu pai. Ele tinha me mandado sentar e esperar e sentar e esperar era o que eu iria fazer. Pelo menos, meu corpo. Me lembro como se fosse há alguns dias e não há alguns anos de como minhas pálpebras se tornaram pesadas e caíram, de como a pedra dura da parede do estabelecimento pressionava minhas costas através do fino algodão do meu vestido. Desejei estar no campo de feno de Spencer Blaencwm, brincando com seu filhote de collie. Desejei estar lá e quis estar lá e pensei em estar lá e então, em menos tempo do que um abelhão leva para bater as asas, fui transportada exatamente para esse lugar. O mato alto e os galhos leves me faziam cócegas nos braços expostos enquanto eu corria. Chamei o filhote com minha voz alta e clara de criança até ele aparecer. E juntos saltitamos e pulamos pelos prados floridos, como dois seres jovens apreciando o sol do fim da primavera. E então percebi a voz do Papai, urgente e brava, e suas mãos em meus ombros. Me lembro da confusão daquela jornada de volta para mim mesma, de como tudo parecia se distorcer. E então eu estava do lado de fora do estabelecimento mais uma vez. Papai me agarrava com força, me olhando longa e fixamente. Não disse mais nada até estarmos longe dos ouvidos curiosos de seus companheiros de copo. Na volta para casa, a passos largos e rápidos, ele me perguntou por onde eu tinha andado e lhe contei.

Ele assentiu com a cabeça, pensativo, e depois falou:

— Viajar através da magia é coisa séria, Morgana. Se você se afastar muito, por tempo demais, talvez nunca encontre o caminho de volta. Lembre-se disso.

E me lembrei mesmo. Me lembro. Até agora, tenho consciência de minhas limitações, das vezes em que cheguei muito perto do perigo, quase passando daquele ponto sem volta.

Meus devaneios aliados ao calor me deixam tão letárgica e preguiçosa que logo adormeço. Quando acordo, o sol já começou a se pôr. Grogues por causa de nosso cochilo e com calor, apesar da sombra, os cães e eu cambaleamos para fora de nossa toca e descemos para a casa. Não há o sussurro da brisa agora e o ar se tornou mais pesado, como se o trovão não estivesse a muitos dias dali. Corro até o poço, atraída pela água cintilante, como as libélulas que voam ao redor das pequenas plantas que o cercam. Me sento na mureta de pedra e molho os pés. A água felizmente está fria e começo a retomar os sentidos. Estou prestes a entrar, consciente de que Cai deve estar pegando o caminho de casa agora, quando uma frieza que não é causada pela água faz meu corpo arrepiar. Ouço um barulho de cascos batendo na estrada seca anunciar a chegada de uma pequena charrete ou carroça. Logo me dou conta de que não é Cai e sim outra pessoa. Alguém que tem a capacidade de despertar o desassossego em mim mesmo antes de eu poder vê-lo. Me levanto e viro, protegendo os olhos do sol para tentar enxergar quem é. Vejo uma égua cinzenta comum puxando um veículo modesto, mas de boa qualidade. Como que do nada, uma nuvem passa pelo sol e, em sua sombra, consigo discernir com clareza a silhueta sólida e nada amigável do reverendo Emrys Cadwaladr.

6.

Os dois cães estão ao meu lado, claramente agitados com a presença do homem, assim como eu. O que ele pode querer de mim? Não bastou ter me visto humilhada diante de todos? Ele deve saber que não encontrará Cai aqui num dia de feira, então, por que veio? Por que iria querer me ver sozinha?

Ele faz a égua parar e amarra as rédeas, olhando ao redor, em busca de sinais de qualquer um que não seja eu. Concluindo que não há mais ninguém, não se dá ao trabalho de forçar um sorriso nem cumprimentos com formalidades e gracejos. Tal comportamento seria falso. Nós dois sabemos disso. Seja qual for a encenação que o reverendo faz para sua congregação, ficou claro para mim na primeira vez que nos vimos que ele cismou comigo. Meu mal-estar na capela foi provocado por ele. Tenho certeza disso. E o cheiro de dar náuseas, embora mais fraco agora que estamos ao ar livre, ainda o acompanha. Estou de guarda. Bracken corre apressado, latindo. Meg fica junto de mim, curvando os lábios e revelando dentes afiados e brilhantes quando o ministro chega mais perto.

Permaneço imóvel, estável. Não vou ser intimidada por esse pregador. Esta é minha casa agora.

— Bem, *merched* — fala ele —, que bom que encontrei você sozinha. É o que eu esperava. O que tenho a lhe dizer é melhor que fique entre nós. É claro que a maneira como você escolher agir vai determinar se o conteúdo da nossa conversa será mantido em segredo ou não. — Ele me olha com tanta repugnância, como nunca tinham me olhado antes. Devo mesmo incomodá-lo.

O reverendo fala num tom de voz que, pelo menos para ele, é baixo, apesar de não haver ninguém ali para nos ouvir.

— Você não é bem-vinda aqui. Eu sei o que você é. *Eu sei.* Tenho buscado a orientação de Deus sobre esse assunto. Seria um gesto não cristão evitar você e até condenar você? Tenho orado. Tenho lutado em minha mente com os princípios em jogo, com argumentos e contra-argumentos. O que é certo e o que contraria Deus. Também tenho, não se engane, levado seu marido em consideração. Para mim, está claro que ele anda cego pela paixão óbvia que sente por você, pelo encanto que sente pela sua juventude. Enfeitiçado, como quase podemos dizer. — Neste momento, ele se permite um sorriso falso. — Mas pudera, ele ainda é jovem, viúvo e necessitado de uma esposa. Não posso condená-lo. Nem acredito que ele tenha consciência da sua verdadeira natureza. Do que você é. Declarar a verdade em público, o que sei que é verdade, bem, isso significaria destruí-lo. Seria o fim dele. Eu não me surpreenderia se ele fosse forçado a ir embora. Ir embora da Ffynnon Las, desistir da fazenda, de tudo...

O reverendo faz uma pausa e sorri com escárnio para Meg, que ainda rosna para ele. Bracken veio se sentar, nervoso, atrás de mim agora. Será que eles também sentem o cheiro horrível emanado dos poros desse homem? É acre, amargo, curiosamente familiar. De repente, lembro onde senti esse cheiro antes. Uma vez, quando era eu uma menininha, passeava pela montanha num dia muito quente, com o sol deixando meus movimentos desajeitados. Ao subir numas rochas arredondadas, perturbei um ninho de víboras que tomavam sol. Me lembro agora de que tinham exatamente esse cheiro, o cheiro de répteis quentes. Como um fedor desses pode emanar de um ser humano?

O ministro retomou o sermão:

— Bem, então, o que fazer? No fim das contas, foi o Livro Sagrado que me deu a resposta que eu andava procurando. Como costuma ser o caso, a orientação de que eu precisava estava em meio àquelas adoradas páginas. — Ele para de controlar a entonação de sempre em sua voz para que ela soe muito alta, ele explode e berra seu veredicto sobre mim, com o rosto cada vez mais corado. — As palavras que encontrei não dão margem à dúvida, não possibilitam a prevaricação nem uma interpretação errônea, pois o que li foi: "Não permitas que uma feiticeira viva!"

Estou boquiaberta. Faz muitos anos que ninguém usa essa palavra para se referir a mim. Agora me dou conta de que esperava que aqui, na Ffynnon Las, talvez tivesse a oportunidade de começar do zero, de ser aceita como uma mulher jovem vinda de outro lugar, sem despertar mais nenhuma estranheza. Enquanto eu crescia, houve cochichos, é claro, e Papai se certificou de que eu soubesse, logo que tivesse idade suficiente, que meu sangue era mágico. A palavra *feiticeira*, porém, não era usada com leveza. Não gosto de pensar em mim dessa mesma maneira, pois esse título enche os outros de medo e desperta, no mínimo, um interesse indesejado. O que faz com que o reverendo me rotule assim? Ele não sabe que viajo através da magia, não pode saber. E, de todo jeito, Papai viajava através da magia, mas não era feiticeiro. Consigo dominar o poder da minha fúria, às vezes, e direcioná-lo para onde desejar, mas isso não é feitiço nem um tipo de arte antiga. Simplesmente, está no meu ser fazer essas coisas — é uma parte natural de mim. E como é que o reverendo sabe dessas coisas? Ele não viu nada.

Sinto uma secura na boca e um aperto no estômago enquanto assimilo o que o reverendo diz. Ele não só está me acusando, na minha cara, aqui e agora, de ser uma feiticeira, como, com certeza, está ameaçando minha vida com sua declaração.

Antes que eu possa reagir de algum modo, ele prossegue:

— Não existe nenhum lar para você aqui. Nenhum lugar. Os habitantes de Tregaron são religiosos e devotos e não tolerariam uma bruxa entre eles. Se eu expuser a situação, você será caçada e, se tiver sorte, expulsa. Se forem dominados pela fúria que sua presença causa, devem exigir que o juiz julgue você. Ou, e não posso garantir que se contenham, podem simplesmente decidir... *dar um jeito em você* por conta própria. — O reverendo balança a cabeça devagar. — A multidão é uma coisa apavorante. É a minha vocação, e minha crença sincera na compaixão do Nosso Senhor, o que me obriga a procurar você sozinho e lhe dar a oportunidade de ir embora. Suma daqui. Desapareça noite adentro. Afaste-se de Cai Jenkins, afaste-se da Ffynnon Las, afaste-se da minha paróquia e nunca mais volte!

Aos meus pés, Meg começa um rosnado longo. Uma libélula mergulha, se vira e faz a infeliz escolha de pousar na beira do veículo. O verde e o azul iridescentes de seu corpo dançam no sol brilhante. O ministro repugnante estende a mão rosada e rechonchuda e agarra a libélula, prendendo-a em seu punho. Me encara enquanto deliberadamente esmaga a vida de uma azarada joia da criação, antes de deixar seu corpo cair no chão sem o menor cuidado.

— Lembre-se, *Sra. Jenkins* — diz ele, com deboche na voz —, posso me livrar de você com a mesma facilidade, se for preciso.

Alguma coisa em seu tom, ou talvez seja a extrema escuridão em seu coração, acaba provocando Meg além do suportável. Com um rugido muito maior do que seu tamanho, ela parte para a frente e agarra o calcanhar do reverendo, cravando os dentes profundamente em sua carne gorda. Ele dá um grito e chuta, tentando se libertar da mordida dolorosa. Bracken late, furioso, mas é tímido demais para agir de fato. O reverendo Cadwaladr tira o chapéu da cabeça, usando-o para bater em Meg.

Grita para que eu a controle, mas não vou fazer isso. Por que deveria? Eu mesma lhe daria uma mordida se não temesse o gosto do veneno.

Por fim, o reverendo sacode a perna e se livra dela, e seu outro pé lhe dá um golpe cruel nas costelas. Ela geme e recua por tempo suficiente para ele tomar o assento de sua condução. Os cães continuam latindo e pulando. O ministro pega o chicote e o estala para cima dos dois, pegando em Bracken como uma faixa de ferrões atravessando seu dorso, fazendo com que ele gema e chore. Meg não se intimida com tanta facilidade. Com uma carranca em vez de um adeus, o reverendo ergue as rédeas e, com rispidez, faz a égua andar, chicoteando-a para seguir em frente. Ainda assim, Meg corre atrás do reverendo e, então, tarde demais, vejo o que ele vai fazer. O reverendo espera um pouco, até que a cadela chegue perto da roda da frente e, então, puxa a rédea esquerda bruscamente. O puxão doloroso na boca da égua faz com que ela se vire violentamente para o lado.

Suspiro e minhas mãos voam até meu rosto enquanto vejo Meg desaparecer sob as rodas do veículo. Ela não faz barulho algum. Não tem tempo. À medida que a carroça avança, ela se revela, quebrada e inerte na estrada de terra. Corro até lá, mal me dando conta de que o reverendo parou a carroça. Só quando me jogo sobre o corpo de Meg sem vida é que ouço mais cascos no caminho e percebo vagamente que Cai e a Sra. Jones estão de volta.

Cai grita um cumprimento para o reverendo, mas, ao se aproximar, me vê no chão, desesperada. Puxa as rédeas de Prince, assustado, fazendo-o parar abruptamente, joga as rédeas para a Sra. Jones e pula da charrete, correndo até mim, assimilando uma cena que não deve fazer o menor sentido para ele. Cai não consegue ver sua pobre cadelinha àquela distancia. Só consegue me enxergar de joelhos, chorando e perturbada, atrás das rodas do veículo. Ao me alcançar, vê que não estou ferida, e reconheço um alívio transformando sua expressão de medo para perplexidade.

— Morgana? O que foi? O que aconteceu? — pergunta ele, gentil.

Agora, vê Meg e não é rápido o bastante para mascarar a própria dor. Põe uma das mãos na cabeça dela com delicadeza, de ombros caídos. Fica sem palavras, mesmo quando a Sra. Jones grita, ansiosa, da charrete, querendo saber a causa de tanta agonia evidente.

O reverendo Cadwaladr desce do veículo, com os modos mais solícitos e pastorais.

— Ah, meu prezado Sr. Jenkins. Que tristeza, que acidente infeliz. Por favor, aceite minhas desculpas...

Cai balança a cabeça.

— Não foi culpa sua, reverendo.

— Mesmo assim, me sinto um pouco responsável pelo destino da pobre criatura. Vim até aqui desejar à Sra. Jenkins muitas alegrias em seu novo lar, para reforçar que ela tem lugar garantido em nossa comunidade, e agora... isso.

Cai controla os sentimentos e agradece ao ministro, vendo no meu desespero apenas pesar e decepção por Meg, sem ter como dizer o que mais poderia haver por trás de minha agitação.

— Bem, se não há nada que possa ser feito, vou me retirar — diz o reverendo Cadwaladr. — Vou deixá-lo tomar as devidas providências.

Cai assente com a cabeça, murmurando uma resposta. A Sra. Jones já desceu da charrete para se juntar a nós. Toca meu braço de forma tranquilizadora e, apesar de eu não poder ter certeza, seu olhar me parece revelar uma compreensão mais ampla da situação. Observamos em silêncio enquanto a égua esquelética puxa o veículo, instável, pela subida e para longe de nós.

Cai tira o chapéu e passa a mão no cabelo. A Sra. Jones funga alto. Bracken vem sentar ao lado da irmã, tomba a cabeça para trás, aponta o focinho para o céu e começa a uivar alto, pesaroso. Cai pega Meg nos braços com delicadeza e a carrega em direção ao jardim, com o resto de nós formando uma procissão aflita atrás dele.

Cai grunhe com o esforço de bater com o machado. A manhã é de uma umidade horrível, e o ar, pesado, mas não há nuvens e o céu não oferece promessa alguma de chuva tão cedo. Ele se despiu da cintura para cima para deixar o ar que houver refrescar a pele, mas o suor continua a escorrer pelas costas, fazendo um pouco de cócegas, até deixar seu corpo brilhando. Ele sente o gosto de sal nos lábios. A cada golpe da cabeça de ferro do martelo nos blocos de madeira, se pergunta: *o que aconteceu?* Já está partindo as toras de carvalho arredondadas há mais de uma hora e ainda não tem uma resposta. Existe alguma coisa sobre a morte de Meg, sobre a presença do reverendo Cadwaladr na fazenda num momento em que sabia que Cai não estaria lá, sobre o desespero de Morgana, que não se encaixa. Ele não entende por quê, mas acha esse mistério desconcertante. Perturbador.

Faz uma pausa no trabalho, se endireitando, alongando os músculos cansados, e depois se apoia no cabo do machado por um instante. Olha para cima, para o céu sem nuvens. O tempo está agradável por enquanto, mas com certeza vai mudar nos próximos dias e, sem dúvida, quando isso acontecer, será de repente e de maneira dramática. Não é disso que precisam. Depois de uma seca tão longa, o solo está duro de tão quente, e a chuva pesada vai lavá-lo, correndo em rios montanha abaixo, rápida demais para ser absorvida e ser de alguma serventia. O resultado será uma fina camada de lama escorregadia sem muitos benefícios para as plantas e o solo ressecado. E se a chuva se prolongar, o peso do rebanho vai esburacar o solo até ele virar uma sopa ou um atoleiro, dependendo de onde os animais tiverem pisado. É melhor tirá-los da montanha de uma vez, conclui. Pastorear os animais ladeira abaixo em tais condições seria uma tarefa muito perigosa, gerando riscos para as pernas do gado e dos cavalos. Ele vinha esperando ganhar mais uma ou duas semanas no pasto alto, mas não vale a pena. É melhor prevenir do que remediar — está perto demais da data da condução de rebanhos para arriscar perder alguma criação. Com a perigosa situação financeira da Ffynnon Las, cada cabeça de gado conta e nenhuma pode ser perdida. Ele apoia o machado na pilha de madeira, veste a camisa de algodão sem gola e vai atrás de Morgana.

Cai encontra sua mulher ajoelhada no túmulo de Meg. Juntos, tinham escolhido um lugar ao sol no jardim à frente da casa. Morgana está ocupada, plantando uma papoula galesa no solo recém-mexido. Cai aprova a escolha da flor — suas pétalas amarelas douradas ecoando com tanta perfeição o brilho solar do pelo da cadela.

Morgana ouve Cai se aproximar. Se vira para olhar para ele, mas não se levanta.

— Muito bem. — Cai assente com a cabeça para a planta longa e fina. — Crescem bem, essas papoulas. Haverá muito mais aí no próximo verão, sabe? — Ele chega mais perto. Percebe o quanto ela está triste e é tomado por um desejo de se agachar ao seu lado, envolvê-la em seus braços e confortá-la. Prometer que a dor da perda se atenuará com o tempo. Mas ele hesita e o momento se perde. Morgana lhe dá as costas, se virando de novo para o túmulo. Pressiona a terra ao redor do caule da planta e, enquanto faz isso, Cai nota uma única lágrima escorrer pelo rosto dela e cair na terra. A lágrima permanece um instante no solo seco e então é absorvida, aguando a planta delicada.

Cai limpa a garganta.

— Decidi que devemos juntar o gado. Hoje. Agora. — Como Morgana não se mexe, ele se dá conta de que não explicou direito e prossegue: — Vou precisar da sua ajuda, Morgana.

Diante da menção ao seu nome, ela dá um pulo e se levanta, tombando a cabeça um pouco para o lado, questionando.

Cai arrasta os pés um pouco. Não quer se expressar mal, mas não tem como evitar os fatos.

— Tenho só um cachorro agora. Bracken vai precisar de ajuda.

Morgana reflete sobre o corgi sobrevivente, que está sentado ao lado do túmulo, parecendo o mais triste que um cachorro pode parecer. Ela assente, compreendendo.

— Está certo — diz Cai. — Vou com Honey. Vamos arranjar uma sela para você ir com Prince.

Juntos, eles buscam e preparam os cavalos e logo os apressam a subir a montanha íngreme atrás da casa. Bracken, por fim, começa a agir, parecendo satisfeito por ser posto para trabalhar.

Cai põe o chapéu de volta na cabeça. Decidiu usá-lo pela sombra que a borda faz, mas seu couro cabeludo pinica com o calor e a umidade do ar. Ele crava os calcanhares nos flancos de Honey, só que a velha égua também sente calor e agita o rabo, teimosa. Quando chegam à porteira que dá para a montanha, os dois cavalos estão pegajosos de suor. Isso, porém, não diminui o entusiasmo de Prince pelo lugar. Ele começa a saltar e a se agitar, ávido para correr. Morgana permanece montada sem se abalar com o comportamento dele.

— Prince acha que vamos ver as éguas dele — diz Cai, deixando a porteira presa na posição aberta depois de passar. — Hoje não, *bachgen*. Temos que cuidar de outras coisas.

Cai e Morgana pressionam os cavalos em direção às poças de orvalho, com o trovão rastreando seus passos. Os animais trotam pelo caminho que se estreita acima do declive rochoso e é ainda mais sinuoso à frente. Finalmente, chegam ao topo da montanha e o pântano se abre mais adiante.

— Ali! — Cai aponta ao avistar o rebanho a cerca de um quilômetro de distância.

É quando se aproximam do rebanho que uma transformação curiosa ocorre. Para o espanto de Cai, o céu, que até então tinha um perfeito tom de azul, vira um borrão e escurece. Nuvens se juntam e retorcem numa velocidade sobrenatural, de modo que logo formam uma massa densa, bloqueando grande parte da luz do sol, deixando o pântano em trevas horripilantes. Cai está acostumado com a natureza caprichosa do clima nas montanhas, mas nem mesmo ele já havia testemunhado uma mudança tão abrupta. Antes de alcançarem o rebanho, o trovão seguinte, como o ronco de um gigante ao longe, vibra no ar. Se esse gigante acordar antes de terem descido da montanha com o gado, se a tempestade chegar... Cai não quer nem pensar no perigo que está por vir. Como se a chuva não fosse tornar traiçoeira o bastante a tarefa de reunir os animais, Cai sabe que a montanha a céu aberto não é lugar para se estar quando os raios começam sua dança. Ele olha para Morgana e vê uma preocupação não mascarada em seu rosto. Ela é filha das montanhas, afinal. Não há como não ter consciência de o quanto essa tempestade repentina é estranha e ameaçadora.

Os animais se mexem e se viram, inquietos com o comportamento curioso dos elementos. Se empurram por uma posição dentro do grupo. Ninguém quer se expor na camada mais externa do círculo. Quando Cai e Morgana alcançam o gado, as nuvens já começaram a descarregar seu peso com tanta força que a água quica, voltando cerca de um metro depois de bater no solo seco. Quase que de imediato a qualidade do ar se transforma, se tornando notadamente mais fresco e frio, tomado pelo cheiro de urze e grama molhada. Cai assobia, chamando o gado. Seus gritos soam mais como avisos do que como comandos, sons e palavras indistintas para acalmar e convencer. Para tranquilizar o gado e lembrar aos animais a quem é que pertencem.

— Oa! Opa! *Deuch! Heiptrw ho!* — grita ele, antes de assobiar de novo, desta vez para Bracken, que reconhece o sinal no mesmo instante e sai acelerado numa curva ampla para chegar depressa ao fim do rebanho. A chuva cai tão forte e tão pesada agora que o barulho meio que afoga as palavras de Cai quando ele se vira para Morgana: — Vá para o lado mais baixo. Fique abaixo do gado. Não perto demais. Temos que levá-los num ritmo estável, sem correr, entendeu?

Morgana assente e inclina o corpo para virar Prince, deixando-o livre para trotar pela grama molhada. O gado abaixa a cabeça enquanto o cavalo e Morgana passam. Os chifres dos animais são pequenos, mas afiados e brilham na chuva. O mais audacioso deles bufa e um ou dois batem o casco no chão com os olhos arregalados.

— Oa! Vamos logo! Oa! Oa! *Dewch!* — Cai acena enquanto grita e leva Honey a trotar, baqueando e passando para a parte mais alta, se aproximando da frente do rebanho, logo acima dos animais. Sabe que precisam atingir um ritmo mais avançado antes de ele assumir a posição à frente. Vão segui-lo muito bem, uma vez que estiverem acomodados e resignados por serem conduzidos. Por enquanto, Cai tem que ajudar Bracken a empurrá-los para a frente e, com o apoio de Morgana, mantê-los estáveis, seguindo em direção à trilha que os levará a descer a montanha. Ele já está todo molhado e sabe que Morgana só pode estar também. Fazia tanto calor e seu corpo está tão coberto de suor e poeira que a chuva morna é uma bênção e um alívio. Ainda assim, é preocupante. Sob os cascos de Honey, a água começa agora a borbulhar e espirrar, à medida que o solo ressecado a rejeita. Dentro de alguns minutos, o terreno se tornará escorregadio e a trilha de terra se transformará em lama pegajosa antes que consigam descer até a sede da fazenda. Cai arranca o chapéu, acenando com ele em uma das mãos enquanto grita com o gado, ávido para levá-lo, para levar a todos, lá para baixo. Agora a tempestade está completamente sobre eles. O trovão estrondeia num volume tão alto que um pensamento sensato é impossível. Ao mesmo tempo, o céu é iluminado por clarões que por um momento substituem as nuvens escuras como ardósia, alvejando toda a cor do céu, revelando a paisagem num brilho sobrenatural e tenso. O gado começa a dar voz a seu nervosismo, de modo que, mesmo entre os trovões cacofônicos, o ar é tomado de ruído. Água e ruído. Cai entrefecha os olhos em meio à chuva que escorre por seu rosto. Morgana e Prince são um único borrão se movimentando para a frente e para trás, mantendo o rebanho junto, recuperando com agilidade um castrado que se desgarrou. Morgana é mais capaz do que Cai poderia esperar e ele fica profundamente satisfeito com sua ajuda, mas parte dele deseja que ela estivesse a salvo, em casa. Enquanto houver apenas clarões, não há perigo real, mas Cai conhece o clima da montanha bem o bastante para não ser complacente. Se a natureza da tempestade mudar, o que poderia acontecer num instante, relâmpagos bifurcados começarão a cair do céu em busca dos objetos mais altos que possam conduzi-los à terra molhada. E, no topo dessa montanha sem árvores, não há nada mais alto do que o gado, os cavalos e os cavaleiros.

— Oa! Bracken, calma, rapaz! — Cai alerta o cão, que, sem a influência tranquilizadora de Meg, e mal sendo capaz de ouvir os assobios e comandos de seu dono, está se tornando agitado em excesso e tocando o rebanho rápido demais. — Já chega! — Cai berra, mas suas palavras são completamente encobertas por um trovão todo-poderoso exatamente acima de suas cabeças.

Quando o primeiro raio corta o céu, faz isso com tanta ferocidade que Cai chega a acreditar que foi atingido. Há um ruído em seus ouvidos, seguido de calamitosos mugidos do gado. O tempo parece parar e, naquele momento paralisado, Cai vê o fogo celestial encontrar seu caminho através dos três animais que estão mais para trás. Vê a luz pontuda alcançá-los, cobri-los e penetrá-los. Ouve o estrondo enervante atingi-los, os mugidos agoniados dos animais ao redor e o zunido horrível de um calor inimaginável em corpos molhados. Mais tarde, vai jurar que sentiu o cheiro de pele crepitando e carne cauterizada enquanto o inevitável poder do raio abria caminho, queimando, em meio ao gado, como o ferrete impiedoso do inferno mantido ali, até carne, músculos e ossos se renderem.

Três touros jovens castrados estão mortos antes que seus corpos superaquecidos caiam no chão. Um quarto é deixado inconsciente e imóvel. Um quinto e um sexto apresentam queimaduras graves no dorso. O terror percorre o rebanho tão depressa quanto o raio. Se o tempo tinha parado por um momento, agora avança como que vinte vezes mais acelerado que seu ritmo normal. Cai observa, horrorizado, enquanto o gado, se movimentando como uma massa única apavorada, ergue a cabeça e começa a debandar. Ele crava os calcanhares nos flancos da égua velha, apressando-a para ir atrás da criação que começa a desaparecer, mas ela conhece as próprias limitações e é desajeitada e receosa numa descida tão inconsequente. Ele grita atrás dos animais, chamando-os de volta, sabendo que suas palavras se perdem em meio às trovejantes batidas de seus cascos no solo pedregoso e seus mugidos apavorados enquanto correm. Bracken, apesar dos pés ágeis, é deixado para trás, num espaço cada vez maior que se abre entre o cão e o rebanho. Cai assobia, frenético, mandando-o para abaixo das feras a fim de tentar virá-los de volta para a lateral da montanha. As orelhas desproporcionais do cão são de grande serventia. Ao perceber o comando do dono dessa vez, ele desce em disparada, alcançando logo Morgana e Prince. Morgana se esforça ao máximo para manejar os animais, mas com pouco êxito. Cai pode ver sua tentativa de virar Prince, alinhando-o com os animais mais externos ao grupo, usando-o para se curvar sobre as criaturas apavoradas e guiá-las para cima. O pônei, porém, é pequeno demais e o gado está assustado demais. Prince dá passos firmes e está disposto, mas não é páreo para o gado musculoso e, se tropeçasse e caísse, esse contato tão de perto poderia fazer com que pônei e amazona acabassem pisoteados. Cai, acima e agora quase totalmente atrás da debandada, é reduzido à posição de observador em estado de choque. Se o gado não for trazido de volta, se permitirem que esses animais desçam pela trilha estreita nessa velocidade, não existe a menor possibilidade de todos eles sobreviverem à descida. A trilha é estreita demais para acomodar o porte do rebanho em si. Além do mais, os animais tão assustados não se movimentarão em fila, um atrás do outro, mas sairão todos juntos, cegamente. Eles precisam ser trazidos de volta.

— Morgana! — Grita Cai para ela, acenando com o chapéu, enlouquecido. — Morgana! Você tem que trazê-los de volta! Eles estão indo para a beira. Mande-os para cima! Para cima!

Morgana galopeia ao lado dos animais, com Prince escorregando e tropeçando no solo encharcado, mas sem recuar nem diminuir o ritmo uma vez sequer. Ela acompanha o rebanho, mas não consegue fazê-lo voltar apenas com sua presença. Bracken está com ela, latindo com selvageria agora, mas em vão. Não basta.

— Chame os animais, Morgana! — Grita Cai o mais alto que pode, mas já está para trás, longe demais para se comunicar com o gado. Toda a força e autoridade são tiradas de sua voz pelo ruído de centenas de cascos, pelo mugido dos animais e pela interminável música fúnebre da tempestade. Ainda assim, ele torce para que ela seja capaz de ouvi-lo. — Use sua voz, Morgana! — implora Cai. — Eles vão ouvir você. Você tem que chamá-los! Morgana, pelo amor de Deus.. fale!

Mas ela não fala. Olha de novo para ele com uma expressão abalada e a boca aberta numa tormenta silenciosa. No último instante, puxa as rédeas com força, levando Prince a erguer a cabeça e dar a volta, já que a trilha à frente ficou estreita demais para prosseguirem. Em segundos, o rebanho passa à sua frente e segue ao longo da trilha que acompanha a lateral da montanha até lá embaixo. Cai força sua égua relutante a ir atrás deles. Alcança o cume da montanha, com Morgana um pouco à frente, bem a tempo de ver a calamidade chegar ao inevitável desfecho. O gado segue pela passagem estreita e, tarde demais, os primeiros animais se dão conta de que não há espaço para todos. Eles se viram e empurram e se agitam numa tentativa de permanecer na trilha, mas a força e a velocidade da debandada impossibilitam tais mudanças na direção e no ritmo. Cai observa, incrédulo, enquanto sua criação despenca da beirada e desaparece, caindo pela letal, vertiginosa e rochosa lateral da montanha. Os animais despencam um depois do outro, como uma torrente em ebulição se derramando numa queda d'água negra interminável e inevitável. O gado condenado segue em direção à morte como se o próprio diabo os atraísse, um depois do outro, até que todos, com poucas exceções, tenham desaparecido, pisado no nada e despencado, em silêncio, por fim, rumo aos pés do vale rochoso, sessenta metros abaixo.

7.

Ele me despreza agora. Tenho certeza disso. Como não desprezaria? Me viu deixar seu rebanho correr rumo à morte. Me viu fracassar em deter os animais. Me viu, a Morgana muda e burra, que não foi capaz de emitir um som para salvá-los. Não foi *capaz*. Mas ele não entenderá isso. Não *entenderia*. É o que pensa com certeza. Pensa que foi escolha minha deixá-los seguir e se deparar com o fim. Seu gado maravilhoso, seu sustento. Se ao menos ele soubesse que invoquei cada migalha da minha energia, sob todas as formas, para tentar salvá-los. Minha vontade, porém, não serviu para nada. Não se realizou para mim quando eu mais precisava, pois minha mente estava em tamanho turbilhão, tudo aconteceu tão rápido, e o gado era forte demais, estava possuído demais pelo próprio terror para que eu fosse capaz de afetá-lo.

E, mais do que isso, foi como se uma força invisível resistisse às minhas tentativas de controlar o rebanho. Senti uma presença forte, aos lados e acima até da força elementar da tempestade. Pois foi uma tempestade que, como essa, em todos os anos que passei conhecendo e amando as montanhas, nunca tinha vivenciado antes. Ela não foi gerada apenas pela natureza. Tenho certeza disso. Foi como se houvesse algo ou alguém provocando e controlando o clima exatamente sobre nós. A noção de que é possível tamanho poder se render ao desejo de qualquer ser me apavora. Mas quem? E como? E, isso é o que me atormenta, *por quê*? Por que alguém desejaria destruir meu marido? Ver a Ffynnon Las em ruínas? Ou fazer mal a ele? Ou seria *eu* a vítima que pretendiam atingir? Não tenho respostas para essas perguntas, mas uma pequena pista de onde a verdade pode ser encontrada. Pois quando estávamos prestes a perder o rebanho, quando a tempestade se tornou ainda mais feroz, quando os animais estavam tomados pelo terror e quando me mostrei incapaz de mudar o calamitoso curso dos acontecimentos, algo estranho chamou minha atenção. Algo totalmente fora de lugar. Só agora, longe do tumulto e do desespero, é que sou capaz de identificar o que me deixou perplexa logo depois. Foi um fedor singular, memorável, de dar náuseas. Exatamente o mesmo fedor que revirou meu estômago na capela.

E o que resta a meu marido para levar na condução de rebanhos agora? Apenas uma fração do gado foi capaz de evitar a queda. Uma fração não trará fortunas para a Ffynnon Las. Será que ele comprou animais suficientes de outros fazendeiros para sequer fazer com que a longa viagem para Londres compense? Ele não conversará comigo sobre essas coisas. E por que deveria, se me considera responsável...? Falhei com ele. Essa é a verdade. Nesses dois dias que passaram desde aquele momento horrível na montanha, ele mal falou comigo, disse apenas o necessário. Seu rosto está anuviado de ira, como se a tempestade ainda se enfurecesse dentro dele. Ira e pesar também, eu acredito, pois não acho exagero afirmar que ele amava aqueles belos e medonhos animais. É verdade que estavam destinados a serem abatidos um dia, mas nem todos, não em meio a tanto terror, não tão brutalmente, não sob tanta aflição. E não a troco de nada. Pois grande parte está apodrecendo aos pés do precipício, e seu valor, se decompondo por falta de acesso. O canto exultante dos bútios e falcões pode ser ouvido até agora enquanto se fartam de um banquete como nunca viram antes. Raposas também virão se empanturrar, arrancando membros, devorando a carne, tomando o sangue e mastigando os ossos até não restar nada além de comida para os vermes.

Se ao menos ele soubesse que não pode me odiar mais do que odeio a mim mesma. Não tenho dormido, mas o mugido daqueles pobres animais assustados domina meus sonhos. Noite passada, me forcei a visitá-los, viajando através da magia até o lugar exato em que estão. Não é um lugar de paz. Ainda pude sentir o medo no ar úmido. Até o céu continua chorando, é o que me parece, pois a chuva não parou desde que o clima mudou. A tempestade passou e deu lugar a um acinzentado monótono, a uma chuva melancólica.

E agora tenho que usar mais roupas e joias elegantes de Catrin, passar uma escova no cabelo cheio de nós, prender um chapéu na cabeça e acompanhar meu marido até a capela de novo. Só de pensar nisso, fico apavorada.

A lembrança da humilhação que sofri ali vem se esvaindo. Não é isso o que me dá calafrios diante da perspectiva de voltar a Soar-y-Mynydd. Não. É saber que o reverendo Cadwaladr vai estar lá. Se eu pudesse, escolheria nunca mais estar em sua terrível presença de novo. Ele deixou bem claro o que pensa de mim. Deu seu ultimato. Esmagou Meg com as rodas de sua condução sem hesitar. Sei que me destruirá com a mesma frieza se assim decidir. Acontece que não é tão fácil me descartar. Que provas ele tem contra mim? Nenhuma. Que atitudes minhas ele pode apresentar como evidências de que sou uma feiticeira? Nenhuma. Que testemunhas ele pode chamar para declarar que não passo de uma jovem cuja estranheza está apenas no silêncio e no fato de eu ter vindo de outro lugar? Nenhuma. Este é meu lar agora.

Também sei que já causei problemas o bastante para Cai. Ele precisa de mim, pois, sem mim, não pode ser *porthmon*. Deixá-lo agora seria arruiná-lo. Tenho certeza disso. Eu preferiria não ter que encarar o monstruoso Cadwaladr em momento algum, mas Cai pede que eu esteja com ele na capela, pegando em seu braço. Precisa de mim ao seu lado hoje, para que todos vejam. Deve lhe custar olhar para mim neste momento. Como ele deve rever em sua mente os acontecimentos terríveis da tempestade e como deve ver com tanta clareza minha lamentável participação nisso. Tenho que fazer o que puder para ajudar. Para me redimir. Por mais que prefira ficar longe do reverendo, não posso negar isso a Cai, não agora. Ah, como eu queria que Mamãe estivesse aqui para me orientar, para me ajudar a ser o que Cai precisa que eu seja. Realmente, tenho muita sorte por contar com a Sra. Jones para me dar tanta assistência.

Cai espera por mim na charrete e mal me olha quando me sento ao seu lado. Encontrei um chapéu modesto para a ocasião e estou usando um vestido verde sóbrio, o mais simples que achei. A Sra. Jones fez a bainha para mim e me mostrou como apertar o espartilho para eliminar o tecido que sobra por conta do meu porte magro. A chuva diminuiu e se tornou uma garoa fina. Ao partirmos, não consigo deixar de pensar em como nosso humor está diferente de quando ele me levou à capela pela primeira vez. Prince segue em frente, trotando, tão animado quanto antes, mas agora Cai está tão calado quanto eu e não é um silêncio confortável. É como se ele não confiasse em si mesmo para ser civilizado comigo. Confesso que estou surpresa com o quanto o desgosto dele me afeta. Não imaginava que me importaria tanto com sua opinião. Não tinha percebido o quanto passei a dar sua aprovação por certa. E o quanto passei a valorizá-la.

Ao nos aproximarmos da Soar-y-Mynydd, a primeira pessoa que vejo é Isolda, descendo da carruagem. Ela está vestida com a elegância de costume e dá sorrisos serenos para todos que cumprimentam, mas, como sempre, me sinto desassossegada em sua presença. Admito que não compreendo por que não gosto dela, além do que diz meu instinto, e que ela tem a capacidade de fazer com que eu me sinta estranha e inadequada para a posição que ocupo.

— Morgana? — A voz de Cai me assusta, me tirando de meus pensamentos. — Você está pronta para entrar? — pergunta ele.

Assinto e ele me ajuda a descer da charrete. À medida que avançamos em meio aos adoradores, as pessoas nos oferecem palavras de solidariedade e apoio. Podemos viver isolados na fazenda, mas as más notícias correm até pelos campos vazios.

— O pior azar que alguém pode ter — diz um fazendeiro idoso, balançando a cabeça devagar.

— É — concorda outro, empurrando o chapéu para trás para coçar a testa. — Uma pena mesmo. Você tinha um belo rebanho, Ffynnon Las — diz ele a Cai, sem poder oferecer nenhum outro tipo de conforto.

Cai permite que manifestem suas condolências e ofertas de ajuda, como se um membro da família tivesse morrido. Agora vejo por que era importante para ele vir aqui hoje e comigo pegando em seu braço. Temos que mostrar a todos que ele não está acabado. Ainda conduzirá os rebanhos daqui a duas semanas. Ainda é um homem em que se pode confiar como o responsável pelo gado. Foi um azar extremo o que provocou sua perda. O tipo de infortúnio que poderia acontecer com qualquer homem e não uma dosagem de sua capacidade ou determinação. Seu gado pode estar apodrecendo aos pés de um desfiladeiro. O dos demais ele vai levar, mantendo sua palavra, até Londres para garantir os rendimentos para o inverno que está por vir.

Sinto seu braço se tornar tenso em contato com o meu, enquanto ele se endireita para ficar ereto. Um homem que não conheço vem em nossa direção, mas é evidente que foi ele quem causou essa reação em Cai. O homem parece estar numa época de vacas magras, mal alimentado, e exibe um sorriso que mostra mais buracos do que dentes. Mesmo a essa hora, tão cedo, dá para sentir o cheiro de álcool em seu hálito.

— Ora, ora, Cai Jenkins — Há um tom de deboche em suas palavras emboladas —, parece que, no fim das contas, você não é tão perfeito assim. Mas, *Duw*, que pena. Seu rebanho inteiro está perdido. É o que disseram. Ou pelo menos a maior parte dele. Ora, ora.

O homem mexe o corpo enquanto a multidão se abre para permitir que o reverendo emerja. Ao vê-lo, as palmas de minhas mãos umedecem, de nervosismo. Sinto meu corpo inteiro entesar, como se eu estivesse me preparando para voar. Temo que minha consternação seja evidente em meu rosto, mas Cai está ocupado demais com o bêbado para notar minha reação diante do ministro.

— Já chega, Llewellyn. O jardim do Nosso Senhor não é lugar para o seu despeito — diz ele com a força e o comando de costume, mas o homem está determinado a provocar Cai um pouco mais.

— Não haverá muitos rebanhos para você levar para o leste agora. Mal vale a pena o trabalho, não é? Talvez seja melhor ficar em casa, camarada. E deixar a condução de rebanhos para aqueles que sabem como manter o gado na trilha, não acha?

Cai mantém a calma de maneira admirável. Eu não o culparia se ele desse um golpe em cada orelha daquele que o perturba, levando-o a sair dali gemendo, mas não faz isso. Seguindo em frente como se o homem não existisse, ele acena para o reverendo Cadwaladr, lhe dando bom dia, tira o chapéu para a Sra. Cadwaladr e me conduz para dentro da capela. Fez a coisa certa. Passamos pela porta estreita numa gentil corrente de aprovações dos que observavam e esperavam para ver que atitude Cai tomaria. Ele dominou o impulso de bater em quem debochava dele e é um homem maior por isso. E estou agradecida por não termos sido envolvidos numa conversa com o reverendo. Não consigo me forçar a olhar para ele, sabendo o que pensa de mim. Sabendo que foi quem provocou a morte de Meg de forma tão brutal.

A missa transcorre sem incidentes. Cai se junta aos atos de adoração, atento, e me pergunto se ele reza por orientação e por um destino melhor nas semanas que estão por vir. Me sinto horrivelmente incapaz, ainda com o gosto amargo da culpa na boca, odiando meus fracassos que aumentaram tanto as dificuldades de Cai, deixando meu humor tão cinza quanto o céu lá fora que encobre as janelas altas da capela. E ainda por cima tenho que controlar meu desconforto por estar sob o olhar do reverendo Cadwaladr. Seu sermão é inofensivo e não menciona nada que eu possa interpretar como direcionado a mim. Por quanto tempo, me pergunto, ele vai me permitir agir depois de exigir que eu partisse? Quanto tempo até ele decidir que não lhe resta outro caminho senão me condenar diante da paróquia?

Enquanto saímos da pequena construção lotada, Isolda Bowen se aproxima para falar conosco. Ou, mais propriamente, para falar com Cai. Ela mal nota a minha presença, com a atenção completamente voltada para meu marido.

— Lamentei tanto quando soube do seu infortúnio — diz ela a ele, No rosto, um retrato de preocupação.

Cai murmura algum tipo de aceitação de suas condolências. Ele fica inquieto em sua presença, dá para notar. O mistério de sempre. Não consigo compreender sua reação a ela. Pelo menos não esperam uma conversa educada de minha parte — que misericórdia!

Isolda põe uma das mãos no braço de Cai e pergunta:

— Será que vocês dois gostariam de voltar para a minha casa comigo para o almoço? Sei que não contam com a ajuda da boa Sra. Jones aos domingos, mas tenho minha cozinheira e ela não abandona a missão de me ver dobrar de tamanho. — Ela dá uma risadinha. — Tem sempre mais comida do que consigo comer e o desperdício é pecado. Por favor, digam que virão.

Cai está longe de se sentir disposto a socializar e hesita.

Isolda apela para sua natureza compassiva.

— Passo tantas horas sozinha — diz ela em voz baixa. — Ficaria profundamente agradecida por sua companhia.

Cai pode precisar de tempo para pensar na proposta, eu, não. Para deixar claro o que sinto, puxo seu braço com força, dando alguns passos em direção ao pônei e à charrete que nos aguardam, franzindo a testa. Ele não pode ter a menor dúvida quanto à minha resposta para o convite da Sra. Bowen, nem ninguém que observe nossa conversa. Vejo que consegui fazer exatamente o que desejei com tanto fervor evitar — chamei a atenção para nós e corro o risco de humilhar a mim mesma mais uma vez. A mim mesma e, por consequência, a ele.

— Francamente, Morgana, por que você tem que se comportar desse jeito? A Sra. Bowen nos fez um convite generoso para almoçar com ela. — Ele se abaixa até mim, sussurrando: — Seria rude recusar. Ela está sendo gentil. Você não vai fazer uma cena, está me ouvindo?

Há uma autoridade, uma secura na maneira como Cai fala comigo que não me agrada. Por que estou sempre me encontrando nessas situações impossíveis por causa dele? Tenho dado o melhor de mim para ser o que ele quer que eu seja, para fazer o que ele quer que eu faça. Mas não posso passar um tempo na companhia de uma mulher que me menospreza e que claramente ainda se interessa de algum modo por meu marido. E não vou ser criticada por me recusar a fazer isso. Se ele é tolo demais para vê-la como ela é, que vá almoçar com ela. Sozinho. Num gesto enfático, solto seu braço. Cravo as unhas nas palmas das mãos enquanto reúno a pouca dignidade que as circunstâncias me permitem. Tenho plena consciência de que Isolda se deleita com meu desconforto e de que ainda estamos sendo observados por membros da congregação. Não serei intimidada. Tarde demais, me dou conta de que minha ira, minha mágoa, emana de mim, como minhas paixões costumam fazer. A quietude úmida do dia é agitada abruptamente por um redemoinho que arranca as fitas dos chapéus das mulheres, puxa os lenços dos bolsos, derruba os chapéus dos homens e levanta as saias a níveis indecentes. De imediato, em meio a tantos gritos agudos e suspiros, todas as mulheres ali presentes têm suas anáguas e roupas íntimas à mostra, enquanto batem em seus vestidos rebeldes, frenéticas, tentando mantê-los no lugar para poupá-las da vergonha. Todas as mulheres ali presentes... menos eu. Não passa despercebido que sou a única a não ser tão afetada por esse vento inesperado e desrespeitoso. Tenho consciência de o quanto esse jeito de ser notada é indesejável. Sei como os outros são chegados a juntar pequenas peças de desconfiança, escondendo-as numa parte medrosa da mente, até terem o suficiente para um banquete de acusações e condenações. O reverendo já deixou bastante claro como se sente em relação a mim. Preciso tomar cuidado para não dar crédito a suas alegações.

— Ah! — grita a Sra. Cadwaladr enquanto suas filhas grasnam e se mexem de um lado para o outro, ao redor dela. — Que ruindade é essa? Ah, Marido, salve-nos! — Ela guincha de um jeito que, para mim, é exagerado e dramático.

Os homens, inclusive o reverendo, dão o melhor de si para devolver a dignidade às suas esposas, mães e filhas, mas logo passam a perseguir os próprios chapéus ou a apressar suas mulheres de volta para a segurança da capela. O reverendo Cadwaladr eleva a voz, pedindo calma. Isolda, com seu vestido esvoaçando um pouco de um jeito atraente, mantém a pose. Mesmo ao tentar me fazer retornar ao estado de tranquilidade necessário para restabelecer a ordem, sinto o olhar de Cai em mim. Agora ele está devidamente bravo. Talvez não entenda de fato, talvez *não possa* entender de fato, o que está acontecendo, mas percebo que, mesmo sem se dar conta, ele relaciona a confusão de alguma maneira, de alguma maneira que não poderia a ponto de dar voz ao que pensa, a mim.

— Morgana! — grita ele, bravo. — Pegue a charrete e vá para casa! Vou almoçar com a Sra. Bowen e volto... mais tarde. Vá para casa agora — manda ele, apontando o caminho para a Ffynnon Las como se eu fosse um cachorro que precisasse de direcionamento. Não preciso ouvir aquilo duas vezes. Passo por Isolda com firmeza e sua expressão convencida permanece, horrível, em minha mente enquanto tomo as rédeas e apresso Prince para pegar o caminho de casa a meio-galope.

Só depois que já não podemos mais ser vistos nem ouvidos da capela é que lhe peço para passar a um trote mais lento e estável. Não sei se estou mais brava ou chateada com as duras palavras de Cai ou se estou apenas desapontada comigo mesma. De um jeito ou de outro, aqui estou eu, voltando para casa sozinha, na desgraça mais uma vez, enquanto meu marido, por vontade própria, vai passar um tempo na casa daquela mulher. Por que ela insiste em persegui-lo, mesmo agora que ele decidiu se casar com outra? Ela é uma mulher independente, ocupa uma posição na sociedade, apesar de estar no lugar errado. O que pode querer com Cai? Por que importa tanto para ela ser a dona da Ffynnon Las?

A chuva voltou com tudo agora e meu chapéu começa a pesar sobre as orelhas. Não estamos nem a um quilômetro de casa quando Prince recua, dançando para o lado e então permanece imóvel como uma pedra. Não consigo ver o que o assustou e agito as rédeas com delicadeza, lhe pedindo para continuar, mas ele não continua. O cavalo revira os olhos e bufa para alguma coisa na cerca viva, bem à nossa frente. Agora posso ouvir um som volateante e ver que a vegetação rasteira é perturbada por movimentos inconstantes. Desço da charrete e amarro as rédeas num galho resistente de uma aveleira antes de espiar adiante. A origem do pequeno tumulto se revela: uma jovem coruja-das-torres caída na vala. Depressa, ponho as mãos sobre suas asas douradas, de modo que ela pare de se debater, por medo de que se machuque. Examinando seu corpo branco como neve e seus pés com garras afiadas, não encontro nenhum sinal de ferimento.

O que, minha amiguinha penosa, você está fazendo aqui fora em plena luz do dia, pobrezinha? Você é pequena. Inexperiente em voos, talvez.

Ela parece intrigada e ao mesmo tempo calma ao ouvir meus pensamentos postos em sua cabeça. Sua plumagem perolada é macia como algodão sob meus dedos. A ave olha para mim com olhos enormes e pisca devagar. Parece confusa e acho que pode ter batido com a cabeça ao cair no chão. Envolvo a coruja em meu xale e a levo para a charrete. Resolvo fazer um ninho para ela num canto tranquilo da casa. Num lugar em que ela não seja incomodada e em que eu possa cuidar dela até ela se recuperar o bastante para ser livre de novo. Pelo que resta da viagem, me permito a agradável distração de imaginar o lar que vou construir para ela na sala de visitas quando chegar em casa.

Depois de uma refeição deliciosa e um vinho especial, Cai, por fim, começa a sentir a tensão da manhã e a provação dos últimos dias se esvaírem. Se recosta na poltrona, suspirando, agitando um clarete vermelho como sangue na taça de cristal. O cômodo, típico da casa de Isolda, é mobiliado com opulência apesar do bom gosto, abrigando uma mesa impressionante, posta com prataria da melhor qualidade, velas altas tremeluzindo no centro e um calor vindo das chamas na lareira. Não há móveis rústicos aqui. Cada artigo ou artefato foi escolhido por sua qualidade e beleza em primeiro lugar. Há imponentes pinturas a óleo nas paredes, cortinas de seda chinesa nas janelas, um espelho de tamanho impressionante, objetos de decoração sobre a cornija de mármore da lareira e gloriosos tapetes turcos no chão. Esta é uma casa construída para impressionar e abrigar o melhor de tudo. Isolda sorri para ele do outro lado da mesa.

— Fico satisfeita em ver você um pouco menos perplexo, Cai. Sua postura na capela me deixou preocupada com o seu bem-estar — diz ela, lambendo manchas de vinho tinto nos lábios.

Cai se dá conta, naquele momento, das diferenças entre sua anfitriã e sua esposa. Se lembra do primeiro café da manhã que preparou para Morgana e de seu deleite desinibido durante a refeição. É difícil imaginar Isolda com gordura de bacon espalhada pela bochecha. Ela é tão contida, tão controlada. E de uma beleza tão impressionante. O cômodo está pouco iluminado com as velas e as chamas dançantes do fogo, mas o efeito não é nem um pouco deprimente e sim reconfortante. É fácil esquecer, pelo menos por enquanto, o dia cinzento lá fora e as preocupações da vida.

— Tem sido uma semana de provações — diz ele, que então balança a cabeça, sem querer pensar nos problemas e nas exigências do mundo, preferindo, em vez disso, saborear os prazeres que lhe são oferecidos. — Foi um almoço esplêndido, Isolda — comenta.

— Uma pena Morgana não ter se disposto a se juntar a nós.

— Lamento... pelo comportamento dela. — Cai se esforça para encontrar uma desculpa. — Ela ainda não... se adaptou à nova vida. Ao novo lar. — Ele sabe que isso soa fraco e toma uma golada de vinho, evitando o olhar de Isolda.

— Ela é muito jovem — comenta a mulher. — Tenho certeza de que, com o tempo... — Ela deixa a frase se esvair.

Quando ele deixa de se voltar para a taça, descobre que ela o observa e, por um instante, seus olhares se encontram. O dela é inabalável, audacioso até. Não é a primeira vez que ele sente uma onda de desejo por aquela mulher estonteante. Houve ocasiões, desde o falecimento de Catrin, em que ele se perguntou por que não pediu Isolda em casamento. Está certo de que ela teria aceitado. Foi a considerável riqueza da mulher o que o impediu? Ele se sentiu num nível diferente do dela e se preocupou que, se fossem casados, sempre se sentiria inferior? Ou será que, apesar de toda a sua elegância e de todo o seu charme, de toda a sua beleza, existe algo nela de que, curiosamente, ele não consegue gostar? Não consegue se imaginar tendo intimidade com ela. Levá-la para a cama, sim, ele pode imaginar isso. Ela é inegavelmente atraente e desejável. Mas intimidade, uma união verdadeira, como a que ele teve com Catrin? Não. É verdade que ele gosta de sua companhia e de conversar com ela e que esse gosto, por um tempo, foi intensificado pelo elemento da possibilidade sexual que existia entre os dois, mas, como um todo, isso é algo que o faz se sentir mal consigo mesmo. Não é do tipo de homem chegado a um relacionamento físico com uma mulher sem amor. Isso simplesmente não faz parte de sua natureza. Ele não gosta, na verdade, de ser lembrado de suas necessidades e seus desejos mais primitivos.

E agora tem Morgana como esposa e seus sentimentos estão ainda mais confusos. Ele passa a mão pelo cabelo. Está cansado. Cansado da complicação que seu relacionamento com Morgana tem se revelado. Cansado de tentar ignorar ou compreender os modos estranhos de sua mulher. Cansado de tentar fazer a coisa certa, de ser paciente e compreensivo e de se esforçar para lidar com o silêncio dela. Uma característica que, em parte, resultou na perda de quase todo o seu rebanho. E está cansado de ter que tomar todas as decisões referentes ao futuro dos dois por conta própria. Apesar de caber a ele, como marido, como dono da Ffynnon Las e como chefe da condução de rebanhos, fazer escolhas difíceis, de alguma maneira, ele gostaria de se sentir menos sozinho em todas essas coisas. Esperava, apesar dos obstáculos óbvios, encontrar um companheirismo em Morgana que acabasse com a solidão que o fez sofrer nos últimos três anos. E sim, houve momentos em que ele se sentiu íntimo dela, em que vislumbrou a possibilidade de um futuro caloroso, incentivador e adorável para os dois juntos. Agora, porém, se sente derrotado pela montanha que precisa escalar para fazer seu casamento dar certo. Para fazer seu negócio dar certo. Para fazer qualquer coisa em sua vida dar certo.

— Estou indo — diz ele, mais abruptamente do que pretende. Levanta-se e descobre que tomou mais vinho do que deveria. Sua cabeça está girando. Isolda logo está ao seu lado.

— Você tem mesmo que ir? Está cedo. Ainda nem escureceu — argumenta ela.

Cai se vira para olhar para Isolda. Ela está de pé, muito perto, tanto que ele pode sentir seu calor, o desejo intenso dentro dela. Os dois permanecem em silêncio, mas não é um momento tranquilo, pois está repleto de desejos e necessidades e pensamentos não pronunciados. Ela põe uma das mãos em seu peito e ele pode sentir os próprios batimentos disparados na palma dela. Ele se assusta com o próprio desejo, tanto que olha para baixo, recorrendo à formalidade para se proteger.

— Me perdoe. Agradeço pela hospitalidade, mas tenho que ir. Morgana está me esperando.

— Você acha? Acredita mesmo que ela esteja até agora na janela, olhando para a estrada vazia, ávida, esperando pelo seu retorno?

Há um tom de desprezo na voz de Isolda que não agrada a Cai. As palavras dela são ainda mais indigestas porque ele teme que ela tenha razão, que Morgana não esteja sentindo sua falta e sim, na verdade, satisfeita com sua ausência. Aliviada. Ele sabe que está sendo desafiado por Isolda, instigado a falar abertamente dos problemas do seu casamento. Desejando que ele se volte para ela, que nela encontre conforto, encontre paixão. Se ela vê ou não a recusa em seus olhos, ele não tem certeza, mas o que ela diz em seguida o pega totalmente de surpresa.

— Além do mais, Cai, existe outro assunto sobre o qual eu gostaria de conversar com você. Sou esperta o bastante para saber que qualquer fazendeiro, qualquer *porthmon*, que tenha sofrido a perda de tantos animais, bem, teria dificuldades para fazer uma condução de rebanhos financeiramente viável nessas circunstâncias. Não sou nenhuma empresária, mas entendo um pouco dessas coisas. Sendo viúva, sozinha, tive que aprender como o mundo funciona e isso inclui alguns dos fatos mais graves no que diz respeito a dinheiro. Sou privilegiada porque meu último marido me deixou numa situação muito confortável. Mais do que isso, na verdade. Devo ir direto ao ponto. Quero lhe oferecer um empréstimo.

Ao vê-lo chocado, ela ergue uma das mãos antes de continuar falando:

— Não, por favor, não recuse sem refletir sobre a proposta. Estou preparada para lhe emprestar a quantia que você precisar para comprar animais suficientes para render o lucro que você esperava obter antes da tragédia.

— Isolda, eu não poderia...

— *Por favor*, tenha a delicadeza de pelo menos ponderar a proposta por um ou dois dias. Só quero ajudar.

Cai põe os pensamentos confusos em ordem. O dinheiro seria uma dádiva de Deus. Esse é o primeiro pensamento que lhe vem à mente. De fato, garantiria uma condução de rebanhos mais lucrativa e bem-sucedida. Que ele não deseja ficar devendo a Isolda é o segundo pensamento que cruza sua mente. O que, ele se pergunta, descortês, ela esperaria em troca? E o que os outros achariam de um acordo como esse? Na verdade, o que

Morgana acharia? Cai fica surpreso ao descobrir que quase se importa mais com essa última consideração do que com as outras. Por fim, ele assente, um tanto seco.

— É uma oferta gentil — diz Cai — e prometo pensar com sensatez antes de responder. — Ele ergue a mão de Isolda e se curva sobre ela por um instante, evitando os seus olhos, que procuram os dele, antes de partir.

Lá fora, a chuva parou e ele agradece pela brisa e a longa caminhada para casa. Quer chegar a Ffynnon Las com a cabeça fresca e de bom humor. A cada passo, tenta fechar a mente para as tentações muito reais que Isolda lhe apresentou e voltar os pensamentos para seu lar, para Morgana, para a vida que ele fez e pela qual precisa se responsabilizar agora, apesar das dificuldades. Sua cabeça ainda está tonta por causa do vinho, e seu temperamento, desconsolado. De imediato, a incerteza do futuro pesa sobre ele. Cai tinha começado a se sentir um tolo por ter bebido e almoçado na grandiosa casa de Isolda quando deveria estar pensando em como garantir que a condução de rebanhos não seja um completo fracasso. E agora uma solução lhe foi oferecida exatamente porque ele foi até lá. Mesmo em seu estado de extrema confusão, ele sabe que o fato permanece: se não conseguir se recuperar financeiramente, existe um risco muito real de perder a Ffynnon Las. Essa ideia é inimaginável. Será que sua própria fraqueza, o tempo que ele passou mergulhado no luto por Catrin, sua má decisão de buscar o gado numa tempestade, será que essas coisas, será que *ele* realmente poderia dar fim em tudo o que seu pai e seu avô conquistaram trabalhando durante tantos longos e duros anos? Ao que parece, não se pode confiar nele nem mesmo para escolher uma esposa, no que diz respeito a tomar decisões sensatas, pois Morgana, a seu modo, também não é culpada pela situação na qual se encontram agora? E ele não teria optado por fazer vista grossa para a *deficiência* da moça, como a Sra. Cadwaladr havia chamado? Esses pensamentos giram mais e mais em sua cabeça, tanto que, quando ele chega em casa, com o céu turvo arroxeado sob o toque do anoitecer, sente uma dor medonha atrás dos olhos.

Lá dentro, encontra a casa na escuridão, nenhum fogo queimando na cozinha, nenhum lampião deixado aceso para lhe dar boas-vindas. Bracken desce do assento na janela e abana o rabo, gentil, cumprimentando o dono, mas Cai passa acelerado por ele, se servindo do conhaque sobre o aparador.

Está num humor tal que nem se dá ao trabalho de arranjar um copo. Se joga no banco de madeira com encosto e bebe da garrafa. A cada gole, seu desespero aumenta. Como chegou a esse ponto? Está prestes a acabar como Llewellyn Pen-yr-Rheol? Que tipo de esposa foi arranjar para si mesmo, que não conversa nem tem modos para o convívio social? Por que ele tem que aceitar sua estranheza cada vez maior se ela dá tão pouco em troca? Por impulso, ele se levanta, sai da sala a passos largos e sobe as escadas. Não vai para a própria cama. Atravessa o corredor até o quarto de Morgana. Gira a maçaneta e empurra a porta. Não tomou o cuidado de ser silencioso, mas, para variar, ela está num sono profundo e não o ouviu. Ele se aproxima da cama e olha para baixo, para ela. De imediato, toda a sua raiva, toda a sua ira, toda a sua culpa e a dureza com que a julga desaparecem. Ela é tão jovem, tão bonita, tão frágil. Ele se odeia tanto por ter abrigado pensamentos críticos e injustos sobre sua adorável e inocente esposa que seus olhos se enchem de lágrimas, de modo que ela, doce, dormindo, se torna um borrão. Ele resolve fazer a coisa certa ao lado dela, fazer da fazenda um sucesso. Não decepcionará sua mulher. Não será derrotado por um pouco de mau tempo e azar.

Instável, Cai tomba para a frente, tomado pela necessidade de lhe dar um beijo. Não um beijo apaixonado motivado por desejo e luxúria, mas um gesto casto de profundo afeto, selando a promessa silenciosa. Ele se curva sobre Morgana e se permite tocar a testa dela com os lábios.

É nesse instante que Morgana acorda, abrindo os olhos e encontrando-o como um vulto acima dela.

Cai vê o terror em seus olhos.

— Morgana! — diz ele, tentando se endireitar, mas perde o equilíbrio e tomba para a frente. Morgana se retorce debaixo dele, empurrando, determinada a jogá-lo para trás.

— Fique quieta! — diz ele. — Não há do que ter medo. Morgana, calma...

Ela, porém, continua se contorcendo e batendo em Cai. Ele agarra os punhos dela, na tentativa de acalmá-la, para explicar, para ponderar com ela, para lhe garantir que não estava tentando se impor a ela. Logo que sente que ele a aperta mais, ela se projeta para cima e crava os dentes na mão dele.

— Ai! — grita Cai, lhe dando uma pancada por instinto. As costas de sua mão que estava livre se encontram com o rosto dela, jogando-a na cama. Cai cambaleia para trás. Morgana mordeu forte e arrancou sangue. Ele aperta a mão ferida, chocado com o que ela fez e assustado com o próprio comportamento. Ele nunca tinha batido numa mulher antes em toda a sua vida. Ela pula da cama e fica de pé, de costas para a parede, cerrando os punhos, desafiando, mesmo agora. A dor que Cai sente na mão faz efeito, deixando-o mais sóbrio, de modo que ele passa a ter plena consciência de o quanto se comportou mal e do tamanho do estrago que pode ter feito em seu delicado relacionamento com Morgana. Deseja encontrar palavras que pudessem desfazer o que aconteceu, mas só consegue murmurar desculpas enquanto sai apressado do quarto.

Sem sair de seu lugar contra a parede, Morgana bate a porta depois que ele passa.

8.

Um barulho me acorda e pulo da cama. Será que ele voltou? Será que veio até minha cama de novo para exigir seus direitos de marido? Olho ao redor, mas estou sozinha. Está de manhã. O barulho que me acordou vem do andar de baixo — um barulho horrível de coisas sendo quebradas e esmagadas. Parece vir da sala de visitas. Ah! A sala de visitas!

Saio correndo do meu quarto e chego ao topo das escadas a tempo de ver Cai abrir a porta lá embaixo e perder o fôlego, parado na entrada.

— *Duw*, o que...?

Ele entra logo na sala e ouço suas reclamações e gritos.

— *Diawl, ydych chi!* Pra fora! Pra fora!

Da cozinha, Bracken começa a latir e a se agitar, mas a porta está fechada com firmeza.

Desço as escadas amplas, entro na sala de visitas e testemunho uma cena caótica. A coruja, ao que parece, recuperou os sentidos e, ao se encontrar presa num lugar estranho, começou a procurar uma saída. Mas eu não tinha pensado em deixar uma janela aberta e a pobre ave está dando rasantes e chiando, se jogando pelo lugar, batendo nas paredes, se desequilibrando e quase caindo do relógio de pêndulo de Cai, tentando pousar nas prateleiras sobre o aparador, batendo as asas freneticamente, esbarrando na bela porcelana chinesa de Catrin, que se despedaça no chão. Cai corre de um lado para outro, tentando agarrar a ave, o que só a deixa mais assustada, provocando ainda mais caos, quebrando cada vez mais xícaras e pratos delicados. Primeiro uma travessa, agora uma leiteira, depois o adorável bule e dois pires despencam no chão, se despedaçando sobre o piso inflexível.

Me aproximo depressa, me esquivando das louças em queda, pisando aqui e ali para desviar de Cai, que se movimenta, desajeitado, tentando agarrar a pobre ave. Será que ele acredita mesmo que isso está ajudando? Por que a coruja lhe daria ouvidos, se ele acusa e troveja como um ogro? Ela pousa na cornija e hesita, procurando uma saída. Passo por Cai apressada, me abaixando para desviar de seus braços esticados e ponho as mãos na ave trêmula um segundo antes de ela se lançar ao ar de novo. Logo que a coruja sente meu toque, para de lutar, rendendo-se quase satisfeita aos meus cuidados. Seguro a ave junto do corpo, acariciando suas penas sedosas, temendo que Cai a mate de tanta fúria.

Ele olha da coruja para mim e de volta para a coruja, se dando conta do seu comportamento alterado. Agora, avista um ninho de feno num caixote velho no canto da sala. Estreita os olhos. Está com uma cara péssima. É claro que dormiu sem se trocar. Tem o cabelo despenteado. A pele pálida. O cheiro de vinho passado é forte em seu hálito quente.

— Você. — Cai está rouco. — Foi *você* quem trouxe essa... *coisa* aqui para dentro. Não sabe que nunca deve trazer uma ave para dentro de casa? Não sabe da má sorte o que vem em seguida? É burra, por acaso? Veja! — Ele movimenta o braço, com o punho cerrado. — Veja o... *desastre* que você provocou!

Cai dá um passo na minha direção e recuo até chegar ao canto da sala. Não tenho medo do seu temperamento. Não vou deixá-lo me bater pela segunda vez. A coruja, porém, está tão nervosa que temo que seu coração galopante pare se ela for submetida a mais alguma coisa. Não posso fazer nada além de ficar onde estou e controlar o fogo que se alastra em meu estômago. Ele olha para mim com tanto desespero. Quando fala, já não grita mais. Sua voz está baixa, é quase um sussurro e suas palavras são repletas de desânimo.

— A calamidade está à sua volta — diz ele. — A destruição sempre te persegue. Que tipo de esposa você é? Que tipo de criatura eu trouxe para a minha casa?

A porta da frente se abre num movimento abrupto e a Sra. Jones entra, calma e confiante.

— Bom dia — fala. — E que dia bonito... Oh! *Duw*, Deus do céu, o que aconteceu aqui? — Ela para na entrada da sala de visitas, levando as mãos ao rosto enquanto assimila a cena. A preciosa porcelana chinesa de Catrin em pedaços. Eu agachada entre o aparador e a lareira como um coelho encurralado. Cai se inclinando sobre mim, mostrando no rosto uma mistura horrível de coração partido e desgosto.

Ele se vira para a Sra. Jones, mas não diz nada, apenas deixa a sala de visitas a passos largos, passando por ela apressado, pegando o chapéu na mesa da entrada e saindo pela porta da frente. Observamos Cai partir e, ao se emparelhar com a janela, fazer uma pausa, tendo sua atenção atraída por algo novo. Me levanto devagar do meu esconderijo, com a coruja ainda nas mãos, e chego mais perto da janela. A Sra. Jones, completamente confusa, me segue por instinto. Agora vemos o que Cai já viu. O túmulo de Meg. Há poucos dias, deixamos o corpo da cadelinha sob o solo escuro e, para marcar aquele ponto, plantei uma papoula amarela cintilante. Uma *única* papoula amarela. Agora, apesar de nem uma semana ter passado desde aquela tarde triste, o monte não exibe nem um centímetro de terra, está coberto por uma massa de flores, oitenta no mínimo, com as pétalas cintilantes abertas para o sol da manhã e o orvalho brilhando em suas folhas.

Cai olha fixamente para a impossibilidade à frente, esforçando-se para acreditar na evidência diante de seus olhos. Sentindo que está sendo observado, vira-se e nos vê na janela. Ao meu lado, a Sra. Jones está boquiaberta, chocada, em silêncio. A coruja gira a cabeça macia com os olhos fechados para a luz do sol. Permaneço imóvel, mantendo meus sentimentos dentro de mim com firmeza para que não escapem e causem mais confusão. Cai olha para mim. Para *dentro de* mim, acho. E nesse momento sei que ele me vê. Me vê do jeito que Mamãe me via. Não há mais como esconder a verdade. Como ignorar o que as coisas são. Como fingir que não sou como sou. Ele mantém os olhos nos meus por um momento longo, com o rosto, para variar, indecifrável. Sem pensar no que estou fazendo, sendo o meu gesto uma reação à confusão em seu rosto, dou um passo à frente e levanto uma das mãos, apoiando a palma no vidro frio da janela entre nós. Ele hesita, como se talvez voltasse para casa, mas, em vez disso, se vira, partindo, atravessando o prado.

Observo a figura solitária do meu marido se afastar depressa de mim, subindo a montanha em direção à liberdade e ao santuário ao ar livre, e desejo, mais do que desejei alguma coisa por muito tempo, estar caminhando ao seu lado.

Sinto uma delicada mão tocar meu braço.

— *Cariad?* — A voz da Sra. Jones me traz de volta para a sala. — Acho melhor pôr sua amiguinha lá fora. — Ela aponta para a coruja com a cabeça. — De acordo?

Juntas encontramos um caminho em meio aos escombros que sujam a sala. Na porta da frente, beijo a coruja por um instante antes de segurá-la no alto. Ela fica de pé na minha mão por um momento, abrindo as asas, piscando no brilho da luz do dia. Como as corujas costumam fazer, gira a cabeça quase por completo, examinando a área em busca de possíveis perigos. Depois de não encontrar nenhum, dá um arrulho baixo, ronronando, antes de saltar para cima, com as asas abertas, e voa depressa em direção às árvores na extremidade mais distante do prado perto do lago.

Mal voltamos lá para dentro e fechamos a porta quando Bracken aparece na entrada, tendo finalmente conseguido sair da cozinha. Ele arranha a porta da frente, frenético, pulando e choramingando, desesperado para ir atrás do dono. Levanto o trinco e o deixo ir, observando seu porte de raposa, com o focinho para baixo, para farejar, e o rabo para cima, para se equilibrar, enquanto sobe o morro em busca de Cai.

— Ele vai ficar bem agora. — A Sra. Jones me tranquiliza. — Venha para dentro, *merched*. Aposto que você não tomou café da manhã. *Duw, Duw*, o que vamos fazer com vocês dois? — murmura ela, balançando a cabeça enquanto me leva para a cozinha. — Nada parece tão ruim depois de um chá quente e uma fatia de um dos meus bolos galeses. Você vai ver.

Me sento ao lado do fogão ainda não aceso. Estou anestesiada. É como se Cai tivesse levado todos os meus sentimentos consigo ao sair de casa bravo como uma tempestade. Como posso ter provocado tamanha destruição? A bela porcelana chinesa de Catrin... é tão preciosa para Cai quanto era para ela. Observo a Sra. Jones atarefada, acendendo uns gravetos e trabalhando com o fole para encorajar as chamas.

— Agora, não se preocupe, *merched* — diz ela, sem interromper o trabalho. — Cai Jenkins é um homem bom. É da natureza dele perdoar. Uma caminhada vai acalmá-lo.

Mas e se não acalmar?, pergunto-me. E se, por não ter pensado, eu tiver quebrado qualquer ligação frágil que pudesse haver entre nós do mesmo jeito que quebrei a porcelana de Catrin? Despedacei. Não tem como restaurar. E como ele vai me tratar agora que não pode mais ignorar minha...

estranheza? *Que tipo de esposa é você?*, perguntou ele. Que resposta ele vai encontrar lá no topo da montanha?

A Sra. Jones põe a chaleira no fogo que pega depressa. A água jorra do bico, gerando um vapor sibilante. Ela continua dizendo palavras para me tranquilizar e consolar enquanto busca um bule e xícaras e uma cesta com seus bolos achatados e açucarados na despensa. Não tenho forças para me levantar da cadeira e ajudá-la. Vendo meu profundo desespero, ela, por fim, para diante de mim. Com as mãos na cintura, sorri, gentil, porém determinada.

— Sra. Jenkins — diz ela, com suas pernas troncudas plantadas no chão com firmeza, assentindo com a cabeça devagar —, acho que chegou a hora de termos uma conversa.

Franzo a testa, tentando entender o que a Sra. Jones pode querer dizer com isso. Ela tem falado sem parar nos últimos vinte minutos. Sabe que não posso contribuir para a conversa. O que será que espera de mim? Tombo a cabeça para o lado, questionando. Sua resposta é se virar e andar calmamente no piso até o velho aparador.

Este é um móvel muito diferente do grandioso e reluzente que, até agora, abrigava com segurança a coleção de porcelana chinesa de Catrin no cômodo ao lado. Esta é uma peça comum, com a madeira escurecida pela fumaça do fogão, o tamanho e a idade fazendo com que envergue no meio. Com dificuldade, a Sra. Jones se ajoelha e abre a porta mais baixa, à esquerda. Dali, tira caçarolas e panelas e tábuas e travessas até esvaziar aquela parte. Em seguida, para o meu espanto, ela se arrasta lá para dentro. Na verdade, apenas sua cintura avantajada a impede de desaparecer por completo, de modo que seu quadril coberto pelo avental e seus pés largos permanecem numa posição nada atraente. Quando me chama, o som de sua voz está abafado e seus movimentos fazem o armário inteiro tremer, tanto que temo que tombe.

— Preciso muito da sua ajuda, *cariad*. Parece que não consigo... alcançar... direito. — Num suspiro irritado, ela se retorce para trás, virando-se para sentar, corada, as pernas roliças esticadas para a frente. Leva um instante para enxugar a testa com o avental e endireitar a touca torta.

— Isso não é nada bom — diz ela, ofegante. — Meus braços ficaram curtos demais ou o buraco ficou mais profundo. Um ou outro. — A Sra. Jones aponta para a escuridão do armário vazio. — Você vai ter que pegar para mim. — Ela gesticula, me mandando para o lugar nada convidativo. — Se arraste até os fundos, *cariad*. Use a mão para tentar encontrar a abertura na madeira.

Me arrasto lá para dentro, admirando o fato de a Sra. Jones não ter ficado presa logo de cara, de tanto que o lugar é apertado. Tem mesmo um pedaço recortado dos fundos de madeira do móvel, de modo que posso sentir as pedras frias da parede ali de trás. Os esforços da Sra. Jones já deslocaram, em parte, um quadrado de pedra plana.

— Encontrou? Você tem que puxar o bloco todo para fora — diz ela — e depois enfiar o braço lá dentro, esticando o máximo que puder.

Sigo as instruções, banindo com firmeza de minha mente todas as possibilidades de perturbar um ninho de ratos. Apesar de me sentir à vontade com as criaturas do campo, desde criança tenho pavor de ratos.

— Conseguiu alcançar? Encontrou? — Sua voz tem um tom entusiasmado.

Se eu tivesse as palavras ao meu dispor, comentaria que é mais fácil dizer se você encontrou alguma coisa quando sabe o que é que está procurando. Desse jeito, só me resta tatear o espaço arenoso. E, sim, meus dedos encontraram algo. Algo que não pode ser madeira nem pedra, já que flexiona um pouco quando toco. Parece quase acolchoado. Embrulhado, talvez. Apalpo e arranho até meus dedos engancharem no barbante que amarra o objeto e consigo puxá-lo.

Logo que a Sra. Jones põe os olhos no pacote, o toma de mim e o segura junto do peito, de olhos fechados, como se fosse o tesouro mais precioso devolvido a ela. Quando se recompõe, sorri para mim, estendendo uma das mãos.

— Bem, então, ajude uma velha a se levantar. Não está fazendo nada bem para os meus pobres ossos ficar sentada nesse piso frio.

Com um pouco de esforço, ponho a Sra. Jones de pé e nos sentamos em cadeiras de ambos os lados do fogo. As chamas pegaram nos pedaços maiores de madeira e começam a clamar por carvão agora. A chaleira faz barulhos fracos, embora promissores. A Sra. Jones puxa o barbante com delicadeza. Seus dedos roliços são de uma agilidade surpreendente ao desfazerem os laços e nós que envolvem o pacote. Com muito cuidado, desfaz o embrulho, pondo-o no chão ao lado da cadeira. Em seu colo, agora há um livro enorme, com a capa de couro gasta e mostrando os sinais da idade, o dourado nas bordas das páginas apagado em alguns pontos. Ela acaricia, não, *afaga* o livro com afeto e, ao fazer isso, seu rosto parece perder algumas das marcas de cansaço, quase recuperando traços da juventude perdida; sua pele brilha com uma alegria secreta. O que pode estar escrito naquelas páginas para provocar tamanha transformação? Inclino-me para a frente em minha cadeira para examinar melhor o livro e noto que a Sra. Jones o segura com mais firmeza por instinto. Está claro que ainda não vai entregá-lo a mim.

— Agora, *cariad*, por onde começar? Ah, as papoulas. É, acho que devemos começar com as papoulas.

Diante disso, volto os olhos para baixo, fingindo me interessar por um fio solto da minha camisola.

— Ah, não precisa ser cautelosa. Não comigo, não agora. Sabe? Entendo você de verdade, Morgana.

Muito embora tenhamos ficado cada vez mais à vontade na companhia uma da outra desde que cheguei a Ffynnon Las, é estranho ouvi-la me chamar assim.

— Quando seus pais lhe deram esse nome, será que conheciam, na época em que você nasceu, seus talentos? Me pergunto se eles se lembravam de outra que viveu há muito tempo, que era a mais poderosa e habilidosa dentre todas as feiticeiras que já existiram?

O uso da palavra *feiticeiras* me impressiona e faz meus olhos encontrarem os dela. Meu pai escolheu meu nome. E, sim, Papai sabia das suas origens, pois costumava me contar histórias das maravilhas mágicas realizadas por minha xará mítica. Sempre imaginei que minha mãe sensata e de pé no chão lutando contra essa escolha, mas Papai conseguia ser teimoso quando lhe convinha.

— Mas, voltando às papoulas — continua a Sra. Jones —, sei que você plantou uma única flor há alguns dias. E agora todos nós podemos ver a abundância animadora de flores no túmulo da pobre Meg. Realmente acredito que você tenha ficado quase tão impressionada quanto o coitado do Sr. Jenkins ao vê-las pela primeira vez, não é, *cariad*? Pense bem, menina. Será que você chorou sobre aquela flor enquanto a plantava? *Duw*, existe uma magia forte nas lágrimas de uma feiticeira. Não, fique, não pule da cadeira como uma lebre fugindo de um tiro. Isso é só uma palavra. — Ela suspira baixinho, olhando para mim com grande afeição, então, percebo que não estou com medo. Em vez disso, percebo que ela me faz lembrar do jeito que minha mãe olhava para mim. — Soube o que você era, o que você poderia ser, desde a primeira vez que me tocou, *merched*. Não tenha medo. Ninguém vai ouvir seu segredo de mim. Prometo. Pois como posso entregar alguém igual a mim?

Diante disso, não sei dizer o que me choca mais — ela ter acabado de me chamar de *feiticeira* ou ter se declarado uma. Em todo caso, minhas mãos começam a tremer. Antes que eu possa ter mais alguma reação, ela continua, ávida para extinguir meus medos:

— Existem tipos diferentes de feiticeira, sabe? E não somos farinha do mesmo saco, você e eu, *cariad*. Sou uma feiticeira limitada, muito simples. Tudo o que sei, aprendi na barra da saia da minha mãe, assim como ela aprendeu com a mãe dela, e a mãe dela antes disso desde a época... Ah, desde a época que alguém é capaz de lembrar e talvez mais um pouco antes. Todas as receitas especiais, todas as curas e bênçãos, todas as curas, tudo passado de geração a geração. — A Sra. Jones faz uma pausa para refletir por um instante e percebo uma lágrima em seu olho quando ela me diz: — Eu queria muito ter uma filha. Quase partiu meu coração eu não ter sido aben-çoada com uma menina. Amo muito o meu filho, é claro, mas... Bem, ele é um bom fazendeiro e teria sido um péssimo feiticeiro! — Ela dá uma risa-dinha só de pensar. — Minha mãe falou que eu tinha talento e me ensinou bem. Ao longo de todos esses anos, tenho feito o que posso para ajudar os que precisam de mim. Às vezes, o que eu tinha a oferecer de fato atenuava o sofrimento. Em outras, como quando a pobre e querida Catrin foi acome-tida por uma febre pós-parto... Bem, em outras não consegui ajudar. Meu talento é para pequenas magias, pequenos desejos e pequenas necessidades. Mas *você*, *cariad*, bem, você tem tanta força aí dentro, tanto poder... — Ela balança a cabeça devagar. — Imagino que isso assuste você às vezes, não é?

Diante disso, assinto e então paro de repente, me dando conta de que acabo de admitir... admitir o quê? Que sou uma feiticeira? Que uso magia? Nunca tinha confessado uma coisa dessas na vida. Nem mesmo para Mamãe. Isso não era pronunciado entre nós, apenas compreendido. Minha magia veio do Papai. Só ele podia me aconselhar e me guiar nisso. Mas aí ele foi embora e, no que dependesse da Mamãe, era o fim disso. Ter sangue mágico é perigoso. Até nesses tempos modernos, muitos são acusados de praticar feitiçaria. Na melhor das hipóteses, são arrancados de casa e expulsos da paróquia. Na pior, bem, uma multidão é algo apavorante. Alguns pagam por seus dons com a própria vida.

— Me admira — diz a Sra. Jones — que outros não vejam a magia borbulhando em você.

Alguns veem. Às vezes. Meu professor da escola achava que via, apesar de nunca ter conseguido provar nada. E as crianças, será que detectavam alguma coisa... diferente também? Outros no vilarejo tinham suas suspeitas. Algumas coisas que eu fazia provocavam sussurros e aí Mamãe me repreendia e me alertava para não ser tão inconsequente. Então me tornei adepta a esconder a luz que emanava de mim. Até agora. Aqui, com Cai, baixei a guarda. A Sra. Jones me reconheceu pelo que sou. O reverendo Cadwaladr foi rápido ao formar a própria opinião feroz de mim. E agora Cai viu as papoulas e sabe que o vimos reparando nelas. Agora o segredo não está mais entre nós, bloqueando nossa visão um do outro. Qual será a reação dele? Em que estado voltará do passeio?

A Sra. Jones se mexe na cadeira, tentando encontrar uma posição mais confortável, mas sem afrouxar por um segundo sequer as mãos que seguram o livro em seu colo. A chaleira, por fim, começa a apitar. Trocamos olhares.

— Você se importaria, *cariad*? — É tudo o que ela tem a perguntar.

Me levanto num pulo, toda inquieta por conta do tema de nossa discussão e feliz por alguém ter me dado alguma coisa para fazer. Começo a preparar o chá enquanto ela continua falando, achando mais fácil mascarar minhas reações às suas palavras enquanto estou ocupada.

— Você sabe mesmo o que existe dentro de você. Como não saberia? Deve ser difícil para você manter a melhor parte de si mesma enterrada. Bem, *merched*, você não pode mais esconder a verdade do seu marido. Nem ele pode mais negar isso. É mesmo o destino você ter vindo para cá, para a Ffynnon Las, pois este é um lugar construído pela magia. Existe uma sabedoria mágica em cada pedra. — Ela olha para o livro de novo e, pelo canto do olho, enquanto sirvo o chá, vejo-o começar a abri-lo. Com cuidado, quase que com cautela, ela começa a erguer a capa espessa e a lombada envelhecida estala um pouco. Estou ansiosa para ela abrir o livro de vez e revelar seu conteúdo, mas é como se ela não se atrevesse tanto, não tivesse coragem. Ou seria porque ela ainda não confia em mim o bastante para compartilhar o que está escrito ali? É isso o que a faz hesitar?

— Já lhe contei sobre o poço, sobre como qualquer um que seja seu dono é dono do seu poder. Se souber como usá-lo. Bem, tem mais uma coisa. Uma coisa que torna essa maldição muito diferente para os outros. Que a faz se destacar. Uma coisa que a deixa muito mais poderosa. As origens do poço são muito conhecidas por aqui. O que poucos sabem é o que aconteceu muitos anos depois que a fonte foi usada para amaldiçoar pela primeira vez, depois que sua magia foi invocada pela primeira vez. Quem me contou essa história foi minha mãe e, antes de falar, ela me forçou a fazer uma promessa de feiticeira de nunca revelar o segredo a ninguém que não fosse outra feiticeira e mesmo assim apenas se eu tivesse certeza, *certeza*, de que essa feiticeira é confiável. — Ela ergue a cabeça e olha para mim. — Bem, *Duw*, não fique aí parada deixando o chá esfriar. Me dê isso aqui.

Dou uma xícara do chá fumegante à Sra. Jones e ela o toma fazendo barulho. Me sento de frente para ela mais uma vez, mas não tenho o menor interesse no meu chá. Estou envolvida demais com a história.

Ela fecha os olhos para saborear a bebida, esvazia a xícara apesar da considerável quentura do líquido, a põe no chão, se recosta na cadeira e, então, com os olhos ainda fechados, fala de novo. Ao fazer isso, sua voz é de uma monotonia desconcertante, como se recitasse algo. Ou até como se não fosse exatamente a sua voz.

— Este é o *Grimório do Poço Azul*. Tudo o que está escrito aqui foi transmitido por uma verdadeira Feiticeira do Poço e ninguém mais pode lê-lo ou usá-lo. Aquela que busca usufruir da sabedoria deste livro deve se mostrar digna disso primeiro, deve demonstrar que domina a arte, deve aderir ao código das Feiticeiras do Poço e deve jurar preservar e proteger o poço e a fonte de água daqueles que seriam capazes de destruí-los ou abusar de seus poderes magníficos. — Os olhos da Sra. Jones se abrem de repente e vê-los me faz deixar cair minha xícara, que despedaça, barulhenta, ao encontrar o chão. Que visão! Os olhos leitosos, mas castanho-claros de minha amiga e empregada dão lugar a órbitas brilhantes com íris douradas! Emanam luz. Sou incapaz de deixar de fitá-los e sinto aqueles olhos incomuns penetrando em minha mente, em minha alma. Estou nua diante deles. Estou sendo julgada. Sinto isso. E não é pela Sra. Jones. Tenho a sensação de um calor entrando em meu corpo, me inundando cada vez mais, até temer ser queimada. Há um badalo de sinos ao longe, notas altas que mal consigo distinguir, mas claras e belas e ressoantes. Então, tão rápida quanto começou, a avaliação acaba. O calor dá lugar a um vazio e um arrepio, de modo que fico surpresa ao reconhecer para mim mesma que lamento sua partida. Durante aquele breve momento, me senti... completa. Neste instante, eu daria qualquer coisa, *qualquer coisa*, para que o que quer que tenha habitado meu espírito retornasse.

De imediato, os olhos da Sra. Jones voltam ao normal. Ela dá um pequeno grito e me pergunto se também está tomada de pesar diante da perda de uma companhia tão celestial. Leva um momento para estabilizar a respiração e tenta dar um sorriso tranquilizador.

— Isso está bem feito, *cariad* — diz a Sra. Jones. — Muito bem feito.

No entanto, nem agora ela passa o livro para mim ou o abre. Sinto que estou desesperada para segurá-lo. Quero isso com tanto fervor que não consigo resistir e estico o braço para pegá-lo. O sorriso da Sra. Jones desaparece por um instante.

— Ainda não. — Sua voz é dura, mas inconfundivelmente lhe pertence. — Você ainda tem um longo caminho pela frente, *merched*. Mas vou ajudá-la na sua jornada e as recompensas serão, ah, tão maravilhosas, *cariad*! De fato sei da sabedoria nestas páginas. Confiaram em mim para guardar este livro, mas não sou feiticeira o bastante para usar o que está escrito aqui. Minha mãe também não era, nem minha avó. Rara é a feiticeira que pode manejar tanta magia, que pode absorver tanto conhecimento em si mesma e usá-lo sem ser destruída por ele. Acredito mesmo que você seja feiticeira o bastante, *cariad*. É por *você*, Morgana, que o *Grimório do Poço Azul* tem esperado durante todos esses longos anos. Mas você tem que provar que é digna. Demonstrar que está pronta para ser instruída à maneira das Feiticeiras do Poço. E o primeiro passo que precisa dar é deixar a própria magia doce fluir. Soltar as rédeas. Se permitir sentir a própria força.

Olho para a Sra. Jones, balançando a cabeça, querendo fazer o que ela pede, mas sem saber como. E sem saber se tenho coragem.

— Tudo ficará bem. Você tem sido *vista*, *cariad* — diz a Sra. Jones, e sei o que ela quer dizer com isso, apesar de desejar saber: *vista por quem?* De repente, ela me parece muito cansada e noto que agir como ela agiu, como algum tipo de condutor, a deixou exausta. A Sra. Jones ergue uma das mãos e acena, fraca, em direção à porta. — Tem uma coisa que você pode fazer. Uma coisa que você deveria fazer. Acho que você sabe o que é. — Com isso, seus olhos se fecham e ela passa a um sono profundo, o tempo todo agarrada ao *Grimório*.

Instável, fico de pé. Ela tem razão. Sei *mesmo* o que é que tenho que fazer. Ou, mais propriamente, o que tenho que tentar fazer, pois não estou nem um pouco confiante de que conseguirei.

Volto para a sala de visitas. O aparador está dizimado. Grande parte da porcelana chinesa de Catrin está quebrada no chão. Piso com cuidado e encontro um pequeno espaço livre para conseguir me ajoelhar. Seguro o pedaço de um pires de chá na mão. O caco mostra parte de um morangueiro selvagem, suas gavinhas brutalmente cortadas, a fruta partida ao meio, o interior áspero da porcelana exposto nas pontas recém-formadas. Cai me contou o quanto Catrin apreciava a coleção e a intensidade com que esta o lembrava a mulher que ele amou. Uma boa mulher. Uma mulher apropriada. Não uma mulher que traz o caos e o desastre consigo. Não uma mulher que leva o marido a subir montanhas para escapar dela. Não uma mulher com habilidades e modos estranhos, que não têm utilidade alguma. Não uma mulher como eu.

E ele não tem razão? Não é verdade que só lhe trouxe problemas? Ele não devia ter me batido. Realmente. Mas eu também não devia ter lhe dado uma mordida. Ele só levantou a mão para mim por instinto, como alguém que bateria numa vespa que pica. Não posso censurá-lo por isso. E ele não escolheu voltar para casa, para mim, em vez de ficar com Isolda? Ele veio até minha cama, como um marido tem o direito de fazer, tendo demonstrado mais paciência do que mereço, e como retribuí sua gentileza? Com protestos violentos. Como ele pode ver o que tenho feito desde que cheguei aqui na Ffynnon Las? O gado morreu porque não consegui chamá-lo e tirá-lo da trilha que seguia para a morte. Já humilhei Cai na capela duas vezes em menos de duas semanas. E ele passou esse tempo todo se esforçando muito para fazer com que eu me sentisse em casa. Não se impôs a mim. Não me culpou por nada, embora pudesse ter feito isso. E não questionou os acontecimentos curiosos, que alguns chamariam de sobrenaturais e que, às vezes, minha vontade provoca. Até agora. Ele não tem como fingir que não viu o túmulo de Meg. Nenhum de nós tem como continuar fingindo. E, sendo esse o caso, posso, com certeza, usar quaisquer talentos escassos e extravagantes que tenho para fazer coisas boas. A Sra. Jones me disse que preciso deixar minha magia fluir. O que quer que tenha me visitado através dela, o que quer que tenha adentrado minha alma e me examinado, o que quer que tenha sido, precisa que eu prove que domino minha magia. Essa é uma prova na qual não posso falhar.

Olho para o pedaço de porcelana em minha mão. Devagar, apenas por querer fazer isso, levo a porta da sala de visitas a se fechar com firmeza. A Sra. Jones disse que existe magia poderosa nas lágrimas de uma feiticeira, mas, neste momento, não tenho lágrima alguma. O que mais tenho a oferecer, a sacrificar para que o encanto aconteça? Passo o dedo na ponta afiada do prato quebrado, que corta minha pele. Um fino traço de sangue se acumula no ferimento minúsculo. Observo o sangue vazar e escorrer por meu dedo, levantando a mão, virando-a, de modo que o riacho carmim desça até meu punho, se retorcendo em torno de meu braço como as gavinhas do morangueiro. Por fim, uma gota espessa e brilhante cai do meu cotovelo num minúsculo caco de porcelana no chão à minha frente. Fecho os olhos. Sinto o ar da sala se movimentar, esfriando e sua força esvoaçando meu cabelo e minha camisola, se intensificando, até começar a chacoalhar o trinco da janela e a levantar tapetes e a sacudir os candelabros sobre a cornija da lareira. Logo o ambiente todo está em movimento, num redemoinho, numa confusão de poeira e cinzas da lareira e lascas e cacos de porcelana. Mantenho os olhos bem fechados e levanto os braços. O sangue continua escorrendo do meu dedo e, a cada gota, a pressão na sala aumenta, como a chegada de uma tempestade. Balanço agora, deixando o turbilhão me mexer, com a cabeça tonta, o peito apertado, meus membros começando a se agitar e se contrair com tremores vibrantes. Não tenho nenhuma noção consciente do que faço, apenas a sensação de estar fazendo. Apenas a vontade. Minha vontade. Sinto seu poder me envolver e envolver todas as coisas na sala, até que tudo esteja conectado e pulsando com sua força empolgante, de modo que sinto que as paredes não podem resistir e que com certeza explodirão para fora. Mas isso não acontece.

Bem acima da Ffynnon Las, as nuvens da manhã permanecem pesadas sobre a montanha. Enquanto caminha, Cai sente a umidade ao seu redor e não consegue enxergar mais do que a um metro em qualquer direção. Mas ele conhece bem esses morros e poderia caminhar por eles vedado se fosse preciso. Está acostumado com as extensões rochosas, os precipícios e os pântanos movediços e, até em seu atual estado de distração, consegue se movimentar em meio a tudo isso sem se arriscar. Um maçarico, cujo canto é abafado pelo ar repleto de água, começa um chamado num sussurro que se eleva a tons altos e questionadores. Cai não ouve. Sua mente está ocupada com a tentativa de conciliar o que conhece como bom senso com o que não pode mais ignorar nem negar. Existe algo em Morgana que é quase inexplicável. Sua estranheza transcende o silêncio e a selvageria. Ele sabe disso agora. Há mais por trás da morte de Meg do que ela é capaz de fazê-lo entender. E há também os ventos repentinos, as portas batendo, o invejável e quase sobrenatural relacionamento de Morgana com a criação... e agora as flores no túmulo de Meg. Flores que deveriam ter levado dois anos ou mais para se tornarem tão abundantes e, no entanto, ele viu o que viu. Ela havia plantado uma única flor e a regado com apenas uma lágrima e agora ali floresce em abundância. Além do mais, Cai não pode mais esconder de Morgana o que sabe sobre ela. A moça assistiu ao seu momento de epifania. Todo o fingimento deve acabar. Ele precisa admitir, primeiro para si mesmo, que ela é... o quê? Possuída por demônios? Uma conjurante? Uma feiticeira? Mesmo escondidas em sua cabeça, as palavras soam absurdas.

Quando menino ouvia falar dessas pessoas, é claro. As lendas da terra estão repletas delas. Mas são contadas com medo ou ódio. Aquelas eram pessoas más, se é que podiam ser chamadas de pessoas. Seres que inspiravam suspeita e aversão. Conjurantes eram trapaceiros e vigaristas. Feiticeiras ganhavam seus poderes do diabo. E uma feiticeira não seria escolhida por nenhum homem como noiva. Por que ele não viu a extensão da estranheza de Morgana antes? Estava cego de luxúria? De amor? De sua necessidade de arranjar uma esposa? Por que ninguém que a conhecia pensou em avisá-lo? E agora ele se lembra de como os habitantes do vilarejo onde Morgana morava falavam dela com cuidado, até com gentileza, mas com aquelas pausas que revelavam alguma coisa. Aquelas pequenas hesitações. Agora ele entende o que havia naqueles pensamentos não pronunciados. Pois como poderiam falar com um estranho sobre magia?

Cai continua caminhando devagar, a passos pesados, sobre o solo molhado sem deixar o terreno irregular perturbar o ritmo reconfortante em que segue. Pelo menos aqui em cima ele consegue pensar. Consegue ordenar seus pensamentos emaranhados. Pois, além de Morgana, ele tem rebanhos a conduzir. Ainda tem que levar o gado de fazendeiros vizinhos que vai negociar e um punhado da própria criação. Outros trarão suas ovelhas e ele tem os três pôneis prometidos ao criador londrino, mas não basta. O simples fato é: desse jeito, ele perderá dinheiro. O custo de pegar emprestado para comprar somado às despesas da condução dos rebanhos em si — a forragem, as ferraduras, o pasto, a hospedagem, o trabalho e, é claro, os pedágios que terá que pagar para usar as estradas — significam que ele não arrecadará fundos suficientes para compensar os gastos, muito menos ter lucro.

A menos que Cai aceite o empréstimo que Isolda lhe ofereceu. Ela não falou sobre os termos, mas ele supõe que sejam mais favoráveis dos que os do banco. No entanto, o que lhe custaria, lhe custaria na verdade, aceitar tamanha ajuda? Cai não se sente confortável com a ideia de dever isso a ela. Ainda assim, não está em condições de descartar a oferta sem pensar duas vezes.

Com ou sem empréstimo, do banco ou de um benfeitor, outra dura realidade permanece a mesma. Se é para garantir o futuro da Ffynnon Las, os pôneis têm que ser vendidos. Todos eles. Cai sabe que o comprador de Londres ficará satisfeito em adquirir cada animal pernudo com um ano de idade da linhagem da Ffynnon Las e por um preço justo. Fazer isso partirá seu coração, mas ele já teve o coração partido antes e sobreviveu.

Cai chega às poças de orvalho e, como que invocados por sua decisão, os pôneis ainda no topo da montanha se aproximam em meio à cerração densa, emergindo como espíritos de algum reino fantasmagórico. Ele para e deixa os animais chegarem mais perto. São jovens e fungam, nervosos, com o pescoço bem esticado, as orelhas alertas, prontos para dar meia-volta e correr dali se alguma ameaça surgir. E surge, na forma molhada e ofegante de Bracken, que, por fim, encontrou seu dono e chega latindo em meio à névoa, espalhando os pôneis bufadores. Mesmo sem querer, Cai dá uma gargalhada e se abaixa para bagunçar o pelo encharcado do corgi que lhe restou.

— Agora chega, *bach* — diz ele. — É melhor você poupar sua energia. Vai ter trabalho de sobra neste ano. — Cai sabe que isso é verdade. De fato, sabe que o cão, sozinho, não será o suficiente para trabalhar na condução de rebanhos, não com tantos pôneis para manejar, além do gado. Ele observa os jovens ariscos desaparecendo de volta para a nuvem que se ergue aos poucos e se dá conta de uma coisa. A pessoa mais indicada para pastorear os cavalinhos dispersos durante a longa viagem é Morgana. Ele se levanta, balançando a cabeça diante do quanto são intricadas as reviravoltas do destino que a vida traz. Acaba, naquela manhã, de admitir para si mesmo que sua esposa é uma mulher diferente, uma criatura cheia de mistérios e milagres e ali está ele, planejando convocar sua ajuda numa condução de rebanhos de três semanas que vai salvar ou quebrar a fazenda e qualquer possibilidade de futuro que os dois possam ter juntos.

— *Dewch.* — Cai manda o cachorro o seguir e os dois começam a descer. A rota que escolhe o leva até a trilha no lado mais distante da montanha, então, ele ainda terá uma hora de caminhada estável até chegar em casa. Está prestes a pular a cerca viva, disposta de maneira impecável, para passar para a estrada quando ouve cascos ali por perto. Não há nenhuma nuvem àquela altura, então, pode ver com clareza a pequena procissão de um enterro que segue ao longo da trilha em direção à velha capela de Llanwist. Cai sai do caminho e tira o chapéu da cabeça enquanto passam. O cortejo é estranhamente silencioso, a não ser pelo ruído constante dos cascos do cavalo de pernas peludas e o lento ranger das rodas da velha carroça que ele puxa. O caixão é pequeno e simples. À frente do falecido, um ministro que Cai não reconhece indica o caminho. Há quatro homens acompanhando com chapéus altos, que ele imagina que sejam os carregadores do caixão. Há alguns enlutados, não mais do que seis ao todo, sendo que duas são idosas se arrastando. O grupo sombrio segue em silêncio. Cai sente um arrepio percorrer sua espinha e o atribui à umidade da manhã penetrando em seus ossos. Espera por um momento, em sinal de respeito, antes de continuar na direção oposta, seguindo a trilha rumo a Tregaron.

Ainda não caminhou nem por um quilômetro quando se depara com um fazendeiro de idade avançada consertando uma fenda na cerca viva. Com tanta idade, o homem é capaz de erguer a machadinha de cabo curto com destreza e partir os galhos da aveleira antes de entortá-los para tecer um remendo justo para o buraco. Cai o reconhece como o tio de Dai Fornalha. Os dois trocam gracejos e batem um papo por algum tempo, até que Cai resolve perguntar sobre o enterro.

— Não fiquei sabendo que alguém morreu — diz ele. — O senhor sabe quem está sendo enterrado na capela de Llanwist hoje?

Os olhos do velho se arregalam e ele encara Cai com firmeza.

— Não acontece um enterro lá em cima na velha capela há anos — responde ele, devagar. — Desde que o reverendo Williams se mudou para a costa.

— Bem, está acontecendo um nesta manhã — garante Cai. — O senhor deve ter visto a procissão. Tive que sair do caminho para deixá-los passar, sabe?

O velho empalidece de maneira notável. Ele balança a cabeça.

— Não vi enterro nenhum — diz.

Cai fica intrigado e está sem cabeça para absurdos.

— Bem, *Duw*, o senhor só podia estar dormindo na cerca viva para não ter notado! Eles tinham um cavalo grande e feio puxando a carroça. Carregadores de caixão muito elegantes, sabe? Chapéus apropriados... Os enlutados não eram muitos nem jovens, mas...

O velho repete devagar:

— Não vi enterro nenhum. Nem você.

— Está dizendo que sou mentiroso?

— Estou dizendo que você se enganou.

— Não seja tolo, homem. Sei o que vi. Como posso me enganar com uma procissão inteira?

O velho aponta com a machadinha enquanto fala para sublinhar as próprias palavras.

— Estou dizendo que não fazem mais enterros em Llanwist e que nenhum cavalo, nenhuma carroça e nenhum caixão passou por mim aqui hoje. — Ele se inclina para a frente, com aquela cara de noz, estreitando os olhos e falando baixo: — O que você viu foi um *toili*.

— Um *toili*? — Cai dá uma gargalhada, nervoso. — O senhor tem tomado cerveja no café da manhã, vovô?

— Está bem, me chame de tolo ou bêbado, se você se sente um pouco melhor assim, mas não tem como negar os fatos.

— Fatos? É mesmo? O senhor está me dizendo que quase tive os dedos dos pés atropelados por um monte de fantasmas e está falando de fatos?

Pois Cai ouvira falar de um *toili* antes. Muitos anos atrás, quando não passava de um menino. Se lembra do seu avô lhe contando sobre como Jones Heol-Draw testemunhara um enterro espectral, com cavalos usando plumas pretas e tudo mais, perto de Pontrhydigiad, numa bela tarde de agosto. Ninguém queria acreditar nele. Cai se lembra de ouvir como o homem estava muito assustado e resistente quanto ao que vira.

O jardineiro especialista em cercas vivas volta a machadar os galhos de aveleira para terminar os reparos.

— Não adianta negar — diz ele, sem se dar ao trabalho de continuar olhando para Cai enquanto fala. — Não cabe a nós decidir essas coisas. Um *toili* vem como uma mensagem dos espíritos, dos que já faleceram. É uma mensagem para aquele que o vê e mais ninguém. Alguém corre perigo — declara ele, sem rodeios. — Um dos seus morrerá e não existe nada que você ou qualquer outro possa fazer para evitar.

Cai abre a boca para continuar argumentando com o homem, mas uma frieza toma seu coração. Ele conhece bem essa superstição. E sabe o que viu. Está tentado a contestar que não existe mais ninguém dos seus, que a morte já levou a mulher que ele amava. Então, se lembra de Morgana e uma nova dor apunhala seu coração, tão profunda e agonizante quanto qualquer coisa que ele tenha sentido por Catrin. Morgana!

Ele corre. Corre com tanta força e velocidade que até Bracken fica um pouco para trás. Corre apesar de o ar queimar seus pulmões e do seu peito poder explodir de tanto esforço. Corre apesar dos músculos das suas pernas gritarem e da sua cabeça ficar tonta. O chapéu voa da sua cabeça, mas ele não faz uma pausa para pegá-lo. Só consegue pensar em Morgana e que foi duro ao julgá-la. Agora vê que é injusto da sua parte passar a desgostar dos seus modos estranhos — eles sempre fizeram parte dela. Tem simplesmente escolhido ignorá-los. Como ela pode ser culpada por isso? Se dá conta de que não se importa, nem com a magia nem com o mistério nem com o que não pode explicar. Se importa apenas com ela. Morgana, com toda a sua selvageria e seus dons curiosos. Esses talentos que Morgana tem não podem ser ruins, pondera Cai, pois fazem parte dela e ela é uma boa pessoa. Ele tem certeza disso. Por que esses dons não podem ter sido enviados por Deus, afinal? A possibilidade de ela estar em perigo, de alguma coisa acontecer antes de ele chegar, o faz seguir adiante.

Cai corre até, por fim, avistar a Ffynnon Las, e então corre ainda mais entrada acima, passando pelo prado do lago e para dentro da casa em si, escancarando a porta da frente.

Ele tromba com Morgana saindo da sala de visitas. Parado na entrada, ofegante, esforçando-se para respirar e falar, ele agarra os ombros da moça assustada.

— Morgana! Morgana, você está bem. Ah, graças a Deus. Graças a Deus! — Com mais uma inspirada para se sustentar, ele a puxa para perto, pressionando a boca na dela, beijando-a com a paixão e o desejo de um homem sedento de amor por muito tempo. Um homem que acaba de se dar conta do que tem. Um homem abalado pelo medo de perder o que finalmente encontrou. Ele para de beijá-la, mas não afrouxa as mãos. A Sra. Jones veio da cozinha e está olhando para Cai com espanto, mas ele não se importa. Morgana parece chocada. Ele tenta explicar, dispara a falar sobre o *toili* e o velho na cerca viva, sem fazer o menor sentido. Acaba desistindo e a puxando para mais perto, beijando-a de novo, desta vez mais devagar, com menos desespero, saboreando o doce momento.

Quando ela se afasta, é para olhar para ele, ainda se perguntando, com uma expressão incerta no rosto.

Cai sorri e diz, gentil:

— Bem, pelo menos você não me mordeu dessa vez. Para mim, isso é um progresso, minha selvagem.

Morgana sorri agora. Seu corpo inteiro relaxa e um suspiro lhe escapa. Um suspiro de quem deixa acontecer. Ela hesita por um instante e então pega na mão dele, o levando para a sala de visitas. Cai acompanha Morgana com delicadeza. Por um segundo, não consegue ver o que ela tenta lhe mostrar. O cômodo está como sempre foi. Agora ele se lembra do caos em que o havia deixado nem três horas antes. A ordem foi restabelecida: quadros endireitados nas paredes, almofadas e tapetes ajeitados e ali, sobre o aparador, cada pedaço da porcelana chinesa de Catrin restaurado com perfeição.

Ele se aproxima e toca o bule, procurando sinais de trincas ou emendas, mas não consegue encontrar nenhum. Cada xícara e pires, cada prato, tudo o que havia sido quebrado agora está como novo. Inteiro de novo e perfeito.

Cai olha para Morgana, que o observa, nervosa, claramente sem saber ao certo que reação esperar. Ele só está contente por ter passado aquele tempo nas montanhas para pensar em sua esposa extraordinária e refletir sobre a melhor maneira de lidar com os aspectos da sua natureza que não pode mais ignorar. Com certeza não poderia haver mais fingimento agora. Para nenhum dos dois. Ele dá na mão de Morgana o que espera que seja um aperto tranquilizador. Então, chama a empregada:

— Sra. Jones! Acho que uma xícara de chá cairia bem para todos nós.

— Ah, tem razão, Sr. Jenkins.

— Vamos tomá-lo aqui. Na melhor porcelana, por favor.

— Ah, sim! — exclama ela, um tanto sem fôlego, antes de desaparecer para fazer o que ele manda.

Cai olha para Morgana. Ainda segura sua mão e não está nem um pouco inclinado a soltá-la. Em vez disso, ele a ergue até seus lábios para lhe dar o mais doce dos beijos e diz apenas:

— Obrigado, Morgana. Obrigado.

9.

Em toda oportunidade que temos, a Sra. Jones e eu nos dedicamos a praticar magia. Que alegria é, por fim, não só ser libertada do fardo do meu segredo ao compartilhá-lo como também ser de fato encorajada a usar meus dons. É claro que precisamos tomar cuidado para não sermos observadas e somos cautelosas até ao revelar a Cai o que fazemos. Ainda tenho calafrios quando me lembro do momento em que o levei até a sala de visitas para lhe mostrar a porcelana chinesa de Catrin restaurada. Não tinha certeza de que conseguiria e minha tentativa de controlar meus dons de maneira tão específica, tão precisa, parecia desajeitada e desordenada, como a de uma criança. E um tanto assustadora. Nunca antes havia procurado dominar minha força desse jeito. Até aquele momento, todos os meus esforços para dirigir quaisquer poderes que tivesse, para domar a força da minha vontade e enviá-la ao mundo, haviam sido mais... instintivos, surgindo como uma reação imediata a alguma coisa. Dessa vez foi diferente. Dessa vez parei, refleti, moldei meus pensamentos para formar algo muito mais especial. Nem ao sentir a tempestade que me é familiar surgindo de mim e se conectando com os elementos da sala tive certeza de como proceder ou de o quanto meus esforços se mostrariam bem-sucedidos. Admito que surpreendi a mim mesma. Foi como se cem elfos tivessem usado sua magia por cem noites para gerar resultados perfeitos. Eu não podia ter desejado nada melhor.

E, ainda assim, a ideia de revelar meu trabalho a Cai me apavorava. Eu sabia que esse era um caminho sem volta. Esse foi meu jeito de me abrir para ele, nua, vulnerável. Chega de esconder. Chega de fingir para ele ou para mim mesma. *É isso o que sou*, é o que eu estava dizendo a ele, *você ainda me quer como sua esposa?* Parte de mim esperava que ele me mandasse embora. Que me mandasse seguir meu caminho. Mas ele não fez isso. É claro que o momento não foi nem um pouco facilitado pelos beijos que o precederam! Que mistério são os homens. Ele havia saído furioso, me chamando de criatura, lamentando um dia ter me levado para sua casa. Tinha voltado, poucas horas depois, temendo que alguma calamidade tivesse me acontecido durante sua curta ausência, puxando-me para junto de si e me beijando com tanto fervor que, se eu fosse dada a falar, teria emudecido. Como a Sra. Jones emudeceu! A imagem do seu rosto, primeiro testemunhando o comportamento de Cai e depois ao ver a porcelana... Bem, devo me lembrar dessa imagem sempre que precisar levantar os ânimos.

Ainda assim, não podemos ir longe demais nem rápido demais ao pressionar Cai para aceitar meus talentos. Ele já viu o que consigo fazer. Já segurou nas mãos a porcelana de Catrin devolvida à perfeição e admirou as papoulas no túmulo de Meg, mas não sabe nada sobre o *Grimório* nem as Feiticeiras do Poço. Uma coisa é Cai me aceitar, aceitar quem ele ama — tenho certeza disso agora — como sou na realidade. Outra coisa bem diferente seria esperarmos que ele concordasse com a Sra. Jones me instruindo à maneira de uma antiga ordem de feiticeiras, usando um livro que abriga um poder do qual até ela tem um certo medo. Ela e eu concordamos que não existe a menor necessidade de incomodá-lo com cada coisa que fazemos nesse sentido. Já me basta ele se contentar em me deixar ser como sou, sem segredos, sem julgamento, sem medo.

Enquanto isso, a Sra. Jones tem se mostrado uma instrutora formidável. Ela logo me informou que restaurar alguns pratos não é considerado evidência suficiente das minhas habilidades e que minha determinação, meu talento e a seriedade do meu comprometimento com as Feiticeiras do Poço devem ser testados mais para a frente, antes de ela considerar a hipótese de me deixar ler uma palavra sequer do *Grimório*. Até aqui, ela me pôs para transportar objetos pela cozinha sem sair da cadeira (um exercício que achei quase entediante de tão simples), acender o fogo com meu sopro (o que admito que acabou sendo mais problemático do que eu imaginava) e invocar um rato e sua família até a despensa para se fartar das migalhas de pão no chão. Essa última atividade não transcorreu exatamente como o planejado, então, em poucos minutos, as prateleiras estavam repletas de pequenos roedores e levamos muito mais tempo para convencê-los a ir embora do que tínhamos levado para convidá-los para jantar. Foi uma lição, como minha mentora me lembra repetidas vezes, sobre como magia de mais pode ser tão insatisfatória quanto magia de menos, ao fazer encantos. Só fiquei agradecida por minha falta de jeito com o encanto não ter trazido ratos correndo para nós ou eu poderia ter perdido o controle e fugido.

E hoje vamos trabalhar com o poço na tentativa de expandir e desenvolver minhas habilidades de feitiçaria. Cai não está. Tem um compromisso com o Sr. Evans no banco e saiu para Tregaron há meia hora. Trancamos Bracken com firmeza em casa para nos poupar da sua ajuda entusiasmada e partimos para o poço.

A Sra. Jones tomba sobre a parede musgosa do poço e enche de água fria uma das mãos. Ela a leva à boca, toma um gole e assente com a cabeça para eu fazer o mesmo. Quando as pontas dos meus dedos penetram na superfície brilhosa, ondas se espalham em círculos hipnóticos. O dia já está quente. O muro curvado acima do poço se encontra numa grande sombra, de modo que, à medida que a água jorra da fonte entre as pedras, permanece fora do alcance do sol e mantém o frescor da montanha. Com o passar do dia, esse frescor será estragado pelo calor do verão. Tão cedo, a temperatura choca e refresca. Mesmo com a luz escassa, a água preserva seu azul característico — um belo índigo, cheio de mistério e promessas.

A Sra. Jones fecha os olhos e deixa mais um punhado de água cair delicadamente de volta no poço enquanto fala:

— Pedimos a proteção e a bênção do poço. Viemos a este lugar sagrado com o coração aberto, sem abrigar qualquer malícia em relação aos outros, querendo apenas agir em harmonia com os desejos das Bruxas do Poço, seguidoras do *Grimório do Poço Azul*. — Ela abre os olhos de novo e permanecemos em silêncio por um momento, um silêncio quebrado apenas pelo jorrar suave da água da fonte e o bater da água nas pedras antigas que cercam o poço.

Acho que estou nervosa, não, não é bem isso... empolgada diante da perspectiva de testar ainda mais minha magia. Durante tantos anos, lutei para esconder essa parte de mim, por medo do que pudesse fazer. E por medo do que os outros poderiam fazer. É emocionante ter a liberdade de explorar o maravilhoso presente que a magia pode ser. Papai ficaria tão feliz por mim, tão orgulhoso.

— Tire o sapato, *cariad* — diz a Sra. Jones.

Hesito, surpresa com a instrução, mas minha professora não está com humor para dar o que claramente considera explicações desnecessárias.

— Tire logo — insiste ela.

Quando estou descalça, ela me manda subir e ficar de pé dentro do poço. Se a água da fonte já foi um choque para meus dedos, quase me deixa sem ar enquanto me abaixo até a cintura ali dentro. Minha saia flutua ao meu redor, puxada pela corrente onde a água deixa o poço em sua viagem subterrânea até o lago no prado abaixo da casa.

— Uma Feiticeira do Poço pode trabalhar com a água como ninguém — diz a Sra. Jones. — Esse será seu elemento, Morgana, se você aprender a melhor maneira de convencê-lo do que quer. Nunca force a água. Não tente governar, apenas guiar. Todos os elementos resistem à arrogância, sabe? Lembre-se disso, *cariad*. Agora, existem palavras que você deveria usar. Não, não se preocupe por não ter voz. Não importa. Fale em sua mente, com o seu coração, e será ouvida. Então, braços nos flancos. Não, não desse jeito, *Duw*. Você está parecendo um espantalho. Para baixo, soltos, isso. — Ela se inclina para a frente e sacode meus braços para encorajá-los a relaxar. — Está melhor. Quando você entoar o cântico devagar, *devagar*, levante os braços. Levante-os totalmente até passarem da cabeça, onde você bate as palmas e segura, como se estivesse juntando duas pontas de uma corda. Está pronta? Bem, então, repita, uma e outra vez, enquanto se mexe... "O círculo de água não tem começo nem fim. O escudo da água me protege." Se endireite, *merched*! Isso mesmo. Não! Não balance. Fique firme. — Ela me cutuca bem no estômago de modo que recuo antes de ser capaz de me recompor.

Finalmente ela fica quieta e começo o cântico, repetindo-o enquanto levanto os braços aos poucos. É uma tarefa curiosa, na verdade, seguir instruções sem fazer a menor ideia do que se está tentando alcançar. Me sinto um tanto ridícula, de pé e toda vestida dentro do poço, mexendo os braços como que em algum tipo de dança. Um melro-preto vem até o poço procurando água, vê meu comportamento estranho e muda de ideia.

No início, nada acontece, a não ser pela água correndo sob minhas mangas e o gelo que se instala em meus pés. Ao ver a falta de sucesso, a Sra. Jones me repreende.

— Você precisa pensar nas palavras com *clareza*, com sinceridade. De novo. Faça de novo.

Minhas ações não dão resultado pela segunda vez, nem pela terceira. A Sra. Jones estala a língua, reprovando, e balança a cabeça, repetindo o cântico para mim para se certificar de que entendi direito, me forçando a tentar de novo e de novo, uma e outra vez, até minhas pernas ficarem anestesiadas com o frio e meus braços doerem. Então, de repente, alguma coisa acontece mesmo. No que poderia ser a décima quinta tentativa, percebo uma mudança, uma alteração sutil no ar ao meu redor. Um leve chamado ou canto, talvez. Me lembro dos sinos que ouvi quando a Sra. Jones me mostrou o *Grimório* pela primeira vez e me pergunto, com uma esperança verdadeira, se seremos visitadas por qualquer que tenha sido a presença celestial que nos visitou naquele dia. Mas não, estamos sozinhas, nós duas, a não ser pelo poço e sua magia especial. E agora a magia começa a se mostrar. Desta vez, quando levanto os braços, a água se levanta com eles. O efeito é um tanto alarmante, então, tenho que lutar para controlar a vontade de parar o que estou fazendo. O olhar da Sra. Jones me alerta contra qualquer coisa parecida com isso. Continuo levantando os braços e a água e agora vejo que estou sendo envolvida por uma bolha completa! Uma fina camada de água brilhosa, transparente, mas colorida em algumas partes pela luz instável que a penetra, me envolve, de modo que logo estou totalmente cercada. Mantenho as palmas das mãos juntas acima da cabeça, mal me atrevendo a respirar para não quebrar o encanto. Estou mesmo dentro de um escudo d'água, totalmente fechada e segura com bastante ar e nem um pouco de umidade. Que sentimento impressionante. Vejo a minha alegria refletida na expressão de deleite da Sra. Jones. Experimento uma sensação tão maravilhosa de segurança e animação ao mesmo tempo. Neste instante, não consigo deixar de dar uma gargalhada e, no segundo em que faço isso, o encanto é quebrado. A bolha explode num estalo alto e a água ao meu redor volta para o poço, me encharcando. Sou uma figura ridícula, com água pingando do nariz e escorrendo pelo rosto, o vestido todo molhado e pesado, rindo como uma lunática. Por um momento, acho que a Sra. Jones vai me repreender pela falta de seriedade, mas ela também se envolve com a diversão do momento e minha modesta conquista.

Ela dá um sorriso largo, com covinhas no rosto.

— *Da iawn, cariad* — diz, satisfeita. — Muito bem mesmo.

Dois dias depois, chega a manhã da ferração e, com ela, outro período de calor que é como uma provação. Ainda há umidade no ar, deixando-o abafado e desconfortável. Quando ajoelho ao lado do túmulo de Meg, me inclinando para a frente para plantar uma muda de madressilva, posso sentir a transpiração escorrendo pela nuca. Cai achou um pedaço de ardósia para servir de lápide e entalhou o nome de Meg nela. Ele se mostrou satisfeito com o próprio trabalho, mas, para mim, está sóbrio demais para um espírito tão animado. A madressilva em breve cobrirá a pedra. Muito em breve. Vou fazer disso uma certeza, exatamente como provoquei a proliferação acelerada de papoulas. Ao meu lado, Bracken levanta as orelhas. Ouviu alguma coisa que não ouvi. Fico de pé e protejo os olhos com a mão, estreitando-os para enxergar a estrada. Agora ouço o barulho de uma carroça se aproximando e logo avisto uma, resistente e coberta, puxada por um cavalo pequeno e atarracado, tomado por um trote preguiçoso e um estrabismo. Dois homens estão sentados na condução e, ao chegarem mais perto, não consigo esconder um sorriso diante da cena cômica que apresentam. O carroceiro é uma montanha, com ombros largos como um armário, o peito grande forçando os botões da camisa, as mangas dobradas para mostrar os braços peludos e morenos ao sol, músculos protuberantes como sacos de lã. Prefere um chapéu de tecido, que, como dá para notar, é pequeno demais para ele e está espremido na parte de trás da cabeça tosquiada sem oferecer abrigo nem sombra. Seu companheiro é um jovem esbelto exibindo uma fartura de cachos escuros que são como arbustos sob o chapéu de feltro, cujo tamanho é mais apropriado para o carroceiro. Ele é tão magro quanto o outro homem é forte e tão alto quanto o outro é largo.

Cai ouviu os dois também e aparece, vindo dos fundos, onde cuidava dos preparativos. O gado, o pouco que levaremos conosco, já está posicionado, circulando sobre as pedras arredondadas, desconsolado com a falta de pasto. Os pôneis foram reunidos ontem e esperam agora no padoque atrás do celeiro. Ainda não me conformei com o fato de serem vendidos. Quando Cai me explicou que essa é a única opção que lhe resta se quiser lucrar com a condução de rebanhos, entendi suas palavras, seu raciocínio, mas não consegui acreditar que ele iria mesmo fazer isso. Todos os cavalos, menos Wenna e outra égua velha, pois nenhuma das duas é forte o bastante para resistir à viagem. O resto do rebanho, porém, precisa ir. O rebanho que seu pai e seu avô passaram a vida criando e expandindo. Não consigo suportar a ideia de todas essas criaturas maravilhosas e selvagens sendo arrancadas de casa, pelo que se sabe, para serem levadas para um lugar distante, amansadas, arreadas e usadas para transportar ou puxar charretes em meio ao tumulto e ao barulho medonho de Londres. Sei que isso aperta o coração de Cai também. Assim como sei que, se o gado não tivesse morrido, os pôneis não teriam que ser vendidos. Mais uma vez, o gosto amargo da culpa dá sabor à lembrança daquele dia horrível. Para seu mérito, meu marido tem feito de tudo a fim de me garantir que não me culpa de maneira alguma pela perda do rebanho. Que o passado não pode ser desfeito. Que devemos trabalhar juntos rumo a um futuro seguro. E que devo acompanhá-lo na condução de rebanhos. Essa decisão ele comunicou com tanta naturalidade, como se fosse uma ideia passageira sem consequências. Mas, ah, tem uma grande consequência para mim! Eu, que nunca estive mais longe de casa do que a uma noite de viagem, atravessando condados rumo ao coração da Inglaterra, guiando os pôneis e cuidando deles. Já que esses animais têm que ir, prefiro que seja eu a levá-los, providenciando para que a condução de rebanhos seja uma experiência o mais segura e leve possível para eles. Cai disse que vou montar em Prince e devo valorizar as horas que passarei com ele antes de nos separarmos para sempre, pois até este será vendido. Cai terá que se virar com Honey, o que lhe traz alguma preocupação, pelo que me disse. Ela é, na verdade, velha e lenta demais para um trabalho como esse e não torna a desafiadora tarefa de *porthmon* nada fácil, mas ele não pode se dar ao luxo de comprar outro animal. Ela também será vendida no fim da condução dos rebanhos e voltaremos para casa numa diligência.

O cavalo malhado e robusto chega à casa e para, desajeitado, olhando-me, cauteloso, com seu impressionante olho azul-claro. Os homens se cumprimentam como velhos amigos e há muitos tapas nas costas e bom humor. Por fim, o gigante, que é, como se fosse possível, ainda mais imponente depois de descer da carroça que range com a mudança de peso, me espia. Me levanto, sem graça diante de tantos olhos, ainda segurando um punhado de madressilvas.

— Bem, *Duw* — diz o montanha —, quem é essa visão adorável? A Rainha de Maio?

O mais jovem e menor não diz nada, mas se aproxima e me põe sob tamanho escrutínio que fico horrivelmente corada.

Cai sorri, satisfeito, ao que parece, diante do interesse dos homens por mim. Será que nunca vai se cansar de eu ser uma curiosidade? Talvez seja pior agora, em nossa vida recém-descoberta juntos que inclui tudo o que sou capaz de fazer. Tudo o que sou.

— Esta é a minha mulher, Morgana. — Cai gosta de fazer as apresentações. — Morgana, estes são Dai Fornalha e Edwyn Nails — diz ele.

Dai tira o chapéu da cabeça.

— Bem, Jenkins, camarada, você não me contou que tinha se casado com um anjo! É um prazer conhecê-la, Sra. Jenkins.

Cai explica, dessa vez sem estranheza, percebo:

— Morgana não fala.

— Bem, *Duw*, você é um homem de sorte, Ffynnon Las. Uma linda mulher que prefere o silêncio. Você é duas vezes abençoado! — diz Dai, antes de soltar uma gargalhada alta. Ele aperta o chapéu de volta no lugar e dá um tapa nas costas de Edwyn Nails que o faz cambalear. — Vamos, homem. Pare de olhar como se fosse um arminho olhando para uma galinha. Tem trabalho a ser feito.

Edwyn se contenta em assentir na minha direção e se junta a Dai para pegar na carroça o que vão precisar.

Dai prepara sua fornalha portátil, bombeando o fole até o carvão brilhar, ficando primeiro vermelho, depois laranja e, por último, branco. A fumaça do óleo de carvão queimado entra em meu nariz e ferroa a parte de trás da garganta. O gado se agrupa, nervoso, na extremidade mais distante do curral, mas não precisa se preocupar, pois sua ferradura será fria. Os pôneis, porém, devem ter as ferraduras aquecidas e marteladas para servir nos cascos pequenos e delicados. Prince e Honey receberão um kit completo. Os potros, as criações mais jovens e grande parte das éguas irão sem, pois já têm cascos naturalmente densos e duradouros. Apenas algumas das éguas mais velhas cujos pés são chegados a buracos na lama ou a desgarrar também precisarão de ferraduras. Edwyn ajuda Dai a alimentar a fornalha e a dispor a bigorna e as ferramentas de modo que sejam alcançadas facilmente. Os três homens trocam provocações e brincadeiras tranquilas e o clima é leve, repleto de um senso de propósito e do prazer do trabalho compartilhado. O tempo todo, porém, tenho consciência dos olhos de Edwyn em mim. Não importa que esteja ocupado, ele arranja tempo para olhadas furtivas e até encaradas descaradas. Cai não parece notar ou, se nota, não faz comentário algum. No entanto, logo passo a me sentir incomodada diante de tamanho interesse e acho o comportamento incômodo. Se não fosse por isso, eu estaria aproveitando o dia, pois aqui me sinto útil, incluída, valorizada como parte da Ffynnon Las, dado que Cai me confia os pôneis. Quando se forem, me pergunto, será que ele ainda vai me considerar útil?

As primeiras a serem ferradas são as éguas velhas, que ficam quietas o bastante. Depois delas, vêm Honey e Prince. Ambos toleram a lima e a faca para poda sem reclamar, permanecendo calmos enquanto Dai se desdobra quase em dois para aparar e polir os cascos. Prince apresenta um desafio em particular, pois é tão pequeno que Dai chega ao ponto de ter que ajoelhar. Depois de moldar os cascos, ele escolhe um par de ferraduras mais próximo do tamanho necessário e o joga na fornalha. Edwyn trabalha com o fole e as espessas curvas de ferro aos poucos mudam de cor. Quando estão prontas, Dai usa um par de torqueses pesados para retirá-las dos carvões. Ele levanta a pata traseira de Prince, enfiando-a entre as pernas de modo a atravessar a abertura em seu avental de couro resistente e a repousar sobre seu joelho. Com todo o cuidado, ele posiciona a ferradura no casco, o que levanta uma fumaça pungente enquanto o calor queima a camada insensível. Quando ele ergue a ferradura, a marca preta que fica mostra o quanto ele está perto do formato desejado. Soltando a perna de Prince, ele leva a ferradura para a bigorna onde bate, quicando o martelo, num ritmo de *um*-dois-três, *um*-dois-três, manejando a ferramenta pesada como se ela não pesasse nada. Dai repete o procedimento duas vezes mais até se dar por satisfeito e depois mergulha a ferradura num balde de água, que borbulha e solta um vapor enquanto esfria o ferro. Edwyn se aproxima agora, com pregos presos entre os dentes. Pega a ferradura morna das mãos de Dai, ergue a perna de Prince e bate, bate, bate até a pantufa de ferro entrar no lugar. O trabalho é lento e requer cuidado, pois uma ferradura mal moldada ou que não serve direito estraga um cavalo em menos de um quilômetro.

Acaricio o pescoço de Prince branco como a neve, levando-o a uma soneca apesar da atenção que suas patas estão recebendo. Ao olhar para o outro lado do curral, pego Cai me observando. Ele sorri e sinto meu coração acelerar um pouco. A lembrança de como ele me abraçou, com tanta sinceridade, com tanta, será possível, paixão? Desde então, ele não me beijou de novo, mas também nossos dias têm sido preenchidos com os preparativos para a condução de rebanhos. Me perguntei se ele viria para meu quarto e me vi incapaz de dormir, mas parece que ainda não serei "incomodada". Como se já não estivesse sendo! Acho seu afeto encorajador. Relaxante. Tranquilizador. Se ao menos conseguirmos fazer dessa condução de rebanhos um sucesso, talvez eu conheça a felicidade com esse meu marido interessante.

— Certo. Ele já está pronto — declara Dai, acordando Prince abruptamente com um tapinha na garupa. — Pode levá-lo, Sra. Ffynnon Las. Vamos passar para o gado.

Ponho Prince no baixo estábulo de pedras com Honey enquanto os homens umedecem a fornalha e mais vapor sobe quando Edwyn esvazia o balde de água sobre ela. Apesar de ferrar os pôneis ter sido uma atividade agradável e tranquila, ferrar um Welsh Black é uma coisa completamente diferente. Cai, Dai e Edwyn escolhem um animal, o encurralam com a ajuda não solicitada de Bracken latindo, e o amarram. É agora que vejo por que o tamanho de Dai lhe serve tão perfeitamente na profissão que escolheu. É preciso virar o capado (no caso desse). Isso envolve Dai se inclinando, ombro a ombro com o animal ansioso e agitado, escolhendo uma das pernas da frente e empurrando todo o seu peso considerável contra ela. Sua força e seu tamanho disputando com o animal musculoso até este se desequilibrar, tombar e cair no chão. Cai senta sobre o pescoço do boi segurando a cabeça pelos chifres curtos e afiados enquanto Edwyn amarra as patas. Agora Dai posiciona com habilidade as ferraduras finas nos cascos fendidos para que Edwyn possa pregá-las no lugar. Ele tem que trabalhar depressa, pois, quanto mais demorar, mais o capado se debate e seus captores se cansam. Em poucos minutos, está feito, as cordas, desamarradas, e o animal se levanta e se junta ao rebanho de novo. Me admira pensar que, com a condução de rebanhos, esse processo deve ser repetido em, talvez, duzentas cabeças de gado. Nos restaram pouco mais de duas dúzias, mas, mesmo assim, a tarefa parece exaustiva. Para ser útil, convoco Bracken para me ajudar a separar os que já foram ferrados e deixá-los passar pela porteira do curral rumo ao prado dos fundos. Eles dão coices e pulos ao alcançarem o gramado, testando os novos calçados.

É meio-dia e ainda não terminamos. No momento em que o último novilho castrado se junta a seus companheiros, a Sra. Jones aparece com refrescos bem-vindos.

— Trouxe para vocês, *bechgyn* — grita ela para nós, como se fôssemos crianças brincando por tempo demais no sol. — *Duw*, como você está empoeirada! — Esse comentário é para mim e noto agora que meus braços expostos e também meu rosto e pescoço estão cobertos por uma boa camada de sujeira chutada pelo gado, misturada ao ar pelo calor da fornalha e da luz do sol e grudada em meu corpo, que já estava pegajoso.

Enquanto os outros se servem de cerveja, pão e queijo, vou até o poço e mergulho as mãos na água cintilante. A sombra a manteve fria e sinto meus pelos arrepiarem quando pego um pouco d'água e a espaiho nos braços e no pescoço. Ouço uma gargalhada atrás de mim.

— Meias medidas não são nada boas — me diz Dai, ainda rindo. — É melhor ir por inteiro e entrar logo.

A Sra. Jones finge se chocar com a ideia.

— A Sra. Jenkins não vai fazer uma coisa dessas. — Ela bate no ferreiro com o pano de prato. — Se banhar na frente de vocês, seus rufiões? Não seria apropriado.

Sorrio para ela, mas a ideia é tentadora. Subir nas pedras musgosas e entrar no poço escuro até ser completamente submergida, podendo sair refrescada e livre dessa poeira e imundice... é algo que me atrai, com ou sem plateia.

Cai esvazia o caneco e balança a cabeça.

— A Sra. Jones tem razão — diz ele. — Além do mais, não queremos que você contamine a fonte, não é? O gado pode não tomar mais a água desse poço se vir uma mulher nadando aí dentro. — Cai se esforça para manter uma expressão séria enquanto fala, mas os outros têm menos certeza do que eu de que ele está brincando e suspiram. Dou meu sorriso mais charmoso e gesticulo com o dedo, chamando-o.

— Ah, cuidado — alerta Dai, enxugando a espuma do lábio superior. — Suponho que sua mulher ache que um banho lhe faria bem também, Ffynnon Las.

— Ah, um banho, não é? — Cai apoia a bebida e caminha na minha direção, com rugas surgindo no canto dos olhos. — Bem, veja só o sujo falando do mal lavado — diz ele.

Logo que Cai se aventura a chegar perto o bastante, pego água com as mãos e os braços e a jogo nele. E de novo, e de novo. Os homens gargalham ao vê-lo molhado, pingando, e a água fazendo trilhas limpas em meio ao encardido de sua pele. Ele se aproxima do poço depressa, me jogando punhados de água até meu cabelo escorrer, molhado, sobre os ombros. Dai Fornalha quase explode de tanto rir e o som da sua gargalhada ecoa pelas paredes de pedra dos estábulos. Nem a Sra. Jones consegue conter a alegria. Mais depressa e com mais intensidade, molhamos um ao outro, até Cai segurar meus braços para me deter. Mas continuo me retorcendo e, quando tento escapar, ele me agarra pela cintura.

— Você não vai se livrar de mim tão fácil, minha selvagem!

Num único movimento rápido, Cai me levanta do chão e tenta me atirar no poço, mas me agarro à sua camisa encharcada e puxo com força, fazendo com que ele se desequilibre. Há uma pausa de um segundo, ouço Cai gritar, e então tropeçamos na mureta e caímos no poço. Mesmo enquanto luto contra a vontade de suspirar por causa da água fria, tenho consciência de que ele não me larga, certificando-se de que eu chegue depressa e em segurança à superfície. Emergimos em meio às gargalhadas estrondosas de Dai e Edwyn e aos gritos da Sra. Jones. Descubro que não me importo com o quanto posso parecer ridícula para eles, ou indecente. Me importo apenas com Cai e eu ali juntos, molhados até a alma, rindo, próximos e felizes. É o momento mais íntimo que já tive na vida.

A frieza do começo da noite se depara com Cai e Morgana sentados à mesa da cozinha. A Sra. Jones se esparrama na cadeira ao lado do forno. O fogo do fogão já cumpriu sua missão hoje e deixam que se apague.

— Bem, *Duw* — diz a Sra. Jones. — É bom ter paz e tranquilidade de novo, agora que aqueles dois foram embora.

Cai sorri.

— Dai é o melhor ferreiro num raio de quilômetros por aqui, sabe? Eles formam uma boa dupla.

— Boa e arruaceira. — Ela não consegue disfarçar muito bem o afeto que sente por eles nem o quanto se divertiu durante o dia. — Encorajando a Sra. Jenkins a entrar no poço... — Ela faz um ruído com a língua, reprovando. — E o senhor também, Sr. Jenkins — diz ela, balançando o dedo para ele.

Morgana abre um sorriso. Seu cabelo está seco e ela agora usa roupas limpas, mas ainda parece alguém que deu um mergulho há pouco tempo, com os cachos pendendo até os ombros, descontrolados, e os pés descalços.

Cai se pega olhando-a.

— Todos precisávamos de um banho — diz ele.

— Talvez precisassem mesmo. — A Sra. Jones estica as pernas. — Mas o poço não é lugar para brincadeiras estúpidas e absurdos. Não *aquele* poço.

Ela e Morgana trocam um olhar que Cai não consegue entender. Parece que compartilham algum segredo, um segredo que obviamente não é para ele desvendar. Uma parte sua fica contente por elas estarem se tornando tão amigas — é importante para ele que Morgana não se sinta sozinha. E, outra parte, surpreende-se ao descobrir, tem só um pouquinho de ciúmes dessa intimidade.

— Bem, Sra. Jones — diz com leveza —, quem sabe as maravilhas que aquela água mágica pode fazer para quem se banha nela?

A mulher mais velha faz um barulho com a língua, reprovando, e aperta os lábios antes de fechar os olhos e se afundar ainda mais na cadeira.

— Caçoe o quanto quiser, Sr. Jenkins. Um dia o senhor pode ser forçado a admitir a verdade sobre aquele poço. Um dia.

Ela fica em silêncio por um instante antes de começar um ronco profundo e retumbante.

Cai sorri para Morgana e dá de ombros, gesticulando para que ela se aproxime da mesa.

— Venha — diz ele. — Tenho uma coisa para te mostrar.

Ele se levanta e pega, de uma pequena pilha numa prateleira alta, um dos mapas que herdou do pai. Cai o desdobra e abre sobre a mesa diante dos dois. Se curva sobre as tabelas desbotadas, indicando a rota que a condução de rebanhos vai seguir.

— Vamos sair de Tregaron cedo e seguir diretamente para o oeste — conta ele. — Quero passar pela estrada Abergwesyn Pass e chegar às montanhas de Epynt no primeiro dia. Não vai ser fácil, sabe? Leva um tempo para os rebanhos se acostumarem. Os animais estão nervosos por deixarem as fazendas onde vivem e serem postos junto de outros. Sem contar a confusão em que as ovelhas e os pôneis costumam entrar por alguns dias. — Cai deixa de olhar para o mapa por um momento. Morgana está disposta a aprender tudo, dá para perceber isso. O jeito como ela franze a testa, tentando compreender os traçados e as curvas que estão à sua frente. O jeito como está imóvel, o que é atípico. E, quando ela se inclina para a frente, seu cabelo solto se parte, revelando a nuca. Cai tem que lutar contra a vontade de dar um beijo naquela parte sensível que ele acha tão atraente. Lembrando como ela estava bonita com o cabelo molhado e as roupas grudadas no corpo quando a abraçou no poço. Se não tivessem uma plateia, teria a beijado de novo. Até agora, a lembrança do primeiro beijo dos dois mexe com ele. Cai limpa a garganta e retoma as explicações:

— O clima quente já vai ter secado o solo de novo, então, a ida deve ser boa. Vamos passar por Brecon e seguir a estrada principal em direção a Abergavenny. Isso quer dizer que pagaremos pedágios. Vou evitá-los onde puder, é claro, mas tenho que encontrar um equilíbrio, entende? Há muitos postos e vamos falir antes de chegar aos campos de engorda. Há muitas rotas pelas montanhas ou caminhos pedrosos sobre terreno difícil e nosso progresso será lento demais, horrível, e os animais vão perder a condição. — Ele põe o dedo abaixo de uma cidadezinha. — Podemos passar a noite aqui — diz. — Reconhece esse lugar?

Morgana balança a cabeça.

— Ora, é Crickhowell. Pensei que fosse gostar de cavalgar até Cwmdu e visitar sua mãe.

Ela se vira para ele com os olhos arregalados de deleite e um sorriso transformando seu rosto. Assente com a cabeça, contente.

— Bem, então está combinado. Apenas por uma noite, está bem? Não podemos nos dar ao luxo de passar mais tempo. O pasto é um pouco caro naquela região, sabe? Certo. Depois continuamos rumo ao oeste, ah... e passamos para o próximo mapa agora. — Cai dobra o primeiro e abre o outro. — Não que eu vá levá-los comigo. — Ele dá uma risadinha. — Já devo conhecer o caminho agora. Esta pode ser minha primeira condução de rebanhos como *porthmon*, mas já estive em muitas, como homem e menino. Não devo me perder! — Ele se endireita, olhando para ela de novo, e diz: — Acho que você dará uma bela condutora de rebanhos, Sra. Jenkins. Digo, para uma mulher.

Morgana lhe dá um soco no ombro de brincadeira.

— É claro que existem aqueles que dizem que dá azar empregar uma mulher. Ah, já se contentam com as que seguem a pé, costurando meias para vender, ganhando alguns centavos arrancando ervas daninhas ao longo do caminho. Mas trabalhando com o rebanho... — Cai balança com a cabeça. — Um ou outro vai reclamar, sem dúvida. Deixa esses comigo. É a minha condução de rebanhos. Eu decido quem trabalha nela. Você receberá o salário de um condutor de rebanhos. Igual ao dos outros. — Ele hesita, depois acrescenta: — Não existe ninguém capaz de manejar aqueles pôneis melhor do que você. A verdade é essa.

Os olhos dela encontram os dele. Morgana não fica acanhada ao ouvir aquilo.

De perto do fogão, vem o ronco baixo da Sra. Jones. Bracken se estica sobre as pedras frias aos seus pés. Foi um dia cansativo para todos eles, mas satisfatório. De sucesso. Bom. Cai sente que deram um passo importante, ele e sua esposinha estranha. Um passo rumo à nova vida juntos. Morde o lábio inferior, pensando no que fazer em seguida, incerto.

Por fim, dobra os mapas e logo os põe de lado.

— Espere aí — diz. — Tenho uma coisa para você. — Cai sai da cozinha, corre até seu quarto no andar de cima e volta dois minutos depois. Para diante de Morgana de um jeito estranho, arrastando os pés, nervoso, com um pequeno embrulho nas mãos.

— Quero que fique com isto — diz ele, ainda sem entregar o objeto embrulhado num papel. — Queria ter lhe dado isto há muito tempo. Bem... no dia do nosso casamento, na verdade. É a tradição. Você deve ter um. E sei que não tivemos um noivado apropriado. Isso me incomoda às vezes. Você tem sido... muito sensata... com relação a isso. Tome. — Por fim, ele simplesmente larga o pacote nas mãos dela.

Morgana desfaz o embrulho e encontra uma pequena colher entalhada com temas românticos. A madeira é escura e lisa. O côncavo da colher, trabalhado e raso, do tamanho do polegar dela. O cabo, retorcido como um doce trançado, lindamente esculpido. A ponta do cabo, enfeitada com um bloco oco interessante que faz barulho quando ela chacoalha. Há uma tira de um belo couro que atravessa o cabo para que a colher possa ser pendurada no pescoço.

Vendo Morgana confusa, Cai acha necessário explicar mais e tagarela, nervoso, sobre como ela reagirá ao presente:

— Fiz isso quando estávamos noivos, mas não tive a oportunidade de te entregar antes do nosso casamento. E então, no dia, bem, o momento não me pareceu apropriado... E desde... Como falei, é uma tradição, um símbolo do meu... afeto, digamos.

Morgana revira a colher nas mãos, deixando os dedos deslizarem na superfície polida, examinando cada detalhe. Sua boca está um pouco aberta, as bochechas, com um leve corado, mas ele não consegue interpretar sua reação por completo.

— Tem mais uma coisa. Veja, aqui. — Cai pega a colher e a põe na boca, surpreendendo Morgana. Sopra no topo, produzindo uma nota clara e alta. Morgana suspira. Ele faz de novo. — É um apito, está vendo? Acrescentei essa parte depois que... Bem, acrescentei mais tarde. Achei que você poderia achar útil na condução de rebanhos. Se você precisar me chamar, dar um sinal, não sei, se acontecer alguma coisa com o rebanho, ou se estiver com algum problema, ou... Tome. Experimente. — Ele passa o presente para ela.

Morgana pega a colher como se esta pudesse mordê-la e a encara.

— Vamos — diz Cai. — Tente.

Devagar, ela a leva aos lábios. A primeira tentativa é tão hesitante que o apito faz apenas um barulho de sopro.

— Vamos, minha selvagem, ponha mais força nisso! — provoca Cai.

Morgana respira fundo e sopra, dessa vez produzindo um som tão forte e agudo que se surpreende e deixa a colher cair. A Sra. Jones acorda gritando.

— *Duw*! Meu Senhor! O que foi isso? Que o céu nos proteja, Sr. Jenkins. Juro que ouvi o Clarim do Juízo Final! — grita ela, com o coração disparado e as mãos no peito. Bracken pula e late pela sala. Morgana fica como se tivesse sido transformada em pedra. Cai se abaixa, pega a colher e a devolve para ela.

— Bem, você vai usá-la, Morgana? Por mim?

Como resposta, ela pega o presente da mão de Cai e envolve o pescoço dele com os braços, lhe dando um abraço apertado.

Cai gargalha e rodopia Morgana, puxando-a para perto, apreciando a sensação do corpo dela tocando o seu e o fato de ela ter aceitado o presente, contente, compreendendo o cuidado por trás daquela invenção.

— Ora, ora — diz a Sra. Jones, que mal se recuperou. — Alguém fecha os olhos por cinco minutos e, quando acorda, o mundo enlouqueceu!

De repente, superando o barulho e a diversão, chega o som de uma carruagem se aproximando. Cai solta Morgana e vai até a janela.

— Isolda — diz ele, sentindo os ombros caírem. Cai sabe que é um pensamento mesquinho, mas não lhe agrada a chegada da mulher e ele daria bastante coisa para que esse momento, esse clima, com Morgana não fosse interrompido pela formalidade de entreter uma visita. Além do mais, sua chegada o força a voltar a mente para a questão de ela ter lhe oferecido dinheiro. A ida ao banco, poucos dias antes, havia sido humilhante e infrutífera. Suas opções são poucas. Começa a se tornar óbvio para Cai que ele não tem escolha a não ser pegar o empréstimo. Essa ideia lhe tira o sossego.

Mesmo assim, ele vai até a porta da frente para lhe dar as boas-vindas e Morgana o acompanha com a expressão sombria que parece reservar apenas para Isolda Bowen.

Lá fora, o condutor ajuda a patroa a descer da carruagem e agora Cai vê que o puro-sangue preto está preso na traseira.

— Cai, Morgana, por favor, perdoem pela intromissão a essa hora. Eu tinha planos de vir mais cedo, mas precisei resolver umas coisas que me atrasaram. — Ela caminha até o cavalo, o solta e o puxa à frente. — Agora, sei que o senhor vai resistir, mas não estou disposta a ouvir argumento algum, Sr. Jenkins. Quero que fique com Angel para que tenha uma montaria apropriada na condução de rebanhos. — Ela ergue uma das mãos para impedir que ele responda. — Não! Não me negue a chance de fazer uma coisa tão pequena como um jeito de lhe agradecer por toda a gentileza que o senhor dedica a mim ao longo desses anos. O senhor não pode fingir que sua eguinha atarracada, por mais que lhe seja querida, está apta ao trabalho. Angel é saudável e forte e tenho certeza de que será excelente para o senhor.

Cai olha para Morgana e fica um pouco chateado ao ver a aversão declarada em seu rosto agora. Por que ela odeia tanto essa mulher? Ele ainda não consegue encontrar uma resposta satisfatória para a pergunta. Olha para o cavalo magnífico à sua frente, com o dorso preto sedoso, as pernas fortes e graciosas, o peito poderoso e a cabeça nobre. O animal seria, de fato, de grande serventia para ele.

— É verdade. Honey já passou um pouco do auge... — diz ele.

— Então o senhor vai aceitá-lo? Que maravilha! — declara Isolda, jogando as rédeas para Cai e juntando as mãos com deleite.

Angel gira e relincha, parecendo sentir que não está mais sob os cuidados da dona.

— Agora, quietinho, *bach*. — Cai acalma o animal ansioso. Ele se vira para Morgana, prestes a encorajá-la a chegar mais perto e examinar aquele cavalo maravilhoso, mas a expressão no rosto dela cala as palavras na boca dele. É como se a intimidade entre os dois que parecia tão duradoura apenas alguns instantes antes tivesse sido desfeita de algum modo pela breve presença de Isolda. Morgana cruza os braços, se vira, e volta para dentro de casa a passos firmes. Cai suspira e se volta, para Isolda, mas, antes que consiga elaborar um pedido de desculpas pelo comportamento de sua esposa ou uma justificativa para isso, a mulher toca seu braço com delicadeza.

— Não se preocupe. Não estou ofendida. Morgana é sua esposa. Ela é jovem. Ainda não aprendeu a mascarar os sentimentos. Estou satisfeita, na verdade, por ter a oportunidade de conversar com você a sós.

Cai sabe o que está por vir. Se pega olhando para o cavalo, fazendo um ajuste mínimo na rédea, numa tentativa de encobrir o próprio desconforto.

— Eu tinha planos de ir lhe fazer uma visita — confessa ele.

— Ah, então você tomou uma decisão quanto ao empréstimo que lhe ofereci?

— Tomei, sim.

Isolda espera com as sobrancelhas erguidas. Cai limpa a garganta. As palavras emperram enquanto ele fala, como se no fundo, ele lutasse contra o que sabe que tem que fazer.

— Eu ficaria muito agradecido... — começa ele. — Quero dizer, para mim, seria uma grande ajuda... — Por fim, ele a encara. — Se a sua oferta ainda estiver de pé, gostaria de aceitá-la. — Ao ver o quanto ela fica contente, ele se apressa para se explicar, de modo que ela não tenha dúvidas sobre como ele chegou a se permitir aceitar sua ajuda. — Fui conversar com Evans, o banqueiro. Expliquei minha situação para ele. Ele sabe que sou um bom pagador, mas, ainda sim, não quis correr o risco. Foi o que disse. Que risco, eu gostaria de saber. Como a minha proposta foi outra coisa senão a de negócios razoáveis? Qualquer homem, qualquer fazendeiro, pode sofrer uma perda, um infortúnio. Isso com certeza não faz de todos os seus empreendimentos futuros um risco.

— Não importa. O Sr. Evans não teve visão. Sei que você dará um belo *porthmon*. Confio plenamente em você, Cai. Sempre acreditei em você.

— Essa será a diferença entre o sucesso e o fracasso. Nada menos. Mas terá seu dinheiro de volta com segurança e uma correção justa. Prometo.

— Não duvido.

Cai assente com a cabeça e sente a tensão deixar seus ombros. Talvez ele não tivesse precisado se preocupar. Talvez, no fim das contas, Isolda esteja sendo apenas uma boa vizinha e pensando nos negócios e nada mais seja esperado dele além de honrar a dívida.

10.

Cai segura as rédeas de Prince com leveza, deixando o pequeno pônei guiar a charrete por conta própria enquanto avançam ao longo da estrada de terra rumo a Tregaron. Apesar da velocidade, ele sabe que chegarão tarde. Morgana se senta ao seu lado, com uma capa cobrindo o melhor vestido de Catrin para a noite e o cabelo domado, para variar, pela Sra. Jones, depois de muito esforço, coberto pelo grande capuz de veludo que cai sobre sua testa, de modo que, quando Cai olha para ela, não consegue ver seus olhos, não consegue interpretar sua expressão. Nenhum dos dois está ansioso, no bom sentido, para a noite que vem pela frente. A perspectiva de jantar na casa de Isolda, em companhia dos Cadwaladr provocou uma explosão no temperamento de Morgana quando Cai insistiu para que os dois comparecessem. Só quando ele pegou na mão dela, a beijou com delicadeza e lhe pediu com jeito para acompanhá-lo é que ela amoleceu e concordou em fazer isso. Na verdade, ele gostaria muito mais de passar a noite diante de própria lareira, mas sabe que precisa ir. Já sente a obrigação por ter aceitado o empréstimo de Isolda começar a pesar. Quantos jantares corteses terá que suportar?, se pergunta. Quantas vezes terá que atender quando ela chamar? Cai promete a si mesmo que, no instante em que a condução de rebanhos for concluída e ele tiver posse do dinheiro, vai pagar o que deve. Pagar e se livrar da dívida.

Quando chegam à casa de Isolda, um cavalariço logo aparece e segura o pônei. Cai ajuda Morgana a descer, pegando-a pela cintura fina. O capuz cai para trás quando ela pula do assento da charrete e, por um momento, aquela visão o fascina. O cabelo de Morgana está preso para cima, e sua pele, um pouco corada por conta da viagem acelerada. A seda vermelha e escura lhe cai bem e, mais uma vez, graças ao talento da Sra. Jones, a moça exibe seu porte elegante de menina, causando o melhor dos efeitos. Cai quer puxá-la para perto. Beijá-la. Tranquilizá-la. Mas ali, distante do santuário da Ffynnon Las, exposto a outros olhos, se sente inibido. Como ela se sairá passando uma noite formal em tais companhias? Ele tem consciência do próprio nervosismo quanto às expectativas sobre o comportamento dela. Anda tão à vontade com ela em casa. Os dois se tornaram íntimos, ainda mais agora que a questão antes não revelada dos curiosos talentos da jovem não é mais uma barreira entre eles. Agora são honestos e abertos um com o outro. Pelo menos, é como ele deseja. Cai ainda não encontrou o momento certo para contar a Morgana sobre o dinheiro que aceitou de Isolda. Quando anunciou que estava indo para Carmarthen comprar mais gado para levar na condução de rebanhos, ela e a Sra. Jones supuseram que o banco tivesse concedido um empréstimo. Cai sabia disso e permitiu que as duas acreditassem, de modo que agora uma inverdade existe entre os dois, e ele lamenta. Precisa explicar direito. Sabe que Morgana não gosta de Isolda e tem certeza de que ela desaprovará a decisão dele de ter aceitado, mas negócios são negócios. Ele fez o que acredita que seja melhor. Procurará o momento certo para contar tudo e ficará aliviado quando não tiver mais que engolir a verdade.

Isolda os saúda na entrada.

— Sr. e Sra. Jenkins — ronrona ela —, nem sei dizer o quanto estou contente por tê-los aqui. — Isolda oferece sua mão a Cai, mas, para variar, sua atenção se volta para Morgana. Cai se sente orgulhoso diante da reação da anfitriã à sua mulher. — Nossa, Morgana — diz ela —, que transformação. Esse vestido é perfeito para você. Sempre achei essa cor um pouco forte demais para Catrin. — Isolda dá um sorriso largo enquanto os leva até a sala de jantar. — Venham. Estávamos indo para a mesa quando vocês chegaram.

— Me desculpe por não ter sido pontual — diz Cai, na esperança de não ter que arranjar uma desculpa. Ele não quer se lembrar da bajulação necessária para tirar Morgana de casa.

— Não há o que desculpar. — Isolda chega mais perto de Cai e abaixa o tom de voz a um volume conspirador. — Teríamos esperado com prazer, mas a Sra. Cadwaladr alegou estar fraca e foi sugerido que talvez ela estivesse precisando comer alguma coisa, por mais que isso pareça improvável.

Cai está desconfortável por ouvir uma piada às custas da vizinha e preferiria que Isolda não tivesse envolvido seu braço no dele. No entanto, ela é a anfitriã, está na própria casa e ele se encontra determinado a passar noite sem incidentes. Cai faz uma pausa para pegar na mão de Morgana e lhe dar o que espera que seja um sorriso tranquilizador.

A comprida mesa de jantar foi posta de maneira impressionante, com o que há de melhor em prataria, porcelana e vidros trabalhados. Quatro candelabros elegantes sustentam velas altas que se afinam no centro, em meio a abundantes arranjos de rosas e flores alaranjadas. Dúzias de outras velas e galhos de uma delicada samambaia decoram o cômodo. Cortinas novas de seda chinesa cintilante, cujo custo deve estar além das posses de qualquer outro conhecido de Cai, brilham nas janelas que escurecem. O fogo arde na lareira ampla. O efeito é opulento e extravagante. Em meio a tudo isso, está sentada a Sra. Cadwaladr, cujos melhores esforços em busca de sofisticação não tiveram bom resultado. O reverendo Cadwaladr fica de pé. Seu rosto está ainda mais corado do que o de costume, um fato que Cai atribui ao clarete lustroso em sua taça.

— Nossos amigos da Ffynnon Las chegaram. — Isolda faz sinal para os criados trazerem o primeiro prato.

Cai nota de imediato que Morgana entesa ao ver o reverendo Cadwaladr. Ele pega sua mão e a leva até a cadeira enquanto os cumprimentos são trocados. Fica surpreso ao perceber que o reverendo, de sua parte, quase não dá importância à presença de Morgana. Supõe que o pregador também se sinta nervoso diante da natureza imprevisível de sua mulher. Afinal, em cada uma das ocasiões em que o reverendo se encontrou com ela na capela houve algum tipo de cena ou aborrecimento. Quando Morgana toma seu assento, Cai tem a desgastante sensação de que a noite será longa.

Como que para compensar suas reservas com relação a Morgana, os modos do reverendo Cadwaladr com relação a Cai são efusivos.

— Sr. Jenkins. É realmente um prazer ter a oportunidade de jantar com o senhor antes da condução de rebanhos — diz ele. — A Sra. Cadwaladr e eu lhe desejamos o melhor nesse seu empreendimento, naturalmente. Assim como todos de Tregaron. Um grande negócio depende de você, rapaz. É sua primeira condução de rebanhos como *porthmon*, e as esperanças e os sustentos de muitos da região estão em suas mãos... É uma responsabilidade que chega a ser um fardo, não é?

— Tento não ver as coisas desse jeito — diz Cai a ele. — Prefiro voltar minha atenção para as questões práticas da condução de rebanhos. Não posso me permitir me distrair da tarefa que tenho nas mãos.

— Ah! — A Sra. Cadwaladr deixa de pegar uvas na travessa de prata ao lado para expressar sua preocupação — Ouvi dizer que sua mulher vai acompanhá-lo na condução de rebanhos. Isso já não seria, em si, uma distração, Sr. Jenkins?

— Aprecio o apoio de Morgana. E ela é uma amazona habilidosa. Não conheço ninguém capaz de manejar tão bem os pôneis.

A Sra. Cadwaladr balança a cabeça.

— Mas isso é apropriado? Sua própria mulher, a dona da Ffynnon Las... Quero dizer... Trabalhando como uma condutora de rebanhos... — Ela deixa o pensamento inacabado, demonstrando claramente o quanto considera a ideia desagradável.

Cai olha para Morgana e vê que ela já está cansada de ser discutida como se não estivesse presente. Ela franze a testa para ele, brava.

Isolda é rápida para apoiar Cai:

— Tenho certeza de que o Sr. Jenkins já refletiu bastante sobre essa questão — fala. — Não cabe a nós lhe dizer como organizar a condução de rebanhos. Nem seu casamento.

Há um tom de deboche em suas palavras, mas não há nada com o que se ofender. No entanto, Cai percebe uma crítica à espreita, uma alfinetada que só aumenta seu desconforto. Tem pouco tempo para refletir sobre o tom de Isolda, porém, o reverendo já escolheu outro assunto sobre o qual expressar sua opinião, com o volume e a falta de tato de sempre.

— Ouvi falar que o senhor adquiriu um belo gado novo para substituir o que perdeu. Disseram que os animais parecem realmente muito bons e devem dar um lucro justo. Que afortunado o senhor é, Sr. Jenkins, por ter encontrado uma benfeitora tão gentil quanto a Sra. Bowen.

Cai pode sentir o olhar de Morgana queimá-lo por dentro. Como Isolda pode ter contado a Cadwaladr o que ele entendeu que seria um acordo privado? Cai está chocado demais para ficar nervoso.

— Ah — Isolda dá uma risadinha —, eu dificilmente me consideraria uma benfeitora, reverendo. O empréstimo ao Sr. Jenkins foi um mero gesto de vizinha e tino para bons negócios. Estou muito confiante de que receberei um bom retorno por meu investimento.

Cai se força a reagir, embora se sinta enrubescer sob o escrutínio de Morgana. Não era assim que ele gostaria de ter seu acordo com Isolda revelado, mas agora é tarde demais.

— Estou, é claro, extremamente grato pela generosidade da Sra. Bowen — diz ele da maneira mais equilibrada que consegue. — De fato cuidarei para honrar a fé que ela tem em mim.

A conversa é temporariamente interrompida pela chegada de uma bela sopa de caça. Os criados servem os convidados com uma eficiência polida. A Sra. Cadwaladr toma a sopa fazendo barulho e declara aquela a melhor que já pôs na boca. Isolda comenta que os faisões e os perdizes foram presentes do Sr. Evans, o banqueiro, que mantém um bom estoque. Cai ouve a conversa inofensiva à mesa, mas seus olhos estão em Morgana. Ela mergulha a colher na tigela à frente, mas não a leva à boca. Em vez disso, fecha os olhos, pondo uma das mãos na testa. Cai fica horrorizado ao vê-la empalidecer enquanto ele observa. Será que está enjoada de novo? Estaria prestes a acontecer uma repetição humilhante do que houve na ocasião em que ele a apresentou à sociedade, quando os dois foram à capela pela primeira vez? Será que ele só será capaz de relaxar ao seu lado quando estiverem em casa? Será que nunca poderá tirá-la da fazenda sem esse consequente desassossego?

Isolda também nota a palidez de Morgana.

— Ora, Sra. Jenkins, não está se sentindo bem? Aqui, tome um gole de água.

— O que há com ela? — pergunta a Sra. Cadwaladr, sem permitir que sua preocupação a impeça de tomar a sopa por um segundo sequer.

— Morgana? — Cai se inclina sobre a mesa, mas não consegue alcançá-la com tanta prataria e tantas flores. — Morgana?

Ela abre os olhos, que demonstram pânico. Larga a colher e pega o guardanapo, pressionando-o contra a boca, mexendo-se um pouco na cadeira. Cai se levanta e contorna a mesa, apressado.

— Minha mulher está fraca. Tem algum lugar em que ela possa se deitar um pouco, talvez?

Isolda se levanta, estalando os dedos para os criados.

— Claro. Coitada. Está um pouco quente aqui. Eu não devia ter acendido a lareira. Vou pedir a Anwen que a leve para a espreguiçadeira na sala de estar.

— Vou com ela — diz Cai, mas, ao fazer isso, Morgana o empurra.

— Não precisa. — Isolda envolve Morgana com um dos braços enquanto se apressa para sair do cômodo, passando a moça aos cuidados da empregada que acaba de chegar à porta. — Anwen vai cuidar muito bem da sua mulher. Tenho certeza de que ela não gostaria de atrapalhar sua refeição. Fique conosco. Uma mulher precisa de tempo para se recompor nessas circunstâncias e enquanto isso, despensa a companhia de um homem que exagera na preocupação. Não é o caso, Sra. Jenkins?

Antes que Cai possa protestar mais, Morgana é retirada da sala de jantar, a porta é fechada depois que ela passa e ele é convidado a voltar para seu lugar. Cai toma um demorado gole de vinho e, enquanto faz isso, percebe um olhar um tanto significativo entre Isolda e o reverendo. Intrigado, ele tenta recuperar o apetite, acreditando que, quanto mais cedo a refeição for feita, mais cedo aquela noite complicada terá fim.

A Sra. Cadwaladr termina a sopa antes dos demais e começa a entreter Isolda falando das filhas, um assunto sobre o qual, ao que parece, ela poderia falar com entusiasmo a noite toda. Cai sente a mão de alguém sobre a manga de sua camisa, se vira e vê o reverendo Cadwaladr olhando para ele, sério. Para variar, o reverendo fala baixo para que a conversa dos dois não perturbe a das mulheres presentes.

— Sr. Jenkins, me sinto na obrigação de levantar uma questão delicada com o senhor.

Cai esvazia a taça e espera.

— É muito difícil conversar com o senhor sobre um assunto tão delicado... Por favor, esteja certo de que tenho apenas os seus melhores interesses no coração. — O reverendo faz uma pausa, mas, se ele espera ouvir palavras de encorajamento, Cai não encontra nenhuma para oferecer. O reverendo prossegue: — Tem chamado a minha atenção, bem, o fato de existirem detalhes sobre a sua esposa dos quais o senhor não deve estar ciente.

— Detalhes? — Cai observa o criado encher sua taça e resiste à tentação de beber com avidez.

— Como eu disse, o assunto é delicado...

— Então, por favor, seja claro, reverendo.

— Sr. Jenkins, o senhor é um homem bom. Quanto a isso não pode haver dúvidas. Conheci bem o seu pai e sempre tive o maior respeito pela sua família.

— Mas?

— Me deixe ir direto ao ponto...

— Eu realmente gostaria que o senhor fizesse isso, reverendo.

— O quanto o senhor sabe sobre o passado da sua mulher?

— Estive com a mãe dela várias vezes. Sei que ela tem origens humildes. O pai dela... não está mais entre nós.

— E na paróquia em que ela viveu, onde ela cresceu, as pessoas falavam bem dela?

— Prefiro formar as minhas próprias opiniões.

— Muito bem. No entanto, costuma ser em meio à comunidade que descobrimos melhor como uma pessoa é vista.

— Ninguém falou mal dela.

— Mas alguém falou *bem*?

Cai está inquieto, meio que desejando que a Sra. Cadwaladr ache apropriado incluí-lo na conversa das duas. Sabe, no fundo, onde o reverendo quer chegar. Mas não morderá a isca. Esse é um terreno perigoso para se pisar. Ele sabe que as qualidades singulares de Morgana, que seus dons seriam, na melhor das hipóteses, mal recebidos por um homem da igreja. Na pior, bem, por mais que os tempos sejam modernos, ele não consegue imaginar um ministro tolerando a noção de magia.

O reverendo Cadwaladr interpreta o silêncio de Cai como algum tipo de concordância e se sente motivado a continuar.

— Ouvi dizer que o pai dela era um cigano atípico e que desapareceu noite adentro, deixando a própria mulher sozinha para cuidar da criança. Uma criança que não era bem como as outras da paróquia. Ah, o senhor é jovem, Sr. Jenkins, e sua esposa é inegavelmente bonita, com todos os encantos da juventude, mas devo lhe pedir cautela. Observe-a com cuidado. Não deixe que a beleza e a astúcia da sua mulher o ceguem, impedindo-o de enxergar a verdadeira natureza dela. E saiba que a igreja não abandona aqueles que procuram ajuda.

Uma frieza, apesar do calor do fogo e da noite de verão, se espalha pelo corpo de Cai. O que o reverendo pode ter ouvido? Cai interrogou os que conheciam Morgana e ele mesmo descobriu tão pouco. Com quem o reverendo andou falando e por quê? O que pode ter despertado sua desconfiança? O comportamento de Morgana em público pode ter sido indomável e desprovido de gracejos sociais, mas o que ele poderia ter visto para fazê-lo supor algo mais? Algo... sobrenatural? Cai se lembra do primeiro encontro de Morgana com a Sra. Cadwaladr e também da crise de espirros repentina da pobre mulher que acabou levando sua xícara a tombar e derramar o conteúdo sobre a frente do vestido. Será que ela pensou que aquilo foi obra de Morgana? Será que correu para casa, para o marido, e cochichou sobre magia? Com certeza, não. Foi algo muito sutil, muito facilmente explicável. É com alívio que Cai ouve Isolda lhe perguntar sobre a rota que ele pegará na condução de rebanhos, de modo que a conversa continua e ele não precisa mais discutir sobre sua mulher.

Sou levada para uma pequena sala onde Anwen, a empregada de Isolda, se apressa para me acomodar numa espreguiçadeira. Estou ocupada demais tentando administrar o enjoo em meu estômago para protestar. Temo começar a vomitar, mas, misericordiosamente, a sensação começa a passar logo que sou retirada da sala de jantar. Me deito, com a cabeça girando, e fecho os olhos, tanto para calar as atenções supérfluas de Anwen quanto para descansar. Meus pensamentos estão uma confusão.

Como Cai pode ter aceitado um empréstimo de Isolda e depois mentido para mim sobre isso? É verdade que ele não me disse, de fato, onde havia conseguido o dinheiro para o novo gado, mas me deixou pensar que o dinheiro tinha vindo do banco. Pode haver tanta mentira no silêncio quanto nas palavras. Eu, dentre todas as pessoas, deveria saber disso.

No entanto, não foi essa notícia pequena e indesejável, esse engano, como talvez eu possa chamar, o que fez com que eu me sentisse indisposta. Não. Mais uma vez, estar perto do reverendo Cadwaladr me causou enjoo. O cheiro de serpentes inundou minhas narinas logo que me colocaram de frente para ele. E a maneira como o reverendo me olhou, no breve instante em que conseguiu se obrigar a fazer isso... Está claro que seu ódio por mim permanece inabalado. Andei me enganando ao acreditar que pudesse ter me esquecido, ter decidido não me incomodar mais. O reverendo ainda quer se livrar de mim. E eu ainda estou aqui. O que fará agora? O que pode estar dizendo a Cai neste momento, enquanto estou aqui deitada, fraca e excluída?

Arrisco dar uma olhada naquela que cuida de mim. Ela está verificando a lareira acesa com esmero, mas só deixa de voltar sua atenção para mim por um instante. Sei que não me deixará sair daqui sem antes alertar a patroa. Felizmente, tenho mais de um método para me ausentar. Logo fecho os olhos de novo e estabilizo a respiração, me esforçando muito para dar a impressão de que estou dormindo. Só quando me contento por Anwen acreditar nisso é que deixo a mente viajar, os membros se tornarem leves e a alma abandonar meu corpo um pouco. Existe tanta liberdade em viajar através da magia. Já se foi o enjoo horrível que havia me acometido. Já se foram meu estômago revirado e minha cabeça latejando. Sem sentir dor, sem fazer barulho, sem fazer esforço, deixo o cômodo.

Minha intenção é voltar para a mesa de jantar e observar e ouvir em segredo. Dizem que quem espreita não ouve falar bem de si mesmo, mas vou correr o risco de ser ofendida. Pelo menos saberei que veneno está sendo cuspido no ouvido do meu marido. Enquanto sigo pela entrada ampla e imponente, avisto uma porta que não havia notado antes. A porta é comum, simples e escondida num canto, mas existe algo nela que desperta meu interesse. Por baixo há um brilho curioso, que não parece ser gerado por luz natural nem por velas. Ouço um som ao longe também. Com os sentidos aflorados enquanto viajo através da magia, tenho certeza de que consigo ouvir... o quê? Algum tipo de sussurro. Poderia ser um murmúrio? Chego mais perto e, ao fazer isso, mais uma vez, sou atingida pelo fedor de répteis que agora me é familiar. Como estou fora do meu corpo, o cheiro não me dá enjoo, mas é inconfundível e mais forte à medida que me aproximo da porta. Isso não faz sentido para mim. Se o mau cheiro é emanado pelo reverendo Cadwaladr, por que está vindo do que quer que esteja atrás daquela porta?

Estou prestes a investigar mais quando Isolda e o reverendo aparecem de repente, vindos da sala de jantar.

— Me perdoe por interromper sua refeição, reverendo — diz ela. — Eu teria pedido ao Sr. Evans para assinar os documentos como testemunha, mas saí do banco sem fazer isso. Uma questão insignificante relacionada a alguns dos meus menores investimentos, mas eu ficaria tão agradecida se o senhor pudesse ser a testemunha. Não gosto de deixar essas questões pendentes.

— Uma pausa em nosso banquete vai aguçar minha apreciação dos pratos que estão por vir, Sra. Bowen. Tenha certeza disso.

Isolda fala, já da porta:

— Voltamos num instante.

Juntos, eles vão para a sala de visitas. Estou dividida. A estranheza da porta não explicada e o que quer que ela possa revelar devem esperar. Se o reverendo tem a intenção de provocar uma indisposição em mim, ele pode muito bem desejar expor seu argumento para Isolda em particular. Preciso saber o que é dito naquela sala. Depressa, me movimento e paro ao lado da janela com cortinas brocadas e drapejadas, ao lado da lareira da sala de visitas, de modo que sou capaz de observar e ouvir. Dou o melhor de mim para ignorar o odor intensificado que permanece no cômodo agora, denso o bastante para que eu sinta o gosto.

Isolda despensa o criado e no segundo em que porta se fecha, sua postura sofre uma mudança dramática. Assim como a do reverendo Cadwaladr. Ela rodeia o homem, sibilando de fúria.

— Seu desgraçado patético!

— Me perdoe! — implora o reverendo.

— Para que você serve? Foi incumbido de uma tarefa simples e você falhou completamente. — Isolda anda a passos largos pelo cômodo enquanto repreende o pregador, que agora chora de um jeito que dá pena. Ela passa tão perto de mim que sinto o ar ser perturbado enquanto ela se movimenta. Tenho que lutar contra meu instinto de fugir dali, determinada a me manter no lugar, lembrando a mim mesma que ela não pode me ver.

— Você é o ministro dessa paróquia, um pregador de destaque e prestígio... deveria impor respeito. Obediência. Mandei você alertar a garota. Me livrar dela. Que tipo de homem é você? Que tipo de pregador deixa aquela bruxinha ser melhor do que você? Ela já devia ter ido embora daqui há muito tempo.

— Eu tentei, ama, acredite. Procurei a garota. Deixei minha opinião muito clara...

— Não clara o bastante. É evidente.

— Ela não se assusta com facilidade. É forte, apesar da idade.

— Forte! Ela é uma criança que não tem conhecimento nenhum das próprias capacidades. Acabou de chegar, casada com um homem cujo bom senso saiu voando diante daqueles olhos escuros e da pele sedosa. Você permitiu que ela ficasse.

— Alertei a garota. Falei para ela ir embora. Expliquei o que aconteceria se ela não fosse. — O ministro se joga numa cadeira, tirando um lenço no bolso para enxugar a testa.

Fico chocada com o que está sendo revelado. O temível reverendo Cadwaladr comandado por essa mulher horrível? Que domínio ela pode ter sobre ele para reduzi-lo ao homem choramingão e fraco que vejo agora?

Isolda é como um vulto partindo para cima dele.

— Você alertou a garota, mas não deu continuidade à sua ameaça, não é? Eu falei na época que você tinha que agir, reforçar seu argumento, usando a força que fosse necessária. E você não fez nada.

— Estava aguardando, com esperança de ela ir embora, eu...

— Ela não tem a menor intenção de ir embora! Todo esse tempo que passou, esse tempo que *você* achou apropriado conceder a ela, só serviu para ela ganhar ainda mais segurança no afeto do marido. Por que não agiu? Na última vez que conversamos sobre isso, mandei explicitamente você fazer mais, partir para cima dela de um jeito que a deixasse incapaz de resistir.

— Mas, ama, acusar a garota publicamente de ser feiticeira, se ela não fez nada de errado... — lamenta o reverendo.

Diante disso, Isolda perde qualquer controle que tivesse sobre o próprio temperamento. Ergue um braço como que para pegar algo invisível no ar. Vem um estalo alto e o cheiro de chamuscado enquanto alguns tufos do cabelo acovardado do ministro pegam fogo. Ele geme, batendo na cabeça até as chamas se apagarem, apertando um pedaço de couro cabeludo queimado atrás da orelha esquerda.

— Sou eu quem decide o que é certo e o que é errado. Não cabe a você fazer julgamentos nesse sentido. — Ela faz uma pausa, se controlando, e se empertiga, recompondo-se mais uma vez, agora com uma expressão mais de desgosto do que de fúria. — Eu lhe disse o que aconteceria se você não me ajudasse nisso. Você foi avisado.

— Ah, por favor... Eu imploro, não...

— Pare com essa choradeira. Não tenho tempo nem disposição para fazer suas filhas sorridentes e abobadas sofrerem pelo meu desprazer. Não nesta ocasião, pelo menos.

Ao ouvir isso, o reverendo se joga da cadeira para ficar de joelhos diante de Isolda, juntando as mãos, como que numa oração. Não consigo deixar de me perguntar o que sua congregação acharia se o visse assim.

— Ah, obrigado! Me deixe... tentar de novo. Tenho certeza de que agora sou capaz de convencê-la a ir embora.

— É tarde demais para isso. Eles estão prestes a partir na condução de rebanhos. Ela não vai se separar dele agora. Não, é óbvio que eu mesma preciso dar um jeito nessa garota.

— O que a senhora pretende fazer? — pergunta o reverendo, voz revelando o medo que o toma por inteiro.

Isolda abre a boca para falar, mas, então, hesita.

— Levante-se — diz ela. — Componha-se, homem. Temos que voltar para os meus convidados e não lhes dar motivo para desconfiar de que alguma coisa... inesperada aconteceu. Como falei, vou resolver o problema por conta própria.

Ele fica de pé e sai apressado da sala antes dela. Na porta, Isolda faz uma pausa. Faz uma pausa, se vira, e olha diretamente para o lugar onde estou. Por um momento horrível, de gelar os ossos, sinto que ela me vê. Ela, porém, não fala nem reage à minha presença. Cruza a entrada do cômodo, fechando a porta com firmeza depois de passar.

Minha cabeça está girando, e minha mente, acelerada para tentar compreender o que descobri. Isolda tem forçado o reverendo a fazer o que ela quer. Era ela quem estava por trás daquilo de ele me mandar ir embora. E é óbvio que ele tem pavor dela. Quem teria imaginado tamanha transformação naquele homem? Que terrível ameaça às suas filhas ela pode ter feito? Só posso imaginar. Mas sei que ele acredita que ela seja capaz de feitos medonhos. *Bruxinha*, Isolda me chamou. Ela viu a magia que existe dentro de mim. Sabe o que sou. Do mesmo jeito que consigo ver o que se esconde dentro dela e, ah, é algo horrível e obscuro! O poder que pôs fogo no reverendo veio de algum lugar impronunciável e perverso. Agora entendo o fedor de répteis. Era o fedor de um feitiço maligno, preso a alguém, forçando-o contra a própria vontade e, apesar de estar no reverendo Cadwaladr, teve suas origens em Isolda.

As coisas estão mais claras para mim agora. Apesar de ter receio de todos os homens de batina, é essa mulher maligna que tenho verdadeiros motivos para temer. Não é Cai o que Isolda quer e sim a Ffynnon Las. E ela quer a Ffynnon Las por causa da maldição do poço e do poder que este lhe daria. Ah! Será que ela sabe da existência do *Grimório*? Só pode saber. É, isso explicaria sua determinação. Fica claro para mim que Isolda está determinada a conseguir o que quer e que passará por cima de qualquer um que ficar em seu caminho. Mas vislumbrei o poder do *Grimório do Poço Azul*. Que devastação horrível Isolda poderia provocar se ela o possuísse? O que quer que aconteça, o que quer que eu faça, devo cuidar para que ela *nunca* o tenha.

11.

Por fim, chega a hora. Já estávamos de pé antes de amanhecer, reunindo os animais, e chegamos aqui em Tregaron com o alvorecer. Os pôneis estavam agitados, principalmente os mais jovens, mas os mantive perto de mim e eles se mostraram obedientes o bastante. No último minuto, Cai mudou de ideia e decidiu ficar com duas das éguas reprodutoras mais velhas. Com sorte, as duas terão potros no ano que vem, de modo que, de acordo com seu raciocínio, ele terá alguns animais que servirão de base para reconstruir o rebanho. Se a condução de rebanhos for bem e tivermos dinheiro para fazer isso.

Me dói saber que essa decisão se deve, em parte, ao empréstimo que Cai aceitou de Isolda. Aquela criatura! Se ele soubesse o que agora sei, nunca teria aceitado o dinheiro dela, por mais que estivesse desesperado. Me magoa ele ter mantido o acordo em segredo e eu ter tomado conhecimento disso naquele jantar horrível, naquela companhia... Pensei que estivesse começando a compreendê-lo. Pensei que ele estivesse começando a confiar em mim. E, no entanto, ele não pensou em compartilhar essa decisão importante sobre o futuro da fazenda — sobre o nosso futuro — comigo.

Se outros acontecimentos não tivessem superado essa questão tanto em importância quanto em urgência, eu sem dúvida teria me rebelado. Acontece que isso é tão insignificante se comparado à horrível verdade sobre o que Isolda Bowen é e sobre os atos terríveis pelos quais ela é responsável. Pois, como tive tempo de pensar, de avaliar os acontecimentos das últimas semanas, reconheci feitos horríveis. Ela não só obrigou, com ameaças e feitiços, o reverendo Cadwaladr a tentar conquistar seus objetivos, como também estou convencida de que estava por trás da tempestade que matou o gado de Cai. O clima era extremo demais, a mudança foi repentina demais, para ser natural. E senti uma presença na montanha naquele dia, uma presença maligna. Agora sei de quem era. Sem dúvida, ela pensou em arruinar Cai tomando seu rebanho. Então, quando viu que ele não se deixaria abater tão fácil, emprestou-lhe dinheiro para prendê-lo a ela. Isolda está jogando com Cai. Não está interessada nele. Vejo isso agora. É a fazenda que ela quer, por causa do poço. E do *Grimório*. Minha principal preocupação agora deve ser o que ela pode fazer em seguida. Acredito que todos nós corramos perigo na condução de rebanhos, pois será muito mais fácil para ela provocar o caos em meio ao tumulto dos rebanhos longe do povo observador de Tregaron. Devo permanecer sempre em guarda.

Ao mesmo tempo, existe o negócio prático da condução de rebanhos em si para ocupar todos nós. Os animais cujo destino está a muitos quilômetros daqui têm se mostrado até agora fáceis de serem conduzidos. É claro que esse não deve ser o caso daqui a algumas horas, quando fizerem parte da condução de rebanhos inteira. Por enquanto, se contentam em pastar no padoque atrás da hospedaria Talbot. Acho que Cai está satisfeito com como tenho manejado esses animais. Até agora. Confesso que estou empolgada com o que vem pela frente — ser responsável pelos pôneis, viajar para mais longe de casa a cada dia que passa, vendo lugares diferentes, conhecendo pessoas diferentes. E, não menos importante, com a oportunidade de visitar Mamãe. Ah, como será bom vê-la de novo! Parece que já faz uma eternidade que eu me sentava no jardim em Cwmdu, observando enquanto ela cuidava dos legumes ou ouvindo-a conversar por cima da cerca com nossos vizinhos. Vou lhe dar um abraço tão forte que ela vai me implorar para soltá-la, mas aí me apertará em cada parte do corpo com a mesma força.

Eu nunca tinha visto tanta gente quanto em Tregaron hoje. As ruas estão repletas de damas de chapéu, crianças dando gritinhos agudos, fazendeiros de rosto avermelhado e todo tipo de pessoa. O reverendo Cadwaladr fala para um grupo na praça da cidade, esperando pelo momento de abençoar a condução de rebanhos. Como ele está diferente do homem extremamente nervoso que vi na casa de Isolda. Confesso que parte da aversão que sinto por ele se transformou em pena. É claro que suas atitudes foram motivadas pelo fato de ele temer pela própria família. Temer Isolda. Como posso ter levado tanto tempo para ver como ela realmente é? Meu instinto me fez recuar dela desde a primeira vez que nos encontramos, mas pensei que meus sentimentos fossem os de uma recém-casada diante da bela amiga do marido. Eu já devia saber. Devia ter procurado mais profundamente. Papai teria feito isso. Será que ela estava, de alguma maneira, mascarando sua verdadeira natureza além de simplesmente se apresentar como uma vizinha respeitável? Será que eu também estava enfeitiçada para que ela só se revelasse para mim agora porque isso lhe convém? Quanto mais penso a respeito, mais acredito que ela me viu *mesmo* naquela noite, na sala de visitas. Que ela sabia muito bem que eu estava ali e que tratou o reverendo daquele jeito para que eu testemunhasse. Deve ser isso, pois uma feiticeira só pode ser vista viajando através da magia por outra feiticeira, e é isso o que Isolda mostrou ser.

A Sra. Cadwaladr e as filhas estão exibindo mais fitas do que um mastro enfeitado para as comemorações de primeiro de maio e seguram guarda-sóis projetados, ao que me parece, com o propósito explícito de assustar os animais. Há estandes vendendo tortas e maçãs carameladas e bolos e cerveja. O ar está repleto de aromas tão salgados e doces que minha barriga ronca. Em toda parte, as pessoas conversam, animadas, sobre o quê, não consigo imaginar. Como podem ter tanto a dizer umas às outras? Será que estão tão interessadas nas condições dos animais ou no porte da condução de rebanhos? Acho que não. Os trechos de conversas que chegaram aos meus ouvidos faziam tão pouco sentido que me pergunto quem em sã consciência se daria ao trabalho de se envolver num absurdo desses. Mas também confesso que estou totalmente voltada para minhas preocupações. Temos um imenso desafio pela frente. Um desafio que garantirá o futuro da Ffynnon Las ou forçar Cai a vender sua amada fazenda. A condução de rebanhos levará três semanas, se seguirmos num ritmo bom. Pretendemos avançar uns vinte e cinco quilômetros por dia, mas esperamos menos. Me preocupa que algumas das éguas mais velhas sofram diante dessas exigências e alguns potros também. Cai garante que vai estabelecer um dia de descanso se for preciso e que escolheu uma rota com uma atenção especial à qualidade e à abundância do pasto para que as éguas que ainda estão amamentando seus potros sejam capazes de continuar dando leite.

Dai Fornalha e Edwyn Nails já estão aqui há duas noites, ferrando todo o gado que será levado. Então, os campos nos arredores da cidade são como uma massa de animais pretos que se transforma o tempo todo. Cai me disse que nosso gado recém-comprado e os animais que ele está levando para outros fazendeiros somarão em torno de duzentos e sessenta minigaleses, como são conhecidos de modo tão pouco lisonjeiro lá fora. Esse é um nome pobre para animais tão valiosos — os ingleses podem chamá-los assim, mas serão esses minigaleses que saciarão seu desejo de rosbife em vários domingos que estão por vir. Pois em lugar nenhum da Inglaterra os fazendeiros produzem animais como esses. Devemos agradecer por isso, já que é o que garante a continuidade das conduções de rebanhos, ano após ano, levando carne premiada sobre os cascos até Londres.

Haverá também as cem ovelhas de Watson, berrando e fedendo e, sem dúvida, dando trabalho a todos nós. E nossos preciosos pôneis — trinta e cinco deles, se eu incluir Prince, o que sei que devo fazer. Cai descreveu com paciência para mim o sistema da condução de rebanhos para que eu saiba o que tenho que fazer. Quero tanto ser útil a ele. Ao redor do meu pescoço, escondido sob o algodão da minha blusa, está a colher com motivos românticos que ele esculpiu para mim. Nunca tive algo assim antes. Nunca havia ganhado um presente feito especialmente para mim. Sinto a madeira polida se aquecer em meu peito. Admito que, no começo, fiquei alarmada com a ideia do apito. Estou acostumada a fazer silêncio. Nunca, em todos esses longos anos sem dar uma palavra, senti a necessidade de fazer qualquer tipo de barulho para substituir o discurso. Ao vê-lo pela primeira vez, tive receio de que, ao me equipar com um instrumento desses, Cai demonstrasse preocupações com a minha... *deficiência*, como a Sra. Cadwaladr se expressou de maneira tão sucinta. Então, não basto do jeito que sou? Mas o conheço melhor agora. Se Cai tivesse me dado o presente no dia do nosso casamento, já com o apito, eu o teria jogado de volta na cara dele. No entanto, fico contente porque o presente demonstra atenção e preocupação com meu bem-estar, o que acho... tocante. Se vou conseguir usá-lo em público é outra questão! O tempo e as circunstâncias, sem dúvida, dirão.

Ainda não são nove horas, mas o calor do dia aumenta. Encontro um banco de madeira na sombra à frente da hospedaria e me sento. Cai está ocupado com os últimos acordos e as tarefas a serem cumpridas antes de partirmos. Pois ele não é apenas um homem que vai levar os animais e vendê-los pelo melhor preço que conseguir. É um emissário, levando cartas e documentos importantes daqueles de maior prestígio nesta paróquia para o centro comercial que é Londres. Alguns enviarão acordos de venda ou convênios envolvendo terras ou propriedades. Outros desejam que seus investimentos alcancem os bancos da cidade. Outros ainda, que suas cartas lacradas sejam entregues nas mãos de parentes distantes ou noivas em potencial, talvez. Tudo isso é confiado ao *porthmon* — um homem honrado, íntegro e digno. E é o que ele demonstra ser hoje. Muito embora esteja vestido com os trajes típicos de um condutor de rebanhos — botas espessas e fortes, meias de lã, bombachas feitas de um algodão resistente, camisa xadrez e chapéu de aba larga —, tem a postura de um homem distinto. Há algo em seu porte, em seu comportamento, que sugere que, sim, ali está um bom chefe de condução de rebanhos. Ali está alguém com quem nosso sustento se encontrará a salvo. Ali está alguém que fará algo de nossas esperanças e de nossos sonhos para o futuro. Quando a chuva vier, como costuma vir em qualquer condução de rebanhos nesta época do ano, Cai vestirá seu casaco que arrasta no chão, de modo que, até mesmo pela silhueta, possa ser reconhecido como um condutor de rebanhos. Ao longo dos dias e das semanas, ele acumulará uma camada de poeira na pele, que será desgastada pela exposição ao sol, ao vento e às chuvas, mas poderá ser conhecido de imediato como Cai Jenkins Ffynnon Las, *porthmon*.

Eu, por outro lado, devo arrancar apenas suspiros chocados ou risadinhas sufocadas dos expectadores. Meu marido estava convencido de que eu não poderia escolher um traje que me expusesse ao ridículo. Me mantive firme, porém, e o deixei argumentar tanto que ele derrubou as próprias objeções. Devo me vestir para ter praticidade e conforto e não para estar na moda e ser aceita. Devo mostrar meu valor a todos nesta condução de rebanhos, não só a ele e, para fazer isso, não posso ser limitada por saias e espartilhos ridículos. A Sra. Jones e eu temos trabalhado em segredo há algum tempo para que meu traje ficasse pronto e para que Cai não desaprovasse sua decência e adequação ao trabalho. Minha blusa é de algodão macio, da cor de avelãs maduras, já que branca seria uma bobagem e difícil de manter limpa. Tenho outra blusa idêntica em meu alforje, junto com uma toalha de mão; uma chemise que servirá de camisola ou como uma camada extra de roupa, se for preciso; um pote de creme de lavanda para cortes e hematomas e para tentar espantar os insetos que picam; e uma escova para meu cabelo, que a Sra. Jones insistiu para que eu incluísse e que, confesso, não deve ser muito usada! Estou usando uma combinação especialmente adaptada, por recato e conforto. Não tenho espaço para outra na bolsa, então, devo aproveitar a oportunidade de lavá-la quando puder. Foi minha saia o que fez Cai empacar e é o que agora coleciona olhares curiosos dos que estão passando. A ideia da saia veio enquanto eu observava Dai Fornalha em seu avental de couro com uma fenda. No mercado, com um pouco de mímica e insistência, comprei uma quantidade de algodão marrom resistente, do tipo usando para as bombachas dos homens. Depois, demonstrações demoradas e falsos começos me permitiram instruir a Sra. Jones sobre como fazer para mim uma saia com uma divisão ao longo do comprimento. Em cada lado dessa fenda, as extremidades são costuradas de maneira reforçada para que resistam às semanas que passarão se esfregando na sela e nos flancos do pônei sem puir ou rasgar. Quando estou de pé, é quase impossível compreender como essa peça é feita, a não ser pelo fato de ela ser também mais curta do que ditam as normas, pois mal cobre minha panturrilha. No entanto, quando ando ou sento com as pernas separadas, a característica incomum da saia se torna aparente. Sua divisão faz com que caia em duas pernas de calças largas, recatadas, mas práticas, o que se mostrará de valor inestimável nas semanas que estão por vir. Por uma questão de necessidade de me proteger contra o sol e a chuva, também uso um chapéu de feltro preto, com a aba larga o bastante para fazer sombra, mas não para encobrir minha visão. Uma tira de couro que sai do chapéu e é amarrada sob meu queixo o impede de sair voando. É irritante alguns se sentirem no direito de encarar e, às vezes, fazer um comentário sobre como escolho me vestir, mas não é como se eu não estivesse acostumada a despertar a curiosidade dos outros. Pelo menos, nesse caso, isso acontece por escolha própria e por bons motivos. É um pequeno preço a ser pago, já que me torna capaz de fazer meu trabalho de um jeito melhor.

Finalmente vejo Cai vindo na minha direção, abrindo caminho em meio à multidão. Seu progresso é desacelerado pelos que o param para apertar sua mão ou até tocar os chapéus enquanto lhe desejam que a viagem corra bem. Me levanto, ajeitando a saia nada feminina, incomodada, por um momento, pela aparência tão simples. Ele me vê e, notando meu desconforto, como percebo, dá um sorriso caloroso para mim. Um sorriso que diz "Não me importo com suas roupas estranhas, nem com seus modos estranhos. Você é minha mulher e tudo ficará bem."

Cai está prestes a me alcançar quando Isolda Bowen surge em meio à multidão, se impondo entre nós com firmeza. As mulheres da família Cadwaladr não suportam bem a comparação. Nem, como receio, eu. Me apresso para erguer as barreiras em minha mente, como passei a fazer sempre que estou na presença dessa mulher. Sinto que ela me olha de um jeito diferente agora. Ou será que sou eu que, por saber a verdade sobre ela, a vejo de um jeito diferente? Não, tenho certeza. Sinto que ela olha bem dentro de mim, sondando, procurando uma fraqueza, como um lobo faminto batendo com a pata na porta de um camponês.

— Ora, Sr. Jenkins — diz ela, com uma delicadeza calmante na voz —, o senhor é um *porthmon* da cabeça aos pés. Este é mesmo um dia empolgante.

— Isolda, bondade sua ter vindo nos ver partir. E fico satisfeito por ter a oportunidade de lhe agradecer mais uma vez por me emprestar seu belo cavalo. É extremamente gentil da sua parte.

Gentil! Duvido que a criatura saiba o significado dessa palavra.

— Não foi nada. — Ela gesticula com a mão, descartando. — Tenho certeza de que o trabalho vai beneficiar o meu querido Angel. Não existe nada de que ele goste mais do que se ocupar. Como já falei, tenho certeza de que ele lhe servirá bem.

— Um cavalo em boa forma será uma dádiva de Deus — diz Cai.

Deus, me atrevo afirmar, não tem nada a ver com isso.

Não tem mesmo, Morgana.

Ah! Ela está aqui, dentro de minha cabeça! Ouço suas palavras tão claramente quanto se fossem pronunciadas em voz alta.

Para fora! Não vou conversar com você — me deixe em paz.

Vou deixá-la em paz quando você deixar a Ffynnon Las, não antes disso.

Mesmo enquanto me atormenta, ela continua falando com Cai, comentando sobre a beleza do dia e sobre a animação dos que desejam que tudo corra bem.

Vou estar de olho, bruxinha. Meus olhos viajarão com você. Você sabe disso. Vou garantir que, quando você voltar da condução de rebanhos, todos saibam a verdade sobre o que você é e seu marido se dará conta do erro que cometeu ao escolher você em vez de mim!

Quero me virar e correr, fugir dessa mulher cruel, mas fazer isso mancharia esse momento, o momento de Cai. Não vou deixá-la estragá-lo. Não vou! Permaneço firme, permitindo que minha determinação seja mostrada por meu semblante, preenchendo a cabeça com trechos de histórias do Papai para que não sobre espaço para as palavras venenosas de Isolda. Invocando minha coragem, dou um passo à frente e pego no braço de Cai. Ele parece um pouco surpreso, embora satisfeito, pondo a mão sobre a minha antes de se dirigir à multidão:

— Agradeço a todos vocês pelos votos de que tudo corra bem, meus vizinhos — diz ele, tirando o chapéu e fazendo uma reverência. — Quando nos encontrarmos de novo, se Deus quiser, estarei diante de vocês com ouro em vez de animais e todos nós enfrentaremos o inverno com os cofres cheios.

Há mais animação e gracejos. Cai me conduz pela arcada até os fundos da hospedaria Talbot e pegamos nossas montarias. Prince já está com os olhos arregalados, muito ciente de que algo grandioso acontecerá logo em sua vida. Angel está mastigando o freio dentro da boca, produzindo espuma, com as orelhas voltadas para trás, avisando a todos para manter distância. Ainda assim, permite que Cai suba na sela sobre seu dorso. Trotamos pelo pequeno padoque, rumo ao campo onde os outros condutores de rebanho estão esperando.

— Morgana — diz meu marido em voz baixa —, me observe. Vou ditar o ritmo. Se você precisar de mim, use o apito ou chegue para a frente. Se os pôneis começarem a ir rápido demais, você deve desacelerá-los ou eles vão forçar o gado a um ritmo que não é natural e isso provocará acidentes. — Como se visse a lembrança que essa declaração traz à mente, ele acrescenta, com um sorriso: — Mostre a eles, minha selvagem. Mostre a eles que existem dois condutores de rebanhos da Ffynnon Las trabalhando com esses animais.

Retribuo o sorriso por um instante e, então, apresso Prince, mudando para meio galope para assumirmos nossa posição com os pôneis. Passo por Edwyn Nails, que olha para mim de um jeito que quase deixa minhas bochechas coradas, de um jeito que sinto que ele não deveria olhar para a mulher de outro homem. Cai checa se todos estão posicionados, sentado com segurança e alinhamento enquanto Angel gira, empina e bufa. O cavalo se agita com facilidade e o suor já traz um brilho a seu pescoço arqueado, mas Cai não se incomoda com essas estranhezas e segura as rédeas gentilmente. Por fim, ergue o chapéu e grita "Ho! *Heiptrw ho*! Hup!, reunindo todos, e a condução dos rebanhos começa por seu caminho árduo, barulhento e perigoso.

Que procissão formamos! Cai cavalga à frente, com seus chamados servindo tanto para conduzir o gado adiante quanto para alertar os outros de que rebanhos se aproximam. Pois qualquer animal que se encontre solto ao longo do caminho se forçará, por instinto, a se juntar aos outros, e, como Cai me disse, seria um trabalho dos diabos separá-los dos rebanhos de novo. As feras em si estão mais saltitantes e agitadas do que o de costume agora que os rebanhos de vários fazendeiros foram reunidos. Elas mugem e fazem estragos, levantando uma eterna nuvem de poeira com seus cascos recémferrados, empurrando umas às outras e brigando pelo lugar mais seguro ou o melhor bocado de pasto. Bracken está em como um sapo na água, saindo em disparada para mordiscar os calcanhares dos retardatários, abanando o rabo, com uma energia infinita posta em prática por vontade própria.

Há outro condutor de rebanhos montado, um homem magro e musculoso conhecido simplesmente como Meredith. Me disseram que ele aparece para esta condução de rebanhos todo ano, regular como a lua da colheita, sempre num cavalo diferente de procedência duvidosa, nunca acompanhado de esposa ou filhos, sendo suas duas preocupações o gado e a cerveja, os quais se encontrarão à sua disposição em abundância pelas três semanas que estão por vir. Ele cavalga por trás das feras, empurrando-as para a frente, voltando para recuperar alguma que tenha se desgarrado, vestindo seu casaco comprido apesar do dia quente.

Junto de Meredith, está Edwyn Nails, com sua altura lhe permitindo dar passos largos e rápidos, e ele não tem dificuldades para acompanhar o rebanho em movimento. Para todo mundo, parece que ele quebraria como um graveto se estivesse no lugar errado quando um Welsh Black perdesse a cabeça, mas já vi como ele lida com as feras ao ferrá-las. É um vaqueiro até os frágeis ossos, e, como tal, terá serventia. Mesmo assim, seu constante olhar de cobiça para mim me tira o sossego; decido não ficar sozinha com ele.

Atrás de Edwyn Nails, vêm os pôneis. Eles estão chocados por se verem como parte de uma cavalgada tão turbulenta e dão coices indesejados e relincham um pouco. As éguas mais velhas são mais equilibradas do que o resto, mas as com potros estão ansiosas, o que é compreensível. Os filhotes em si parecem ver o exercício todo como uma brincadeira e se movimentam com leveza e agilidade, com o rabo enrolado sobre o traseiro, a cabeça erguida, dando às suas mães o trabalho de lhes chamar o tempo todo. Prince e eu passamos por eles, bajulando e repreendendo. Ele é crucial para a cooperação desses animais. Como líder do rebanho, virão segui-lo; como pai, os mais jovens vão respeitá-lo; como um garanhão, as éguas vão, embora relutantes, para onde ele mandar. Mal tenho que lhe dizer o que fazer. Sou uma mera passageira, oferecendo, às vezes, mais cuidado e encorajamento através das mãos ou dos calcanhares.

Em seguida, nesse carnaval interessante, vêm Idwal Watson e suas ovelhas. O barulho que elas fazem com o berro contínuo encobre até as vacas. Para mim, soam como tantas velhas, todas reclamando dos pés doloridos e da barriga vazia, revirando os olhos profanos aos dois cães pastores preto e branco que correm de um lado para o outro ao lado, com a língua pendendo sobre os dentes afiados e seu avô lobo cintilando nos olhos. O próprio Watson se distingue como pastor pelo comprido cajado de madeira que carrega e o assobio melodioso com que controla seus collies.

A carroça rangente de Dai Fornalha vem em seguida. Seu cavalo malhado, forte, de pernas curtas, faz barulho ao bater os cascos no chão, com os olhos azuis meio fechados, a crina tremendo, o traseiro se contraindo contra a atenção de moscas irritantes e os grandes cascos emplumados demonstrando uma notável economia de movimentos. No assento de carroceiro, Dai mantém as rédeas soltas em uma das mãos, deixando a outra livre para tirar o chapéu de repente e agitá-lo acima da cabeça quando seu humor o leva a fazer isso, gritando alto "Vamos, suas criaturas preguiçosas! ou "*Duw*, tenho uns traseiros feitos para ficar olhando por semanas a fio! Ho, hup!" Sabe-se bem que ele não tem tempo para ovelhas.

A pé, tranquilos, na retaguarda da procissão, vêm as mulheres e os garotos. São quatro ao todo: Cerys, a mulher de Dai Fornalha (que nunca tem permissão para ir na carroça) seus gêmeos adolescentes, Ieuan e Iowydd; e Sara Cuspidora, com a pele desgastada pelo tempo, pálpebras grandes, idade indeterminável, mas uma aparência que sugere que ela já viu mais conduções de rebanhos do que qualquer outro ali. Ela recebeu esse apelido porque é chegada a mastigar tabaco e, por consequência, sente necessidade de expelir catarro e um muco amarronzado pela boca. As mulheres e os garotos costuram enquanto andam e irão vender suas meias nos mercados ao longo do caminho. Sara Cuspidora já até começou uma canção e canta o tempo todo enquanto continua a cuspir.

Seguimos em frente, nos afastando da cidade, pela estrada sinuosa que nos leva a passar pela capela Soar-y-Mynydd e subimos mais, mais, mais, até chegarmos ao topo da maior montanha da região, ao limite do horizonte que pode ser visto da montanha atrás da Ffynnon Las. Não é uma rota que eu conheça, pois cheguei por Llandovery. Depois, subimos e descemos pelos declives tortuosos conhecidos por aqui como a Escada do Diabo — há bons motivos para isso. Quando alcançamos as margens do rio e a antiga passagem de Abergwesyn, estamos todos mostrando sinais precoces de cansaço. Esse é mesmo um lugar maravilhoso. Quase posso ouvir os passos dos milhares de viajantes que pisaram ali ao longo das centenas de anos. A fenda entre os morros é estreita, caindo, íngreme, acompanhando um riacho margeado por um pântano e uma trilha mais firme e seca. O leito do rio é repleto de pedras, sendo várias delas arredondadas e imensas, desgastadas e polidas com o passar dos séculos, brilhosas, escorregadias e frias sob o sol do verão. Vejo um martim-pescador sair em disparada de seu poleiro e agarrar um vairão em meio às águas que correm depressa. Suas asas são um lampejo iridescente em contraste com a nuvem cinzenta de pedras.

Trabalhamos para manter os animais fora d'água, mas ela é tentadora demais para eles depois da subida. Não há atoleiros por aqui, só que o gado demorando nas águas rasas e os pôneis parando para espirrá-la atrasam muito o andamento da condução dos rebanhos. Cai disse que não iríamos parar hoje e sim continuar direto até nossa parada para passar a noite. Ele argumenta que é melhor ter um primeiro dia curto do que enfrentar a confusão de parar e recomeçar quando os animais ainda estão desacostumados com a viagem e um ritmo apropriado ainda não foi alcançado. Todos nós somos pressionados a fazer com que os animais continuem, pondo os cães para trabalhar mais pesado e requerendo dos homens gritos de comando mais altos. Por fim, damos as costas para o riacho, atravessamos o vilarejo em si, que abrange apenas algumas casas e uma hospedaria, o que faz todos nós lambermos os lábios. No entanto, temos que nos contentar com goladas dos odres amarrados às nossas selas e apressar os que estão sob nossa responsabilidade para seguirmos em frente.

Quando chegamos a Llanwrtyd Wells, fica claro para todos nós que um descanso é crucial. Por mais que o planejamento de Cai fosse sensato, as feras têm opinião própria. O calor do dia as deixou terrivelmente cansadas e, na fadiga, se tornaram teimosas e brigonas. Cai nos orienta a empurrá-las até um pasto nos arredores do vilarejo.

— Vamos dar uma hora a esses animais — diz ele. — Não mais do que isso. Ouviram? A pior subida está por vir.

O gado começa a pastar, manso, no prado, assim como os pôneis. As ovelhas se fazem de assustadas demais para comer, mas logo são vencidas pela ganância e abaixam a cabeça também. Em poucos minutos, o pequeno campo está cheio de animais, todos felizes, cansados e famintos demais para se importar um com o outro. Cai manda as mulheres irem buscar cerveja e tortas na hospedaria mais próxima e os outros logo arranjam um lugar à sombra. Dai me chama enquanto levo Prince até o cocho perto da porteira.

— Bem, Sra. Ffynnon Las, o que está achando da vida na condução de rebanhos até agora?

Sorrio para ele e dou de ombros. Nós dois sabemos que é cedo demais para dizer o quanto posso me mostrar bem-sucedida em controlar os pôneis. Ainda não fomos devidamente testados. Sem dúvida, esse momento chegará.

— Morgana. — Cai pega as rédeas de Prince da minha mão. — Podemos amarrar os cavalos debaixo daquele carvalho. Venha, sente-se comigo. — Ele prende Angel primeiro, deixando a rédea comprida o bastante para o cavalo mordiscar a grama na base do tronco da árvore. Prince abaixa as orelhas, pressionando-as contra a cabeça e vai morder seu novo colega de estábulo.

— Chega, Prince! — repreende Cai. — Demonstre bons modos, *bachgen* — diz ele, dando voltas nas rédeas do pônei num tronco baixo, a uma pequena distância dali. Afrouxamos as cilhas dos cavalos e encontramos um espaço fresco para nós sob os braços esticados da árvore antiga. Cerys chega com a cerveja coberta de espuma e tortas de carne quentes. Nos sentamos num silêncio amistoso, concentrados em nos refrescarmos, quietos e satisfeitos com o jeito como a manhã progrediu. Me dou conta de que aquele momento é o mais relaxado que temos depois de algum tempo. Será que, longe da fazenda, longe da noção de sermos marido e mulher em casa, podemos encontrar uma nova tranquilidade juntos? Temos um propósito em comum e esse deve ser nosso foco, e não, talvez, o escrutínio que nosso casamento tem sofrido até então na Ffynnon Las, não importando se estamos sozinhos ou se temos companhia.

De repente, cedo demais, nossa folga acaba. Empurramos o gado letárgico pela porteira primeiro, e há uma certa quantidade de alvoroço e amolação com os pôneis e as ovelhas até que sejam organizados em seus lugares mais uma vez. A estrada é mais irregular aqui, e os pôneis diminuem o ritmo, escolhendo onde pisam, desviando das pedras mais pontudas. A mudança mais notável, porém, é a inclinação do terreno. Apesar de a trilha na saída de Tregaron ser morro acima, a subimos ao longo de uma certa distância, o que tornou a tarefa menos árdua do que esse campo inclemente. Agora o gado se movimenta de maneira trabalhosa e o esforço é óbvio a cada passo. A paisagem se distancia de nós em vistas ao norte, longe do alcance, mas damos as costas para tamanha glória e estamos interessados apenas no topo, de modo que a área ao redor de cada um de nós se reduza à trilha à frente que pode ser alcançada com um ou dois passos. Até as ovelhas pararam de berrar para poupar energia. Como os animais labutam sob o sol da tarde, emanam um fedor desagradável de pele suada, urina quente, fezes mornas e hálito de arroto. A procissão começa a se estender, de modo que Cai precisa continuar detendo os castrados da liderança, e as ovelhas da retaguarda devem ser empurradas com firmeza para acompanhar. Quanto mais lenta for a condução de rebanhos, mais os animais ficam propícios a debandar por conta própria, então, estamos todos envolvidos na tarefa cansativa de persuadir os desgarrados a voltar para o corpo do rebanho. Em meio a tudo isso, avisto as mulheres caminhando com dificuldade, sempre costurando, como se as agulhas trabalhassem completamente sozinhas, por reflexo. Noto, porém, que a Sara Cuspidora não sobra fôlego para cantar.

Pouco antes das seis horas, um grito de Cai indica que chegamos a nosso destino. O terreno é mais plano agora que chegamos ao amplo planalto da montanha Epynt. Não há sedes de fazendas aqui. Há apenas uma construção solitária, com um punhado de pinheiros-da-escócia para lhe fazer companhia. Uma placa de madeira, com a tinta desbotada por muitos invernos, declara que aquele lugar é o Recanto dos Condutores de Rebanhos e, apesar das más condições, ele é para nós a hospedaria mais maravilhosa em que já estivemos na vida, pois um grupo de viajantes nunca se sentiu tão dolorido, necessitado de descanso e de refresco.

Encorajados pelo próprio desejo de que o trabalho do dia seja feito e de que os animais sejam deixados em paz para pastar e cochilar, os rebanhos são presos depressa nos cercados atrás da hospedaria. Retiro a sela de Prince e o levo até a bomba de água para encher um balde. Ele fica parado com paciência enquanto despejo a água sobre seu corpo. Um vapor sobe, e o cavalinho dá um suspiro de satisfação antes de se balançar com vigor, espirrando gotas de suor em mim. Pego Cai me olhando e rindo, quieto. Logo que tiro o cabresto de Prince, ele se ajoelha na poeira e rola com entusiasmo, livrando-se de coceiras e pelos soltos. Quando fica de pé, está coberto de lama seca e uma figura. Ele tolera ter as orelhas esfregadas e então sai trotando para o pasto.

As mulheres pegam panelas na parte de trás da carroça de Dai e tratam de pôr um pouco de *cawl* para ferver sobre a fogueira já reluzente do acampamento. Os homens entram logo na hospedaria em busca de cerveja.

Cai vem ficar ao meu lado. Por um instante, simplesmente observamos o rebanho pastar, compartilhando a satisfação de ver o trabalho do dia concluído e os animais pelos quais somos responsáveis levados com segurança para o cercado.

— Um dia bom, Morgana — diz ele. — Eu não poderia querer nada melhor para o começo da condução dos rebanhos. Nenhum infortúnio e fizemos num tempo bom.

Cai acena com o braço em direção ao gado.

— Eles estão cansados, sabe? Mas vão descansar bem nesta noite aqui. A caminhada ficará mais fácil para eles à medida que avançarmos, entende? — Ele sorri para mim. — Você se saiu bem, *cariad*. Para uma iniciante.

Estou satisfeita demais com o fato de ele ter usado em público aquela expressão carinhosa para me importar com a crítica implícita.

Cai me manda acompanhá-lo lá para dentro. O interior da construção, felizmente, está fresco, pois as paredes de pedras espessas mantêm o calor do verão do lado de fora. Sigo Cai, subindo uma escada caracol até um quarto de teto baixo. Há uma cama envergada e um lavatório com um jarro e uma bacia.

— Isto é para você — diz ele. — Não vou deixar o rebanho sozinho na primeira noite. Com a brisa na direção certa, esses animais ainda estão perto o bastante para sentir o cheiro de casa. Eles podem resolver voltar, sabe? Vou acampar lá fora com eles nesta noite. — Cai se arrasta até a porta, um pouco hesitante. Está esperando que eu proteste?, me pergunto. — Teremos um jantar lá embaixo quando você estiver pronta — diz ele, que, então, desaparece. Aquilo me faz lembrar da nossa noite de núpcias e de mais um quarto solitário, em outro Recanto dos Condutores de Rebanhos solitário. Enquanto alivio meus pés doloridos tirando as botas, dou-me conta de que meu cansaço não se deve inteiramente aos desgastes físicos do dia. Aproveito o lavatório. É divino sentir a água fresca na pele. Enxáguo minha blusa e a penduro por fora da janela para secar antes de vestir a outra. Não devo ter a oportunidade de tais confortos todos os dias, então, é melhor aproveitá-los ao máximo quando os encontro.

Mais tarde, depois de um jantar saboroso com os outros condutores de rebanhos, me retiro para meu quarto mais uma vez para me deitar. A cama parece ainda mais confortável do que eu poderia prever e imagino que vá adormecer em poucos minutos. Meu corpo, porém, está desgastado, e minha mente e meu espírito, inquietos. Não me parece certo estar ali, longe dos pôneis. Longe do meu marido. Quero ir lá para fora, levar meu cobertor e pô-lo sobre o chão perto dele para que possamos dormir lado a lado, ouvindo a mastigação ritmada dos cavalinhos enquanto eles aparam a grama, mas não consigo. Fazer isso pareceria... avançar de alguma maneira. Sei que é ridículo e ainda não tenho ideia de como mudar a situação. Agora meu colchão se tornou rochoso como um leito de rio. Me viro de um lado para o outro, mas não consigo mais encontrar conforto. Por fim, concluo que não vou descansar se não tomar um pouco de ar. Ponho o casaco sobre os ombros, desço as escadas com os pés descalços e silenciosos e, sem ser vista, passo pela porta dos fundos.

Lá fora, a noite está perfeita. Não há nuvens, e as estrelas brilham como centelhas da fogueira do acampamento de Deus, reluzindo e se apagando como costumam fazer. O ar está abafado e repleto de aromas da noite: os corpos pulsantes dos animais, a fumaça da fogueira se esvaindo, o tabaco usado nas cabeças de cachimbo feitos de barro ainda quentes, as folhas espetadas e fragrantes dos pinheiros. A noite é tão silenciosa que sons minúsculos são ouvidos. Percebo não só o piar de uma coruja solitária como também o bater de suas aves plumosas enquanto ela dá um rasante, vinda de um galho mais alto. Sigo até os pôneis e caminho entre eles. Como sempre, se sentem à vontade na minha presença. Me consideram uma amiga. É um grande consolo estar na companhia de criaturas que descansam. O jeito como me aceitam faz com que eu me sinta tranquila comigo mesma.

Vejo Cai dormindo sob a árvore mais perto do muro da fronteira. Ele está com a cabeça apoiada na sela e um cobertor grosseiro sobre o corpo. O chapéu deve ter começado a noite tombado para proteger seu rosto, mas caiu no chão. Cai parece tão... delicado em repouso e abriga os cuidados da vida com suavidade nos traços adormecidos. Chego mais perto, atraída por ele, desejando poder me deitar ao seu lado e me aconchegar em suas costas, para que nós dois sejamos embalados pelos sons silenciosos da noite até dormir.

Uma frieza repentina me faz dar um pulo. Me viro e descubro que Angel veio ficar de pé atrás de mim. Ele não está pastando nem cochilando e sim olhando para mim, e sei que me vê de um jeito diferente daquele dos outros cavalos e pôneis. Angel é a montaria preferida de Isolda, afinal. Eu não deveria me surpreender por haver algo dela nele; uma fração de sua presença até. Uma sombra se move ao seu lado, uma escuridão que não é criada pelo bloqueio da luz que a lua emite nesta noite. A sombra se move, assume uma forma e emerge. Isolda!

— Você não devia ficar tão chocada ao me ver, Morgana — diz ela, num sussurro sibilante, como uma cobra deve fazer para paralisar a presa. — Acreditou mesmo que eu deixaria vocês dois viajarem juntos sem mim? Já falei: quando essa condução de rebanhos terminar, Cai vai querer se livrar de você. Você não será mais bem-vinda em Tregaron nem na Ffynnon Las.

Luto para manter a mente vazia. Não vou deixar essa mulher violar meus pensamentos. Confesso que estou impressionada com a distância por que ela é capaz de viajar através da magia. Nunca estaremos além de seu alcance?

— Não, Morgana, você não pode pisar além dos limites dos meus poderes. — Isolda sorri enquanto fala e aquele é um sorriso tão horripilante e assustador quanto qualquer um que já testemunhei. Ela se afasta, fazendo festa para seu cavalo, e pisa mais perto de Cai. Temo por ele e me apresso para me pôr entre os dois. Ela dá uma gargalhada forçada. — Sua disposição para entrar no caminho do perigo e proteger esse homem é comovente. Comovente e tola. Acha que existe alguma coisa que você poderia fazer se eu escolher voltar minha força contra ele? Você pode ser uma feiticeira, mas mal controla suas habilidades. Não sabe o bastante para dominá-las. Ora, você passou a vida inteira negando ser o que é, aparentemente até para si mesma.

Ponho as mãos na cintura, plantando os pés com firmeza no chão. Isolda que esbraveje e provoque. Não me intimidarei com suas ameaças. Talvez ela tenha razão; talvez eu seja inútil contra ela. Mas vou me defender.

— Como essa sua mente imatura delira, Morgana. Você não precisa se dar ao trabalho de tentar entender o que não é capaz de entender. Você levou uma vida simples. Vê as coisas de um jeito simples. O que você pode saber de mim e da minha raça? — Isolda passa por mim e sei que não há nada que eu possa fazer para detê-la. Ela se curva sobre Cai, olhando para ele ali embaixo. Quero arrastá-la dali, lhe dar uma patada, pegar um galho forte e usá-lo para bater nela. Mas só seu fantasma está diante de mim. Como posso fazer alguma coisa para atingi-lo? Uma dor aperta meu coração quando a vejo beijar a testa do meu marido. Ele murmura, dormindo, mas não acorda.

Isolda olha para mim com a cabeça tombada para o lado e as sobrance-lhas erguidas.

— Quase tenho pena de você — diz. — Acho que você não tem culpa da situação em que se encontra. Ainda assim, você escolheu ficar. Minha paciência está chegando ao fim, bruxinha. Se você não for embora por conta própria, vou me livrar de você do jeito que for preciso.

O som das palavras ainda paira no ar, mas sua silhueta já desapareceu. Angel volta a pastar. Em algum lugar, uma raposa uiva. Do outro lado do muro vem o ronronar do ronco de Dai Fornalha. Isolda se foi e é como se ela nunca tivesse aparecido ali, a não ser pelo pavor que deixou dentro de mim.

12.

Cai abre os olhos e vê um glorioso amanhecer surgindo sobre os faróis de Brecon ao longe. O céu está alaranjado como se a montanha estivesse em chamas com traços de escarlate se esvaindo, dando lugar ao amarelo da luz de velas ao atingir o auge. Calhandras gorjeiam e batem as asas. Uma família de corvos une seus argumentos estridentes aos sons mais doces de chapins do pântano e pintarroxos. Ele permanece imóvel por um instante, deixando o céu e o canto dos pássaros o fazerem retomar os sentidos aos poucos. Não se lembra de ter sonhado, apenas da sensação de que sua noite foi perturbada de algum jeito. Se por lembranças ou algo externo a si mesmo, ele não tem certeza. Procura a familiar dor da solidão dentro de si, mas, estranhamente, não a encontra. Se dá conta de uma mudança em si mesmo, uma transformação significativa no que o move. Durante muito tempo, seu despertar era tomado pela saudade de Catrin, e seus braços doíam de tanto querer abraçá-la mais uma vez. Aos poucos, esse pesar se misturou à solidão, se transformando em uma dor monótona e vazia, um forte desejo de que alguém o completasse de novo. Agora, esses desejos tão vagos se tornaram muito específicos. Agora é Morgana quem ele deseja, é por Morgana que seus braços doem, Morgana é o nome em seus lábios quando ele acorda perturbado e cheio de desejo nas horas quentes e lentas da noite.

Cai se senta, mexendo os ombros rígidos na tentativa de alongá-los. O chão da montanha é uma cama dura, e ele já está ciente das dores e dos desconfortos que só aumentarão nas semanas que estão por vir. Se levantando, ele tira a poeira da roupa e põe o chapéu. Não haverá o luxo de um banho hoje. Cai pensa em Morgana em seu quarto fresco e tranquilo e a imagina, por um momento vívido, diante do lavatório, derramando água sobre seu corpo esbelto. Se sente envergonhado por tal pensamento e então, no mesmo instante, perturbado. Ela é sua mulher, afinal. Como se ele a tivesse invocado, se depara com ela à sua frente, apesar de não ter ouvido seus passos. Bracken acorda para saudá-la também, abanando o rabo e fungando aos seus pés.

— Ah. Bom dia, Morgana. Você dormiu bem?

Ela faz um gesto indicando que não.

— Bem, uma cama diferente... talvez você tivesse preferido a canção de ninar das raposas e das corujas daqui de fora. — Ele diz isso como uma piada, mas, ao ver o rosto de Morgana, se dá conta de que é claro que ela preferiria ficar ao ar livre. Quando foi que a viu escolher ficar do lado de dentro? Ele balança a cabeça diante da própria falta de visão, se xingando em silêncio por ter perdido a oportunidade de passar a noite com ela, apesar de em público. Apesar da cama tão dura.

Demora muito mais do que deveria para juntar os animais e para os condutores de rebanho e os seguidores se reunirem. Cai fica irritado com o quanto todos são lentos e desorganizados. Até Bracken está de mau humor e se mete numa briguinha com um dos collies de Watson, tirando-lhe sangue da orelha.

Cai sabe que não podem passar as manhãs desse jeito, nessa confusão toda. Decide que precisa garantir que comecem mais cedo amanhã. E então se lembra de que amanhã deveria ser um dia de descanso. É cedo na jornada para decretar uma parada temporária e ele sabe que fazer isso deixará alguns de sobrancelhas arqueadas. Cai está determinado a manter seu argumento — os animais não estão acostumados a viajar, dirá ele, vamos lhes dar um dia para se recuperar do desgaste que sofreram para subir as montanhas. É melhor mantê-los em boas condições do que se apressar. É uma lógica não muito convincente e ele sabe disso, mas valerá a pena. Todos acamparão por mais um dia e uma noite nos arredores de Crickhowell para Morgana visitar a mãe e passar um tempo com ela. Ele prometeu isso à mulher e manterá a palavra. Sabe o quanto isso significará para ela.

Tendo escalado Epynt no dia anterior, a jornada para Brecon é relativamente fácil. O gradiente da descida de um modo geral ajuda os animais a superar a resistência para pôr as pernas doloridas em ação. Em Brecon, passam pelo Recanto dos Condutores de Rebanhos onde Cai e Morgana dormiram na noite de núpcias. Cai fica chocado ao se dar conta de quantas noites já se passaram desde que ele não levou Morgana para a cama. De repente, se sente um tolo e lento, como um adolescente com a língua presa. Agora os dois estão na condução de rebanhos e Cai sabe que a oportunidade de fazer qualquer coisa para atravessar a distância que resta entre ele e sua mulher pode não surgir em semanas. Ele se mexe na sela, procurando-a em meio à massa que se movimenta atrás dele. A rua larga da cidadezinha se estreita depois da ponte para cruzar o rio Usk e Cai consegue avistá-la apressando Prince entre as éguas e ovelhas, empurrando-as para que acompanhem o gado. Ela parece tão à vontade sobre o cavalinho — totalmente confiante, e os sinais que dá para a montaria são quase imperceptíveis aos espectadores. O pônei lhe serve bem. Cai se entristece ao pensar que o animal terá que ser vendido quando chegarem a Londres. A separação será difícil para Morgana.

Os moradores saíram para observar a procissão. Crianças correm ao lado de Angel, admirando o belo cavalo, venerando um pouco o *porthmon* que cavalga à frente da condução de rebanhos, com a aba do chapéu protegendo os olhos e seus chamados curiosos invocando os rebanhos atrás dele. As feras começam a mugir à medida que as construções se tornam altas e o número de espectadores ao redor aumenta. Um dos potros mais jovens entra em pânico e sai disparado descendo uma rua lateral, deixando a mãe relinchando, frenética. Cai vê Morgana e Prince voarem atrás dele, acabando com aquilo antes que o potro se perca ou machuque, guiando-o com delicadeza de volta para o rebanho. As ovelhas de Watson fazem mais barulho, berrando como um coro discordante, uma algazarra absurda e dissonante que serve apenas para desgastar os nervos e cansar a voz daqueles que precisam controlá-las. Os dois cães pastores trabalham depressa, um se agitando o suficiente para mordiscar o focinho de uma ovelha lenta, fazendo-a sangrar. Watson xinga com um rio de palavrões o cão, que se afasta e se encolhe na extremidade mais distante do rebanho, com o rabo abaixado. O calor do dia e a agitação das feras provocam um fedor intenso que parece preceder e seguir a procissão. É de algum alívio para todos quando finalmente deixam a cidadezinha e se forçam adiante, em direção à passagem elevada no vilarejo de Bwlch. Depois de mais algumas horas de labuta, chegam ao topo. Cai faz sinal para Morgana, que passa à frente, apressada, para se juntar a ele.

— Veja. — Ele aponta para o amplo vale abaixo. — Você está quase em casa. — Logo que diz isso, deseja não ter pronunciado aquela palavra. Não quer que ela pense em nenhum lugar que não seja a Ffynnon Las como sua casa agora. Mas quando seu rosto claro se ilumina de empolgação ao ver o vilarejo onde ela nasceu e foi criada, Cai se sente apenas satisfeito por ter sido capaz de lhe dar essa pequena alegria. É enquanto passam pela descida íngreme de Bwlch que ele nota uma irregularidade nos passos de Prince.

— Traga-o aqui — diz Cai a Morgana. — Me deixe ver o que o incomoda.

Os dois apeiam e ele ergue a pata traseira do pônei, limpando-a delicadamente com o canivete.

— Ah, uma pedra agarrou aqui. Pronto. — Cai tira o pedaço pontudo de arenito e passa o polegar na sola.

Prince abaixa as orelhas, mexe o rabo como um chicote e tenta puxar o casco de volta. Cai balança a cabeça.

— Prince machucou a pata — diz. — Você terá que puxá-lo, Morgana. É bom termos amanhã para descansar. — Ao ver sua preocupação, ele acrescenta: — Não se preocupe. Dai vai dar uma olhada nisso. Ele pode usar uma ferradura especial se for preciso, está bem?

Morgana assente com a cabeça, acariciando o pescoço de Prince, atenciosa, antes de olhar na direção de Cwmdu. Cai põe a mão no braço dela. — Vou levar você para a casa da sua mãe em Angel. Ele é forte o bastante para aguentar um pouco mais de trabalho.

Ela sorri, agradecendo, e ainda conseguindo lançar um olhar bravo para o cavalo de Isolda. Cai se admira ao ver que a aversão que ela sente pela mulher se estende até o cavalo.

Quando os animais estão instalados com segurança nos cercados bem à esquerda da barreira de pedágio em Crickhowell, o sol baixa em direção ao horizonte. Cai ficaria feliz em guiar Angel para dentro do rio mais próximo e nadar um pouco antes de partir para a hospedaria e se sentar com uma cerveja ou duas, mas Morgana tem outras ideias. Como Prince foi posto para pastar, ela para com firmeza ao lado de Angel, deixando suas intenções claras.

— Então venha. — Cai estende a mão para ela. — Vamos fazer uma surpresa para a sua mãe.

Morgana agarra o punho de Cai, põe um dos pés na bota dele e dá um impulso para cima, para se sentar na garupa. Cai não consegue esconder um sorriso ao pensar no quanto ela foi sensata ao desenhar uma roupa que lhe permita mobilidade e ao mesmo não expõe seu corpo. Ou quase isso. Ele chama Dai e lhe diz para ficar de olho nos rebanhos em sua ausência, grita um comando para Bracken ficar para trás e os dois partem num ritmo agradável ao longo da estreita estrada do vale que leva a Cwmdu. Morgana se senta com leveza e seu equilíbrio natural faz dela uma passageira fácil de ser carregada. Pode ser a imaginação de Cai, mas ele acredita que ela se segura em sua cintura com um pouco mais de força do que é realmente necessário. Ele aprecia estar tão perto dela e gostaria de poder levá-la para um lugar qualquer à sombra, isolado, em vez de entregá-la à mãe. Cedo demais para ele, a pequena fileira de casas de pedra está à vista. Mal chegaram ao portão do jardim quando Morgana desliza da garupa de Angel e corre para a porta da frente. Fica perplexa ao encontrá-la trancada. Bate com força, mas ninguém atende. Espia pela janela. Agora Cai nota que o minúsculo jardim da frente está mais abandonado do que ele se lembra de ter visto. Um sentimento frio, um mau presságio, se instala nele, dispersando o calor do dia, percorrendo os ossos em silêncio. Morgana se vira para Cai e ele vê um medo real em seus olhos.

A porta do casebre ao lado está aberta e uma idosa caminha sob o sol. Cai a reconhece como a Sra. Roberts, que foi uma das testemunhas em seu casamento.

— Morgana, *cariad*? É você? — Sua voz está fraca, falhando não só pela idade, mas pela ansiedade também. Cai tem certeza disso.

Morgana corre até a vizinha, pegando em suas mãos, procurando uma resposta em seu rosto.

— Ah, *cariad*. Minha pobre *cariad*. — A idosa está prestes a chorar. Morgana a encara, boquiaberta. O momento é tomado de horror diante da história que está para ser contada. — Ela estava tão doente, a sua mãe — diz a Sra. Roberts. — Achamos que ela devia mandar alguém buscar você. Bryn Talsarn se ofereceu para fazer isso, se ofereceu, sim, mas ela não lhe deu ouvidos. Nem mesmo enquanto estava partindo...

Morgana larga a mão da idosa e dá um passo para trás, balançando a cabeça.

— Sua mãe não queria tirar você do seu marido, da sua vida nova. Ela me disse, *cariad*, ela me disse que queria o melhor para você. Não queria ser um fardo, sabe? Ela já sabia que não estava bem havia muitos meses. Sabia que a hora dela tinha chegado. Disse que não restava nada a ser feito. Que não fazia sentido vocês duas sofrerem... Ah, *cariad*, não fique tão triste. Eu fiquei com ela, sabe? Sua mãe não estava sozinha no fim...

Morgana corre para a porta, puxando a maçaneta, batendo na madeira com força o bastante para quebrar as mãos. Cai pula da sela, enrolando as rédeas de Angel no mastro do portão.

— Morgana, pare... — Ele corre até ela, pondo as mãos em seus ombros, mas ela o afasta, com uma expressão selvagem, desesperada, recusando-se a aceitar a verdade que ouve.

A Sra. Roberts se apoia na cerca baixa do jardim.

— Plantei flores para a sua mãe, Morgana. Não vou deixá-la sem assistência — diz ela.

Morgana recua, encarando a vizinha como se esta fosse louca. Cai estende a mão para sua mulher, mas ela se vira e corre para a capela.

— Morgana... espere! — Ela foge antes que Cai consiga detê-la. Ele pega as rédeas de Angel mais uma vez. O cavalo está agitado por causa da confusão e não quer se deixar montar.

A Sra. Roberts se esforça para chegar até o portão.

— Mair não quis nem nos deixar buscar Morgana para o enterro. "Deixem minha filha", dizia ela. "Deixem minha filha na nova vida dela". Estava determinada.

A idosa hesita diante do olhar de Cai, pois ele está se lembrando do *toili*, o enterro fantasma que testemunhou, da visão que o velho lhe disse ser o presságio da morte de alguém próximo. Então não era Morgana e sim Mair!

— Quando foi que ela morreu? — pergunta Cai.

— Fez uma semana na terça-feira passada.

Apenas dois dias depois de ele testemunhar o caixão espectral sendo carregado para o túmulo fantasma. Cai se arrepia enquanto puxa Angel, inquieto, descendo a rua, apressado.

Encontra Morgana debruçada sobre um novo túmulo. Este é marcado por um pequeno canteiro de amores-perfeitos e uma cruz de madeira simples. A terra se mostra marrom entre os inadequados blocos de grama. O corpo inteiro de Morgana treme, quase convulsiona, com soluços silenciosos. Ela bate na terra, a arranha e enfia as mãos no solo seco, puxando a superfície arenosa como se fosse desenterrar a mãe e envolver seu corpo nos braços. Cai hesita. Não suporta ver sua querida mulher com tanta dor, mas, ainda assim, mesmo depois de todas essas semanas, muito embora uma intimidade tenha surgido entre os dois, ele não sabe como ela vai reagir à sua atenção e a seus cuidados. Com cautela, ele se ajoelha ao seu lado.

— Morgana, *cariad*. Não... Morgana, eu lamento tanto. Por favor, pare... — Ele segura a mão dela. Ela o empurra e então começa a bater nele, furiosa, desesperada, com a boca aberta num grito de angústia silencioso e o rosto inundado de lágrimas. — Ah, Morgana — diz ele, com os próprios olhos embaçados. Ela se debate, balançando a cabeça, com o chapéu no chão, o cabelo se soltando e pendendo, selvagem, sobre os ombros, os olhos sem foco. Cai se pergunta se é verdade que alguém pode enlouquecer de tanto pesar. Lembra-se nitidamente do quanto chegou perto da insanidade depois de perder Catrin. Parte seu coração ver Morgana sofrendo tanto e não poder fazer nada para ajudar. Então, Cai a deixa bater nele. Deixa que ela se rebele e destrua e se jogue até se sentir desgastada e exausta. Então, a envolve em seus braços e a embala para a frente e para trás, para a frente e para trás, murmurando-lhe o nome junto de seu cabelo emaranhado. Aos poucos, os soluços vão diminuindo e os dois permanecem onde estão, sobre o lamentável monte de terra, agarrando-se um ao outro até a luz do dia ir embora e a escuridão da noite, mais apropriada, os envolver.

Quando acordo, estou numa cama estranha, num quarto desconhecido. Eu me sento, buscando ar como se estivesse me afogando, arrancando as cobertas do meu corpo acalorado. O brilho suave da luz da lua pela janela aberta ilumina um pouco o cômodo e, devagar, meus olhos se ajustam, reconhecendo as formas. Uma cama simples, em que estou deitada, sozinha. Uma mesa e um banco feitos de modo grosseiro. Um tapete gasto sobre as tábuas do chão. No canto, uma poltrona baixa, e, nela, Cai, dormindo, com o peito crescendo e diminuindo devagar, num ritmo reconfortante. Agora me lembro dos acontecimentos que me trouxeram para cá desacordada, e a dor me tira o fôlego com a mesma intensidade que se eu tivesse levado um coice de um cavalo de puxar carroça. Mamãe. Morta. Se foi. Para sempre. Exatamente como Papai. Num dia, viva, respirando, quente. No outro, um cadáver frio. Pelo menos desta vez tenho um túmulo para visitar. Por que ela não mandou me buscar?

Por quê? Será que acreditava mesmo que me pouparia sofrimento permitindo que eu soubesse de sua morte desta maneira? Será que ela não pensou que eu iria querer ficar ao seu lado, confortá-la, abraçá-la uma última vez? Parece que ela nem me queria em seu enterro — e que evento lamentável este deve ter sido. Havia mais algum enlutado a não ser a velha Sra. Roberts? É claro que eu sabia que minha mãe estava doente. E sua doença foi a razão pela qual ela concordou em me dar para um estranho. Ela estava pensando em mim, no que era melhor para mim. Para meu futuro. Sempre imaginei, porém, que ela me chamaria de volta... quando se aproximasse do fim. Que minha mãe iria me querer com ela.

Não consigo me lembrar de como cheguei aqui. A última lembrança que tenho de ontem foi a de chorar enquanto Cai me abraçava. Chorar até não restarem mais lágrimas em mim, quando perdi os sentidos em seus braços. Ele deve ter me trazido para cá. Tirado minhas botas e minha saia pesada e me deitado nesta cama. Ele, pelo menos, não me abandonou. Dorme a apenas alguns passos de distância, meu guardião. Ele é tudo o que me resta.

Há um zunido persistente dentro da minha cabeça. Normalmente, eu me deixaria sucumbir a ele, abandonar meu corpo dormindo pesado e viajar para outro lugar. Um lugar livre e aberto. Mas não tenho estômago para fazer isso nesta noite. Pois para onde iria? Eu poderia pôr os pés em um único lugar da minha infância por aqui e não pensar na Mamãe? Eu não esperaria vê-la fazendo a curva no topo da nossa rua na volta da ordenha? Ou saindo de casa com uma cesta de queijos para a feira? Ou me chamando na mata atrás da casa? Ou encontrá-la sentada na cadeira de balanço ao lado da lareira? Ela, porém, não vai estar lá. Não mais. Nunca mais. Eu a perdi, como perdi Papai. Procurei meu pai durante tantos anos, viajando através da magia por montanhas e prados, visitando hospedarias em minha forma fantasmagórica, numa missão incansável de achá-lo em qualquer que fosse o disfarce que ele tivesse escolhido usar. Acontece que ele não está mais nesta Terra. Eu me convenci disso há muito tempo. Será que Mamãe vai encontrá-lo agora?, me pergunto. Há algum consolo em acreditar que sim.

Um trovão ao longe me distrai por um momento de meus pensamentos repletos de mágoa. Afasto outra lembrança difícil. Me levantando da cama, paro perto da janela. Estamos numa hospedaria suja e desarrumada ao lado dos cercados e daqui dá para ver os rebanhos descansando em paz. Amanhã eu passaria o dia com minha mãe. Um dia de reunião e alegria. Em vez disso, vou me sentir perdida. Será que Cai mudará de ideia sobre permanecer aqui e nos mandará seguir adiante? Se a pata de Prince já estiver recuperada, espero que ele decida fazer isso, pois para que continuar aqui agora? Como posso esconder meu pesar se estou cercada de sussurros do passado e vejo apenas uma ausência onde deveria haver a única pessoa neste mundo que me amava. Não. Isso não é bem verdade. Me virando da janela, chegando para o lado para permitir que a luz da lua entre no quarto, contemplo a figura forte e acolhedora do meu marido. Que confusão de emoções se retorce dentro de mim! Mesmo sendo tomada por uma onda de perda e tristeza, não posso negar que a percepção de que ainda sou amada, desejada, cuidada, me anima. Vou me mostrar digna de tê-lo. Vou me dedicar ao trabalho que temos pela frente e deixar meu luto de lado. Haverá tempo de sobra para revisitá-lo mais tarde.

Uma manhã cinzenta nos saúda quando deixamos a hospedaria, com um céu tão pesado quanto meu coração. Cai se sensibiliza com meu estado e não me sujeita a conversas inúteis. Examinamos o casco de Prince e fico aliviada ao encontrá-lo são. Cai reúne a companhia e informa que não teremos o dia de descanso, como planejado. A notícia é recebida com uma pequena resistência, mas ninguém é capaz de levantar nenhuma objeção sensata e passamos a nos dedicar a nossos afazeres e preparar os rebanhos para partir.

Enquanto cuido de Prince, Edwyn Nails se aproxima de mim. Ele arrasta os pés, tirando o chapéu gasto antes de conseguir encontrar as palavras.

— Lamento saber da sua perda, Sra. Jenkins — diz. — Deve ser horrível descobrir que sua mãe faleceu desse jeito... Os meus pais já morreram — conta, de repente.

Paro o que estou fazendo e me viro para ele. Uma revelação dessas, tão pessoal, requer toda a minha atenção.

— Ah, não foi de repente, sabe? — continua ele. — Não como... Bem, minha mãe morreu de escarlatina quando eu tinha sete anos. Pegou de nós. É raro um adulto morrer assim, foi o que o médico disse, mas aconteceu. Meu pai, bom, ele tinha o peito fraco. Viu muitos invernos pesados... — Ele para de esticar o chapéu e de deformá-lo e me fita os olhos com firmeza. — Sei que não é a mesma coisa, não é a mesma coisa que aconteceu com a senhora, mas... Bem, eu queria que a senhora soubesse que entendo. Como se sente. Como é não ter os pais, Sra. Jenkins. Morgana... posso lhe chamar assim? Morgana?

Como eu poderia negar algo tão pequeno quando ele se deu ao trabalho de vir me ajudar a carregar o fardo do luto? Assinto com a cabeça e ele relaxa as mãos que apertavam o chapéu um pouco mais, antes de pô-lo de volta na cabeça.

— Muito bom. Bem, é melhor eu voltar ao trabalho — diz Edwyn. Ele faz uma pausa na qual apenas me olhou por um longo minuto. Não é um olhar totalmente apropriado para a ocasião e há algo no jeito como ele me olha, tão audacioso, tão atento, que me tira o sossego. E então ele se vai, perdido em meio à multidão de gados e pessoas enquanto a condução de rebanhos é convocada de novo. Só então noto que Cai andava observando nossa interação.

Quando seguimos rumo ao leste mais uma vez, é na companhia de uma garoa contínua. Paramos pelo que parece uma eternidade enquanto Cai paga o pedágio pela condução de rebanhos. Agora entendo por que ele quer evitar as barreiras de pedágio sempre que for possível, pois as taxas são tão caras que podem arruinar alguém. Dizem que, se nada for feito para abaixar essas taxas, muitos dos mais pobres não serão capazes de pagá-las, de viajar ou negociar, e muitos conhecerão a fome e a verdadeira pobreza nesse inverno.

O ritmo é lento e o clima da condução de rebanhos é sombrio sem o sol para nos animar. Já eram os lenços de cabeça e pescoço, substituídos por chapéus resistentes e casacos impermeáveis que dão aos condutores de rebanhos a aparência distinta. Insisti para que me dessem um casaco exatamente como esse e estou satisfeita com isso agora. É um peso e sinto Prince ajustar o passo para acomodar o material. Pelo menos, o casaco também protege seu dorso da chuva. Uma chuva que, antes de sairmos do campo de visão de Abergavenny, se tornou forte o bastante para encobrir o barulho dos cascos e mugidos e berros, de modo que logo passamos apenas para a sinfonia da água. Água caindo sobre nós. Água caindo sobre a estrada. Água caindo sobre a lona da carroça de Dai. Água caindo sobre os animais. Água jorrando em valas ao nosso lado, inchando riachos e rios ao longo do caminho. Penso nas gotas de chuva como lágrimas por minha mãe e tento imaginar a tristeza que sinto sendo levada de mim a cada quilômetro que passa. A esperança, porém, é em vão, pois agora, dentro de mim, há um sofrimento frio que devo levar comigo aonde quer que vá. Não consigo imaginar, nesse momento, que chegará um dia em que estarei livre disso.

13.

Mesmo enquanto deixamos o País de Gales e cruzamos a fronteira com a Inglaterra, a chuva nos acompanha. Me lembro de ter partido com uma empolgação tão grande diante da perspectiva de sair do único país que conheci a vida toda, mas, quando esse momento chega, tem suas cores levadas pela luz cinzenta do clima e pela forma como meu coração se encolhe dentro de mim, como que se escondendo de outros golpes. Cai vê meu sofrimento. Sei que vê. Eu deveria permitir que ele me confortasse, mas como posso me arriscar a me expor a mais dor? Todos com quem já me importei um dia foram tirados de mim. Sou uma azarada, então? Será que me importar com Cai, me permitir sentir por ele o que havia começado a acreditar que poderia sentir, o poria em perigo de alguma maneira? Talvez, no fim das contas, ele estivesse melhor com uma das terríveis filhas dos Cadwaladr. Talvez ele tivesse razão quando disse que estou cercada de calamidades. Pois eu também não trouxe a ira de Isolda para vida dele? Se ele nunca tivesse me conhecido, nunca tivesse me escolhido, poderia tê-la aceitado como esposa, e então ela não teria necessidade alguma de lhe fazer mal. Mas não, essa ideia é impensável, porque aí ela teria acesso ao poço e ao *Grimório*. Não posso permitir isso. Logo que voltarmos, terei que arranjar um jeito de explicar tudo para a Sra. Jones. Vou precisar da ajuda dela se não quiser se derrotada.

Estou entorpecida demais para apreciar a beleza da paisagem ou a curiosa construção das casas ou a novidade de ouvir uma língua desconhecida sendo falada ao nosso redor. Cai fala inglês bem o bastante, como tem que ser, mas alguns de nós também são tão capazes. Ouvi Meredith murmurar algumas palavras objetivas quando foi preciso, e Sara Cuspidora conversa com uma fluência surpreendente, um talento, sem dúvida, adquirido em ao longo de suas várias conduções de rebanhos. Os demais se contentam em ficar calados. Só no fim da segunda semana é que o céu clareia. Watson meio que se considera capaz de prever o tempo e alerta que isso não passa de um interlúdio e que ainda mais chuva virá em breve. Mais um motivo para aproveitarmos o calor. Cai determina um dia de descanso para que todos nós possamos secar as roupas e, de fato, os ossos encharcados.

Encontramos um bom pasto para os animais e os acomodamos em dois cercados generosos. Tem até um celeiro espaçoso onde o fazendeiro está preparado para deixar todos dormirem. Fica decidido que, durante o dia seguinte, Dai e Edwyn cuidarão dos pés do gado e dos pôneis que precisarem. Há um padoque gramado que leva a um rio largo atrás do celeiro. Depois de um pouco de atividade, uma fogueira logo é acesa e uma panela de cozido começa a borbulhar, com várias peças de roupa penduradas no sol baixo ou soltando vapor o mais perto das chamas que se pode considerar prudente. Todos comem juntos, aproveitando ao máximo os ingredientes extras comprados no mercado nessa tarde, quando passamos por uma cidadezinha de casas com tijolos vermelhos. O ânimo é elevado pela luz do sol e pela perspectiva de algumas horas para descansar, então, o clima no acampamento é amigável. Se eu não estivesse alimentando meu luto gélido, haveria muito o que apreciar.

Dai se acomoda apoiado num muro baixo, suspirando, e pega o cachimbo de barro.

— Muito bem, Sra. Ffynnon Las — diz ele. — Esses seus pôneis estão vendendo saúde. O Sr. Ffynnon Las vai ficar satisfeito com o seu trabalho. — Ele dá uma gargalhada, um resfôlego alto de alegria. — A senhora deve encontrar um ou dois xelins a mais no seu pagamento, sabe?

Meredith toma uma gole de cerveja e dá um arroto agudo.

— Houve um tempo em que não víamos uma mulher numa condução de rebanhos — diz ele.

Dai aponta com o cachimbo para a própria mulher e Sara Cuspidora.

— É? E o que são elas, Meredith, meu camarada? Fadas, não é?

As fadas riem disso, ainda mais Sara, que acha o comentário tão divertido que cospe fora sua massa de tabaco bem gasta e celebra o momento com um novo pedaço. Edwyn faz uma careta e depois sorri para mim.

— Você sabe o que quero dizer — fala Meredith. — Alguns costumavam acreditar que dá azar deixar uma mulher trabalhar com os rebanhos. — Ele faz uma pausa para tomar mais cerveja da caneca. — Alguns ainda acreditam.

— Então você me diz quem é o homem capaz de se sair melhor em manter os pôneis sob controle do que a adorável Sra. Jenkins aqui — desafia Dai. Como não recebe nenhuma resposta, emite um grunhido animado. — Está vendo?

— Belos feitos são mais importantes do que uma bela aparência — acrescenta Sara Cuspidora, deixando todos um tanto intrigados. Cai, que conversava com o proprietário da fazenda, reaparece. Vem se sentar ao meu lado. Meredith resmunga com sua cerveja. Edwyn suspira e para de me olhar agora.

— Vamos cantar! — diz Dai. — Vamos, Watson, comece uma canção.

— Ah, não sei... — Watson dá uma demonstração de relutância nada convincente antes de ser persuadido por todos a cantar. Ele se levanta e limpa a garganta, dramático. Passamos alguns segundos em silêncio e então ele começa num tom de tenor claro e gracioso para fazer uma interpretação sutil de *Calon Lan!* As palavras despertam seu encanto, fazendo com que todos fiquem quietos, embalados pela música, e sejam levados pela emoção.

> *Nid wy'n gofyn bywyd moethus*
> *Aur y byd na'i berlau mân*
> *Gofyn rwyf am calon hapus*
> *Calon onest, calon lân*
>
> *Não peço vida fácil e riqueza*
> *Nem joias da terra quero*
> *Mas o que mais desejo com certeza*
> *é um coração puro e sincero.*

Por fim, os outros homens não conseguem se segurar. Edwyn se junta ao coro, dando um segundo tenor razoável enquanto Dai e Meredith se mostram belos barítono e baixo, respectivamente. Eles cantam juntos, com entrosamento e harmonia, encontrando os tons como se tivessem nascido para uma música tão doce — e, é claro, nasceram mesmo.

Cai dá um sorrisinho para mim e se aproxima da minha orelha para me dizer, em voz baixa:

— Isso é *hiraeth*, Morgana. A saudade de casa que todo galês sente quando está longe. Eles não conseguem evitar. — De fato, apenas poucos segundos depois, ele se entrega à própria saudade e se junta à canção, acrescentando um suave barítono, atingindo notas perfeitas e melódicas.

Quando chegam ao fim, há um silêncio repleto de lembranças de casa. Sara, incapaz de suportar ver tanta melancolia baixando na noite, bate palmas abruptamente e começa uma canção indecente e engraçada por conta própria que logo me faz corar e todos os outros darem gritos animados. Até Bracken se junta ao coro com um uivo dissonante. Eu só queria ainda ter coração para sentir tanta alegria.

Depois do jantar, Cai nos deixa para checar o gado, levando junto o corgi cansado. Dou uma fugida, seguindo o fluxo da água que desce pelo rio até encontrar um lugar reservado. A margem é gramada e inclina um pouco numa curva que forma uma piscina natural. A ideia de lavar a poeira da viagem é reconfortante. As pastagens daqui são pequenas e um pouco inclinadas, com muitos pequenos bosques, então, não há vistas, mas trechos de gramados tranquilos. O lugar que escolhi é maravilhoso e reservado, com aveleiras e salgueiros fazendo sombra e escondendo pequenas extensões de água completamente. Encontro uma rocha ampla e achatada à beira d'água e logo tiro a roupa. Minha blusa, sendo uma de um par, ainda está em condições razoáveis, e minha combinação está toleravelmente limpa, já que tive algumas oportunidades de enxaguá-la. Minha saia pesada e com um rachado, porém, já não está tão boa. Ela fede a suor de cavalo e aos dejetos dos vários animais chutados para cima à medida que a cavalgada avança; está manchada de água da chuva lamacenta e toda coberta de poeira. No entanto, tem servido bem a seu propósito, e fico satisfeita com isso. Estou de pé, nua, hesitando apenas por um segundo antes de passar da pedra para a parte mais profunda da piscina. A água fria é chocante, mas maravilhosa. Na ponta dos pés, só consigo manter a cabeça acima da superfície, então, tenho apenas que me abaixar um pouco para submergir por completo. Tomo fôlego e desapareço na gloriosa paz do reino debaixo d'água, celebrando a sensação da corrente atravessando meu cabelo, acariciando minha pele, lavando a labuta e o esforço das semanas anteriores. Se ao menos a dor em meu coração pudesse ser aliviada com tanta facilidade.

Retorno à superfície, de olhos fechados, com água escorrendo pelo rosto. Mesmo sem ver nada, porém, me dou conta de outra presença naquele instante. Meus olhos se abrem depressa e sacudo as gotas do rosto, entrefechando os olhos voltados para as árvores e os arbustos às margens do rio. Consigo identificar uma silhueta. Um homem. Num primeiro momento, penso que é Cai e não fico alarmada. As águas profundas me mantêm recatada, pelo menos, e me surpreendo ao perceber que não sinto resistência alguma diante da ideia de estar nua com ele. Na verdade, é o contrário. Me choco, então, ao ver que não é meu marido que está ali me observando. É Edwyn Nails.

Por instinto, cruzo os braços. Não consigo alcançar as roupas sem sair da água. Não posso ir embora dali sem pegá-las. Estou presa. No início, acho que ele só pode ter se deparado comigo por acaso, que estivesse seguindo o rio, talvez à procura de um lugar para se banhar e tivesse ouvido barulhos na água. Ao observá-lo, porém, enquanto estudo seus olhos arregalados e a tensão em seu corpo, vejo que não é o caso. Edwyn veio me procurar e me encontrou. Aqui. Nua e sozinha. Minha ansiedade aumenta quando ele pisa na rocha onde minhas roupas estão. Ele se abaixa e pega minha fina combinação de algodão, segurando-a junto do rosto, sorrindo. O apito na colher esculpida com motivos românticos cai da peça que estava dobrada, pousando nas pedras, para o meu desespero, fora do meu alcance. Sinto o pânico crescer dentro de mim.

Uma lembrança, clara e dolorosa, vem à minha mente sem ser chamada. Uma lembrança de outro homem jovem, há alguns anos. Uma lembrança de outro lugar isolado. Outra situação em que eu estava presa. Naquela época, eu tinha apenas treze anos; era uma garota ainda se tornando mulher. Eu andara caminhando ao ar livre, passeando pelas montanhas atrás da minha casa, como costumava fazer. Cansada do calor, repousara no canto de um prado de feno em amadurecimento. O campo estava repleto de mato alto e macio e salpicado com centáureas, papoulas e ranúnculos. Deitada em meio a seus troncos frescos, eu tinha quase adormecido quando uma sombra pairou sobre mim. O sol atrás da figura que me olhava de cima tornou difícil ter certeza da identidade do meu agressor. Antes que eu tivesse a chance de me levantar, senti o peso do jovem sobre mim. Ele era tão grande, tão pesado, que me sufocou ao me prender no chão. O sol iluminou seu cabelo num halo vermelho-acobreado e, então, o reconheci. Pois havia apenas um garoto no vilarejo com o cabelo daquela cor. Um garoto que tinha sido um bruto quando pequeno e crescido para ser um adulto bruto. Será que seu ataque a mim teve origem num ressentimento pelo que eu lhe fizera na sala de aula tantos anos antes? Ou que o rapaz era meramente motivado pelo animal que havia dentro dele, querendo o que não lhe seria dado e, então, tomando em vez disso? Nunca saberei.

E ninguém mais nunca teve a oportunidade de lhe perguntar.

Edwyn tira a camisa pela cabeça. Olho ao redor, procurando uma saída, mas ainda não consigo superar minha resistência em emergir nua do rio. Ele dá uns pulinhos num pé só para arrancar as botas e então se senta para se livrar das bombachas. Mal tira os olhos de mim para fazer isso. Balanço a cabeça com firmeza, erguendo a mão num gesto que só pode significar *Não!* Ele não dá a menor importância. Em poucos segundos, está de pé sobre a rocha, nu. Desvio o olhar, me virando para caminhar pela água em direção à margem oposta. Ouço Edwyn entrar na água atrás de mim. Me movimento o mais depressa que posso, mas não consigo ser mais rápida que suas pernas compridas, nem através do rio e sobre as rochas irregulares. Ele me agarra pela cintura, me puxando para si.

— Cai chama você de "minha selvagem". Já ouvi. — Sua voz é áspera, e suas palavras, urgentes. — Acho que você precisa de um bom homem para amansá-la — diz Edwyn, tentando ao máximo me virar de frente para ele, apesar de meus esforços furiosos. — Sei que você gosta de mim — continua ele. — Já vi você olhando para mim, Morgana. Somos iguais, você e eu. — Edwyn está ofegante agora, com o esforço de me conter e o desejo cada vez maior. Sinto uma pressão crescer na cabeça. Não vou deixá-lo me violar. Não acredito que o tenha encorajado a acreditar que isso poderia ser o que quero. Na verdade, seu comportamento neste momento destoa tanto do caráter que ele tem demonstrado até então que mal o reconheço como o mesmo homem. O homem em que Cai confia. O homem conhecido na região como honesto e trabalhador, recomendado por Dai Fornalha, reconhecido por todos como alguém justo e digno de estima. Como ele pode estar tão mudado? Tão alterado que tentaria me pegar à força?

Em minhas tentativas desesperadas de me retorcer e me livrar de Edwyn, piso em falso e desequilibro nós dois. Caímos juntos e a água sedosa se fecha sobre nossas cabeças. Nas profundezas sobrenaturais e silenciosas, ele continua me puxando. Dou-lhe um chute e volto à superfície, resfolegando.

Mas ainda não estou livre dele. Sua mão áspera agarra meu punho. Edwyn está diante de mim de novo, dando um grande sorriso.

— Um belo jogo, Morgana. Se você se sente melhor fingindo que não me quer, não me importo. — Ele segura meu braço com mais força e me puxa para si. Balanço a cabeça de novo, da maneira mais clara possível. Agora sua outra mão encontra meu seio esquerdo.

Assim não vai dar. Não mesmo.

Olho fixamente para Edwyn. Ele continua sorrindo. Ainda sorri quando a água ao seu redor começa a se revolver. Leva um instante para se dar conta de que algo curioso está acontecendo. Só quando se encontra no meio de um redemoinho é que sua expressão muda. Ele começa a perder o equilíbrio, a ser sugado para baixo pela força sobrenatural do turbilhão. Grita de medo. Agora larga meu punho. Ou, mais propriamente, tenta largar meu punho, mas descobre que não consegue. Seu rosto assume a cor do pânico. Frenético, ele tenta abrir os dedos, se afastar de mim. Me olha totalmente confuso. Ao ver o quanto estou calma, ao ver que a água ao meu redor permanece imperturbada, ao ver que o nível do redemoinho o encobre cada vez mais, se rende ao pavor e começa a gritar. É um barulho horrível. O barulho que um animal capturado deve fazer, talvez. Ou uma garota contrariada, usada brutalmente para satisfazer o desejo de um homem.

— Morgana! — grita ele enquanto a água atinge seu queixo. — Morgana, me ajude! Por favor! Me desculpe... por favor!

Não gosto de vê-lo sofrer tanto. Não quero atormentá-lo. Quero apenas repelir seus avanços. Será que ele vai tentar me impor seu desejo de novo?, me pergunto. Acho que não.

Solto meu aperto invisível em sua mão e ele desaparece debaixo d'água. Depressa, saio da piscina e pego minhas roupas. Atrás de mim, o redemoinho se enfraquece. Ao me vestir, vejo Edwyn escalando a margem do rio, se arrastando, ofegante, balbuciando sobre a margem mais distante, onde se deita, em estado de choque, resfolegando, tossindo água. Admito que sinto certa satisfação ao ver o quanto minhas atitudes o amansaram. Humilharam. Deram-lhe um tempo para pensar. E tem mais uma coisa — estou ciente da sutileza do meu poder nessa ocasião. Sim, minha reação nasceu do medo e da raiva, mas, de alguma maneira, foi diferente desta vez. Como se eu estivesse mais no controle. Como se minha vontade pudesse ser mais focada, e minha magia, mais orientada com cuidado. Saber que minhas habilidades estão sempre aumentando me dá uma força, conforto.

Alguma coisa me salta aos olhos e me viro depressa, deparando-me com uma figura de pé, com a silhueta contra o sol. Estreito os olhos para ver com mais clareza, mas já sei quem é. Isolda. Agora a alteração no caráter de Edwyn está explicada. Existe alguém que ela não vai usar, submeter à própria vontade?

Com o cabelo ainda pingando e as roupas colando em meu corpo molhado, pego as botas e corro descalça de volta para o celeiro.

Contente porque os animais estão acomodados para passar a noite, Cai volta para o acampamento. Há certo nervosismo dentro dele, um nervosismo pelo qual ele se repreende. Sabe a causa disso. Não garantiu um quarto para Morgana, então, ela passará a noite com os demais no celeiro. Pensar que ela pode se deitar ao seu lado ao longo das doces horas de escuridão é empolgante. Uma tolice, ele diz a si mesmo, pois com tanta gente compartilhando o espaço, dificilmente será uma noite de privacidade e intimidade. Mesmo assim, a ideia de tê-la por perto, de vê-la dormir, talvez, o deixa emocionado. Ele se ocupa arrumando um espaço no canto do celeiro, certificando-se de que haja espaço suficiente para dois, de modo que ela possa naturalmente tomar o lugar ao seu lado.

É enquanto Cai ajeita as selas para servirem de travesseiro que Morgana volta. É óbvio que ela andou se banhando, pois tem o cabelo molhado pesando sobre as costas e os pés descalços. Ela o vê e ele sorri para ela. Morgana tem uma aparência maravilhosamente fresca e jovem. Mas não retribui o sorriso. Na verdade, parece agitada, quase irritada, ao vê-lo. Olha para a cama aconchegante que ele está preparando e, em vez de se deitar feliz ali, pega um cobertor e desaparece para o outro lado do celeiro, para ficar com as mulheres. Cai se esforça ao máximo para não deixar a decepção transparecer. Não deve interpretar nada em suas atitudes. Afinal, Cerys também escolheu ficar com as mulheres em vez de se juntar a Dai na carroça. Talvez Morgana considere que não seja apropriado se deitar com ele. Cai deve ser paciente. Está se conformando com outra noite de desassossego quando avista Edwyn voltando do mesmo caminho até o rio de onde Morgana veio. Ele também está molhado, com o cabelo grudado na cabeça e a camisa colada no corpo encharcado. Ele também andou se banhando.

Banhando-se com Morgana?

A pergunta reverbera na mente de Cai. Será que é verdade? Morgana faria uma coisa dessas? Ela o desprezaria em favor de um rapaz que mal conhece? Faria o próprio marido de bobo aqui, agora, na condução de rebanhos, dentre todos os lugares? Ele não pode acreditar nisso. Ele não vai acreditar nisso. Não ela. Com certeza, Morgana não seria capaz de uma traição dessas, não é? No entanto, ela é vários anos mais jovem do que Cai. E não demonstrou a menor inclinação a aceitar se deitar ao seu lado. Não demonstrou afeto. Será que ela o acha tão impossível de se amar? Será que perdeu a cabeça por um rapaz, por um garoto que não tem nada, por um ninguém? Será que todo o cuidado e toda a paciência de Cai foram em vão, apenas para ser feito de bobo? Ele engasga de raiva. Raiva, mágoa e incerteza. Contempla uma jarra de cerveja que Meredith deixou. Mas não, se ele anda deixando a desejar como marido, não será menos do que se requer de um *porthmon*. Sem olhar para trás, deixa o acampamento a passos largos e rápidos e atravessa o prado, sem se importar com seu destino, sabendo apenas que precisa se manter distante de Edwyn. De Morgana. Distante o suficiente, caminhando o suficiente, por tempo suficiente para esfriar a cabeça e recobrar a razão.

Já passou uma hora quando ele volta para o celeiro e se joga, mal-humorado, no cobertor. Ao seu lado, Dai está deitado, de olhos fechados, com as mãos por trás da cabeça. Ele fala sem abrir os olhos ou se dar ao trabalho de se sentar.

— E então, você está gostando da vida de casado? — pergunta.

Cai ouve um gracejo amigável em seu tom de voz, mas não está disposto a brincar sobre o assunto.

— Isso é alguma coisa para se gostar? Eu não tinha notado.

Diante disso, Dai dá uma gargalhada, animado.

— *Duw*, *bachgen*, você ainda tem muito que aprender sobre as mulheres.

— E você é especialista no assunto, sem dúvida.

— Não é preciso ser sábio para reconhecer o amor ao vê-lo. É preciso ser tolo para fingir que ele não está ali, sabe?

Cai se ocupa, ajeitando a cama de novo, sem confiar em si mesmo para dar uma resposta civilizada. Dai se apoia em um dos cotovelos e franze a testa para ele.

— Você tem uma bela jovem ali, Sr. Jenkins. Uma mulher com amor por você no coração, se ao menos a deixasse mostrar isso.

Cai faz uma pausa na inquietação. Quer acreditar que Dai tem razão, que a ideia de Morgana preferir Edwyn é ridícula, que a estranheza da moça não os impedirá de um dia levar uma vida contente e normal juntos. Ele quer muito acreditar.

— Então você acha que ela... me ama?

— Claro que ama, meu camarada! Isso é óbvio para todo mundo. Todo mundo, menos você, sabe?

Cai dá de ombros e balança a cabeça devagar.

— Eu realmente me importo com ela...

— *Duw*, ponha para fora. Isso não vai matar você. Você ama essa moça. Não há nada do que se envergonhar. Ela é sua mulher, camarada.

Cai se pega corando. E sorrindo. Essa fé no óbvio, na simplicidade da situação, é tranquilizadora. É claro que ele errou ao duvidar dela. E sabe disso, em seu coração.

Tudo parecia claro o bastante quando os dois estavam em casa. É só a pressão de administrar a condução de rebanhos, a tragédia de descobrir que Mair tinha morrido, a preocupação com o pesar de Morgana... Ela precisa de Cai para ser forte, e ele tem reagido com pensamentos confusos. Cai assente, decidido.

— É — diz ele. — É mesmo. Minha mulher.

Dai se deita de costas, rindo para si mesmo.

— Bem — murmura ele. — Isso existe mesmo. Um homem apaixonado pela mulher, e ela, apaixonada por ele. *Duw, Duw*. Quem teria imaginado? Quem teria imaginado?

A manhã seguinte é úmida de novo, com a promessa de ainda mais chuva. Cai se sente melhor depois das poucas palavras que trocou com Dai. Tem que se recompor e ser o marido que Morgana precisa que ele seja, além de o chefe da condução de rebanhos.

— Está certo, *porthmon*. — Dai está animado como sempre, apesar do dia cinzento. Vamos dar uma olhada nessas suas feras, não é?

Cai assente, olhando por cima do ombro, à procura de Morgana. Ela já estava de pé cedo, checando as patas das éguas, então, ele mal viu sua mulher. Edwyn anda totalmente envolvido nos preparativos da fornalha com Dai e juntando pregos e ferramentas. Ele não teve, Cai está certo disso, a oportunidade de ficar a sós com Morgana de novo. Se é que já teve, Cai lembra a si mesmo. Agora tem certeza de que nada aconteceu, a não ser o que sua imaginação cansada inventou. Ele fala com Dai:

— Vamos pôr o gado no prado pequeno. Traga os pôneis aqui para serem checados primeiro. — Morgana chega guiando Prince. Ela dá um sorriso espontâneo para o marido, que fica tocado ao perceber que vê-lo pode, embora por um breve instante, suavizar a dor dela.

Cai retribui o sorriso.

— Busque os outros e os leve para o curral — diz ele.

Morgana abre a ampla porteira de madeira. Prince relincha para suas éguas, e o rebanho vem trotando docilmente, passeando pelo curral pequeno e pavimentado. Mal há espaço para todos eles. Um lado é delimitado por um muro de pedras alto. A extremidade mais distante abrange um muro mais baixo e a porteira que dá para a estrada. A parte mais extensa é a frente do celeiro, com as portas pesadas fechadas. O fim do prado, ao lado da porteira, é formado por uma pequena fileira de chiqueiros. Morgana fecha a porteira depois de o último potro passar, enrolando a corda no topo para prendê-la. De imediato, Meredith passa o gado para o prado, com Bracken mordiscando os calcanhares dos animais, apressando-os para entrar no pequeno espaço, e eles logo estão se empurrando, irritados por terem sido levados para uma área inadequada. Meredith xinga os animais, mandando que se comportem e esperem sua vez.

— Eles não gostam de ficar amontoados desse jeito — diz ele a Cai.

— Pois terão que aguentar por enquanto. Não vai demorar com os pôneis — argumenta Cai.

— Estou falando — Meredith balança a cabeça — que não vão sossegar aqui dentro.

— Só vigie esses animais, camarada. Eles vão ficar onde são postos. — Cai não precisa de ninguém encontrando falhas nem procurando chifre em cabeça de cavalo.

Dai não perde tempo e começa o trabalho, péssimo para a coluna que é se abaixar para inspecionar os cascos dos pôneis. As habilidades de Edwyn ainda não são solicitadas, então, ele chega para o lado, se apoiando no muro, na tentativa de não ter os pés pisoteados pelos cavalinhos que vagam por ali. Morgana segura Prince para que Dai consiga providenciar novas ferraduras dianteiras. Do prado, vêm mugidos e bufadas. Meredith tem razão. O gado sente por estar tão confinado. Esses animais se acostumaram a se movimentar a cada manhã e não gostam da mudança na rotina. Além do mais, os pôneis já apararam o prado, então, não resta pasto para distraí-los. Por duas vezes, Meredith já teve que pegar um chicote para alguns dos castrados mais agitados e impedi-los de provocar problemas no rebanho. Apesar de todos os esforços, os animais não se acalmam. Cai segue devagar em meio aos pôneis em direção ao cercado. Se o gado não se acalmar, o nervosismo cada vez maior entre esses animais pode facilmente desencadear pânico, e a cerca na parte mais distante, que dá para o campo do rio, está frouxa em alguns pontos.

— Meredith! — grita Cai. — Não deixe esses animais dominarem você. Mantenha todos quietos.

Em vez de arranjar uma resposta afiada, o vaqueiro mantém a atenção nos animais, pois ele também está ciente de que se tornam agitados de maneira preocupante. Um touro jovem, em especial, está se comportando de um jeito que deixa os outros alarmados, dando patadas no chão, balançando a cabeça, emitindo mugidos baixos. Algumas das feras menores tentam correr dele, em busca de segurança. Como não encontram nenhuma, empurram os outros, pressionando-os contra o muro e a cerca. Cai sabe que alguma coisa precisa ser feita antes que ele e seus assistentes percam o controle sobre esses animais por completo. Põe uma das mãos sobre a porteira de madeira e pula por cima dela.

— Deixe-os voltar para o outro campo! — grita ele para Meredith. Mas há tanto barulho e tanta confusão que suas palavras se perdem. — Meredith! A porteira que dá para o outro campo, camarada. Abra agora! — Cai faz sinais frenéticos para o vaqueiro que, por fim, entende, mas sua passagem está bloqueada pelos mais jovens se pressionando, que não abrem caminho para ele. Cai luta para atravessar o tumulto. O gado esbarra nele e o empurra cada vez mais forte. Chega um momento em que Cai cambaleia e só se endireita porque se agarra a uma vaca mais velha que permite que ele a use para recuperar o equilíbrio. Cair sob o rebanho quando os animais estão tão perturbados seria realmente perigoso. Ele continua. O gado se tornou uma massa de pelo suado, músculos definidos e chifres pontudos em movimento. Estar ali no meio requer nervos de aço.

— Oa! *Duw*, agora, calma — diz Cai aos animais, mas sabe que não estão ouvindo. A última porteira deve ser aberta depressa para que a pressão no cercado possa ser liberada através dela, rumo ao campo vazio mais adiante.

O rebanho procura uma saída e pegará a primeira abertura que encontrar; uma feita por contra própria, se for preciso. É enquanto Cai se retorce e força seu caminho em meio aos animais que ele se vira para trás, para o curral. Morgana ainda está segurando Prince, que, ao perceber o drama ali por perto, se recusa a ficar quieto. Dai já se levantou e põe o chapéu de volta na cabeça, franzindo bastante a testa enquanto olha para o rebanho enlouquecido. Edwyn não pode ser visto em lugar nenhum. Mais uma coisa chama a atenção de Cai. A porteira que dá para o curral não está trancada. Um empurrão do gado, e esses animais vão transbordar pelo gargalo do curral, para cima dos pôneis, esmagando qualquer um no caminho. Cai abre a boca para gritar, para berrar com Morgana, para alertá-la. Enquanto faz isso, um castrado assustado vem depressa e se choca contra o estômago de Cai, deixando-o sem ar e sem voz. Resfolegando, ele agita o chapéu no ar, fazendo sinal para qualquer um que possa ver. Em algum lugar do silêncio daquele instante, Cai tem uma amostra de como é ser Morgana. Como é não contar com palavras para se comunicar, nem com os homens nem com os animais. Ele é levado de volta, num lampejo, àquele momento horrível na montanha em que o raio lhe tirou o rebanho. Agora, está incapacitado de novo, e uma calamidade se desdobra à sua frente. Cai se agarra ao par de chifres mais próximo e segura firme, sabendo que ser jogado no chão agora pode ser fatal.

— Morgana! — chama ele, ofegante.

Como se tudo tivesse desacelerado para o ritmo de um pesadelo, dois castrados se apoiam na porteira que dá para o curral e a empurram, abrindo-a na direção dos pôneis nervosos do outro lado. Agora Morgana vê o que está acontecendo. E Dai também. Ele grita para ela abrir a porteira que dá para a estrada. Morgana larga Prince e corre para fazer isso, mas o trinco está quebrado, e a porteira, amarrada com uma corda gasta. Ela corre até as ferramentas de Dai em busca de uma faca. Nos poucos segundos que se estendem por uma eternidade, fica claro para Cai, como só pode estar para Dai, que Morgana não terá tempo de voltar para a porteira e cortar a corda antes que a debandada de pôneis apavorados e o gado impossível de ser parado esteja em cima dela. Para sair dali, as feras vão pisotear os pôneis caídos, a porteira e Morgana. Cai observa sem ter o que fazer enquanto Dai se vira de frente para o gado, crava os pés com firmeza no chão e ergue os punhos, dando o berro mais alto e apavorante que Cai já ouviu. Que o gado já ouviu. Os pôneis desviam de Cai. O gado hesita. Os animais da frente se sentem tão alarmados ao ver e ouvir aquele gigante louco que param por apenas alguns segundos até que o impulso da debandada, que o peso de grande parte do rebanho, os empurre de novo. Naqueles poucos segundos, Morgana corta a corta e o caminho para a liberdade está livre. Ela passa depressa, jogando-se atrás do lado mais distante do muro. O gado alcança Dai.

De volta ao pequeno prado, o resto do rebanho dispara atrás dos líderes. Cai se vê empurrado para o lado, com um chifre perfurando seu braço, rasgando do ombro ao cotovelo ao passar. Cai grita, mas não despenca no chão. Assiste, horrorizado, Dai ser erguido, com os braços ainda levantados, os punhos socando o ar, urrando enquanto as feras o carregam. Por um instante, ele é mantido em suspenso, numa trovejante massa negra, com o chapéu ainda preso na parte de trás da cabeça. No entanto, nem mesmo sua imensa massa é páreo para a força irresistível do rebanho.

— Dai! Dai! — grita Cai, a dor fazendo com que suas palavras raspassem na garganta, balançando a cabeça com desespero ao ver seu amigo ser levado pelas feras chifrudas e frenéticas.

E de imediato, Dai se foi, desapareceu sob o gado acelerado, sumiu na escuridão da debandada mugindo, devorado por seu horrível peso esmagador.

14.

Eu me levanto com a boca cheia de terra e o corpo contundido pelo impacto repentino ao me jogar no chão para escapar do gado galopante. Eu sabia que os pôneis não pisariam em mim; que iriam desviar ou pular para evitar pôr um único casco sobre mim. Mas gado é diferente. Não tem habilidades atléticas como essa e simplesmente seguiria em frente, atropelando uma pessoa como se ela não passasse de um monte de terra ou uma pilha de pedras. Cuspindo barró, estreito os olhos em meio à poeira ainda redemoinhando que o estouro da boiada deixou para trás. Aos poucos, as formas ganham foco. Cai, apertando o braço, com sangue escorrendo pelos dedos, correndo pelo curral vazio. Cerys atravessando a porteira apressada, com as mãos apertando o rosto e os gêmeos logo atrás dela. Edwyn de pé, olhando fixamente para o chão. Tem alguma coisa estranha nele, como se houvesse uma sombra ao seu lado. Esfrego os olhos, tirando a poeira, olho de novo e fico chocada ao ver Isolda ao seu lado. Não, ao lado não, quase o encobrindo de alguma maneira, como se sua forma insubstancial se transformasse através dele. Ao deixá-lo, ela faz uma pausa para sussurrar em seu ouvido e vejo seu rosto claramente abalado, embora ele não pareça estar ciente daquela presença. Que tipo de envolvimento ela tem em tudo isso?

Agora vejo Dai, inerte, deitado, pesado, no chão duro, terrivelmente imóvel. Manco até eles, com o calcanhar esquerdo reclamando quando me apoio nele. É horrível ver um homem tão forte, um homem tão cheio de vigor e vida, reduzido a ruínas esmagadas e ensanguentadas. Suas pernas estão em ângulos estranhos e nada naturais para seu corpo, claramente quebradas e inúteis. Seus braços estão ensanguentados e não se mexem. Seu rosto é uma confusão sangrenta, com o nariz esmagado, dentes faltando e a mandíbula deformada. Mesmo todo quebrado, ele consegue se virar, abrindo os olhos que, por misericórdia, estão ilesos. Tenta virar a cabeça à procura daqueles que ama.

— Meus filhos? — pergunta ele, ofegante. — Onde estão meus filhos?

Cerys está de joelhos ao seu lado. Toca seu rosto com carinho.

— Estão aqui. Bem aqui, está vendo?

Os gêmeos se jogam no chão ao lado do pai, com o rosto já coberto de lágrimas, parecendo de repente tão jovens, mais para crianças do que para homens crescidos. Dai se esforça para levantar a cabeça.

— Agora, calma — diz Cai. — Não se dê ao trabalho de se mexer, camarada. Poupe suas forças.

— Para quê? — questiona Dai. Faz-se um silêncio repleto de arrependimento e tristeza, repleto da consciência de que não haverá mais tempo para Dai, de que ele não precisará mais de sua enorme força. — *Bechgyn* — diz ele, a voz tensa e fraca —, cuidem de sua mãe, está bem? Iuean, você tem que ser o homem da casa agora. Trabalhe na fornalha. Iowydd, ajude seu irmão. Vocês são bons rapazes... bons rapazes... — Suas palavras se esvaem, e seus olhos vitrificam. De Cerys, vem um pequeno ruído, como um pássaro faz quanto está assustado. Nada mais. Então, tudo fica quieto, e Dai está morto.

Encaramos seu corpo, descrentes. Como uma fortaleza daquela, uma presença daquela, pode ser extinta num instante, se resumir a nada além de uma lembrança e um corpo a ser perdido pela deterioração? A vida tem que se mostrar tão frágil que nem o mais forte de nós consegue resistir a uma série de circunstâncias fatídicas? Por fim, o silêncio é quebrado pela choradeira de dar pena de Bracken, que veio para meu lado.

Cai põe a mão no ombro de Cerys.

— Venha, *cariad* — diz ele. — Vamos levá-lo para dentro da casa.

Ela se ergue sobre os pés instáveis, com o apoio dos filhos, como agora deve ser sempre.

A voz de Edwyn atinge uma nota áspera em meio ao silêncio e ao choque daquele momento.

— Foi Morgana — diz ele. — Foi Morgana quem deixou a porteira encostada. É culpa dela o gado ter atravessado. Isso é coisa dela!

Agora estamos duplamente chocados. Balanço a cabeça com veemência. Aquilo não é verdade. Tranquei a porteira. Sei que tranquei. Olho, desesperada, de Cai para Cerys duas vezes, ainda balançando a cabeça, implorando para enxergarem a verdade. No entanto, já começo a sentir os outros me olhando com aversão. Meredith dá um passo à frente, emburrado.

— Deixar uma mulher trabalhar com os rebanhos não pode resultar em nada de bom. Todo mundo sabe disso — diz ele. — Já havia falado antes e mantenho minhas palavras.

— É um absurdo! — insiste Cai. — O que vocês dois disseram. E você, Meredith, já tem idade o bastante para não ficar declamando uma porcaria de superstição.

Edwyn, porém, não se cala com tanta facilidade.

— Aquela porteira não teria sido aberta se estivesse trancada. Isso é fato. E foi Morgana quem a fechou por último, quando levou os pôneis para o curral.

— Fique quieto — fala Cai.

— Você não quer enxergar a verdade. Só está protegendo Morgana...

— *Cauwch eich ceg*, estou mandando! — Ele recupera o equilíbrio e abaixa o tom de voz. — Agora não é hora de recriminações. Temos que fazer o que é certo por Dai. Ele se abaixa e põe as mãos sob os ombros largos do amigo. Só agora vejo o quanto o próprio Cai está ferido. Sua camisa rasgada revela um ferimento profundo, que ainda sangra. Ele murmura um xingamento quando a dor o impede de levantar o corpo de Dai. Tiro o cachecol depressa e envolvo o ferimento de Cai da melhor maneira que posso. Por um instante, ele põe a mão sobre a minha. — Obrigado, *cariad* — diz, antes de voltar logo sua atenção para a triste tarefa de pegar Dai. — Me ajudem. — Cai instrui os outros. — Vamos pô-lo deitado na sede da fazenda.

Meredith, Watson e Edwyn o ajudam a carregar Dai para dentro. Os gêmeos fazem que vão segui-los, mas ainda estão segurando a mãe, e ela faz uma pausa, olhando diretamente para mim. E naquele olhar, vejo um coração tão partido. Um coração partido que parece dizer: "Como você pôde fazer isso? Seu descuido deixou meus filhos órfãos." Ela, porém, não dá voz aos pensamentos. Em vez disso, lágrimas silenciosas começam a escorrer por seu rosto, pingando, descontroladas, nas pedras do chão empoeirado. Balanço a cabeça, expressando meu pesar nos olhos, mas ela se vira e segue tremendo para a casa.

Fico onde estou. Tudo mudou. Em poucos momentos horríveis, um marido, pai, amigo foi arrebatado. E Edwyn me culpou. Como se atreve! Seu orgulho é tão grande que ele faria com que o mundo me odiasse porque o desprezei? Cai me defendeu, mas acho que reagiu por instinto. Ele acredita em mim? Como posso dar outra explicação para a porteira destrancada se não tenho nenhuma? Então me ocorre. Edwyn. Edwyn só pode ter destrancado a porteira por conta própria, de propósito. Como o desejo pode se transformar em ódio depressa! A ponto de ele sacrificar o amigo para me atingir. Mas lembro a mim mesma de que sua vontade não lhe pertence mais.

Quando Cai sai pela porta da frente, me acha onde me deixou. Os outros homens vêm atrás dele, chateados. Cai gesticula para Meredith.

— Busque o gado de volta — diz ele. — Watson, vá com ele. Você também, Edwyn. Morgana e eu vamos recuperar os pôneis.

Ninguém discute. Os homens partem; Meredith, em seu cavalo, os outros, a pé. Cai pega Angel e me puxa para eu me sentar atrás dele. O cavalo empaca e até dá pinotes, protestando por me ter em sua garupa de novo, mas Cai não lhe dá atenção, ignorando suas esquisitices. Partimos a tanta velocidade que sou forçada a me agarrar a Cai para não cair. Dá para ver que seu braço o perturba, mas ele mal pensa no ferimento de tão concentrado no que precisamos fazer. Sinto raiva e pesar no jeito como ele chuta os flancos do puro-sangue e o apressa para descer a estrada de terra num trote largo. Bracken corre atrás de nós, lutando para nos acompanhar. Encontramos os pôneis a poucos quilômetros dali, pastando nas viçosas margens da estrada, a ansiedade esquecida. Ao avistar Prince, com o cabresto ainda no lugar e a corda arrastando no chão, deslizo da garupa de Angel, satisfeita por me afastar do animal de estimação de Isolda. Cai pega em minha mão e a dor no braço o faz estremecer.

— Morgana — diz ele —, você trancou a porteira, não trancou?

Assinto com a cabeça enfaticamente.

— Você tem certeza disso? É muito importante que tenha certeza.

Assinto com a cabeça de novo, lutando contra as lágrimas, e vejo que Cai acredita em mim. Ele hesita e sei que tem algo mais.

— Ontem, vi você voltando do banho de rio. Vi Edwyn também. Vocês dois estavam molhados. Eu... — Ele gagueja, se esforçando para olhar em meus olhos. — Eu duvidei de você, Morgana. Me desculpe. Sei que estava errado. Não conseguia entender. — Ele balança a cabeça. De repente, como se tivesse sido atingido com intensidade por um novo pensamento, lança um olhar firme para mim. — O que aconteceu no rio? Ele achou você lá? Você estava sozinha. Morgana, Edwyn... Ele tentou, tentou pegar você à força?

Fecho os olhos, em parte para segurar ainda mais lágrimas de enlouquecer, em parte para não ver o olhar de fúria e mágoa em seu rosto. Quando os abro de novo, vejo que ele tem sua resposta.

— Por Cristo, vou acabar com esse desgraçado se ele chegou a encostar a mão em você!

Balanço a cabeça, pegando sua mão e a segurando em meu coração. Meus olhos, meu gesto, dizem *não, ele não tocou em mim. Ele tentou, mas não conseguiu.* A fúria e tensão saem de Cai num suspiro, deixando apenas pesar e cansaço.

Mais tarde, com os rebanhos já contados e recuperados, em segurança, todos nós nos reunimos mais uma vez em frente à sede da fazenda. Cai tomou as providências necessárias. O corpo de Dai, agora num caixão simples, é posto em sua carroça. O cavalo malhado revira o olho estrábico enquanto o caixão é posto ali, como se sentisse que as coisas não estão bem, como se procurasse seu dono. Iuean e Iowydd ajudam a mãe a se acomodar no assento da frente. Um deles pega as rédeas e o outro protege a adorada mãe com um dos braços. Os gêmeos já parecem mudados. A infância agora está perdida. Seu futuro é incerto. Eles levarão Dai numa diligência, que pegarão na parada mais próxima, a uns oito quilômetros. Lá, um homem foi contratado, por conta de Cai, para levar a carroça de volta a Tregaron para eles.

Cai segura as rédeas do cavalo, olhando para Cerys.

— Serei justo com você. Você sabe disso — diz ele a ela—. Você receberá o pagamento integral de Dai quando eu voltar. Talvez os meninos queiram ir até a Ffynnon Las. Há trabalho para eles lá, se quiserem — promete.

— Talvez. — Cerys se esforça para manter as emoções sob controle. — Ou talvez não queiram algo que os lembre todos os dias de quem foi responsável pela morte do pai deles — diz ela.

Minha boca se abre. Cerys ainda não acredita em mim! Ela confia na palavra de Edwyn de que fui descuidada. Como posso fazê-la enxergar, fazê-la saber a verdade? Edwyn se mostra triunfante. Isso é tão injusto! Agarro a manga da camisa de Cai. Ele sabe que sou inocente. Com certeza, pode convencê-los. Quando ele olha para mim, porém, vejo dúvida em seus olhos. Não! Aponto para Edwyn, deixando minha acusação clara.

Cai estreita os olhos, a cabeça inclinada para o lado, pensando, refletindo sobre o que é que estou tentando lhe dizer. No instante em que olho para Edwyn de novo, ele está com os braços cruzados, as sobrancelhas erguidas, numa expressão tão presunçosa, tão satisfeito consigo mesmo. O controle de Isolda sobre Edwyn é tão forte que ele pode se alterar por completo? Será que ele se importava tão pouco com Dai? Ele só quer me humilhar a todo custo? Minha fúria me escapa antes que eu tenha tempo de controlá-la. Um tornado levanta poeira, sujeira e pedras, deixando o ar sufocante. Grãos agridem nosso rosto como ferrões. Sara começa a se lamentar e gritar. O cavalo malhado relincha, assustado. Edwyn voa para trás como se tivesse tomado um soco de um gigante invisível no corpo inteiro. É derrubado, escorregando pelo curral, parando apenas, ofegante e chocado, quando atinge a porteira em questão. Tão depressa quanto começou, o vento para. Edwyn resfolega, apontando a mão trêmula para mim, gritando acusações.

— Ela é do mal! — berra ele. — Estou dizendo que ela amaldiçoou a condução de rebanhos! Em todo lugar que ela vai, coisas ruins acontecem.

Cai larga o cavalo e se vira para ficar de cabeça erguida ao meu lado.

— Morgana não deixou aquela porteira aberta — diz ele, num tom de voz equilibrado, repleto de fúria contida. — Quando pulei a porteira para ajudar Meredith com o gado no padoque, ela estava trancada. Só podia estar. Do contrário, teria se aberto com o meu peso, não é?

— Estou dizendo — tosse Edwyn. — Ela deixou a porteira aberta.

— A única pessoa que chegou perto de algum jeito daquela porteira antes do gado atravessar foi você, Edwyn — afirma Cai. De repente, sua expressão muda, com a percepção e o entendimento o enfurecendo de novo. — Foi você! Você destrancou a porteira.

— Por que eu faria uma coisa dessas? — Edwyn fica de pé de repente, balançando a cabeça o tempo todo.

Meredith se intromete.

— Ele adorava Dai. Adorava mesmo.

Os punhos de Cai estão cerrados.

— Seu alvo não era Dai. Era Morgana a quem você queria fazer mal.

— Você está distorcendo a verdade para protegê-la. Não a vê como ela realmente é... Perversa. Tem sangue ruim dentro dela. Você não a conhece.

— Conheço, sim. Sei que Morgana não deixaria uma porteira destrancada num momento importante. Assim como sei que ela é uma esposa sincera e fiel. — Cai balança a cabeça. — É, você me fez duvidar dela. Tenho vergonha de admitir isso. Mas julgá-la mal foi uma falha minha e não dela. Morgana não fez nada do que se envergonhar. *Você*, sim! Ela desprezou você e você quis se vingar por seu orgulho ferido.

Edwyn apela para os outros.

— Ele está mentindo, inventando coisas para protegê-la. Todo mundo vê que Morgana dá azar. Ele perdeu o rebanho por causa dela. E o cachorro. Agora Dai está morto e a culpa é dela.

Cai dá dois passos largos à frente e, por um momento, acho que ele irá bater em Edwyn, liberar sua raiva sem se controlar. Mas não faz isso.

— Junte suas coisas e vá embora — diz. — Saia da minha frente antes que eu lhe mostre como queria tratar o tipo de homem que tenta pegar a mulher de outro homem à força!

A tensão crepita no ar entre os dois. Edwyn é jovem e alto e está defendendo sua reputação. Cai é mais forte e alimentado pelo ódio que sente pelo rapaz que está diante dele. Ninguém se mexe. De repente, Edwyn abre caminho em meio ao grupo de expectadores, socando os pés no chão em direção ao celeiro onde seus poucos pertences permanecem.

Cai olha para Meredith, Watson e as duas mulheres.

— Se mais alguém acha que Morgana não deveria estar trabalhando nesta condução de rebanhos, pode ir embora agora.

Watson dá de ombros. Sara balança a cabeça.

— O que me diz, Meredith? Pretendo concluir a condução de rebanhos, com todos os animais, e pretendo fazer isso com minha mulher responsável pelos pôneis. Do contrário, não conseguirei. Então, se você tiver algum problema com isso, é melhor acompanhar Nails e ir para casa.

Meredith está emburrado, mas deixa sua lealdade clara.

— Me comprometi a ir até o fim na condução de rebanhos. Um condutor não volta atrás depois de dar sua palavra.

Cai assente com a cabeça, satisfeito, mas, ainda assim, acrescenta:

— Nem mais uma palavra contra a minha mulher, ouviram? Nenhum de vocês. — Ele espera até que reflitam sobre seu discurso e então pega o chapéu no chão, batendo-o na perna para tirar a poeira. — Certo. Estamos com dois homens a menos e teremos que arranjar um ferreiro no caminho. Temos trabalho a ser feito.

Watson dá voz à surpresa de todos:

— Você pretende continuar ainda hoje?

— Pretendo. Neste minuto. Agora que não temos mais uma carroça, vamos precisar de cavalos de carga. Morgana, leve Sara para ajudar você a escolher duas das éguas mais calmas. Partiremos daqui a uma hora.

E assim fazemos. Que comboio desfalcado, triste e lamentável nós somos. A ausência de Dai é como um pedaço cortado do céu ou uma lasca do coração de cada um de nós. Sinto falta até de ver seu cavalo feio e sua carroça velha. Não sinto falta da presença dominadora de Edwyn. Eu me pergunto o que Cai vai fazer, quando voltarmos, quanto à participação da criatura maliciosa na morte de Dai. Falará com o magistrado? Em quem as pessoas vão acreditar? Quando chegarmos a Tregaron de novo, muitos terão ido ao enterro de Dai, e Edwyn terá disposto de semanas para espalhar sua história, para sujar meu nome, para manchar a credibilidade de Cai.

Seguimos a passos lentos e pesados pela tarde cinzenta. Cada quilômetro parece ter o dobro da extensão natural. Não havia mais nada da alegria e da conversa de sempre. Até as feras percebem o ambiente sombrio e se arrastam, mansas, pelas trilhas. O dia acaba aos poucos e anoitece. Começo a me perguntar se Cai planeja nos forçar a continuar noite adentro. Quando encontramos uma hospedaria com um cercado apropriado para os rebanhos, morcegos volteiam sobre nossas cabeças, dando rasantes e capturando insetos que nós, humanos, não conseguimos mais ver na luz cada vez mais fraca.

Descubro que estou tão cansada, tão desgastada pelos acontecimentos do dia e pela longa viagem, que, quando apeio, minhas pernas fraquejam, e perco o equilibro. Cai aparece ao meu lado de repente, passando um dos braços em torno da minha cintura para me estabilizar.

— Venha, Morgana. Já basta para um dia. — Ele retira a sela e os outros apetrechos de Prince e o deixa livre para se juntar ao rebanho. Apesar do braço ferido, põe as duas selas sobre os ombros, como se não pesassem nada, e me manda segui-lo. Entramos na pousada onde ele instrui o proprietário a dar aos outros um lugar para dormir, uma refeição quente e toda a cerveja que pedirem. Também pede uma agulha, linha e tesoura. Somos levados ao andar de cima, para um quarto nos fundos da construção de tijolos vermelhos. A hospedaria tem tetos altos e janelas compridas, e os móveis são bonitos, mas não tenho a menor condição de apreciar essas coisas. Fico parada, confusa, até me dar conta de como os movimentos de Cai estão estranhos. Ele deve sentir uma dor horrível no braço. Como andei só pensando em mim mesma! Corro até ele, levando-o para se sentar numa cadeira perto da janela, mas não resta luz ao dia. Acendo uma vela enquanto ele tira a camisa. Ajoelhada diante dele, com cuidado, desenrolo meu cachecol em seu braço. Este está tão coberto de poeira e sangue seco que não dá para salvá-lo. Quando tiro a última parte do cachecol do ferimento, Cai suspira. Ver o corte aberto em sua carne faz meu estômago ferver. Cai espia o ferimento, apesar de não ser fácil discernir detalhes no quarto quase escuro.

— Não houve nenhum estrago de verdade — diz ele. — Parou de sangrar. — Ele aponta com a cabeça a bacia na cômoda. — O ferimento precisa ser lavado. Você pode fazer isso para mim, Morgana?

Concordo e busco a bacia, acomodando-a a seus pés. Derramo água nela e rasgo uma tira de uma toalha de rosto. Cai se retrai enquanto banho o ferimento, e sei que é difícil para ele permanecer quieto e imóvel. Uso toda a minha delicadeza, mas a terra da viagem já penetrou na carne exposta do braço, e tenho que persistir se quiser removê-la por completo. Por fim, o rasgo está limpo. Cai aponta para a mesa e diz:

— Passe a agulha na chama da vela antes de enfiar a linha.

Encaro Cai. Ele quer que eu costure o braço dele! Minha boca seca. Por um momento, acho que não sou capaz de fazer isso, mas fito seus olhos e sei que não posso falhar com ele. Cai até que teve sorte no ferimento — nenhum osso precisa ser posto no lugar, e o sangramento parou —, mas, se o deixarmos tão aberto, não vai cicatrizar. Talvez até apodreça e ele perca o braço. Ou a vida.

— Você pode fazer isso, Morgana?

Suspiro para me preparar e pego a agulha. Depois de esterilizar a ponta e passar a linha pela abertura, levo a vela para a mesa para que o braço de Cai seja o mais iluminado possível. O ferimento parece comprido e intimidador agora. Quantos pontos serão necessários? Quantas vezes tenho que forçar a ponta da agulha na pele do meu marido e puxá-la de novo? Como ele vai suportar um processo tão doloroso e demorado? Cai me vê hesitar.

— Coragem, *cariad*. Isso precisa ser feito. — Sinto que ele se esforça para se sentar mais ereto. — Você prefere que eu peça a outra pessoa?

Balanço a cabeça com firmeza, pondo a mão sobre a dele para deixá-lo quieto. Cai assente com a cabeça, satisfeito por eu estar disposta a cumprir a tarefa.

Escolho uma área da pele que parece firme e saudável. Não desejo ir mais fundo nem me afastar mais da abertura do ferimento do que o absolutamente necessário, mas, se eu for receosa demais, se escolher uma parte da carne que esteja comprometida ou fina, ela não será forte o bastante para segurar e a linha vai rasgá-la, tornando a abrir o corte. O chifre de um capado é um instrumento brutal e pesado se aplicado ao braço de um homem, e o ferimento não é reto ou regular e sim dentado e rasgado nas extremidades. A agulha entra na carne com facilidade. Cai permanece imóvel, prendendo a respiração diante da dor que prevê. Agora tenho que empurrar a agulha com força para trabalhar com ela. Um sangue fresco emerge por onde ela passa. Ranjo os dentes, me obrigando a continuar com a tarefa. Mas é difícil! Provocar uma dor tão lenta e deliberada em alguém tão importante para mim. Quando cutuco a agulha para puxar a linha, ouço Cai xingar, sinto que ele vira o rosto para o outro lado. Para extrair a agulha por completo de sua carne, tenho que puxá-la com certa força, já que ela agarra na umidade abaixo da pele. Sou receosa demais em meus movimentos, de modo que apenas na terceira tentativa é que a agulha se solta. Isso acontece de repente e com tamanha velocidade que espeto a mão esquerda com a ponta. Levo a própria palma à boca para conter o sangramento, mas não antes de uma gota do meu sangue pingar na ferida aberta de Cai. E agora me lembro da porcelana chinesa de Catrin. Agora penso em como emendei tantos cacos e lascas. Conseguiria fazer isso de novo, por Cai? Não sou curandeira. Não tenho talento para curar o doente ou aliviar a dor. Mas consigo mexer nas coisas. Posso alterar a composição. Posso transformar a disposição das coisas. Minhas aulas com a Sra. Jones devem ter aumentado minha habilidade e meu controle sobre a magia. Mas e se eu provocasse um resultado ruim com minhas habilidades ainda não dominadas? O quanto Cai pode ser dar mal se eu me atrapalhasse e confundisse enquanto trabalho? Nunca tentei uma coisa dessas antes. Nunca procurei consertar um ser vivo.

— Morgana? — A voz de Cai se aperta com esforço e dor. — Você consegue continuar, *cariad*?

Dou um sorriso gentil para ele. Percebo sua confusão quando pego a tesoura e corto a linha, antes de largar a agulha. Ele me olha de perto, como se, de alguma maneira, soubesse o que estou prestes a fazer. Será que agora ele se lembra de minhas habilidades para consertar?, me pergunto.

Mantenho a palma da mão sobre o corte de Cai e deixo mais três gotas de sangue cair lá dentro. Então, ponho as mãos sobre a parte mais rosada do ferimento. Fecho os olhos. Ponho toda a minha atenção, toda a minha vontade, todo o meu coração, no desafio que impus a mim mesma. Logo depois, tenho a sensação de que estou caindo para trás. Sinto uma leveza na cabeça e ouço um barulho perto do ouvido como o das asas de uma gigante ave de rapina batendo. Batendo, batendo, batendo, batendo. Meu corpo começa a esquentar. A temperatura aumenta, começando pelos pés e pelas mãos, seguindo para dentro, rumo ao meu coração sem seguir qualquer tipo de padrão que faça sentido. Pouco depois, quase sou tomada pela intensidade do calor e temo ter sido queimada por dentro. Ainda assim, não me mexo, não solto o braço de Cai. Não vou parar! Agora descubro que não consigo abrir os olhos. Uma escuridão me inunda, como se eu estivesse enterrada num lugar subterrâneo, profundo, de onde talvez nunca mais escape. Minha respiração se torna acelerada e curta. Será que me perderei nesta aventura? Serei capaz de encontrar o caminho de volta?

E agora, ao longe, ouço alguém chamando meu nome com delicadeza. Uma voz se tornando mais alta aos poucos. Por fim, reconheço a voz de Cai.

— Morgana? Morgana?

De repente, consigo enxergar de novo. Pisco para me livrar da vista embaçada e olho para baixo, para o braço de Cai, que ainda seguro com as duas mãos. Com cuidado, tiro as mãos e vejo o ferimento completamente fechado! A junção não é bonita e a carne parece irritada e inflamada, mas colada com firmeza e sei que se manterá assim. Cai toca meu rosto.

— Você se saiu bem, minha selvagem. Você se saiu muito bem, viu?

Descubro que estou quase fraca demais para ficar de pé. Tento me levantar, mas caio. Cai me pega e me senta na beira da cama. Meu corpo inteiro está tomado por tremores. Cai se ajoelha diante de mim, com as mãos em meus ombros.

— É o choque — diz ele, dedicando-se à tarefa de desamarrar minhas botas. — Você está aqui, cuidando de mim, mas passou por uma provação. Se não tivesse conseguido cortar a corda na última porteira e pular para trás do muro...

Cai deixa de pronunciar as palavras, mas nós dois sabemos o que ele está tentando dizer. Poderia ter sido eu esmagada e quebrada naquele curral. De fato, o mais provável é que tivesse sido, não fosse pelo gesto de coragem de um homem generoso e de bom coração, um homem que agora está apertado num caixão em sua última viagem para casa. Na verdade, não sei o que mais me perturba — minha quase morte, o opressor sentimento de culpa por Dai ter morrido me salvando, a aversão por Edwyn ou o medo de que ninguém além de Cai acredite um dia no que realmente aconteceu.

Cai puxa minhas botas e me ajuda a tirar a roupa. O toco de vela tremeluzente se apaga, de modo que o quarto é iluminado apenas pelo crepúsculo fraco que entra pela vidraça. Ele esvazia a bacia, jogando a água pela janela, e a enche de novo. Há toalhas limpas sobre a cômoda de azulejo. Cai escolhe uma, que mergulha na água e então torce se ajoelha diante de mim mais uma vez e, com delicadeza, limpa primeiro meu rosto e depois minhas mãos. Sinto-me como uma criança sendo cuidada por um pai amável e, ainda assim, seu toque carinhoso desperta algo mais em mim. Algo doce e aguçado ao mesmo tempo. Algo intenso que andava latente.

— Minha pobre selvagem — diz ele, lavando as pontas dos meus dedos. — Você precisa descansar, sabe? Vai se sentir mais forte pela manhã.

Por fim, o tremor passa, apesar de eu me sentir frágil como um cordeiro recém-nascido. Deixo Cai levantar meus pés e me acomodar no colchão felizmente macio. Ele anda até a parte mais distante da cama e ouço suas botas caindo, uma, a outra, no chão e depois suas roupas.

Cai sobe na cama e vem se deitar perto de mim. As curvas de seu corpo contornam as minhas, mas o contato é, ah, tão suave. Ainda assim, sinto seu calor, seu peito nu em minhas costas, seu cheiro de especiarias e terra, seu hálito quente e meio contido em meu pescoço. As batidas de seu coração ecoam em sua gaiola de costelas, batidas fortes o bastante para interromper as minhas, mais rápidas e nervosas. Eu me sinto apavorada e, ao mesmo tempo, maravilhosamente viva. Dou-me conta de que não é dele que tenho medo e sim da natureza imprevisível da minha reação a ele. À sua proximidade. À sua força contida. Ao seu desejo.

Cai toca minha testa, afastando um cacho desgarrado com delicadeza, se dedicando a acariciar meu cabelo.

— Durma agora, *cariad*. Não se preocupe mais hoje. Apenas durma. Estou aqui. Durma.

Agora, porém, estou longe de dormir! Meus sentidos estão despertos e ardendo. Como é possível sentir isso e dormir? Se vamos dividir uma cama sempre, devo morrer de falta de sono. A presença de Cai é tão intensa. Me incomoda saber o quanto ele me agita. Cai é tão vital, tão impressionante e cheio de vida. Há algo de reconfortante no extremo, com certeza, em receber tamanha proteção, pois estou segura de que nada o levaria a usar a força contra mim, apenas em minha defesa. Pensar nisso permite que um grão de esperança surja dentro de mim, semeado com uma centelha de... o quê? Afeto? Amor até? Não, não consigo conceber a ideia de me permitir amar, não agora, não quando estou em carne viva diante dessa perda. O que, então? O que é que revira meu sangue, que acelera meus batimentos, que me tira o fôlego e que faz minha mente flutuar diante de seu toque? É desejo, então? É isso? Desejo por ele? Desejo por ele.

— Shh, *cariad* — diz ele, para me acalmar completamente consciente da minha inquietação. — Shh — sussurra, e, apesar do peso de tudo o que aconteceu durante o dia, sorrio. Pois ninguém nunca havia tido motivos para me pedir para ficar quieta!

15.

Na manhã seguinte, a temperatura cai e tem um ar de outono no vento acompanhando a condução de rebanhos, que segue cada vez mais rumo ao leste. Cai coordena o jovem vaqueiro que contratou para trabalhar no resto do percurso, seguindo o gado a pé, e para se prontificar a ajudar Watson e Morgana, se for preciso. O nome do rapaz é John, e o que lhe falta em experiência, ele compensa em entusiasmo. De fato, sua energia e animação são incompatíveis com o estado de espírito dos demais, mas também ele não perdeu um amigo recentemente. Não nota a ausência de Dai e sua família. Não luta, como os outros lutam, para esquecer a imagem de cortar o coração de Cerys e seus meninos chorando sobre o corpo despedaçado de Dai. Ainda assim, pondera Cai, é bom contar com pelo menos uma pessoa na condução de rebanhos que não tenha cada atitude contaminada pelo pesar O coração de Cai pesa no peito. Quando ele pensa em Dai, a lembrança é contaminada pela raiva que sente de Edwyn. O problema ainda não chegou ao fim. Ele sabe disso. Sabe que, ao voltar para Tregaron, deve visitar Cerys, deve garantir que ela entenda a verdade, deve cuidar para que a justiça seja feita por Dai.

Pelo menos, ele tem algo mais com que ocupar a cabeça; algo que lhe dá esperança para o futuro em vez de arrependimento pelo passado. A delicada intimidade de que ele desfrutou com Morgana ainda está fresca em sua mente Ela lhe permitiu cuidar dela, se aproximar. Ele fecha os olhos para saborear a lembrança dessa intimidade. As horas que passou com ela dormindo em seus braços foram as mais maravilhosas que viveu em muitos longos e solitários anos. Como ele pôde ter duvidado dela um dia? Como pôde ter pensado que ela deixaria Edwyn...? Não é a primeira vez que se sente envergonhado pela rapidez e severidade com que a julgou.

É mais um dia que exige muito dos viajantes, com a chuva fria forçando todos a vestir os casacos compridos, puxando as golas para cima e os chapéus para baixo. Até o pelo de Bracken está encharcado, num marrom opaco. Nem canções nem conversas animadas aceleram o passar dos quilômetros, apenas a consciência de que, cada passo dado, cada hora de cavalgada, faz com que se aproximem de sua meta e do cumprimento de sua tarefa. E, principalmente, da volta para casa. Pois não há deleite algum entre os condutores de rebanhos agora. Eles têm que recorrer às suas reservas de vontade e força, motivados por uma causa em comum e pela necessidade de êxito se quiserem evitar a pobreza nos meses de inverno que estão por vir. Como não encontra nenhuma hospedaria quando dá seis da tarde, Cai se instala numa fazenda com pastos amplos. O fazendeiro, percebendo a oportunidade de tirar um lucro rápido, cobra muito mais caro por cabeça. Se Cai não estivesse tão exausto, teria pechinchado mais, abaixando o preço, mas está cansado até os ossos e só consegue pensar em descansar. Sara prepara um cozido ralo para o jantar e uma pequena quantidade de cerveja é encontrada. Os ânimos são soturnos, e a conversa de John, de uma luz destoante Quando alguém, hesitante, sugere que Watson cante uma canção, o pastor simplesmente balança a cabeça e traga forte em seu cachimbo de barro.

Estão acampados num celeiro com corrente de ar e um telhado que tem mais buracos do que telhas, então, é difícil encontrar um espaço seco onde arrumar a cama. Cai se depara com uns sacos de lã velhos e se esforça ao máximo para ajeitar um espaço para dormir que seja tolerável para ele e Morgana. Quando termina, chama sua mulher.

— Acho que não vamos ter muito conforto nesta noite. Quase todos nós estamos cansados o bastante para dormir de pé, não é?

Ela dá um pequeno sorriso para o marido. Então, pega o cobertor e lhe estende a mão. Intrigado, ele permite que ela o leve para fora do celeiro e longe da sede da fazenda. Bracken vem atrás. Os dois caminham uma certa distância na chuva, sobem num degrau de madeira em ruínas para pular a porteira e atravessam um prado em declínio, até chegar a um pequeno celeiro no canto de um campo pousio. Não há portas, apenas uma abertura em um dos lados e duas janelas estreitas. Cai não consegue ver como um lugar como aquele poderia oferecer uma acomodação melhor, mas segue

Morgana até lá dentro. Ela aponta uma velha escada de madeira que leva a um sótão de feno. Ele vai na frente, testando cada degrau com cuidado. Uma vez lá em cima, sobre as tábuas amplas, ele estende a mão para baixo e ajuda Morgana a subir. O espaço é pequeno, mas seco e quente, com o benefício extra do feno de aroma doce como cama. Lá embaixo, vem um gemido de protesto do cão, que acaba desistindo e se acomodando para dormir.

Por um instante, Cai e Morgana permanecem onde estão, com o som da chuva caindo nas ardósias acima deles, ambos vestidos para se proteger do frio, com os casacos varrendo os punhados de feno no chão e água pingando da aba dos chapéus. Cai acha que poderia ficar olhando para o maravilhoso rosto de Morgana para sempre. Ele ergue uma das mãos e toca-lhe a face. A pele de Morgana é tão macia, e a mão de Cai, tão áspera por conta da vida de fazendeiro, que ele mal sente o contato. Cai pega o chapéu encharcado de Morgana e o tira da cabeça dela. Como sempre, apenas umas mechas estão presas para trás, e o cabelo está quase todo molhado, o que o deixa ainda mais anelado e sedoso do que o de costume. Com delicadeza, Cai retira os poucos grampos que há, de modo que o cabelo cai para a frente, espesso e solto. Morgana é tomada pela timidez e olha para o chão, abaixando a cabeça. Cai põe um dedo sob o queixo dela e levanta seu rosto mais uma vez.

— Você sabe o quanto é bonita, meu amor? — pergunta ele. Diante disso, ela enrubesce, mas também se permite sorrir. Agora, tira o chapéu dele, deixando-o cair no feno ao lado. Ela desabotoa o casaco e ele faz o mesmo. Em seguida, desamarram e puxam as botas. Agora Cai vê a confiança de Morgana abandoná-la. Ela está diante dele, hesitante, incerta Ele chega mais perto, põe o rosto dela entre as mãos e a beija suavemente nos lábios um pouco abertos. Cai se ajoelha perante Morgana, puxando-a com delicadeza para baixo, para o feno seu lado. Por um bom tempo, os dois se deitam perto um do outro, celebrando a ternura do momento. Os dedos dela exploram os contornos do rosto dele. Ele dá os mais breves dos beijos na garganta e no pescoço dela, finalmente saboreando aquele ponto apreciado de sua nuca que passou tanto tempo desejando tocar. Descobre que está com um medo horrível de decepcioná-la, de ir rápido demais. Ele a quer, seu desejo por ela é feroz e urgente, mas, acima disso, acima de tudo, ele quer que ela o queira. Esperou por tantas semanas para que o momento fosse o certo, fosse a culminação do afeto cada vez maior de um pelo outro. Ela é uma criatura tão selvagem e misteriosa que ele sente que, se dominá-la, oprimi-la, ela pode, por instinto, recuar, se afastar e dar-lhe as costas. Devagar, ele tira as roupas dela e as suas, primeiro um botão, depois o outro, uma peça, depois a outra, tomando um cuidado infinito. No início, ela apenas permite que ele faça isso, sem resistir nem ajudar. Então, aos poucos, se torna mais audaciosa, deslizando a camisa dele pelos ombros ao tirá-la, passando as mãos naquele peito esbelto, tocando o pescoço dele delicadamente com o nariz, experimentando, hesitante, a pele salgada de sua garganta. Ele a beija com intensidade agora e sente a reação dela. Os movimentos e toques inseguros dos dois logo se tornam mais urgentes, mais impulsivos. Ele a puxa para si e sente que ela o envolve firmemente com os braços e pernas. É como se, depois de tudo o que passaram juntos e depois de tanto esperar e observar e desejar, por fim, pudessem se render ao calor do querer mútuo. Ele está surpreso e contente com o quanto ela é receptiva. Ávida. Apaixonada. Mais tarde vai se perguntar como um dia pensou que ela pudesse ser diferente disso. Uma criatura tão selvagem e instintiva com certeza saberia se entregar por completo ao gesto de amor. Agora, porém, ele se perde naquele momento, incapaz de pensamentos sensatos, consciente apenas da doce harmonia de tamanha intimidade compartilhada e do belo prazer de que ambos são capazes de desfrutar.

Acordo com o barulho da chuva batendo no telhado do pequeno celeiro. Ainda não amanheceu e qualquer toque de luz da lua foi destruído pelo peso da água nas nuvens acima de nós. Sou incapaz de ver mais do que a silhueta de Cai, tamanha a escuridão. Escuto, porém, seu coração sob meu ouvido ao deitar a cabeça sobre seu peito quente. Sinto seu cheiro doce e salgado misturado com o feno que esmagamos sob nós. Ouço o leve suspiro em sua respiração enquanto ele dorme. Ainda saboreio sua boca na minha, sua língua na minha, sua pele na minha. A lembrança de nós dois fazendo amor mexe comigo agora, acelera meu sangue nas veias, faz minha cabeça girar e meu corpo relaxar e se render só de pensar nele. Só de pensar que essas sensações existem! Sinto que vivi num sonho durante a vida inteira até agora, até descobrir o que a paixão entre um homem e uma mulher pode significar. Ele foi tão delicado e ao mesmo tempo tão ardente. Será que lhe dei prazer? Ele me disse que sim, que eu era sua felicidade, seu coração, seu tudo. Todos os homens dizem essas coisas quando estão em êxtase?, me pergunto. Quero que isso seja verdade agora e, mais do que qualquer coisa, quero que Cai sinta por mim o que estou sentindo por ele.

Ah, dentro de mim existe uma luta tão grande entre a dor e a alegria. O profundo buraco da perda onde minha mãe um dia esteve. A lembrança chocante da morte horrível de Dai. O medo de não acreditarem em mim e sempre me culparem. E agora o deleite inspirador e repleto de luz desse amor poderoso. Como são estranhos os caminhos que a vida busca para nos testar.

Cai se mexe e me afasto, não querendo restringir seus movimentos enquanto ele dorme. Por instinto, ele me puxa de volta. Eu me deleito em seu abraço. Nunca me senti tão segura, tão aceita. Meus dedos encontram sua boca na escuridão e beijo seus lábios. Ele não está, ao que parece, tão adormecido quanto pensei de começo. Retribui meu beijo em dobro, deslizando as mãos por minhas costas, acariciando minha pele, fazendo lampejos de calor me percorrerem. O desejo corre em meu sangue mais uma vez e, embora eu devesse me sentir cansada, sou tomada por tanta energia, tanto querer e tanta necessidade que esqueço a fadiga, esqueço o que pode ser adequado ou apropriado, e sigo apenas o que meu coração e meu corpo me mandam fazer.

Cai murmura, em meio ao meu cabelo:

— Bem, minha selvagem, parece que, quando lhe dei esse apelido, não sabia o quanto ele tinha a ver com você. — Há alegria em sua voz e também um desejo que me excita.

Preciso de pouco para me encorajar a lhe mostrar o quanto estou feliz por ser sua amante. Ninguém pode enfraquecer os laços que criamos. Somos marido e mulher de verdade agora. Que venha qualquer um que queira tentar tirá-lo de mim ou me mandar para longe dele — não vou entregá-lo a ninguém nem passar pelo sofrimento de me separar dele jamais!

Mais tarde, a condução de rebanhos continua num ritmo estável, ainda que sombrio. O comboio está cabisbaixo com a perda de Dai, desgastado pelo clima mais frio e úmido, fatigado de um modo geral por semanas de viagem e acampamentos. Confesso que me encontro num estado de espírito diferente do humor de meus companheiros. É verdade que ainda estou triste e carrego comigo a dor da perda, mas a alegria que meu amor por

Cai me traz me faz querer dançar. Ele se sente do mesmo jeito. Sei disso. Pois não só me diz, com frequência e, pelo que acredito, sinceridade, como isso está ali nos olhares carinhosos que lança para mim enquanto trabalhamos com os rebanhos; em como ele toca minha mão, apesar de ser por um breve instante, sempre que pode; nos beijos que trocamos agarrados um ao outro quando temos oportunidade.

Existe algo, lamentavelmente, que continua a me perturbar. Sinto uma desconfiança cada vez maior entre os outros condutores de rebanhos. Apesar de Cai ter insistido que não tive culpa do que aconteceu com Dai e que é Edwyn quem deve assumir a responsabilidade pelo que fez, eles não estão convencidos. Afinal, por que deveriam ficar do lado de uma recém-chegada? Grande parte deles conhece Edwyn a vida toda, o viu crescer e se tornar um belo rapaz e um assistente do ferreiro trabalhador e habilidoso. Por que deveriam aceitar qualquer palavra minha acima da dele? Minha palavra silenciosa. Temo que aí esteja a fonte da desconfiança. Mais uma vez, sou posta de lado, sou diferente e, nessa diferença, os outros veem algo assustador, quando se permitem. E sei, se é para encarar a verdade, que meu silêncio em si não bastaria para alimentar essa suspeita. Agora, todos eles já assistiram ao resultado da minha raiva descarregada em outro. Todos estavam presentes quando Edwyn foi derrubado pelo tornado provocado por minha fúria. Eles o viram sendo lançado de costas pelo curral e batendo contra a porteira. Sentiram a poeira na própria boca enquanto esta redemoinhava à sua volta em nuvens espirais. Foram capazes de identificar por conta própria a origem desse fenômeno. Sabem que isso veio de mim. Do que estão me chamando agora? Conjuradora? Bruxa? Feiticeira? É claro que nenhum deles se aproximou para dar voz à própria opinião, nem de mim nem de Cai. Escondem-se por trás de olhares com a testa franzida e encaradas nervosas para cochichar pelos cantos. Mas sei o que estão pensando. Já vi esse comportamento antes, apesar de Papai e Mamãe terem feito de tudo para me proteger disso. A fofoca diminuiu um pouco depois que meu pai foi embora. Talvez eu não fosse considerada tão ameaçadora sozinha, pois não foi dele que herdei o sangue mágico? Por um tempo, fui mais tolerada. No entanto, quando cresci, passando de uma garotinha para uma jovem, a ansiedade dos que me cercavam cresceu junto. O professor na escola deu sua contribuição, pondo lenha na fogueira do medo. O cobrador do aluguel era um dos mais francos, alegando que havia sido amaldiçoado por mim depois de ter ido pressionar minha mãe para lhe pagar algum mês atrasado. Ha! Nunca ouvi falar que cobrar aluguel envolvia prender uma mulher no chão da própria casa e exigir seus afetos. Eu tinha uns doze anos de idade — do contrário, ele teria sofrido ainda mais. Interrompi sua tentativa de *cobrar* o aluguel correndo até lá e batendo em sua cabeça com uma vassoura feita de galhos de árvore. Não levou nem um dia inteiro para os inchaços começarem a aparecer. Primeiro, no rosto, e em seguida nas costas, depois, na barriga, até cobrir todo seu corpo imundo.

Mamãe sempre soube que seria difícil me arranjar um marido que vivesse na região.

Quantas vezes teve que justificar meu comportamento, defender minha inocência, convencer o povo da paróquia de que não passavam de circunstâncias e coincidências e nada mais, nunca vou saber. Ela, porém, era uma mulher esperta e engenhosa. Estava motivada a proteger quem mais amava no mundo, e vejo como isso leva alguém a superar todo tipo de dificuldade e obstáculo. E agora percebo que ela fez uma boa escolha para mim ao me confiar a Cai. Como deve ter sido difícil me mandar embora, sabendo, como ela sabia, que não lhe restava muito tempo para continuar pisando neste mundo. Sabendo tão pouco sobre o homem, vendo apenas um condutor de rebanhos, com o coração partido e um sorriso gentil, precisando de uma esposa. Ou será que ela viu mais? Será que detectou alguma coisa no jeito como Cai me olhava, alguma coisa em seus modos, talvez, que a levou a acreditar que ele se importaria comigo? Se um dia eu tiver um filho, conseguirei ser tão altruísta? Como eu queria que ela estivesse viva agora para que eu pudesse lhe dizer que ela estava com a razão, que sou capaz de amar esse homem e que sou tão bem-amada em troca.

E agora tenho que lutar por minha reputação em meu novo lar. E que luta injusta. Pois, além da injustiça de não acreditarem em mim, além do medo instintivo dos habitantes do vilarejo do que eles não entendem, há Isolda, determinada a me ver condenada. Ela me alertou que cuidaria para que eu não fosse bem recebida em Tregaron quando a condução de rebanhos acabasse. É claro que não foi uma simples ameaça. Pois a vi agir através de Edwyn. É evidente para mim que ela o manipula como um titereiro faz com uma marionete. Foi sua ambição maligna o que estava por trás das atitudes do rapaz, tanto no rio quanto ao destrancar a porteira. Mas ninguém além de mim consegue enxergá-la como ela é. São encantados por ela ou enfeitiçados de um modo mais assustador. De um jeito ou de outro, o efeito é o mesmo. Ninguém está disposto a ouvir uma palavra contra ela. Muito menos a palavra silenciosa de uma garota capaz de acelerar o vento. Uma garota que, como muitos logo acreditarão, foi responsável pela morte de Dai Fornalha.

Mais cinco dias nos levam, por fim, aos campos de engorda. Os rebanhos são postos em três cercados enormes, cada um com pastos abundantes e árvores para fazer sombra. A chuva parou, finalmente, mas o verão se foi. Todos estão protegidos contra os ventos gelados do outono e as feras dão sinais de que seus pelos mais quentes já começam a crescer. Cai está apoiado na porteira de madeira que dá para o campo do gado, avaliando as condições dos rebanhos. Os animais parecem estar bem, e ele se sente satisfeito. Chego para ficar ao seu lado e ele sorri para mim. Pega minha mão e a desliza para dentro do bolso de seu casaco comprido para aquecê-la junto da sua.

— Nos saímos bem, Morgana — diz ele. — Melhor do que eu poderia esperar. Olhe. Olhe para eles. Todos esses quilômetros e ainda estão saudáveis, com o pelo sedoso e carne nos ossos. Vão engordar depressa aqui. Você e eu vamos passar uma semana com eles. Watson vai ficar com o rebanho dele. Vou pagar os outros e mandá-los para casa. Ninguém tem estômago para ficar mais sem Dai... — Cai hesita, com o nome do amigo agarrado na garganta. — Na próxima sexta-feira, estaremos prontos para nos encontrarmos com o comprador. Devem oferecer um preço justo. — Ele me pega inclinando a cabeça em direção aos pôneis e aperta minha mão. — Os pôneis vão no mesmo dia — diz, e não consigo encarar os animais. Cai sabe o quanto me separar deles será difícil para mim e, se eu olhar para ele agora, verei meu sofrimento refletido no azul de seus olhos. — Teremos um novo começo quando voltarmos, minha selvagem. Tudo vai ficar bem, ouviu?

Assinto e me recosto em Cai, deixando que ele ponha um braço sobre meus ombros, reconfortando-me em seu calor e sua força.

Depois de receber o dinheiro, Meredith vai embora sem se despedir, desaparecendo para onde quer que ele vá entre uma condução de rebanhos e outra. Antes de partir, Sara troca algumas palavras com Cai, mas, para mim, ela tem apenas um olhar de soslaio. Watson ficará numa chácara na extremidade mais distante dos pastos e não nos incomodará. Quando ficamos a sós, sinto um peso ser tirado de minhas costas e só agora me dou conta de o quanto pesa a opinião que têm sobre mim e de como esse peso me arrastou para baixo. Agora somos só nós dois, passando os poucos dias que restam com os rebanhos, aguardando com esperança e um pouco de ansiedade para ver se nossos esforços se mostrarão suficientes.

Estou em guarda com relação a Isolda. No momento, sua presença malevolente parece menos forte do que em outras vezes, embora eu não possa identificar um padrão em sua ameaça, a não ser que esta continua e que Angel pode lhe servir de condutor. Tomo o cuidado de amarrar o cavalo temperamental o mais longe possível de onde dormimos. Não quero saber de sua dona estragando nossas noites juntos com sua aura amarga. O que acontecerá quando voltarmos para a Ffynnon Las? Isolda vai ver o quanto Cai e eu nos tornamos íntimos e aceitar a derrota? Não, ela é incapaz de uma atitude dessas. Se ela insistir em persegui-lo, persistir nas exigências para que eu vá embora, terei que enfrentá-la. Tenho que me manter firme. Cai é tudo para mim agora. Como eu poderia viver sem ele?

Podíamos nos hospedar no Recanto dos Mercadores, uma hospedaria movimentada, cujo dono também aluga os campos de engorda. A comida é de boa qualidade, apesar de um pouco cara, e os quartos, confortáveis, mas mal permaneceríamos na hospedaria, pois seria tolice deixar os rebanhos desacompanhados. Em vez disso, dormimos numa antiga cabana de pastores localizada nos pastos com o propósito específico de manter os rebanhos visitantes sob vigília. A cabana é aconchegante e seca e nos permite ter privacidade, apesar da falta de conforto. Passamos os dias verificando os animais e nos esforçando ao máximo para instilar alguns modos nos pôneis. Os mais jovens, em particular, precisam de um pouco de instrução. Quanto mais obedientes, mais calmos, mais fáceis de lidar, melhor será o preço que conseguiremos por eles. É uma alegria poder passar um tempo com esses animais sem ser interrompida pelas exigências da vida doméstica e amolações da sociedade. Se eu pudesse expulsar todos os que batem à nossa porta, nossa casa seria um paraíso e tanto! Imagine, nada de chás entediantes com os Cadwaladr. Nenhuma visita indesejada de Isolda sob o disfarce da amizade. No entanto, eu deixaria a Sra. Jones continuar indo para a Ffynnon Las. Apesar de sua paciência incansável, ainda não sou uma cozinheira muito boa.

Aqui não há ninguém para nos perturbar e as noites em nosso pequeno quarto felizmente são pacíficas e íntimas. O estranho é que não vejo Isolda há alguns dias. Primeiro, achei que tivéssemos viajado para além de seu alcance, mais distante do que ela consegue chegar através da magia. Mas cheguei a outra conclusão. Não deve ser coincidência suas visitas terem parado na primeira noite em que Cai fez amor comigo. Existe, então, um poder em nossa intimidade, em nossa ligação amorosa, que nos protege um pouco de alguma maneira? Sinto conforto em acreditar que sim, mas não posso permitir que isso me torne complacente. Ela é poderosa demais, determinada demais, para deixar uma coisa dessas permanecer em seu caminho por muito tempo. Quando voltarmos para casa, quando ela puder nos impor sua presença física mais uma vez, bem, aí temo que as coisas sejam diferentes.

Talvez seja a cigana em mim que gosta tanto de dormir sob as estrelas, ouvindo as criaturas da noite, tendo o sono embalado pelos sons de caçadores e daqueles em busca de outros alimentos. O mais provável, admito, é que seja meu deleite recém-descoberto no prazer que compartilho com Cai. Desejo agora que não tivéssemos um lar. Que pudéssemos viajar como Papai fez um dia, vagando pelo mundo, só nós dois, pelo resto da vida.

No entanto, essa liberdade que temos dura apenas mais alguns dias. Na última quinta-feira da condução de rebanhos, Cai me deixa para ir até Londres sozinho. Lá ele resolverá questões ligadas aos negócios que o povo de Tregaron confiou a ele. Haverá transações envolvendo vendas de propriedades, contratos de trabalho e cartas marcando casamentos, bem como disposições de última vontade e testamentos e vários vínculos e investimos, tudo a ser entregue com segurança. Passo sua ausência treinando os potros um pouco mais. Fico de olho em Angel e me pergunto se ela só consegue nos espiar onde ele está presente. Sinto-a por perto, então, pode ser que, apesar de eu não ter uma folga de seu olho que tudo vê, Cai, ao menos, estará livre dela por algumas horas. Quando volta, nos sentamos perto da fogueira, e ele me conta do barulho e da agitação e da vastidão da cidade e tudo o que viu por lá. Fico profundamente satisfeita por não ter que pôr os pés nesse lugar.

Agora sexta-feira paira sobre nós, e os negociantes chegam de Londres. O corpulento de cara avermelhada que vem comprar o gado faz isso com pouca antecedência. Está claro para qualquer um que se dê ao trabalho de olhar que os rebanhos estão em condições excelentes. Cai permanece confiante em meio ao gado e conduz com agilidade o negócio de se chegar a um bom preço. A transação é selada com um cuspe e um aperto de mãos e os dois desaparecem hospedaria adentro para trocar dinheiro por recibo.

O comprador de cavalos é completamente diferente. Dá a impressão de ser um cavalheiro, com seu ar e trajes elegantes e, ainda assim, há algo dissimulado em seus modos, algo escondido em sua expressão, que não me agrada. Eu o observo de perto enquanto ele avalia os pôneis. Não é um homem que ama cavalos. É alguém que os vê apenas como mercadoria, para serem comprados e vendidos, para darem lucro, para pagarem por seu requinte. Meu sangue ferve quando penso nesse homem levando nossos preciosos pôneis. Será que ele vai tratá-los bem? Checará se são apropriados para os novos donos? Cai percebe minha desconfiança e conduz o negociante para longe de mim. É sábio, pois não tenho certeza de poderia conter minha raiva se fosse forçada a ouvir mais críticas casuais desse homem sobre nossos maravilhosos cavalos nem sua avaliação mordaz de nossas belas éguas reprodutoras. As negociações empacam e gaguejam, com muitos balanços de cabeça e apertos de lábios. O tempo se arrasta, horas passam, de modo que a suave luz da noite dá um inapropriado e doce tom rosado aos procedimentos. Por fim, o negócio é concluído. Cai toma um forte tapinha nas costas do homem, que de repente se torna todo amigável e bem-humorado. Os dois acertam os detalhes da transação longe das minhas vistas, deixando que eu me despeça dos pôneis. O menor potro, com o pelo ainda arrepiado, a crina crespa ainda não comprida o bastante para afastar os mosquitos, se aproxima de mim a passos lentos e esfrega o focinho na minha saia, procurando petiscos. Onde você estará daqui a três meses, pequeno? Seu novo dono será gentil? Apreciará suas origens selvagens e seu espírito destemido? Prince está na sombra de um carvalho retorcido, agitando o rabo mais por hábito do que por necessidade, cochilando, preguiçoso. Não consigo resistir e subo em seu dorso pela última vez. Ele abre os olhos, mas não se dá ao trabalho de se mexer quando pulo e me acomodo atrás de sua cernelha branca como neve, deixando minhas mãos acariciarem o belo pelo em seu pescoço forte e branco. Me dói muito pensar que nos separaremos para sempre. Sinto lágrimas ridículas encherem meus olhos. Que bobagem. Sei como as coisas são. Pelo bem de Cai, não devo me entregar aos sentimentos. Fico nervosa ao vê-lo com o homem, depois de fechar o negócio, aproximando-se de nós. Enxugo o rosto com a manga da blusa, sem dúvida deixando uma camada encardida, e logo deslizo do dorso de Prince. Cai chega perto de nós com um cabresto de corda que põe na cabeça de Prince, ajustando-o com cuidado atrás das orelhas e ajeitando as madeixas do garanhão com capricho sobre a parte da cabeça. Dá para ver pela posição de seus ombros que isso é difícil para ele também. Para a minha surpresa, Cai me entrega a rédea.

— Você já disse adeus demais nesta viagem, Morgana. Prince é seu — fala, dando de ombros: — Veja isso como um bônus de um *porthmon* para seu condutor de rebanhos que trabalhou pesado.

Mal consigo assimilar o que ele está dizendo, mas quando, por fim, as palavras fazem sentido em minha cabeça, dou um pulo para a frente, envolvendo seu pescoço com os braços e cobrindo seu rosto de beijos. Ele dá uma gargalhada, me abraçando com força.

— Bem, *Duw* — diz —, se essa é a reação, que bom que não ofereci uma recompensa dessas a Meredith!

16.

A viagem de volta para casa com Morgana é uma que Cai guardará como um tesouro em seu coração. Ele decidiu não pegar a diligência. Angel provavelmente aguentaria acompanhá-la, mas os cavalos da diligência seriam rápidos demais para Prince. E, para ser sincero consigo mesmo, ele quer prolongar seu tempo sozinho com Morgana só mais um pouco. Durante quatro dias, os dois cavalgam rumo ao oeste, perseguindo o pálido sol do outono através das horas de luz do dia, encontrando um lugar para acampar a cada noite. Embora pudessem pagar um quarto numa hospedaria, preferem a simplicidade de dormir ao ar livre. Além do mais, pondera Cai, aparentam menos prosperidade e despertarão menos interesse ao se preservarem e não forem vistos como quem tem dinheiro para gastar. Ele não deseja de maneira alguma sofrer com o mesmo destino de Llewellyn. As noites esfriam depressa, mas Cai arranja um celeiro quente ou uma clareira num bosque protegido onde possam acender uma fogueira. Os dois se sentam perto um do outro, observando as chamas, cozinhando um coelho comprado de um caçador clandestino da região ou um peixe pescado num riacho próximo, enquanto os cavalos pastam em paz presos a suas cordas. O gado foi vendido por um bom preço e os pôneis também. Por fim, Cai consegue vislumbrar um futuro claro para ele e Morgana na Ffynnon Las. Na primeira oportunidade, ele vai levá-la à feira hípica de Llanybydder para comprar duas éguas novas — o começo da reconstituição do rebanho. A ideia de uma vida juntos, de um propósito compartilhado, o deixa cheio de esperança e orgulho. Ela acaba de voltar do banho nas águas envolventes do rio estreito e se inclina perto do fogo, passando os dedos pelo cabelo molhado para deixar o ar enfumaçado secá-lo. Percebe que ele a observa, mas não é mais dominada pela timidez. Em vez disso, sorri, dá um sorriso aberto e caloroso, e Cai sente seu coração se elevar. Ele ainda pensa em Catrin e sabe que sempre pensará. A lembrança, porém, não é mais dolorosa, e seu afeto por Morgana não é manchado pela culpa. Ela balança a cabeça, e gotas d'água chiam ao cair no fogo. Bracken late, nervoso.

Cai dá uma gargalhada.

— Quieto, amigo. Que tipo de cachorro é você, com medo do que as chamas têm a dizer? — Ele esfrega as orelhas do corgi. O pequeno cão de caça trabalhou pesado, com as solas das patas sangrando de tanto desgaste no fim da condução de rebanhos. Ele também ganhou uma agradável viagem de volta para casa. E Cai está satisfeito com sua presença além de desfrutar de sua companhia. Consegue dormir com mais tranquilidade sabendo que Bracken vigiará, alerta, e denunciará a presença de estranhos. De fato seria trágico ter chegado tão longe, ter feito uma condução de rebanhos tão bem-sucedida, só para que fossem roubados agora. Por esse motivo, ele escolheu uma rota pouco usada e é cauteloso nas conversas com aqueles que encontra ao longo do caminho.

Casa. Essa ideia é agridoce para Cai. O que ele encontrará à sua espera ao voltar a Tregaron? Muitos terão comparecido ao enterro de Dai. Edwyn terá tido semanas para espalhar pela região sua versão dos acontecimentos. Haverá quem ponha a culpa da morte de Dai em Morgana? Será ela capaz de convencê-los de que ela é inocente? A condução de rebanhos foi um sucesso. Isso, ao menos, não pode ser questionado. A ele só resta esperar que o alívio da segurança financeira para os fazendeiros que lhe confiaram seus animais lhe seja favorável. Morgana é a Sra. Cai Jenkins, esposa do *porthmon*, dona da Ffynnon Las. Se o estimam, têm que aceitá-la. Se confiam em Cai, com certeza têm que aceitar sua palavra quando ele afirma que a culpa não foi dela.

A água na pequena panela para acampamentos começa a ferver e Cai despeja nela colheres cheias de folhas de chá preto.

— Venha — chama —, tome alguma coisa quente. Juro que o outono chega mais cedo a cada ano. Você vai acabar adoecendo com esse cabelo molhado. Chegue mais perto do fogo. Mais perto de mim. Isso. Assim está melhor, não é? — Ele passa um braço ao redor da cintura da mulher e a puxa para mais perto. Ela dá um sorriso largo, empurrando-o de brincadeira. — Ah, não minha selvagem. Não posso largar você. É um pouco sacrificante para mim, mas fazer o quê? Tenho que abraçá-la para mantê-la aquecida, ou você vai acabar adoecendo. E aí como eu ficaria sem a minha melhor condutora de rebanhos?

Morgana dá um tapa em Cai, não sem força, antes de empurrá-lo de costas no chão coberto de folhas e logo se sentando sobre ele, pondo os joelhos de um lado e de outro de sua cintura. Ele dá uma gargalhada quando ela pega suas mãos e o prende ali.

— Bem, agora você me pegou. O que planeja fazer comigo, *cariad?* — Ele ergue as sobrancelhas sugestivamente.

Por um instante, ela estreita os olhos, pensando, e então começa a lhe fazer cócegas sem misericórdia. Cai dá gargalhadas até perder o fôlego e é forçado a derrubá-la, pressionando-a contra o chão sob ele, fazendo-a parar de se contorcer com um beijo demorado e intenso. Aos poucos, ele a sente mudar. Os braços e pernas de Morgana relaxam, sua boca se torna suave na dele e ela retribui o beijo com sentimento. Ele hesita, afastando-se um pouco, tirando-lhe os cachos molhados do rosto.

— Amo você, Sra. Ffynnon Las. Você sabe disso, não sabe?

Ela sorri e assente. Então, com o sorriso já se esvaindo, mais séria, assente de novo, antes de erguer o corpo para beijá-lo mais uma vez, puxando-o para baixo, em sua direção, deixando-o repousar o corpo sobre o dela.

Na manhã seguinte, viajam devagar, parando para visitar o túmulo de Mair e verificar a lápide que Cai mandou entalharem. Morgana planta flores ao redor da lápide e deixa umas moedas com a velha Sra. Roberts para ela cuidar do túmulo. Os dois chegam a Tregaron no dia da feira da colheita. As cores da paisagem de fato se alteraram de maneira notável desde a partida, algumas semanas antes. Os carvalhos e as bétulas perderam o viço verde e agora sustentam folhas de centenas de tons de dourado e ocre. Apenas o freixo mantém, teimoso, os trajes do verão. A grama nos prados altos ao redor da cidade transcendeu a exuberância do fim do verão e foi esmigalhada pelas ovelhas famintas, ávidas para engordar e se proteger do inverno que está por vir. Numa última saudação aos meses mais quentes e celebrando a recompensa da colheita que salva a vida de todos, o povo de Tregaron se reuniu em seus melhores trajes para um dia de descanso e diversão. Cai logo se dá conta de como ele e Morgana devem ser uma visão de maltrapilhos e imundos chegando a cavalo à praça principal. Até Angel e Prince perderam a cobertura brilhosa do verão e parecem simples com seu pelo de inverno ainda crescendo e semanas de barro nas crinas. O pelo de Bracken está emaranhado aqui e ali, e suas patas não são mais brancas como giz O casaco de Cai tem um rasgo na maga e uma espessa camada de gordura por ter se esfregado no gado durante semanas a fio e por ter sido usado para forrar o chão ou como paliativo ao dormir ao ar livre. As roupas de Morgana estão um pouco melhores e os chapéus dos dois estão gastos e deformados. A pele de Morgana está desgastada e bronzeada, e Cai lamenta não ter arranjado um tempo para tirar a barba rebelde antes de voltarem.

Eles passam devagar por entre estandes e frequentadores da feira, com os cavalos cansados demais para suportar as bandeiras se agitando ou o barulho das crianças brincando. As pessoas se viram para encará-los, e um cochicho percorre a praça: *o porthmon está de volta*. Embora Cai saiba que não deve esperar uma fanfarra nem qualquer tipo de boas-vindas a um herói, ainda se desconcerta com aquela recepção. Em meio a toda animação da feira, a notícia de sua presença parece espalhar uma inquietação inconveniente. Uma seriedade. Um receio. Ele apressa Angel para atravessar a multidão até o hotel Talbot. Morgana mantém Prince logo atrás de Cai Bracken trota quieto ao lado do dono, com o rabo para baixo, sensível ao clima ao seu redor. Cai havia pensado em pôr os cavalos num estábulo atrás da hospedaria e entrar para comemorar com uma bebida, mas muda de ideia. Essa reação curiosamente calada à sua chegada é perturbadora Cai percebe aqueles que tiram o chapéu para ele. Decide que não vai demorar, apenas entregar as somas em dinheiro que deve aos criadores de gado e levar Morgana para casa. Os dois amarram os cavalos na barra em frente ao hotel.

— Venha, Morgana. — Ele manda que ela o acompanhe até lá dentro Sabe que isso é incomum, pois o lugar costuma ser reservado aos homens, mas se sente incomodado com a ideia de deixá-la do lado fora em meio a uma aglomeração nada amigável. Ela recua, consciente da estranheza da sugestão, claramente não querendo causar problemas, se estes puderem ser evitados.

Uma voz vinda da multidão interrompe o momento

— Bem-vindo de volta, Sr. Jenkins — diz Isolda, dando um passo à frente. Ela acena com a cabeça para Morgana — Sra. Jenkins, a senhora parece uma condutora de rebanhos da cabeça aos pés.

Os expectadores riem disso. Cai se encrespa, mas está determinado a permanecer o mais moderado possível em suas reações

— Sra. Bowen. — Ele faz uma pequena reverência.

— Fico satisfeita em ver que o senhor voltou em segurança — afirma Isolda, mas Cai acha que seu jeito mudou de alguma forma. Há uma distância, uma frieza, uma aspereza nela que ele não havia sentido antes.

— Seu cavalo foi de grande valia — diz ele. — Agradeço por tê-lo me emprestado. Vou levá-lo à sua casa amanhã, depois que ele descansar.

— Não se dê ao trabalho. Vou mandar cavalariço buscá-lo. O senhor deve estar cansado depois desse trabalho intenso. E a senhora também.

Algo em como ela olha para Morgana dá calafrios em Cai. Ele está confuso com tamanha mudança numa mulher que acreditou conhecer mais do que os outros. Apesar de Morgana nunca ter mantido em segredo que não gosta de Isolda, esta sempre foi civilizada. E até solícita. Não mais, ao que parece. Ao olhar para sua esposa agora, nota que ela tem os punhos cerrados. Pode mesmo ser uma rivalidade, algum tipo de ciúme, talvez, o que faz as mulheres discordarem tanto? Seja o que for, ele gostaria que Isolda tivesse escolhido um momento melhor para revelar sua hostilidade. As expressões dos que observam, suas caras fechadas, seus olhares reservados e quase nervosos para Morgana são profundamente perturbadores.

— Se a senhora nos dá licença — ele pega no braço de Morgana e a conduz em direção à porta —, temos negócios a tratar.

A situação não melhora quando a primeira pessoa que Cai vê dentro do Talbot é Llewellyn. É evidente que o homem já está no bar há algum tempo e ele tem a pele corada com os efeitos da cerveja forte consumida em grandes quantidades.

— Ora, ora, aqui está Jenkins Ffynnon Las, que veio gastar seu dinheiro. Estamos honrados, *porthmon* — diz ele, fingindo formalidade. — Então você conseguiu entregar os rebanhos?

— Consegui — responde Cai — e também bons lucros para todos. Tivemos sorte.

— Ah, é? Não foi o que ouvi.

— O que você quer dizer com isso?

— Sorte por seu ferreiro ter sido pisoteado até a morte, então, não é?

— Não, claro que não. Ninguém lamenta mais do que eu o que aconteceu com Dai.

— A viúva e os órfãos dele devem discordar de você nisso.

— Vou ser justo. Eles sabem disso.

— E sabem que a responsável será repreendida?

— Dispensei Edwyn. Mandei o rapaz para casa. Se Cerys insistir, levarei o caso ao magistrado.

Llewellyn esvazia a caneca e esfrega a manga da camisa na boca molhada.

— Há quem diga que a culpa não foi de Edwyn. Há quem acredite que a sua mulher é que foi negligente e que você só acusa Edwyn Nails para protegê-la.

— Eu estava lá. Vi o que aconteceu com meus próprios olhos.

— É, bem, talvez. E talvez um marido com uma mulher novinha em folha veja o que quer ver.

Cai não suporta mais. Dá um soco forte na mandíbula de Llewellyn. O velho é empurrado e cai para trás, derrubando os que estão bebendo e as banquetas do bar. Permanece deitado, atordoado, esfregando o rosto e cuspindo sangue.

— Ora, *Duw*, Jenkins... pus o dedo na ferida, não é?

— Guarde seus pensamentos venenosos para si mesmo, Llewellyn. Ninguém quer ouvir sua tagarelice de bêbado. Sei a verdade sobre o que aconteceu com Dai. Edwyn também. Se esse rapaz tiver consciência, não será falso, pondo a culpa em Morgana de novo. — Ele se vira para encarar os homens receosos no bar. Um ou outro dá um passo para trás. — Tem mais alguém aqui que acha que a justiça não foi feita nesse caso? Bem? Falem agora ou mantenham a língua dentro da boca. Não vou admitir que espalhem mentiras sobre minha esposa, ouviram? Se eu ouvir qualquer um se metendo nesse assunto... Bem, terá que se haver comigo.

As pessoas arrastam os pés, nervosas, e relutam em fitar os olhos de Cai. Até Llewellyn decide ficar calado enquanto se levanta. Há um silêncio espinhoso até Cai, respirando fundo e invocando, com algum esforço, um tom mais calmo, dizer:

— Está certo. Agora, aqueles que têm negócios comigo, estarei no meu lugar, perto da janela. Apresentem-se. Eu trouxe bons retornos para todos, mas não irei demorar aqui mais do que o necessário.

É como eu temia — não acreditam em nós. Edwyn fez seu trabalho, convencendo as pessoas da região de sua versão da verdade, e talvez nunca consigamos desfazer o que ele fez. Agora sei, ao menos, que Cai não duvida de mim, e há reconforto nisso. Também estou surpresa com o quanto me sinto satisfeita por estar de volta a Ffynnon Las. Eu havia pensado que a magia do tempo que passamos juntos ao voltar da condução de rebanhos talvez fosse esmagada sob o peso da reprovação pública e do ódio de Isolda quando chegássemos de volta na fazenda. Este, porém, é o nosso lar. Que maravilha é para mim pensar numa coisa dessas! Nosso lar. Me parece certo estar aqui com Cai, meu marido. A condução de rebanhos foi um sucesso. Temos direito a sermos felizes em nossa própria casa.

A Sra. Jones, pelo menos, está contente em nos ver.

— Bem, *Duw*, *Duw*, que estado o de vocês! Vamos entrar. Vou preparar a água para um banho. E esse cabelo, Sra. Jenkins! — Ela não resiste e pega um dos meus cachos emaranhados na mão, balançando a cabeça. — Sr. Jenkins, o senhor deveria se envergonhar por deixar sua linda esposinha nesse estado. Venha, *merched*. Vamos logo tirá-la dessas roupas horríveis e deixá-la com a aparência que a dona da Ffynnon Las deve ter. — Ela me faz entrar depressa pela porta, na cozinha aquecida, parando apenas para dar instruções a Cai. — Busque a bacia de lata, por favor, Sr. Jenkins — grita ela. — E mais carvão para a caldeira, ou não haverá água quente o bastante para lavar vocês dois. — Ela lança um olhar severo para Bracken, e temo que ele também não escape de uma boa esfregada antes de o dia terminar.

No instante em que ficamos sozinhas, começo a tentar lhe contar o que descobri sobre Isolda. Sei que a Sra. Jones sempre desgostou e desconfiou dessa mulher e já demonstrou que detecta uma escuridão nela. Como essa criatura deve ser boa em se disfarçar, em esconder a verdadeira natureza daqueles que a descobririam. Pois agora que compreendo que é ela quem está por trás de tudo — o reverendo Cadwaladr contra mim, a tempestade repentina que nos fez perder o rebanho, a maldade de Edwyn e a morte de Dai —, sei de onde vem o perigo. Preciso contar isso à Sra. Jones. Temo que haja um confronto entre Isolda e mim um dia. Em breve, talvez. Sei que não estou pronta. Não sou páreo para ela. Tenho que alertar a Sra. Jones e convocar sua ajuda.

Ela preparou o banho para mim, mas não tiro a roupa. Em vez disso, pego um papel, uma caneta e tinta na cômoda. Eles raramente são usados nesta casa. A tinta está um tanto seca e quebradiça, e minha mão é desajeitada enquanto me esforço para formar letras.

— O que você está fazendo, *cariad?* Entre na bacia enquanto a água está quente — diz a Sra. Jones, desesperada para me livrar das vestes imundas e nada charmosas. Eu, porém, mordo o lábio, franzindo a testa ao me concentrar diante do gesto raro de arrastar a ponta da pena no papel áspero. Por que Mamãe não insistiu para que o Sr. Rees-Jones me instruísse apropriadamente? Sou apenas meio treinada. Apesar de ter sido abençoada com o dom da leitura, poderia ser capaz de me comunicar muito melhor se tivesse sido instruída na arte da escrita! A frustração me leva a cometer erros, de modo que preciso tentar três vezes até conseguir formar alguma coisa que lembre as letras que me empenho em desenhar. Meus esforços não são elegantes nem caprichosos, mas são ao menos, legíveis. Passo o papel para a Sra. Jones. Ela se aproxima do lampião para ler melhor e entrefecha os olhos diante da minha caligrafia, esticando o braço para segurar a página. Lê em voz alta:

— I... "quem", não é? Não, "quer", sim, agora estou vendo. Então, você está dizendo que Isolda quer... Ffynnon Las? — Ela olha para mim e depois para minha letra feia. — Dai morreu... é, *cariad*, eu sei, mas você está dizendo que Isolda tem alguma coisa a ver com a morte dele?

Assinto com a cabeça veementemente.

— Mas ele morreu na condução de rebanhos. Isolda nem estava lá.

Agora nego com a cabeça. Ah! Ser capaz de formar as palavras. Ser capaz de gritá-las! Tomo o papel de suas mãos e bato com o dedo na última palavra que rascunhei ali. A Sra. Jones semicerra os olhos, transformando as letras deformadas em som.

— "F... t... c... r..." Não, não é isso. Só um minuto. "Feiticeira." "Feiticeira." — Ela fita meus olhos, séria, agora. — Você precisa ter muita certeza disso, Morgana. Está dizendo que Isolda Bowen é uma feiticeira. Ela se revelou para você?

Desta vez, assinto, num gesto enfático, tendo certeza e me sentindo um pouco aliviada por ter sido compreendida. Numa velocidade surpreendente, a Sra. Jones se aproxima do fogo e joga a folha de papel nas chamas, onde esta logo é consumida. Não se vira de novo para mim até estar satisfeita, até a folha ser destruída por completo.

— Já faz tempo que desconfio disso, sabe? Ah, mas ela é esperta. Com a cara que essa mulher apresenta ao mundo, quem duvidaria da bondade dela? Quem olharia de perto o bastante para enxergar que ela abriga a sombra do diabo? Se for mesmo como você disse e ela for a responsável pela morte de Dai, não existe nada que ela não seja capaz de fazer para conseguir o que quer. Sempre pensei que ela desejasse seu marido. Mas agora o que você está me contando muda tudo. Se ela quer a Ffynnon Las, só pode ser por causa do poço. E do *Grimório*! Ah, *cariad*, me arrepio toda quando penso numa criatura perversa... Uma feiticeira que não se importa com o que é certo e o que é errado... Tremo quando imagino o poder que ela pode conquistar com os encantamentos mantidos naquele livro. — A Sra. Jones esfrega as mãos, enrolando-as no avental, enquanto reflete sobre o que isso deve significar. — Não tenho feitiços para proteger desse mal. Minha magia é para consertar, não quebrar. *Duw*, ela poderia entrar aqui quando bem entendesse e pegar o que quer. Mas não, ela não fará isso. Vai querer manter o bom nome. A posição na sociedade. Realmente o fato de Isolda ser respeitada e prestigiada na cidade importa para ela. Claro que sim... Uma feiticeira não é bem-vinda. Então, precisa se gabar de enganar tanta gente tão bem. Isolda porá o povo contra nós se for preciso. O reverendo nunca aceitou você. Isso é coisa dela?

Assinto, fazendo um sinal de continuidade com a mão para indicar que tem mais. Muito mais.

A Sra. Jones olha para mim agora e vejo que seus olhos estão arregalados de medo.

— E agora você está no caminho dela. Ah, *cariad*, sinto um perigo do qual não sou capaz de protegê-la — diz ela, com a voz quase sufocada pela emoção.

Me aproximo depressa para pegar suas duas mãos nas minhas. Aperto-as com força e fito seus olhos, mostrando que não estou com medo. Com delicadeza, toco primeiro o seu coração e depois o meu, antes de me virar para onde o *Grimório do Poço Azul* está escondido.

— É claro que sim. — Sua expressão se ilumina. — Vamos enfrentá-la juntas. Você e eu, Morgana. — A Sra. Jones fica bem animada agora. — Isolda deve conhecer minhas limitações, mas duvido que saiba o que você pode ser capaz de fazer. — Ela assente firmemente com a cabeça. — E temos o *Grimório*. Na verdade, eu queria treinar você com mais calma. Lhe dar mais tempo para aprender tudo. Mas é um caso de extrema necessidade, *cariad*. De extrema necessidade. — Notando minha incerteza, minha falta de confiança nos próprios talentos, ela se torna animada e pragmática, como que para me dar tempo para digerir o que acabou de dizer. — Mas primeiro, *cariad*, temos que deixar você limpa! Venha, tire esses trapos horríveis e já para a banheira; bem depressa, agora.

É estranho estar na companhia de uma mulher e dentro de uma casa depois de tantas semanas na estrada como uma condutora de rebanhos.

E como amante de Cai. A Sra. Jones é habilidosa e determinada em suas atenções, me ajudando a tirar o barro e os nós do cabelo, me obrigando a tomar banho numa água tão quente que sinto que serei cozida como um salmão e sairei dali tão rosada quanto. Ela arranja para mim uma combinação limpa e um dos vestidos simples, feitos de algodão, de Catrin. Perdi um pouco de peso, o que não passa despercebido e desperta muitas broncas e um alvoroço e resmungos sobre refeições adequadas e uma boa noite de sono. Tudo o que quero, porém, é sentir os braços de Cai me evolvendo de novo. Estar deitado com ele. Compartilhar paixão com ele. Adormecer com a cabeça em seu peito, embalada pelos batimentos de seu coração forte e leal. Será que vamos dormir em sua cama nesta noite?, eu me pergunto. A cama que era dele e de Catrin. Ainda não me aventurei a ir lá para cima, mas mesmo agora, mesmo aqui na cozinha em meio à claridade dos lampiões e às atividades animadoras, posso sentir aquela outra presença. Posso de fato assumir aquele lugar, entrar na última fortaleza do amor de Catrin — onde ela se entregou a ele? Onde ela morreu por ele? Me parece que a declaração da Sra. Jones de que estou, por fim, prestes a ler o *Grimório*, a conhecer seus segredos e mistérios, a experimentar seu poder... Bem, só de pensar nisso, sinto dentro de mim uma mistura de entusiasmo e trepidação, como se eu estivesse no mar, precisando de uma âncora. E essa âncora, esse ponto de segurança, é Cai e o amor de que compartilhamos.

Acabei sendo poupada de tomar uma decisão sobre em que quarto dormir. Já é tão tarde quando a Sra. Jones conclui que nós dois estamos limpos e prontos para viver na Ffynnon Las de novo que ela decide ficar, dormir no quarto vago no fim do corredor. Sua presença, de alguma forma, nos inibe, então, tímidos, vamos cada um para seu quarto. Um momento depois de eu ter fechado a porta, enquanto ainda estou de pé, perdida no quarto, ouço uma leve batida à porta e Cai entra. Ele pega minha mão na sua, me olhando da cabeça aos pés e sorrindo.

— Bem, adorável. Uma transformação e tanto a que a Sra. Jones fez. Mal reconheço você sem suas roupas de condutora de rebanhos.

Retribuo o sorriso, acanhada, mas satisfeita por ele ter vindo até mim. Quando Cai me puxa para perto, sinto que ele se retrai. Seu braço ainda o incomoda, apesar de ele nunca reclamar. Traço a linha da cicatriz através de sua camisa de lã limpa.

— Está sarando — diz ele. — Graças a você. Isso não é nada.

Discordando, abro os botões e puxo a camisa para trás com cuidado para expor o ferimento. Está seco e limpo, mas a pele tem marcas horríveis. O vergão avermelhado da pele levantada se fixou numa linha brilhosa e dentada do ombro até o cotovelo. Nós dois sabemos que poderia ter sido pior. Muito pior. Mesmo assim, meu coração dói por vê-lo tão aflito. Me inclino para a frente e dou beijos ao longo da linha da cicatriz, desejando que fosse capaz de aliviar a dor que o ferimento ainda causa. Enquanto faço isso, lágrimas quentes escorrem de meus olhos, percorrendo o ferimento. As lágrimas de uma feiticeira. Não tenho encanto algum pronto para ser usado, apenas meu desejo de coração de que meu marido seja curado. No início, não detecto nenhuma alteração na cicatriz vívida e irregular, mas, aí, bem devagar, vejo que ela começa a borrar, a brilhar e, por fim, se esvair. Apesar de não ter desaparecido por completo, de fato, diminuiu consideravelmente. Sorrio para Cai, que olha primeiro para o ferimento e depois para mim com algo que se aproxima de adoração. Ele me puxa para perto, me beijando.

— Minha selvagem — murmura ele, em meio aos meus cabelos —, como tenho sorte por contar com você para cuidar de mim.

Levanto a cabeça de novo para fitar seus olhos e vejo tanto amor brilhando ali. Cai me puxa para perto, me envolvendo com muito desejo, e deixo que ele me abrace, sabendo agora que não importa onde estamos, desde que estejamos juntos.

Mais tarde acordo. Cai dorme, tranquilo, ao meu lado. Não sei ao certo o que me tirou do sono profundo, mas sinto que fui incomodada. Presto atenção nos sons e agora tenho certeza de que ouço um barulho do lado de fora da porta do quarto. Parecem passos. Será que a Sra. Jones está acordada a essa hora? A luz brilha pela janela que não foi fechada. O disco prateado ainda está no alto, e a noite, nem perto de chegar ao fim. Presto atenção de novo e ouço mais passos leves. Concluo que a Sra. Jones não pode ser a causa daquele barulho, pois seu andar seria bem mais pesado e acompanhado de muitos arquejos. Deslizo, deixando as cobertas, e pego meu xale de lã, enrolando-o nos ombros e prendendo-o na cintura. A porta faz um pouco de barulho quando a abro. Não há nada a ser visto além de sombras vazias. Mas então, olhando com mais atenção, percebo uma escuridão mais profunda num dos cantos da plataforma entre os lances de escada, como se essas sombras fossem mais sólidas agora. A ansiedade faz meu couro cabeludo ferroar. Me forço a dar um passo para a frente e experimento a agora conhecida frieza no ar nesse pequeno espaço. Catrin? Catrin, você veio falar comigo? Se ressente por eu estar deitada com seu marido, muito embora ele seja meu marido agora? No entanto, não consigo ter certeza de quem ou o que é que permanece aqui. Por fim, me sentindo oprimida pela presença e inquieta demais para voltar ao meu quarto, desço as escadas e saio pela porta dos fundos, em busca do calmante ar da noite.

A sensação de desassossego permanece comigo mesmo ali. Mais uma vez, sou atraída até o poço. Está frio o suficiente para gear, mas a temperatura não é baixa o bastante para congelar a água corrente que jorra da fonte nem para cobrir de gelo o poço fundo. O brilho da lua é tamanho que pinta reflexos na superfície da água. Olho para a leve imagem de mim mesma, que olha de volta para mim. De repente, meu coração deixa de bater uma vez, pois ali, indistinto, mas inconfundível, outro rosto espia por trás do meu ombro! Eu me viro e vejo Isolda perto o bastante para me tocar. No começo, acho que ela está viajando através da magia, mas agora vejo que ela está aqui por completo, em carne e espírito obscuro. Agora posso sentir seu ranço de réptil. Ela não pode de maneira alguma ser descrita como bonita nesta noite. É como se a lua revelasse a verdadeira natureza da criatura em suas feições, e há uma ferocidade apavorante em seu rosto.

— É uma noite fria para vagar por aí tão pouco vestida, bruxinha — diz ela. — Você devia tomar cuidado para não pegar um resfriado. Seu adorado marido ficaria com o coração partido se alguma coisa acontecesse com você. — Ela recua um pouco, me olhando, crítica. — Me pergunto o que será que ele vê num corpo tão infantil? É claro que ele não é homem o bastante para se considerar digno de mim.

Sei que é diferente. Sei que ele é um belo homem, um bom homem, bom demais para essa mulher maligna.

— Ah, você me acha maligna, não é?

Desvio o olhar, me repreendendo por ter me esquecido de como ela é capaz de ler meus pensamentos de perto.

— Você sabe mesmo o que significa "maligna"? Me parece que a definição depende de quem procura entendê-la. Para alguns, significa apenas "o que não é de Deus"... mas quem pode afirmar que existe apenas um Senhor digno de nossa adoração? Para outros, representa meramente o oposto dos próprios interesses. Qual das duas definições se aplica a você, *Morgana*? — Ela faz meu nome soar como algo detestável. — Eu tinha pensado em espantá-la daqui, supondo que uma coelhinha como você só poderia se assustar facilmente. Acontece que subestimei você. Então, tentei afastar Cai de você, instigar sentimentos ruins na condução de rebanhos, pendurar a desgraça em seu pescoço magro até ele não suportar mais vê-la. Infelizmente, o pobre homem está tão apaixonado que não vai, ao que parece, ser convencido. — Ela suspira, aproximando-se do poço para mergulhar os dedos na água sedosa. — O que me deixa com poucas opções de como agir. Pois vou agir. Não se iluda quanto a isso. A Ffynnon Las será minha, a qualquer custo. Uma pena, então, que seu adorado marido é quem terá que pagar o preço. Não, não me olhe com essa cara. Você tem que aceitar a culpa, pelo menos em parte, pois se você tivesse ouvido meu alerta e voltado às escondidas para onde quer que Cai a tenha encontrado, não haveria a menor necessidade de eu tomar esse tipo de atitude. O quê? Nada a dizer? Isso é, por fim, medo o que farejo vazando pelos seus poros?

Não vou ficar nem mais um segundo na companhia de Isolda. Eu me viro e começo a dar passos largos e apressados em direção à casa, mas ela corre e para à minha frente, num movimento sobrenatural, rápido e silencioso.

— Ora, Sra. Jenkins, sabia que é a maior das grosserias sair andando enquanto alguém lhe dirige a palavra?

Tento passar por Isolda, mas ela agarra meu braço, com um aperto doloroso, um toque venenoso, fazendo minha pele queimar sob suas mãos.

— Escute isso! Cai Jenkins nunca mais terá boa saúde! A força dele vai se esvair, o sangue dele se tornará ralo e a mente dele enfraquecerá, até ele não passar de uma carcaça de homem. Você vai assistir, impotente, a ele definhar e sofrer. E quando finalmente ele der o último suspiro, vou estar lá para cantar, triunfante! E vou cuidar para que você seja levada deste lugar e para que a Ffynnon Las seja minha.

Torço os punhos, me libertando de suas mãos, e corro para a casa, mas suas palavras me seguem.

— Eu amaldiçoo Cai Jenkins! O amaldiçoo com uma morte lenta e torturante, e seu papel será testemunhar o sofrimento dele, sabendo que poderia ter evitado isso, se o amasse o bastante para abrir mão dele!

Bato a porta de carvalho pesada depois de passar, com o coração disparado, prestes a explodir no peito, e corro escadas acima, de volta para meu quarto. Me esforço para acalmar minha respiração instável. Cai dorme, tranquilo, em paz, em segurança e bem. Mas por quanto tempo?, me pergunto. Por quanto tempo?

17.

Estamos prestes a usar o *Grimório*! Agora que o momento chegou, não sei o que mais temo — o possível poder do livro ou o meu possível fracasso. Por meio de mímica elaborada e do traçado trabalhoso de algumas palavras, consegui contar à Sra. Jones sobre o encontro que tive com Isolda no poço e a maldição que ela lançou sobre Cai. Agora me pego observando meu marido obsessivamente, em busca de sinais de sofrimento ou doença. Até aqui, dois dias depois de a maldição ser lançada, há pouco o que ver, a não ser um cansaço notável e perda de apetite. Quanto tempo levará para que ele esteja gravemente doente? Para que já não possa mais ser salvo? A ideia é horrível demais para permanecer em minha mente por mais do que um instante. Eu estava ansiosa para correr até o livro, puxá-lo de seu esconderijo e vasculhar as páginas em busca de um feitiço que servisse como antídoto, de alguma maneira de acabar com a maldição. Tenho que acreditar que isso existe, pois com certeza acredito que Isolda tenha o poder de cumprir suas ameaças. A Sra. Jones, porém, deteve minha mão. Precisamos trabalhar em segredo e compreendo isso. Ela já me explicou que as forças que podemos desencadear ao usar o *Grimório* não podem ser mascaradas nem contidas com facilidade. Além dessas afirmações vagas, não consigo arrancar mais nada dela. O que está claro é que Cai deve se encontrar a uma determinada distância da casa antes de darmos início à nossa tarefa. A Sra. Jones insiste que, a essa altura, não fará bem algum a Cai lhe contar qual é a nuvem negra paira sobre ele. De fato, ela acredita que, se ele souber da maldição, talvez isso até agrave os efeitos. Não dá para ter certeza, mas, enquanto ele não estiver sofrendo, ela acredita ser melhor escondermos de Cai a verdade sobre o que o aflige.

E hoje temos uma oportunidade. Faz tanto frio que chega a doer, e Cai decidiu reunir as ovelhas da montanha e transferi-las para os pastos acima da casa. Assim será mais fácil levar forragem para elas quando necessário. Ele comprou o pequeno bando na volta da condução de rebanhos. Continuou resmungando sobre ovelhas darem mais trabalho do que vale a pena até enquanto as comprava, mas estima que deem um lucro razoável e rápido. Com isso, seremos capazes de aumentar o número de cabeças de gado no fim do ano que vem. Observei enquanto ele apressava Honey em direção à montanha logo depois do café da manhã, com Bracken mordiscando os calcanhares da égua preguiçosa. Cai planeja checar a cerca nos limites da fazenda enquanto está lá fora. Então podemos confiar que ele não voltará antes do meio-dia.

Tiro o livro do ninho e me sento ao lado da Sra. Jones, à mesa da cozinha. Nós duas estamos em silêncio agora, diante do livro desembrulhado, esperando. Esperando termos coragem de abri-lo. Ouço o tique-taque do relógio de pé na sala de visitas. Ouço a respiração ofegante da Sra. Jones ao pegá-lo, um tanto rápida. Suas bochechas estão coradas, e ela lambe os lábios ao pôr as mãos no *Grimório*. Sua apreensão evidente aumenta minha ansiedade. Mas não devo me intimidar. Meu futuro aqui na Ffynnon Las, a vida de Cai, todas as coisas que me restam no mundo e que estimo, tudo isso depende de mim. Do passo que estou prestes a dar. Me sinto no limiar de uma nova existência. Sei que, depois de cruzar essa fronteira, não há volta. O conhecimento não pode se tornar desconhecido. A experiência não pode ser desvivida.

— Só tive permissão para ver este livro por dentro uma vez na vida — diz a Sra. Jones, em voz baixa. — Tinha dezoito anos e minha mãe achou que eu estava pronta para ver, se não para usar, o que existe aí dentro. Ela mesma nunca usou o livro, sabe? Me explicou que a sabedoria, o poder, a forte magia do *Grimório* não é para feiticeiras limitadas. A feitiçaria que ele contém, bem, não é para o dia a dia nem o trivial. E nas mãos erradas... — Ela se vira para mim. — Tenho que lhe dizer, *cariad*, que aqueles que buscam controlar as forças deste livro se tornam um perigo não só para os outros, mas para si mesmos também. Esse é um caminho arriscado, que não tomamos tranquilamente. Entende?

Entendo. E ela vê que, apesar de perigosa, esta é uma jornada que preciso fazer. Que *vou* fazer. Por Cai.

A Sra. Jones assente com a cabeça.

— Então, muito bem. Muito bem.

Com cuidado, aos poucos, e trepidando, ela levanta a capa do livro e o abre. A página que se revela contém uma declaração, que ela lê em voz alta.

— "Que todos que desejam consultar o *Grimório do Poço Azul* prestem atenção neste aviso. Apenas os que já foram vistos, apenas os que já foram ouvidos, apenas os que já foram julgados e considerados dignos são bem-vindos aqui."

A Sra. Jones se recosta um pouco e gesticula para que eu vire a página.

— É você quem tem que fazer isso, Morgana. Não posso entrar. Você pode.

Eu posso, mas será que devo? Será que fui considerada digna? Como posso saber? Não recebi sinal algum que indicasse que as Feiticeiras do Poço não me acharam deficiente. Que punição está à espera daquele que não é bem-vindo?

Eu me inclino para a frente e toco a borda dourada da página. É fria e no instante em que minha carne se conecta com o livro, torno a escutar o doce badalo de sinos ao longe, alto e puro, emitindo o som mais bonito que já chegou até meus ouvidos. Tento virar a página, mas ah! Está tão pesada que não consigo erguê-la. Como é que uma coisa tão leve e fina pode pesar tanto? Preciso das duas mãos e de toda a minha força para levantar a página e passá-la, acomodando-a do outro lado, de modo que a seguinte se revele. Esta traz apenas uma palavra: *Conteúdo*, mas não lista nenhum. Não há nada além de um espaço em branco abaixo do título. Franzo a testa, confusa. A Sra. Jones toca meu braço com delicadeza.

— Você tem que dizer ao livro do que é que precisa. E será levada para o lugar certo — explica ela.

Respiro fundo. Devo ser sucinta, clara. Fecho os olhos para me concentrar melhor no pedido.

Me dê um jeito de derrotar Isolda e acabar com a maldição que ela pôs em meu marido.

Abro os olhos e vejo as páginas passando... dez, vinte, trinta... demais para contar, um borrão de dourado e velino, até o movimento parar abruptamente. Ainda mais folhas brancas aparecem diante de mim, mas, enquanto observo, elas começam a ser preenchidas por uma cor redemoinhando. É pálida no início, mal está ali, e então se torna mais escura. Mais forte.

Os sinos mudam de tom, passando para sons mais graves. Um cincerro? Não, algo maior. Numa igreja, talvez? Não consigo ter certeza. A Sra. Jones também ouve o som e acredita reconhecê-lo.

— É como uma boia no mar — afirma ela. — Um mar bravo, batendo e quicando um sino de ferro pesado, alertando os navios de pedras ou de águas rasas.

Não consigo imaginar que nossa salvação esteja a bordo de um navio, mas a água me parece relevante. De fato, as ondas de azul na folha agora formam o que lembra um mapa de rios e esses rios correm até o fim da página, onde formam um mar amplo. Não, um mar, não. Um *lago*. É, um lago azul e amplo com montanhas se erguendo ao redor. Logo, a água azul preenche metade da página e, então, para o meu espanto, começa a escorrer *para fora* do livro. A Sra. Jones solta um grito de surpresa quando a água espirra em seu colo. Nós duas ficamos de pé, arrastando as cadeiras no chão de pedra, que logo começa a ser coberto de água. Esta escorre cada vez mais, numa velocidade e força que transcendem a razão. Não faz o menor sentido um escoadouro tão pequeno, da largura de um livro aberto, ser capaz de produzir tão depressa água suficiente para cobrir a área da cozinha, mas é o que acontece. E essa água sobe. E sobe.

Chiando, a Sra. Jones cambaleia e a pego pelo braço a tempo de impedir que ela caia na piscina cada vez mais funda ao redor de nossos joelhos. Eu a empurro agora, levantando-a primeiro para subir numa cadeira e, então, para ficar de pé sobre a mesa. O nível da água selvagem e espumante ainda sobe. Ela não escorre por debaixo da porta como deveria, nem força a passagem em meio a frestas nas janelas, mas continua se elevando, inexorável e apavorante. O desfecho parece horrendo e inevitável. O espaço se encherá de água em menos de um minuto, todo o ar será extinto e vamos nos afogar. Apesar de estarmos de pé, agarradas uma à outra sobre a mesa, o nível da água já é tão elevado que pressiona meus joelhos. Duvido que consiga manter a Sra. Jones de pé por mais tempo. Ela começa a se lamentar e a gemer.

— Ah! Morgana, faça alguma coisa. Faça isso parar. Mande isso parar!

Mas como? Que mensagem devo enviar? Por que isso está acontecendo? Esse dilúvio pode matar a nós duas — como isso pode ser uma resposta ao meu pedido? O que me atrevo a pedir em seguida? As Feiticeiras do Poço estão se recusando a me ajudar e essa é sua resposta? Devo ter fracassado na avaliação, sido declarada indigna de usar a magia do *Grimório*. E agora é tarde demais. Seu desagrado é de fato feroz! O livro flutua sobre a água, se movimentando sem esforço, ainda aberto na página dos rios e do lago, ainda jorrando água, infinita e incontrolável. Estendo o braço para pegá-lo, mas ele está longe demais, a ponto de eu ser forçada a sair da mesa e nadar. Acontece que nunca estive em águas tão profundas. Tomar banho em rios nas montanhas e em poças de orvalho não me habilitou a enfrentar tamanha profundidade, tamanhas correntes, num redemoinho. Enquanto me debato e espirro água, meu avanço em direção ao livro é lamentável e inutilmente lento. Ouço um grito vindo de trás de mim e avisto a Sra. Jones caindo da mesa e desaparecendo sob a superfície da água.

Tomo o máximo de fôlego que consigo e mergulho atrás dela. A cozinha é transformada num pesadelo debaixo d'água, com cadeiras e colheres e madeira e toalhas e toras num movimento descontrolado, girando por toda parte. As roupas da Sra. Jones estão ensopadas e pesam demais para que suas pernas e seus braços com artrite a impulsionem até a superfície. Pego a Sra. Jones, segurando-a sob um dos braços. Ela se agarra a mim, desesperada, e seu pânico interrompe qualquer movimento para cima que uma de nós possa ter conseguido fazer.

Sinto que vou falhar. Que não posso puxar minha querida amiga até o pouco ar que resta naquela cozinha irreal. Também não tenho como ir até a porta e chutá-la para tentar abri-la nem como quebrar uma janela de tão fortes que são as correntes e tão escasso é o fôlego dentro de mim. Por um instante, tudo parece estar em paz e há uma tentação a sucumbir ao aparenta ser um fim delicado. Simplesmente parar de lutar, boiar, ser levada ao inconsciente pela água brilhante e clara se torna uma opção interessante e atraente.

Mas assim não vai dar. Não mesmo.

Paro de atacar e de me debater sem sentido. A Sra. Jones tem no rosto tamanha expressão de pavor que quase perco as esperanças. Ela acha que desisti, que estou me entregando à água, que nós duas morreremos aqui hoje e seremos encontradas afogadas numa cozinha. Não permitirei que qualquer uma de nós tenha um fim tão ridículo. Invoco toda a força que me resta e sinto seu poder crescendo, pressionando meus olhos, querendo explodir de dentro de mim. Que as Feiticeiras do Poço façam o que precisam — tenho minha própria magia dentro de mim. Meu sangue mágico. Não sou um pedaço de madeira flutuante para ser despedaçada por essa tormenta sobrenatural. Espero o máximo a que me atrevo, o máximo que meus pulmões aguentam, deixando a força dentro de mim atingir seu pico. Os olhos da Sra. Jones se fecham e sua mão que agarra a manga da minha blusa se afrouxa. Agora entro em ação. Mexo a cabeça para um lado e para o outro e a água se mexe, se parte, recua diante de mim, e sou levada para cima, ainda agarrada à Sra. Jones, enviada depressa para romper a superfície da água com tamanha velocidade que disparo em frente, batendo no teto. Arquejo, buscando ar, sacudindo a Sra. Jones para que ela faça o mesmo logo. Estamos flutuando, mas a água continua subindo. O tempo está acabando.

O *Grimório* está na extremidade mais distante da cozinha, perto da janela. Olho zangada, desejando que o livro venha até mim, e ele vem. Logo que está a meu alcance, o agarro, tirando-o do turbilhão e o seguro no alto.

Pare! Não me teste mais. Esta senhora não fez mal algum, nem eu. Estou mandando. Pare!

E, de repente, a água desaparece.

Não recua tranquilamente, nos permitindo descer com ela. Simplesmente deixa de existir. Num piscar de olhos, numa batida do coração de uma cotovia, a água se foi, o cômodo está seco e volta a ser como antes. Até o fogo queima, animado, no fogão.

E somos devolvidas ao chão numa pancada tão forte, tão abrupta, que temo pela Sra. Jones. Ela permanece em choque e caída no chão. Me ajoelho ao seu lado, erguendo sua cabeça e acomodando-a em meu colo. A Sra. Jones está com uma palidez horrível, e temo que a provação tenha sido demais para ela. O que foi que eu fiz? Fui levada a usar o *Grimório* por causa do que queria. Por causa de Cai. Me parecia um desejo desprendido, mas e se essa pobre e boa mulher tiver pagado por isso com a própria vida?

Acorde, Sra. Jones. Ah, por favor, acorde!

Por fim, ela se mexe. Pisca e abre os olhos, levando um instante para lembrar onde está e o que houve. Se esforça para se sentar, e a ajudo.

Então, para a minha surpresa, ela sorri para mim. Além do alívio e da alegria que sinto ao vê-la recuperada, acho que temos poucos motivos para sorrir. O poder do *Grimório* chegou muito perto de acabar com nossas vidas.

— Ah, *cariad*, que magia! — diz ela, como que alheia ao perigo que corremos. Como se tivesse enxugado da mente o pavor por que nós duas passamos. Ela parece ler meus pensamentos, pois continua: — Não, não perdi os sentidos. Sei o que aconteceu, *merched*. Você chamou as Feiticeiras do Poço e elas responderam. Elas testaram você, Morgana, e você passou no teste. Na próxima vez, estarão prontas para ajudá-la.

Na próxima vez! Não consigo imaginar o que me levaria a arriscar consultar o *Grimório* de novo um dia. É perigoso demais. Poderoso demais. O que quer que a Sra. Jones pense, não estou convencida de que as Feiticeiras do Poço me aceitaram, e a força que possuem é tão grandiosa, seu potencial de destruição é tão real. Como posso me fazer ou fazer qualquer outra pessoa correr um risco desses de novo?

Não passaram nem três semanas desde que Cai e Morgana voltaram da condução de rebanhos e ainda falta mais de um mês para o inverno, mas o clima já apresenta todos os sinais de que ele está chegando. As árvores se livram das folhas numa pressa indecente. A grama verde logo se esvai e se torna amarelada e seca. Ventos do norte trazendo uma chuva gelada atacam fazendeiros e animais, penetrando em colarinhos, encharcando casacos e arrepiando ossos Cai tem visto os novos animais que comprou com a renda da condução de rebanhos perderem suas condições a cada semana que passa. As três éguas reprodutoras obtidas na Feira Hípica de Llanybydder foram rápidas ao desenvolver seu denso pelo de inverno, e duas delas precisaram ser tratadas por terem sofrido queimaduras na chuva. Ele já foi forçado a abandonar os pastos mais altos e passar para os prados mais protegidos, perto da casa. As doze novilhas que Cai comprou para repor o gado parecem chocadas por se encontrarem habitando uma terra tão hostil e perderam todo o peso extra com que chegaram ali. Até as resistentes ovelhas galesas, criadas por séculos para suportar o frio extremo e vendavais fortes que sua terra natal tem a oferecer, estão notavelmente mais magras do que quando Watson as entregou, um mês antes. Cai havia imaginado que, com menos gado e sem os pôneis, poderia obter um lucro modesto num pequeno rebanho de ovelhas sem gastar demais. Tinha esquecido, porém, que suas cercas não haviam sido feitas para conter animais tão pequenos e teimosos e tem passado várias horas recuperando as ovelhas em fazendas vizinhas ou nas estradas de terra. Bracken passou a sentir um forte desgosto pelas criaturas tolas e é ineficaz ao pastoreá-las.

Tanto que, pela terceira vez em três dias, Cai se encontra com o machadinho na mão, usando uma luva de proteção para segurar os galhos espinhosos da cerca viva, encolhido para se defender do vento implacável, enquanto trabalha para consertar mais uma abertura nos limites da fazenda, que as ovelhas inquietas expandiram na tentativa de ir para algum lugar mais quente. Normalmente, Cai acharia essas inconveniências irritantes, mas sem maiores consequências. Esta, porém, não é uma época normal. Além do clima estranho, há algo mais com que ele precisa lidar. Algo tão incomum para ele que às vezes se perde quanto à melhor maneira de proceder. Pois Cai não está bem. Não está doente como de qualquer jeito que já esteve antes. Não tem calafrios nem febres. Nem se vê forçado a vomitar. Essa doença é curiosa e inespecífica, debilitando-o de modo preocupante Uma letargia começou a dominá-lo logo depois que ele chegou da Inglaterra No princípio, ele achou que fosse apenas cansaço, mas repouso algum fez com que se sentisse renovado. Em seguida, o mal-estar se manifestou por meio de um peso nos braços e nas pernas e logo foi acompanhado por dores constantes nas juntas. A Sra. Jones ofereceu remédios primeiro para reumatismo e então para artrite. Nenhum deu a Cai alívio algum de seus sintomas Logo depois, ele começou a ser perturbado por um aperto doloroso abaixo do crânio, como se seu cérebro estivesse sendo pressionado por algum instrumento de tortura medieval. Por misericórdia, esses surtos de dor cada vez mais forte ocorrem apenas às vezes. Sem querer alarmar Morgana, ele tem se esforçado ao máximo para esconder seu sofrimento dela. Já tentou identificar um padrão nas crises, mas não conseguiu encontrar nada. Aos poucos, à medida que o tempo passa, ele vem se adaptando a essas aflições, aceitando-as como reações a uma vida dura e à chegada de um inverno severo. Mesmo assim, elas o desgastam a ponto de a montanha atrás da casa parecer mais íngreme do que sempre foi; a trilha para a fronteira mais distante, mais longa; e o peso de um punhado de feno para os animais, maior No fim de cada dia, ele se afunda, agradecido, na cadeira ao lado do fogão, na cozinha, cansado até a alma.

Agora, enquanto corta os gravetos de aveleira que se tornaram quebradiços com o frio intenso, tem tempo de se perguntar se a queda de seu vigor irá parar um dia. É impressionante vê-lo tão debilitado, profundamente perturbador considerar a hipótese de essa sua perda de saúde não ser freada. Alguém pode morrer disso? Com nada e, ao mesmo tempo, tudo de errado com ele? É como se, a cada dia, um pouco mais de sua juventude, de sua força, de fato, minasse, deixando-o minimamente, mas inconfundivelmente, mais fraco. Ele sente isso cada vez que ergue e abaixa a lâmina enquanto corta os galhos. Sente isso cada vez que se esforça para puxar ou dobrar os ramos mais espessos da cerca viva. Sente isso a cada passo ao se arrastar para casa, tomando o frio cortante no rosto, com o chapéu puxado para baixo na cabeça e os olhos lutando para se concentrar no chão, um passo à frente sob a luz do dia que se esvai. Quando chega ao curral da fazenda, não caminha; cambaleia. Está lutando em direção à porta dos fundos quando um som perturbador o faz parar. Vem do estábulo onde as éguas se abrigam.

Cai sente um calafrio, que não é provocado pela temperatura baixa, inundar seu corpo. Passou a vida inteira com cavalos e conhece bem demais o barulho de um desses animais à beira da morte. Não se surpreende, portanto, ao encontrar Wenna deitada de lado, com os flancos pesando, a respiração irregular e penosa. O pelo da velha égua, que costumava brilhar no sol como bronze polido, está embaçado de suor. Cai se ajoelha ao seu lado e põe uma das mãos na cabeça delicada da égua. Os olhos dela se mexem minimamente, as orelhas tremem, reagindo à sua presença, mas dá para ver que ela está viva por pouco. O frio severo a derrotou. Ela viu seu último inverno na montanha. Como se estivesse esperando por ele, começa a respirar mais fraco, até que, logo depois, todos os movimentos param e ela se vai. Cai sente a morte da égua como se tivesse perdido um membro da família. Se lembra dela ainda potra, ágil e distraída, como um dos pôneis mais bonitos que seu pai já criou e como a melhor égua reprodutora do rebanho, dando potros e potras de qualidade, protegendo-os como uma mãe perfeita. Ele sabe que ela teve uma vida longa e boa, mas perdê-la agora, quando tudo parece tão triste e desesperador, é um baque.

Depois de se esforçar para ficar de pé, enrijecido, Cai se arrasta até a casa e abre a porta dos fundos, mal passa por ela e cai no chão frio. Ao ouvi-lo, Morgana e a Sra. Jones vêm voando da cozinha

— Ah! Que o Senhor nos salve, Sr. Jenkins! — exclama a Sra. Jones.

Morgana se ajoelha ao lado do marido, pondo o braço dele ao redor de seus ombros, e o ajuda a levantar.

— Morgana — arqueja ele —, Wenna...

Ela vasculha seu rosto, tentando entender o que ele quer lhe dizer.

— Não se preocupe com os pôneis agora, *bachgen*. — A Sra. Jones ajuda a puxá-lo para ficar de pé. — Traga-o para perto do fogo, *merched*. Depressa. Temos que tirar essas roupas molhadas dele. Onde é que o senhor estava com a cabeça, *bach*, para passar tanto tempo lá fora com esse clima cruel, já que não está bem? Ela sai pela porta, apressada, agitando o pano de prato para Bracken, que já se acomodou o mais perto do fogão possível.

— Para fora, cachorro tolo. Aqui, sente-se agora. *Duw*, o que vamos fazer com o senhor?

Cai luta para recuperar a voz.

— Wenna morreu — despeja ele, lamentando não ter falado com mais jeito ao ver Morgana em choque. — Estava velha, *cariad*. Esse frio cruel foi demais para ela.

Por um momento, a Sra. Jones para de andar de um lado para o outro.

— Você disse morreu? Bem, *Duw*, que pena — reconhece ela, parecendo ponderar a informação. Cai fica surpreso, pois a mulher nunca demonstrou interesse por um pônei em especial e é pragmática quanto aos animais, como apenas a filha de um fazendeiro pode ser. Segundos depois, ela está de volta à agitação ao redor dele.

Cai balança a cabeça enquanto a Sra. Jones põe mais lenha no fogo e água na chaleira.

— Não se preocupe tanto, Sra. Jones. Só preciso descansar um pouco.

— O senhor está doente, Sr. Jenkins. Não é nada bom continuar como se não estivesse, sabe?

Morgana ajuda Cai com o casaco e o chapéu, espirrando água gelada sibilante no fogo ao sacudi-los e os pendura no encosto do banco de madeira Ele sofre ao ver a preocupação no rosto dela. Sabe que ela se preocupa com ele. Sabe também que ela não acredita no descaso casual que demonstra pela doença. Às vezes, de algum jeito, lhe parece que ela sabe mais do que ele sobre o que o aflige. Cai desenrola o cachecol molhado do pescoço. A lamentável chuva conseguiu atravessar até seu casaco, que ele tira também A Sra. Jones o pega de suas mãos, balançando a cabeça.

— É melhor eu preparar um escalda-pés de mostarda — diz ela

Morgana se ajoelha diante do marido e começa a desamarrar suas botas Ele observa enquanto os dedos hábeis da jovem puxam o couro molhado.

Sente que está falhando com ela, por estar doente. Um duro inverno está para chegar. Os dois terão que se esforçar ao máximo para cuidar dos animais e suportar os longos dias sombrios que vêm pela frente. Ele precisa de saúde. Por fim, se permite fazer uma pergunta na mente: o que acontecerá com Morgana se ele morrer?

Como se percebesse sua angústia, ela ergue a cabeça e olha para ele, franzindo a testa. Ele invoca o que espera ser um sorriso tranquilizador.

— Não se preocupe, *cariad* — diz ele. — Foi só o frio que me pegou desprevenido. Já me sinto melhor. Por que não me sentiria? Tenho as duas melhores enfermeiras do vale, não é?

Morgana agarra a bota esquerda do marido, empurrando a ponta para trás e puxando pelo calcanhar até ela escorregar do pé. A jovem trabalha com rapidez e eficiência e uma expressão ainda séria. Tira a outra bota e depois as meias de lã. Os pés dele estão como blocos de gelo, os dedos azulados. Cai resfolega quando ela começa a esfregá-los com firmeza, fazendo com que o sangue volte às extremidades congeladas. A Sra. Jones chega com uma bacia que acomoda diante do fogo, derramando água fumegante da chaleira sobre as sementes de mostarda que pôs ali dentro.

— Então, agora, pés para dentro, por favor — diz ela.

Cai faz o que mandam.

— *Duw*, mulher! Você está tentando me escaldar vivo?

— Bem, que bebezinho o senhor é. Não, não tire os pés daí! O Senhor sabe, Sr. Jenkins, que os homens são pacientes fracos.

Morgana assente com a cabeça, pensativa, pegando as botas e as segurando de perto. Cai vê, um tanto espantado, que ela está prestes a chorar.

Oferece-lhe a mão e ela aceita. Então, a puxa para seu colo, tirando as botas das mãos dela e jogando-as no chão.

— Tudo vai ficar bem, *cariad*. Nos criam para sermos fortes aqui em cima nessas montanhas, sabe? Alguns dias de descanso, um pouco do melhor bife e da melhor torta de rins da Sra. Jones e logo vou estar bom de novo. *Paid poeni*.

Ela, porém, fica inconsolável. Deita a cabeça no ombro de Cai, que sente lágrimas quentes pingarem em seu peito, atravessando a camisa desabotoada. O fato de ela estar tão preocupada mexe com ele. Pois, apesar de toda a fragilidade da moça, ele passou a vê-la como uma guerreira confiante e destemida que preferiria morrer antes de admitir uma derrota. No entanto, naquele momento, é exatamente assim que ela lhe parece. Derrotada. Isso é tão estranho à natureza dela que ele não consegue entender. Cai dá um abraço forte em Morgana, permitindo que o calor dela degele seu corpo anestesiado. Tirando força da vitalidade que sente dentro dela. Desejando que ela não duvide dele, pois isso o faz duvidar de si mesmo.

A perda de sua égua preferida minou a pouca força que restava em meu marido, ao que parece. O frio o atingiu profundamente, até o tutano, então, a Sra. Jones e eu levamos algumas horas para devolver a cor por completo a seus pés e suas mãos e para fazer seu corpo parar de tremer, seu queixo parar de bater. Por fim, o consideramos aquecido o bastante para arriscar dormir. Antes de eu levá-lo para o andar de cima, a Sra. Jones pressiona uma caneca de algo quente e aromático nas mãos dele.

— Então, agora, Sr. Jenkins, beba isso, por favor.

— O que é? — Cai cheira, desconfiado, enrugando o nariz diante do aroma desconhecido, apesar de este ser bastante agradável.

— Um remédio para a friagem. E uma dose para ajudar a dormir, pois não conheço nenhuma cura eficaz sem que o paciente passe algumas horas tranquilas na cama. Agora, beba, *bach*.

Relutante, ele faz o que ela manda. Só pode ser um remédio forte, pois mal o levo para a cama e seus olhos fecham. Ele luta contra o sono por um instante, murmurando para mim palavras emboladas demais para fazer sentido. Acaricio sua testa e dou beijos suaves em seu rosto até ele ficar quieto e sua respiração cadenciada indicar sono profundo.

Quando volto para a cozinha, fico surpresa ao encontrar a Sra. Jones usando as roupas de andar lá fora e acendendo dois lampiões.

— Depressa, *cariad*. Há muito a ser feito — diz ela, entregando meu casaco e o chapéu de condutor de rebanhos. Estou confusa, sem saber por que ela iria querer que fôssemos lá para fora, e minha surpresa dá lugar ao alerta quando a vejo pegar um facão. Me vendo chocada, ela para e explica:

— *Cariad*, você é galesa. Conhece bem o costume antigo de enterrar a cabeça de um cavalo debaixo da lareira. — Ao me ver resfolegar, ela ergue uma das mãos. — Não é hora de ser frágil, *merched*. Nossos ancestrais entendiam que o espírito de um cavalo é algo dotado de grande força. Uma força protetora. Você conhece a lenda, não é? Já ouviu falar do que estamos prestes a fazer, apesar de ninguém admitir que faz isso. É sempre o amigo de um vizinho ou o marido de uma prima... Mas existe uma magia poderosa nisso.

Balanço a cabeça, horrorizada, ao compreender tudo. Ela quer que eu corte a cabeça de Wenna, a traga aqui para dentro e a enterre sob a lareira! Não posso fazer isso! Balanço a cabeça, afastando-me dela, com os olhos atraídos pela luz do lampião que brilha na lâmina em sua mão.

— Mas você precisa, Morgana. Me escute. — Ela se aproxima e agarra meu ombro, exatamente como minha mãe costumava ao tentar me fazer enxergar a razão. Sua razão. Isso, porém, parece loucura. — Escute! — A Sra. Jones insiste. — Existem forças obscuras trabalhando contra nós. O inverno chegou sobrenaturalmente cedo e com ferocidade. Cai está doente. Nós duas sabemos quem está por trás dessas coisas horríveis. Não há nada que ela não seja capaz de fazer para conseguir o que quer. Ela realmente é uma ameaça ao seu marido, seu lar, sua vida, *cariad*. Temos que usar tudo o que pudermos para defender o que estimamos. O destino nos trouxe um grande presente com a morte dessa égua velha. Ela serviu bem a Cai quando viva. Seria um absurdo deixar sua morte se perder. Você conhece a lenda, não é?

Assinto com a cabeça, piscando para eliminar as lágrimas que ferroam os olhos.

— A lenda é muito conhecida — diz ela —, e por um bom motivo. Gerações invocaram os espíritos dos cavalos para proteger seus lares exatamente desse jeito. Para proteger seus lares das feiticeiras.

Levanto os braços, confusa.

— Feiticeiras *malignas* — continua ela. — Você não tem nada a temer, mas Isolda, *Duw*, ela não suportará o ar desta casa com o talismã no lugar, entende?

Ainda assim, não consigo me forçar a pegar a faca de sua mão. Mutilar a querida Wenna, saquear seu corpo... é horrível.

Por fim, a Sra. Jones pega minha mão com delicadeza, põe o cabo na minha palma e fecha meus dedos.

— Faça isso por amor, *merched*. Faça isso por Cai. Você precisa.

Ela tem razão. Eu sei. Sei que isso é um presente bom demais para deixar passar. Também sei que estamos em desvantagem contra Isolda. Quem sabe se serei mesmo capaz de comandar o poder do *Grimório* ou se este se revelará perigoso demais? Temos que nos defender de todas as maneiras possíveis.

Pego um dos lampiões e, juntas, vamos lá para fora. Bracken começa a choramingar quando fechamos a porta sem deixá-lo sair, mas essa não é uma tarefa em que ele possa me ajudar. A chuva gelada parou, mas uma geada de ferro já começa a tomar o chão. O ar está tão frio que meus dentes doem. Corremos até o estábulo de Wenna. As outras éguas passaram para a parte mais distante, levadas pelo instinto a se distanciar da morte.

— Pegue Honey — diz a Sra. Jones. — Temos que levar a égua lá para fora.

Honey está chateada por ter sido convocada a trabalhar à noite e tenho que usar a rédea para arrastá-la do estábulo. Coloco uma coelheira em seu pescoço largo e prendo as correntes nela. A Sra. Jones me ajuda a enrolar as pontas soltas das correntes no cadáver esquelético de dar dó. O frio já me deixa desajeitada e lenta. Me admira a Sra. Jones conseguir suportá-lo tão bem; sei que suas pernas com artrite devem estar doendo muito. Puxo as rédeas de Honey, e a Sra. Jones bate na garupa da égua, que acaba consentindo em seguir em frente, arrastando seu peso não distribuído pelas pedras congeladas do curral. Chegamos ao prado, atrás do celeiro, a uma área de barro mole.

— Isso vai servir — diz a Sra. Jones. — Podemos cobrir o corpo com os galhos da pilha por enquanto. Cai não está bem o bastante para vir até aqui. Cuidaremos de enterrar a carcaça outro dia.

Quero protestar, mas sei muito bem que não é hora para sentimentalismo. Fico de joelhos. Pela última vez, acaricio a cara bonita de Wenna.

Perdoe-me, pequena. Precisamos da sua ajuda. Cai precisa da sua ajuda só mais uma vez.

E agora começo a cortar. A primeira surpresa é que há menos sangue do que eu previa. Atribuo isso ao frio extremo e à inclinação do terreno onde o corpo do pônei está. Também não há cheiro, pois a carcaça está congelada, e o processo de decomposição ainda não começou. Sob a orientação da Sra. Jones, corto atravessando a pele e a carne, até a lâmina atingir a coluna.

— Enfie até encontrar a junção, bem no topo do pescoço. Cuidado, *cariad*. É melhor não lascar nem estilhaçar o osso.

Franzo a testa para ela, expressando meu desprazer diante dessa exigência que me parece desnecessária.

— O crânio tem que estar inteiro — explica ela. — Se as condições da cabeça não fossem importantes, teríamos trazido um machado.

Olhando para a Sra. Jones agora, noto a preocupação em seu rosto. Eu estava enganada ao pensar que o que estamos fazendo é fácil para ela. É difícil para nós duas. Não é justo que ela também tenha que lidar com minha apreensão. Volto a me concentrar na tarefa que tenho em mãos. Leva um tempo para inserir a ponta da lâmina no ponto perfeito.

— Você se lembra de como despedaçou o coelho? — pergunta ela. — É exatamente igual, só que de um tamanho maior. Tente encontrar o vão entre os ossos.

Encontrei! A faca atinge a junção profunda e escorregadia e posso sentir o crânio se soltar enquanto pressiono e alavanco. Sob a luz instável do lampião é difícil enxergar com exatidão o que estou fazendo, e meus olhos começam a lacrimejar com o esforço. Depois de vinte longos e frios minutos, a cabeça se solta do corpo por completo. Parece tão abandonada, flutuando no barro inflexível. Ao longe, uma raposa regouga, e seu chamado rangente penetra em meus pensamentos.

A Sra. Jones se apressa para envolver a cabeça num lençol velho que trouxe para essa finalidade. Meus músculos doem de frio e desgaste enquanto pego toras da pilha para cobrir o cadáver mutilado. Pego a cabeça embrulhada das mãos da Sra. Jones e me surpreendo com o peso. Avançamos lentamente na volta para casa. O fogão se apagou, e o frio da noite parece nos acompanhar para a cozinha e se agarrar às nossas roupas. O trabalho ainda não terminou. Bracken vem farejar e abanar o rabo quando uso uma barra para levantar a maior pedra à frente da lareira. Enquanto cavo na terra seca e empoeirada dali debaixo, o cachorro se junta a mim, pensando que se trata de uma brincadeira divertida. Seu focinho preto e sua mandíbula branca logo se tornam marrons como chocolate e ele fica engraçado. Tanto que a Sra. Jones dá uma risada ao vê-lo. O som parece fora de lugar, dada nossa atividade mórbida, e de uma altura horrível. Por instinto, paraliso durante a escavação, voltando os olhos para o teto, com os ouvidos atentos, em busca de algum sinal de que perturbamos Cai e o tiramos de seu sono induzido por drogas. O que ele diria se nos descobrisse agora? Como qualquer um poderia reagir senão com repulsa diante do que estamos fazendo?

— Está tudo bem, *cariad* — diz a Sra. Jones. — A mistura que preparei para ele vai mantê-lo envolvido em sonhos felizes até o sol nascer.

Em pouco tempo, temos nosso precioso embrulho empurrado para seu novo lugar de repouso e a pedra gasta e lascada de volta no lugar. A Sra. Jones se senta com rigidez no chão ao meu lado, esticando as mãos para a frente, com as palmas para cima. Seus olhos estão fechados, e não ouço nenhuma palavra. Seus lábios se mexem, e sei que ela está oferecendo uma oração ao espírito da égua. Quando ela abre os olhos de novo, olha diretamente adiante, sem enxergar, dizendo clara e firmemente:

— Somos as Feiticeiras do Poço e o invocamos para nos proteger daqueles que nos querem fazer mal. Mantenha-os longe do nosso lar. Mantenha nossos entes queridos a salvo. Imploramos.

Bracken se senta perto de mim, inclina a cabeça para trás, apontando o focinho coberto de barro para o céu, e começa um cântico fúnebre agudo e misterioso.

Quando chega o domingo, Cai está determinado a ir à capela. Sabe que lhe custa tanto convencer a si mesmo de que sua doença não é motivo de preocupação séria quanto convencer Morgana. E a Sra. Jones. E a todos os outros que ouviram falar que ele não está bem através dos sussurros locais infalíveis. Vão até a Soar-y-Mynydd. Ele caminhará a passos largos para assumir seu lugar no banco da frente, com Morgana segurando em seu braço, num belo vestido de lã, e desejará bom dia a todos. Até cantará um pouco mais alto do que o de costume. Ao todo, apresentará uma versão de si mesmo que ninguém poderá duvidar de que ele vai se livrar dessa pequena aflição passageira e continuar sendo um *porthmon* bem-sucedido com sua maravilhosa nova mulher. Tem plena consciência de que Morgana não é mais estimada pela vizinhança. Há quem ainda acredite que ela tenha sido, ao menos em parte, responsável pelo que aconteceu com Dai. Há até quem, por mais que isso seja inacreditável para Cai, tenha engolido o absurdo venenoso de Edwyn Nails sobre uma maldição na condução de rebanhos e a má sorte que acompanha a nova Sra. Jenkins. Os dois precisam se mostrar na capela, concluiu Cai, e precisam mostrar que não são do tipo que será derrubado por doença, especulação ou fofoca maliciosa.

A jornada morro acima é difícil. A chuva parou, mas só porque está frio demais. Se alguma coisa cair do céu, certamente será neve. Uma geada chegou na noite anterior e decidiu ficar, então, paira sobre eles uma névoa gelada, cintilante e monótona. Um acinzentado colore as nuvens acima, que permanecem pesadas, encobrindo um sol já fraco. O gelo deixou a estrada traiçoeira, então, Cai logo se arrepende de ter trazido a charrete.

— Na próxima vez — diz ele a Morgana enquanto Prince escorrega para o lado de novo, quase levando todos para a vala —, vamos montar. O tempo não está bom para andar de charrete — acrescenta ele, um tanto desnecessariamente, já que ambos são forçados a se agarrar às laterais do pequeno assento de madeira enquanto Prince se esforça para recuperar o equilíbrio e seguir em frente.

No fim das contas, chegam num bom momento e se deparam com um número considerável de adoradores se apressando para entrar na capela. Cai amarra as rédeas e oferece o braço a Morgana enquanto atravessam a ponte de pedra. Para os espectadores, os dois são um casal elegante a caminho das orações da manhã. Na verdade, Cai se apoia, pesado, em Morgana e acha o trajeto até a porta um esforço. Seus braços e pernas se recusam a se movimentar como ele manda, então, depois de atravessarem o cemitério, ele está visivelmente arrastando o pé esquerdo. Olhando ao redor, Cai repara que seu estado não passou despercebido. Os bons e fiéis enfrentaram o tempo para comparecer em massa. Felizmente, ninguém é tentado a permanecer do lado de fora para conversar. Todos os presentes se espremem no pequeno espaço entre as paredes espessas e geladas da capela. Não há fogo para trazer ânimo ou calor, mas a congregação embrulhada com aconchego gera pelo menos um aquecimento módico, apesar de pungente. Só lá dentro é que Cai nota as ausências. Muitas das famílias se apresentam desfalcadas. Muitos maridos comparecem sem as mulheres. Rostos conhecidos não se encontram. Ele se inclina para mais perto da Sra. Cadwaladr.

— Por que tantos ausentes? — pergunta. — A maioria se dispôs a enfrentar o frio para estar aqui, mas onde está a Sra. Davies? E Twm Moinho? E por que Dylys Evans não está com os bebês dela?

A Sra. Cadwaladr parece abalada por um momento. Então pega um lenço e chora copiosamente.

— Ah, Sr. Jenkins — lamenta ela —, o senhor não soube? Há uma doença em Tregaron. Muitos se encontram em estado grave. Alguns... — Ela hesita, a voz falhando — ...se foram!

Cai fica impressionado. Não tem ido à cidade recentemente, mas esses são, por certo, desfechos repentinos. Quando a Sra. Jones esteve pela última vez em sua casa, três dias antes, mencionou apenas que um ou dos dois habitantes mais velhos haviam sucumbido ao frio. E agora ele se lembra de ela ter comentado que alguns bebês não passavam bem. Imaginou que estivessem com uma indisposição corriqueira de inverno, nada mais. Agora, porém, olhando ao redor, vendo a tensão no rosto da Sra. Cadwaladr, que, de fato, é compartilhada até por suas filhas, percebe que isso é diferente. Compreende por que tantos se arriscaram sob condições tão inclementes. Fita os olhos dos presentes e vê medo.

Isolda Bowen chega atrasada, fazendo uma entrada e tanto. De seu lugar no banco da frente, Cai faz uma pequena reverência para cumprimentá-la, mas ela não reage, a não ser com um olhar bravo para Morgana. Ele está ciente da mudança no comportamento da esposa ao ver aquela mulher. Parece que o desgosto entre as duas é mútuo agora. Então, será que Isolda está com ciúmes?, Cai se pergunta. O amor que ele sente por Morgana agora e tão óbvio que ofende Isolda? Sua cabeça começa a latejar, e a visão, a embaçar. Ele fica alarmado com a velocidade e a severidade com que o episódio ocorre. Não consegue se impedir de levar a mão à cabeça. Morgana se inclina para a frente, preocupada. Cai dá um tapinha na mão dela, sorrindo, determinado a não deixá-la ver o quanto está sofrendo. Será que Cai também é uma vítima da doença que está devastando a comunidade? É por isso que anda tão indisposto? Todos terão que suportar essa doença incapacitante? Será que ele pode passá-la para Morgana?

O reverendo Cadwaladr assume seu lugar no púlpito. Deixa o olhar percorrer a congregação trêmula, assentindo com a cabeça solenemente.

— Vejo que vocês estão com frio, meus irmãos e minhas irmãs. Vejo que estão sofrendo com esse clima mais penoso, com esse frio fora de época e letal que nos mantém em suas garras de ferro há semanas. Tenho notado as ovelhas cavando o solo congelado, famintas e magras. Tenho visto passarinhos duros e mortos no caminho de pedras. Tenho ouvido os lamentos do vento forte percorrendo minha casa à noite. Tenho visto aqueles que já têm tão pouco queimando os suprimentos de combustível para o inverno, já com pouca forragem para os animais, já com medo de suas provisões não bastarem para passar pelo que ameaça ser um inverno longo, feroz e desconcertante. E tenho tocado na testa daqueles que não foram capazes de suportar a doença cruel que veio para a nossa cidade.

Há murmúrios nos bancos. Sons de consentimento e preocupação compartilhada. Sons de mulheres chorando baixinho.

— E sei que há medo entre vocês. É, está estampado em seu rosto. E me atinge aqui! — Ele bate com um dos punhos no peito. — Me dói ver tanto sofrimento. E me pergunto, por quê? Por que o Senhor achou apropriado mandar esse infortúnio para nós? Por que Ele em Sua infinita sabedoria, decretou que Seus filhos deveriam conhecer a fome, adoecer, ver sua criação, seu ganha-pão, definhar e desaparecer? Por que Ele acha necessário nos testar, nos tirando nossos entes queridos? Os velhos, os fortes e os inocentes?

Há um lamento nos fundos da capela.

— Tenho orado, meus irmãos e minhas irmãs. Tenho ajoelhado e orado por respostas e por orientação. E Deus falou comigo! — Seu rosto ficou avermelhado de empolgação e fervor. — É, Deus falou comigo!

Há uma onda de suspiros e améns.

O reverendo Cadwaladr se inclina para a frente, se apoiando na Bíblia adiante, olhando para seu rebanho com seriedade.

— Ele me disse que existe mal entre nós!

Agora, o choque desencadeia mais suspiros e orações sussurradas em meio à congregação.

— Sim, estou aqui para lhes contar. O Senhor me disse, na mesma clareza com que estou diante de vocês, que existe mal entre nós! Feitiçaria! O maligno e o satânico circulam entre nós!

As pessoas começam a se agarrar umas às outras, balançando a cabeça, sem querer ouvir.

— Ele nos mandou essas provações para acabar com esse mal. Se para isso, for preciso a morte de cada homem, mulher e criança nesta paróquia, então, que seja! Escutem, irmãos e irmãs. Nem tudo está perdido. Estou dizendo, temos o poder de nos salvar, de salvar a nossa comunidade.

Gritam:

— Como podemos fazer isso? Conte-nos! Ah, Conte-nos!

— Vocês estão dispostos a fazer o que é preciso? São capazes de fazer o trabalho de Deus para que os inocentes sejam poupados?

— Sim! — respondem. — Sim!

— Então, olhem para o seu vizinho. Olhem para aqueles que vocês conhecem. É, olhem até para suas famílias e procurem esse mal. Encontrem-no e expulsem-no!

— Amém!

— Expulsem-no! Limpem nossa cidade da podridão que se esconde em seu seio para contaminar todos nós, e nosso Senhor deve continuar com Sua purgação. Procurem a escuridão contagiosa que nos espreita, irmãos e irmãs. Vocês estão dispostos a cumprir essa tarefa? Estão?

Agora gritam e acenam com os punhos. Cai sente que sua cabeça pode se partir ao meio pela dor lá dentro e pela cacofonia ao seu redor. Nunca viu o povo naquele estado de fervor e determinação; é a coisa mais assustadora que ele já testemunhou.

Não vamos mais voltar à capela. Qualquer que tenha sido a doença que Isolda lançou sobre Cai, esta piora em sua presença, e ela faz questão de estar lá. E agora o reverendo Cadwaladr agitou a congregação, incitando-a a procurar o mal entre nós. Para mim, está claro que ele ainda dança conforme a música de Isolda, como um fantoche desamparado cujos fios são mexidos sem misericórdia. Ela deve ter exigido que ele continuasse a voltar o povo da paróquia contra mim. Como todos são idiotas! Cegos. Não veem a maldade da criatura que esmagaria qualquer um ou todos eles como um besouro sob sua bota se isso lhe fosse conveniente. Não sentem seu cheiro de réptil, como eu. Não percebem o ar envenenado que ela exala, como eu. Não ouvem sua gargalhada debochada, como eu.

É horrível ver meu pobre marido adoecer mais a cada dia que passa. O que tenho que fazer para acabar com a maldição? O que *posso* fazer? Eu arrancaria os braços de Isolda do corpo e seus olhos da cara com minhas mãos se achasse que isso fosse libertá-lo. Se eu acreditasse que ela me permitiria chegar perto o bastante para lhe fazer mal. Tenho que encontrar um jeito. Tenho que elaborar um plano que me permita chegar perto dela para descobrir o que pode lhe deixar vulnerável. Não acredito que haja qualquer coisa que eu possa fazer para convencê-la a retirar a maldição. Então, a única atitude que me resta é matá-la. Ah, pensar numa coisa dessas! Mas é a verdade. No fim das contas, haverá apenas uma vida: a de Cai ou a de Isolda. E não vou ficar parada, vendo meu amado definhar até morrer. Vou desenvolver os talentos que possuo. Vou me preparar da melhor maneira que puder. Vou refletir sobre quando e onde devo atacar. E vou fazer o que precisa ser feito.

Até lá, só me resta cuidar de Cai. Aliviar suas dores. Desde que voltamos da capela hoje de manhã, Cai nem se mexeu na cadeira. Pus mais lenha na lareira. Ofereci um cobertor, mas ele não aceitou. É como se temesse reconhecer o quanto está frágil. Como se fazer isso fosse deixar tudo mais verdadeiro. Ele está dormindo agora. Peguei um dos livros de meu pai — *A ilha do tesouro* — e vim compartilhar o assento junto da janela com Bracken. É um conforto segurar o livro bem perto de mim, me lembrar da história, me lembrar do Papai. Como eu queria que ele estivesse aqui agora para me ajudar. De algum jeito, tenho certeza de que ele saberia a melhor maneira de derrotar Isolda. Bracken e eu olhamos para o lado de fora juntos e vemos a luz cinzenta do dia diminuir. O frio é tanto que o sinto entrar pela janela como se não houvesse vidro algum. Passo a mão no pelo macio e quente de Bracken, e ele bate o rabo de um lado para o outro, preguiçoso. A paisagem além do jardim é monótona e nada convidativa, sem nenhum pôr do sol bonito para quebrar o tom metálico de gelo que cobre tudo. É difícil distinguir o horizonte. É como se o mundo estivesse encolhendo até apenas alguns metros congelados ao redor da casa. E agora, enquanto meu rosto começa a formigar de frio, vejo. Os primeiros flocos de neve.

— Morgana? Morgana, onde você está? — A voz de Cai está pesada de sono. Deslizo do assento junto da janela e vou até ele. — Você vai congelar aí — diz ele. — Feche as persianas e venha se sentar perto do fogo comigo.

Faço o que ele pede, parando por um momento para observar enquanto um floco de neve, novo e maravilhosamente intricado, de pontas afiadas como se fosse de açúcar, gruda na vidraça. Por alguns breves segundos, permanece ali, belo e perfeito. E então o escasso calor da casa o afeta, transformando-o num borrão, cuja definição é perdida, antes de ser absorvido por outro floco que pousa sobre ele. E outro. E outro. Fecho as persianas e puxo o pesado trinco de metal que as prende. Me sento no banco de madeira, de frente para a cadeira de Cai. Bracken vem se deitar o mais perto possível dos carvões quentes que pode se acomodar com segurança. Ainda tenho o livro nas mãos, e Cai o vê.

— O que você tem aí? Ah, *A ilha do tesouro*, uma história maravilhosa. — Ao ver minha reação, ele continua. — Li esse livro várias vezes quando menino. Na época, me assustava, sabe? — Cai dá um sorriso fraco, vendo-me acariciar o couro gasto da capa. — Esses livros foram do seu pai, não foram?

Assinto.

— Então, eles devem ser muito especiais para você. Deve lhe dar um grande conforto ler esses livros.

Eu me viro. Meus olhos miram o vermelho intenso do fogo, incapazes de encontrar os de Cai. Tento manter uma expressão impassível, impenetrável, mas ele me conhece bem demais.

— Morgana, o que foi? — pergunta Cai, mudando de posição a fim de se inclinar para a frente na cadeira, e o esforço o faz dar um breve suspiro. Não consigo evitar olhar para ele agora e, ao fazer isso, revelo a tristeza dentro de mim. — *Cariad*, me desculpe, não tive a intenção de aborrecê-la quando mencionei seu pai — diz ele.

Faço um pequeno gesto com a mão, como que descartando, mas Cai não se convence.

— Não, magoei você. Fui descuidado — fala. — É porque você não quer ler o livro sem ele, porque esse livro faz você se lembrar demais dele? É por isso?

Balanço a cabeça. E me dou conta de que quero que Cai entenda. Quero que ele veja que, sem alguém com quem compartilhar as histórias, elas são vividas apenas pela metade. Ah, como eu queria que ele lesse para mim! Viajar para todos esses lugares maravilhosos e exóticos junto dele, longe daqui, dos infortúnios e perigos de nosso mundo. Abro o livro numa página qualquer e mostro a Cai. Aponto as palavras, deixando os dedos traçá-las. Então, olho para ele e ponho a mão no coração. Ele me observa com atenção, e sei que quer entender. Coloco a palma da mão em seu coração e então, sorrindo, passo o livro para ele.

— Pois é, foi o que falei, *cariad*, gosto muito desses livros. Sempre adorei ler. Mas o quê...? — Ele pensa por um instante e então sua boca se abre enquanto a percepção sopra para longe as névoas de confusão em sua mente. Está impressionado. — Você gostaria que lêssemos essas histórias juntos. É isso? Que eu lesse para você, às vezes, talvez? — De imediato, seu rosto se ilumina. Ele estende o braço e acaricia meu rosto, tirando fios rebeldes de cabelo da minha testa.

— Não consigo pensar em nada de que gostaria mais do que compartilhar essas histórias com você. É o que você gostaria, Morgana?

Para que Cai não tenha dúvidas quanto à minha resposta, o cubro de beijos, cada um dizendo sim, de todo o coração.

Ele dá uma gargalhada.

— Agora fique quieta! É melhor não me distrair demais, ou não serei capaz de me concentrar no que está escrito, entende?

Assinto, deslizando de seu colo para me sentar no tapete sobre o piso em frente à lareira, aos seus pés, forçando Bracken a chegar para o lado e me dar espaço. Levanto o braço e abro o livro precioso na página um. Cai sorri para mim, ali embaixo, por mais um instante.

— Você é tão bonita, minha selvagem — diz ele.

Então Cai começa a ler. E enquanto ele fez isso, experimento tamanho emaranhado de sentimentos. É uma alegria ouvi-lo, compartilhar a jornada mágica da história, sim, mas essa alegria está marcada, pois este é um momento que temo nunca mais viver de novo. Quanto tempo teremos juntos para desfrutar de momentos tão especiais, tão preciosos, se Isolda não for detida? Chegará um dia em que tudo que me restará será a lembrança deste instante, uma estimada lembrança de uma ocasião em que ele me compreendeu tão bem e viajamos para as terras estrangeiras do faz de conta e o mundo das histórias, nós dois? Estamos prestes ter um prazer tão simples roubado, à medida que as forças de Cai falham, até ele não poder mais ler? Até não poder mais respirar!

Lágrimas ardem meus olhos enquanto ouço sua voz suave recontar a história que me é tão familiar, mas não permito que ele veja meus medos. Apoio a cabeça em seu joelho e deixo as palavras me acalmarem, bloqueando Isolda o máximo que posso, recusando-me a deixá-la me roubar até isso. Uma hora depois, nós dois lutamos contra o cansaço e ajudo Cai a subir as escadas e ir para a cama. Seu repouso é instável e me deito ao seu lado, atenta e preocupada, mal me atrevendo a tirar os olhos de Cai, com receio de que ele piore enquanto durmo.

Agora faz dois dias que a neve começou a cair; ainda não parou. Cai aderiu ao passatempo da leitura compartilhada com uma avidez que aquece e corta o coração ao mesmo tempo. Sinto que ele não questiona, como questiono, quanto tempo ainda temos para desfrutar dessa atividade delicada. Ora, ele até prometeu me ensinar a escrever. Meu entusiasmo diante dessa ideia durou pouco. Por um breve instante, me permiti pensar no que isso poderia significar; imaginar todas as maneiras em que poderia empregar a habilidade de dar forma a meus pensamentos com a tinta no papel. Mesmo nesses poucos dias curtos, porém, tenho assistido ao meu querido marido adoecer ainda mais. Cada respiração pesada, cada estremecimento de dor, me lembra de que nosso futuro, tudo o que desejamos e esperamos, é refém dos desejos malignos de Isolda.

A Sra. Jones chegou bravamente aqui a pé ontem e agora é improvável que ela vá embora antes de o tempo melhorar. Dentro de casa, pelo menos, é aconchegante. Há bastante carvão para nos manter aquecidos e, apesar de o poço estar congelado, a fonte em si continua jorrando, então, temos água. Graças à Sra. Jones, também temos uma despensa abastecida. No entanto, há coisas de que precisamos, inclusive um pouco mais de conhaque para aliviar o sofrimento de Cai. Suas juntas doem muito agora, e o frio não ajuda em nada. A Sra. Jones também sugeriu que talvez conseguíssemos uma garrafa de láudano com o Dr. Williams. Seria, de fato, uma bênção se Cai conseguisse dormir mais do que algumas horas interrompidas, pois como o mais forte de nós pode prosperar se estamos carentes de sono? E dessa vez, Cai está longe de forte. Infelizmente, a Sra. Jones não tem mais daquela mistura para dormir. Fica decidido, depois de muito debate e uma certa resistência por parte de Cai, que vou a Tregaron buscar o que precisamos. Vou montar em Prince e levar Honey, que servirá como cavalo de carga. Arranjarei os remédios de que Cai precisa. Além disso, vou comprar mais açúcar, um saco de farinha de aveia, um pouco de frutas secas e um presunto, se conseguir encontrar. Quem sabe por quanto tempo nevará sobre nós? É melhor aproveitar a viagem ao máximo.

Sei que a Sra. Jones tem planos para que nós duas convoquemos a força e a magia do *Grimório* de novo. Estou com medo, mas ela me convenceu de que não existe outro caminho, se quisermos invocar a força de que precisamos para libertar Cai da maldição e livrar todos nós de Isolda de uma vez por todas. Primeiro, porém, temos que atender as necessidades mais imediatas de Cai. Devemos mantê-lo da melhor maneira possível enquanto nos preparamos para o confronto que está por vir.

Apronto-me para enfrentar o tempo cruel vestindo a saia pesada com uma abertura e um casaco longo que usei na condução de rebanhos. Eles são grandes o bastante para que eu possa vestir várias camadas de peças de lã por baixo para me aquecer. Mais uma vez, recorri ao baú de roupas de Catrin e encontrei umas luvas de couro com pelos nas bordas que me servirão bem. Coloquei um velho par de perneiras de Cai por cima das botas e uma meia-calça para me proteger mais do frio. Em meu quarto, olho para meu reflexo no espelho. As roupas estão gastas, mas impedirão a entrada da neve. Para que meu chapéu de aba larga sirva direito e permaneça em minha cabeça, estou com os cabelos soltos. Tenho consciência de que as pessoas da cidade estranharão minha aparência, mas, na verdade, pouco me importa a opinião delas. Ninguém veio oferecer ajuda, apesar de saberem que Cai não anda bem. Se contentam por eu ter que cuidar dos animais por conta própria. Não é a primeira vez que agradeço por ter a Sra. Jones, pois não gostaria de deixar Cai sozinho durante as horas que levarei para fazer essa viagem. Na cozinha, me ver o faz sorrir. Ele se endireita na cadeira e a manta sobre os joelhos que ele finalmente concordou em usar cai de seu colo. Pego a manta e o envolvo com firmeza mais uma vez.

— Não se preocupe comigo — diz ele. — É melhor você ir logo. Aproveitar a luz do dia. Você não vai querer estar lá fora ainda quando a noite cair. — Ele abre um sorriso devagar. — Eu não tinha pensado que veria minha pequena condutora de rebanhos de novo nesta temporada. No entanto, sua tentativa de abrandar o momento dura pouco. Ele vê o apito pendurado em meu pescoço. — Cuide-se, minha selvagem. Trate o clima com respeito, mesmo que ele não mereça isso.

Sorrio para Cai e beijo sua bochecha quente antes de sair apressada.

A Sra. Jones me encontra na entrada e começa a enrolar um belo cachecol de lã em meu pescoço.

— Agora, *merched* — diz ela —, tome cuidado. *Duw*, não era para você sair com esse tempo. Eu sei, eu sei. — Ela ergue uma das mãos, como que para me impedir de falar. — Seu marido precisa do que o doutor Williams pode mandar para ele. — Ela acaba de prender o cachecol, fazendo ruídos de reprovação com a língua quando puxo o cabelo para que ele caia sobre os ombros. Ela me olha com seriedade agora e vejo uma verdadeira preocupação em seus olhos castanhos e gentis. — Preste atenção, Morgana. Não duvido que você e aquele seu pônei das patas firmes consigam enfrentar esse tempo, mas existem mais perigos do que a neve em Tregaron neste inverno. — Ela faz uma pausa, procurando as palavras certas. — As pessoas estão assustadas, *cariad*. E você sabe que uma criatura nunca é mais perigosa do que quando está assustada — diz ela.

Abraço a Sra. Jones, fechando os olhos para sentir os cheiros acolhedores de lavanda e assado, cheiros de lar e fogão, cheiros da minha mãe. Saio pela porta dos fundos. A da frente inchou com esse tempo e é quase impossível abri-la agora. A porta menor, na parte de trás da entrada, é protegida por uma varanda de pedra estreita. Mesmo assim, tenho que puxar a maçaneta com força para ela se mexer, e há o discordante som de madeira arranhando o chão de pedra.

A neve não chegou a parar de cair, só fez uma pausa. É como se estivesse recuperando o fôlego para se esforçar ainda mais. Tenho que aproveitar a estiada ao máximo, por mais que ela seja curta. Caminho a passos largos até o estábulo, com um ruído penetrante acompanhando cada passo na neve, que é tranquilamente profunda o bastante para cobrir minhas botas. Ouço Bracken latindo da casa, mas não o levarei comigo. Suas pernas são tão curtas, e seu pelo, tão denso que ele logo se torna uma bola de neve e progride pouco. O cão teve tomar conta de seu dono e esperar junto dele até eu voltar. Prince, como sempre, está disposto e um tanto agitado. Honey reluta em sair do estábulo. Aperto a cilha de seus paneiros e da sela de Prince. Faz apenas alguns minutos que estou ao ar livre, mas já sinto o frio começando a penetrar em minhas luvas, deixando meus dedos desajeitados e lentos. Por fim, monto em Prince e amarro as rédeas de Honey à sela. Nós a puxamos para a trilha. Ela se opõe à ideia de sair em tais condições, e Prince logo fica mal-humorado por ter que arrastá-la. Ainda não andamos por muitos metros quando concluo que é melhor deixá-la solta e cavalgar atrás dela, usando Prince e um graveto de aveleira flexível para conduzi-la como o pangaré que ela insiste em bancar. Não olho para a casa lá atrás enquanto partimos, mas sinto que estou sendo observada. Dá para imaginar com clareza Cai e Bracken no assento junto da janela, acompanhando meu progresso custoso e desejando ambos estar aqui fora comigo.

Não há vento nem sol. O ar está pesado de tanto frio, e o céu, carregado de promessas de mais neve para cair. A paisagem sob esse peso é um branco monótono. Um branco manchado de cinza. Um branco que não reflete beleza nem brilha. Um branco que sugere apenas uma ausência de vida. Nada pode prosperar ou crescer nesse frio cortante. Os pássaros e animais que existem aos montes por aqui, agora, no frio sufocante, mal podem suportar. Só se esforçar para sobreviver ao gelo penetrante que paralisaria seu coração e congelaria o sangue em suas veias. À medida que avanço pela trilha, Prince e Honey são forçados a atravessar com instabilidade ou saltar os montes de neve que se formaram entre as fileiras de cerca viva. Uma névoa cai sobre nós, tão densa e pesada de umidade que logo ensopa crinas e cabelos, e essa água, por sua vez, congela depressa. Em pouco tempo, cada galho e graveto, cada pedra e poste de cerca, está coberto por uma camada de gelo ouriçado. Assim como os cavalos. Assim como eu. Meu cabelo está branco e congelado e faz um tilintar inconveniente quando me mexo. Que inverno é este? Isso é sobrenatural. Tanto que até começo a desconfiar que haja dedo de Isolda nisso. A ideia de que ela seja capaz de provocar condições tão letais, afetando não só os objetos de sua fúria, mas também os fracos, os vulneráveis e os inocentes, é pesada para carregar comigo.

Quando chegamos a Tregaron, Honey está bufando e cansada, e os dois cavalos emitem vapor à medida que o suor esfria ao sair de seu corpo. A cidadezinha está silenciosa e vazia, com poucos se aventurando a sair. Mesmo assim, sinto olhos em mim. Olhos desconfiados. Olhos cautelosos. Olhos temerosos. Com o cabelo congelado e as roupas estranhas, devo estar uma figura curiosa. O barulho dos passos dos cavalos abafado pela neve ecoa, monótono, nas paredes das casas da praça. Apeio, amarro as rédeas e a corda e uma trave e bato à porta da casa do Dr. Williams. Do outro lado da rua, ali em frente, fica a casa imponente de Isolda. Sei que ela perceberá minha presença. Eu me mantenho de costas e faço de tudo para esvaziar a mente.

A empregada do Dr. Williams abre a porta e aponta o nariz torto para mim.

— O doutor está ocupado — informa ela, com uma pressa que não me convence.

Pego as moedas e a carta que Cai escreveu pedindo láudano e lhe entrego. Ela as pega da minha mão com cuidado, como se fossem mordê-la, e desaparece lá para dentro, batendo a porta com firmeza na minha cara para eu não forçar minha entrada indesejada. Como se eu quisesse!

Um grupo de crianças pequenas se reuniu no monumento de pedra a alguns passos dali. Elas me observam atentas, cochichando. Logo se juntam a elas um idoso e duas mulheres que me lembro de ter visto na capela. Eles param e me encaram como se eu fosse uma estrangeira. Os olhares que lançam para mim não são amigáveis. Na verdade, são explicitamente hostis, e noto o idoso cuspindo alto em minha direção, a secreção amarela manchando a neve por alguns segundos feios antes de ser absorvida. Agora, mais três homens saem da hospedaria, com o rosto sombrio. A Sra. Jones tinha razão — essas pessoas estão com medo. Seus entes queridos estão morrendo, e elas foram convencidas, principalmente pelas incitações do reverendo Cadwaladr, de que alguém entre elas é culpado. Alguém diferente. Alguém sobre quem a desconfiança já pairou. Alguém a quem uma morte recente é associada. E então ouço, murmurada primeiro em voz baixa e depois de novo, ganhando força: a palavra *feiticeira*.

A porta à minha frente se abre num movimento abrupto, e a empregada reaparece. Larga uma garrafa marrom-escura em minha mão e se retira mais uma vez. A porta bate, mandando neve do telhado para a rua ao lado. Ouço um trinco pesado voltando para o lugar. Enfiando a garrafa com cuidado dentro do bolso de meu casaco, caminho o mais depressa que consigo até o mercado, descendo um pouco mais a rua. Sinto que a multidão se movimenta atrás de mim. Me segue. Faço as compras o mais rápido possível, planejando passar em seguida no açougue para pegar o presunto e então partir. Com as frutas secas embrulhadas e acomodadas no bolso grande mais externo, uma pequena garrafa de conhaque ao lado e um saco de farinha de aveia nos ombros, apareço mais uma vez na praça. Tenho que virar à direita para ir ao açougue, mas agora meu caminho está bloqueado por três jovens robustos. Eles me olham com uma agressividade silenciosa. Alguém na multidão tem mais a dizer por conta própria:

— Vá para casa! — chega o grito. — Você não é bem-vinda aqui.

— Fique longe de nós! — acrescenta outro.

— Feiticeira! — berra alguém mais atrevido. — Feiticeira!

Em poucos segundos, a multidão inteira está gritando para mim:

— Feiticeira! Feiticeira! Feiticeira!

Forço a passagem, atrapalhada pela farinha de aveia, mas pressionando, me recusando a ficar irritada. Não posso ser atraída para o conflito. Não posso! Perder a cabeça agora só iria confirmar as desconfianças e alimentar o ódio que sentem por mim. Prince já percebeu o perigo e relincha para mim do outro lado da praça. Se eu ao menos conseguir chegar até ele, posso partir depressa.

A primeira pedra sibila ao passar por meu rosto. E depois outra. E outra. Estou perto dos cavalos quando um enorme bloco de arenito atinge minha bochecha com tanta força que cambaleio, caindo com força na neve e o saco de farinha de aveia batendo na parede, rasgando e se abrindo, derramando o conteúdo num instante. A multidão, como se estivesse chocada, hesita, e aproveito o momento. Abandonando a aveia, desamarro Honey e agarro as rédeas de Prince, montando depressa. Sangue pinga do ferimento em meu rosto, espirrando carmesim na crina congelada do pônei. Preciso de toda a minha concentração, de toda a minha vontade, para controlar a força furiosa dentro de mim; meu instinto protetor que, se liberado, faria chover destruição sobre esse povo cruel. Estou prestes a apressar Prince para atravessar a multidão e forçar uma saída quando vejo Isolda sair de casa. Ela está vestida com belas peles e parece estonteante, elegante e composta. Como as aparências enganam. Como posso esperar que a sociedade aceite uma selvagem leviana como eu e duvide da imagem de respeito e prosperidade que a Sra. Bowen apresenta?

Por um momento, eu me pergunto se ela incitará meus perseguidores. Será que ela vai se juntar a eles abertamente e revelar sua hostilidade por mim? Neste momento, ela com certeza encontraria apoio para qualquer teoria que possa levar adiante e esteja de acordo com o medo descabido daquela gente.

Ah, Morgana — aquela voz dentro da minha cabeça de novo! — *você acha que eu seria tão tola, tão desajeitada?*

Ela se aproxima depressa.

— Ora, Sra. Jenkins — grita ela, levando as mãos à boca, fingindo uma preocupação genuína. — A senhora está ferida! — Ela se apressa para atravessar a multidão, que se afasta, deferente, um tanto confusa. — Venha, menina — diz ela, pondo uma das mãos nas rédeas de Prince, parando na minha frente para que eu tenha que passar por cima dela para escapar. — Venha para a minha casa e me deixe cuidar do seu ferimento. A senhora não está em condições de cavalgar.

Balanço a cabeça, cravando os calcanhares nos flancos de Prince para fazê-lo seguir em frente. No entanto, ela o segura não apenas fisicamente, e ele não faz mais do que levantar um casco. Em vez de andar, permanece imóvel, como que horrorizado. Que tipo de pavor ela pôs diante de seus olhos brilhantes para deixá-lo nesse estado?

Uma das mulheres na multidão encontra a própria voz:

— Cuidado. Sra. Bowen — diz ela. — Essa garota é maligna! Ficar perto dela é correr o risco de se prejudicar!

— Com certeza, não. — Isolda é uma bela atriz!

— É verdade, madame — acrescenta um homem sem dentes. — Ela amaldiçoou a condução de rebanhos. Ela amaldiçoou esta cidade. *Duw*, ela amaldiçoou até o próprio marido!

De repente, Prince recupera os sentidos, mas tão assustado, movido por tanta agonia, que dá um coice e sou forçada a me curvar para a frente e me agarrar à crina para não cair. Ele dispara como se eu tivesse lhe batido com um chicote e, ao fazer isso, derruba Isolda no chão. Ela cai com um grito de dar pena num coração de pedra. Prince segue adiante. Ao olhar para trás, vejo aquela mulher horrível sendo acudida pelos espectadores. Acenam punhos para mim, rogam pragas e atiram mais pedras. Deixo Prince à vontade, e ele não precisa de mais ordens para sair galopando daquela praça. Até Honey acaba agindo por conta do susto e logo nos alcança enquanto nos apressamos para voltar para casa.

Raramente na vida Cai sentiu tanta fúria quanto agora. Ver Morgana de volta, contundida e sangrando, e a história que suas perguntas revelaram o enraiveceram a ponto de ele perder a sensatez. Há lacunas na história que nem as perguntas mais cuidadosas da Sra. Jones conseguiram preencher, mas renderam informação suficiente para pintar a imagem sombria e feia dos acontecimentos. Enquanto Morgana sobe para vestir roupas secas, ele anda de um lado para o outro na cozinha, com o rosto contorcido de ira e impotência.

— Como puderam fazer isso? Como puderam se voltar contra ela desse jeito? Que loucura move essa gente? — pergunta ele, exigindo uma resposta.

A Sra. Jones balança a cabeça devagar.

— Estão com medo, *bachgen*. Desesperados — diz ela.

— Isso não lhes dá o direito de atacar uma menina indefesa.

— Eles não veem Morgana como indefesa. Eles a veem como perigosa.

— O quê? Que absurdo é esse?

— Muitos estão doentes, *cariad*. Há febre na cidade e vários morreram. Acreditam que isso venha daqui. Da Ffynnon Las.

— Mas não estou com febre. Por que achariam isso?

— Dizem que Morgana é a responsável.

— Pela doença em Tregaron? Morgana? Isso é insanidade! — Ele olha para ela agora. — E a senhora, Sra. Jones? É nisso que acredita?

A Sra. Jones puxa o avental e balança a cabeça de novo.

— Claro que não! Isso é cruel e injusto, *bach*. Essa sua menina é mais abençoada do que metade dos que frequentam a capela. Mas Edwyn Nails destilou veneno. E aquela *criatura*, Isolda Bowen...

— Isolda? Como ela está envolvida nisso?

— Na minha opinião, é melhor prestarem atenção nela se quiserem livrar a cidade do mal.

Cai passa uma das mãos no cabelo. Não consegue entender nada.

— A Sra. Bowen tem uma boa posição em Tregaron. É respeitada. Estimada.

— Mas o que é que se sabe sobre ela? O que o senhor realmente sabe sobre ela, Sr. Jenkins? O senhor vê uma viúva rica, distinta e temente a Deus. Mas quem chegou a conhecer o marido dela? Será que ele existiu mesmo? Como ela obteve essa fortuna? Por que ela não tem família, como sempre comenta, nem recebe visitas?

— Mas por que ela odiaria Morgana tanto assim? O que ganha ao pôr outros contra ela?

— Morgana a vê como ela é de verdade.

— As duas não se gostam. Sei disso. — Ele hesita, depois continua. — Essas rivalidades entre as mulheres não são raras. Isolda e eu éramos... amigos.

— Ah, sim, Morgana tem uma coisa que Isolda quer. Mas não é o senhor, *bachgen*.

— E o que é, então? — Ele ergue as mãos diante da resposta da Sra. Jones. — Não. Não me fale mais desse assunto. Não tenho tempo nem forças para lidar com essas briguinhas.

— Briguinhas! — A Sra. Jones é levada a se dirigir a ele com rispidez. — *Duw, bachgen*, não estamos falando de duas mulheres se fazendo de tolas porque se voltaram uma contra a outra por paixão. Que o Senhor nos salve da vaidade dos homens!

— Eu só quis dizer que...

— É verdade que, se existe uma coisa que pode salvá-lo, é o amor de Morgana.

— Me salvar?

— Abra os olhos, Sr. Jenkins, e veja aquela mulher perversa que o senhor tanto estima. Ela não é o que parece. Não é o que finge ser. Não é o que o senhor e todos os outros do vilarejo que enxergam pouco acreditam que ela seja. Todos menos sua mulher. — Ao ver a confusão do patrão, a Sra. Jones para.

Cai sente que ainda há algo que ela não está lhe dizendo, mas ele está cansado demais, desgastado demais, bravo demais para se esforçar para entender mais.

— Talvez eu não conheça mesmo essa mulher. Se a senhora está dizendo, eu acredito, Sra. Jones, mas, para ser sincero, não estou disposto a me importar mais com ela. Agora não. O que realmente me preocupa é a maneira como o povo da paróquia se voltou contra Morgana. Acreditar que, de algum jeito, ela é responsável pelas doenças, pelas perdas... Isso é inconcebível. Como acham que ela seria capaz disso?

A Sra. Jones dá um suspiro profundo e lento, e seus olhos encontram os dele com firmeza.

— Eles acreditam que Morgana tenha a capacidade de amaldiçoar. Acham que ela lançou a doença sobre eles porque ela é malvada e capaz de fazer isso. Acham até que foi ela quem provocou esse frio horrível.

— O frio!

— Sim, eles se convenceram disso, *bach*. Tanto que deram um nome para ela. Ouvi sussurros, apesar de a maioria tomar cuidado com o que diz na minha presença. — Ela hesita, mas se obriga a continuar: — Chamam Morgana de a Feiticeira do Inverno.

18.

Fico impressionada, na manhã seguinte, ao ser acordada por fragmentos de luz do sol penetrando por entre as aberturas nas cortinas. Deslizo da cama, tomando cuidado para não incomodar meu marido. O láudano trouxe um alívio misericordioso para suas dores, e, apesar de ter sido preciso um pouco de persuasão para que Cai aceitasse tomá-lo, ele conhece, como todos nós, os poderes revigorantes do sono. Ele me parece tão tranquilo, com as feições tão sossegadas. É raro vê-lo assim hoje em dia.

Me visto e corro lá para baixo, reprimindo um arrepio quando dedos não vistos, todos frios como as adagas geladas que pendem das bordas da janela do lado de fora, arranham minhas costas quando passo pela porta do quarto de Cai.

A Sra. Jones já está de pé e aromas calmantes de assados pairam sobre a cozinha.

— Bem, você me parece um pouco melhor nesta manhã, *cariad* — diz ela, batendo a farinha das mãos e franzindo a testa para o hematoma em meu rosto. — E o Sr. Jenkins, ainda está dormindo?

Assinto e espio mais além dela, a assadeira no fogão. Meia dúzia de *picau ar y maen* borbulham e fumegam, e o doce aroma dos bolos galeses tradicionais me dá água na boca. A Sra. Jones ri para mim.

— Mais dois minutos e estarão prontos. Ainda preciso cobri-los com uma boa camada de açúcar, sabe? Tenho massa para mais uma fornada. E *bara brith* no forno. Aproveitei bem aquelas frutas secas que você trouxe. Temos que tentar aquele seu marido a comer, não é? Eu costumava preparar assados quando meu pequeno Maldwyn estava mal. Pronto, *merched*.

Sente-se que vou pegar alguma coisa para você comer. Não dá para sair alimentando os animais com a barriga roncando e assustando as ovelhas.

Mas balanço a cabeça. Faz muitos dias que não vejo o sol, e estou ansiosa para sair e senti-lo. Ansiosa para fazer em vez de pensar, pois estou cansada de tantas preocupações. Passo apressada por ela e roubo um bolinho quente, usando a manga da blusa para impedir que ele queime meus dedos. A Sra. Jones chia e me bate com o pano de prato, mas saio depressa, apanhando o chapéu e o casaco no caminho, com Bracken no meu encalço.

Ela grita depois que passo:

— Não demore muito, está bem? Temos trabalho a fazer. Até mais tarde.

Paro e me viro.

Ela assente com a cabeça, sabendo que compreendo e acrescenta, num suspiro:

— O tempo é curto, Morgana. Precisamos recorrer ao *Grimório* para conseguirmos ajuda.

Uma mistura de medo e empolgação acelera o sangue em minhas veias.

Lá fora, a manhã está gloriosa, o campo, esplêndido, e é fácil, só por agora, afastar da mente os acontecimentos assustadores do dia anterior. Minha bochecha ainda ferroa onde a pedra pegou e desenvolveu um vívido tom de roxo. Já existiu uma cor mais apropriada para o ódio do que essa? Pego um punhado de neve e o pressiono contra a pele. Num instante, a dor desaparece por completo. Os cavalos ouviram minhas botas rangerem na neve, e Honey começa a bater na porta de sua baia, ávida por liberdade e feno. É uma alegria sentir o sol e faço uma pausa, virando o rosto para ele. Não há nuvens hoje. Faz semanas que não vejo um céu tão azul. A paisagem brilha, antes sem vida e abandonada e agora bonita e abençoada. Abro as portas das baias para os cavalos poderem esticar as pernas no curral, depois busco feno para eles no celeiro, dividindo-o em pilhas. Honey começa a comer de imediato. Prince se exibe, mandando em suas éguas por um minuto ou outro antes de permitir que elas tomem o café da manhã. Em seguida, pego um martelo de forja no depósito de madeira. A fonte está tão coberta de gelo agora que se resume a pingos. Erguendo o martelo acima da cabeça, trago-o para baixo com toda a força que consigo invocar sobre a camada de gelo coberta de geada que enverniza o poço. Com um barulho alto que reverbera pelo curral, o gelo quebra e espirra, e, então, a água escura passa por cima dele. Faço o mesmo com cocho ao lado para que os pôneis possam beber. Largando o martelo, volto para o celeiro de feno e abro as cercas que separam o gado das crias. O rebanho é tão pequeno que estava acomodado com conforto na metade do celeiro. Não ganhamos nada ao mantê-los ao ar livre num clima como esse, pois, ao contrário das ovelhas, eles não conseguem encontrar nenhuma comida que preste e perdem peso. Os animais se movimentam para a frente com empurrões e esbarradas até cada um arranjar um lugar onde alcance o feno. A luz do sol se inclina para dentro do celeiro e até mesmo as feras em seus pelos grossos de inverno parecem animadas com isso. As ovelhas estão no prado atrás do curral. Pego um forcado, o enfio no feno, depois o levanto para apoiá-lo no ombro e passo pela porteira para o campo. Há um abrigo coberto junto da parede e as ovelhas se aproximam enquanto espalho o feno por ali. Conto com cuidado. Duas vezes. Faltam três. Observo o campo, protegendo os olhos do brilho do sol que se reflete na neve. Não avisto as pobres ovelhas. Tenho que encontrá-las enquanto o clima está bom. Bracken corre animado à frente enquanto cruzo o campo. Não demora muito até eu avistar uma nova abertura na cerca viva. Mais uma vez, ao que parece, aquelas tolas decidiram que existe uma vida melhor a ser levada em outro lugar. Me curvo para atravessar a passagem baixa que criaram. No campo do morro em declive consigo identificar suas pegadas com clareza e começo a segui-las.

Enquanto me esforço para subir o morro inclinado, pensamentos sombrios começam a invadir minha mente, até a luz do sol e a beleza por onde caminho não serem mais suficientes para sustentar meu humor. Havia algo horrível e feio em como os moradores de Tregaron me encurralaram ontem. Sei que estão assustados. Sei também que muitos estão de luto. Ontem, quando, desconfio, me consideraram longe demais para ouvir, escutei a Sra. Jones revelando umas verdades duras para Cai. Verdades que envolvem Isolda, apesar de ele não ter parecido pronto para ouvi-las. E verdades sobre o que acham de mim na cidade. Como me doeu ouvir o choque, o horror de Cai — seu desgosto, poderia ser? — por terem usado a palavra *feiticeira*. Eu tinha pensado que ele fosse capaz de suportar meus talentos singulares, de aceitar que tenho, como Papai diria, sangue mágico correndo nas veias. Mas como Cai pode se sentir tranquilo com esses meus aspectos quando os outros ao seu redor me veem como algo perigoso, perverso, maligno? Ele me ama, disso tenho certeza, e guardo esse pensamento no coração, ouvindo-o cantar. Essa, porém, é a casa dele. Essas são as pessoas com quem ele cresceu. As pessoas que o chamam de *porthmon* agora. Só pode importar a Cai o que elas pensam de mim. Pensam dele. Me lembro agora do que ele disse à Mamãe no dia do nosso casamento: *Ela será estimada na Ffynnon Las.* O quanto essa promessa se mostrou longe da verdade? No entanto, tenho assuntos mais urgentes com que me preocupar. A saúde de Cai continua se esvaindo. Apesar de o láudano ter trazido um breve alívio, não levará à cura. Não consigo desfazer a maldição. Nada, receio, fará isso até eu confrontar Isolda diretamente. Confrontar e sair triunfante. Pelo que sei, em meu coração, isso não acabará até uma de nós morrer. E, antes disso, ela vai tirar Cai de mim. Por um segundo, o fôlego me falta só de pensar que ele pode muito bem morrer logo se eu não agir. Por que tem que ser assim? Por que todos que amo são arrancados de mim pelas mandíbulas famintas da morte? Será que sempre terei que pagar pelo amor com a agonia do pesar? Minha cabeça começa a latejar de tanto pensar. Tenho sido tola ao me permitir ser seduzida pela montanha, pela brancura selvagem, pela comida acolhedora da Sra. Jones e a liberdade de caminhar pelos morros sozinha, longe dos olhos críticos. Preciso me manter atenta ao que estou fazendo. Na verdade, estava tão perdida nos pensamentos que mal notei a mudança no clima. Bracken e eu subimos mais de trinta metros, e o céu que estava vazio e reluzente há tão pouco tempo agora está manchado por uma densa nuvem que desce até mim enquanto observo. As orelhas de Bracken se ouriçam. Ele viu uma lebre. Capto um movimento pelo canto do olho e, num instante, ele se afasta, perseguindo-a, perdido na escuridão cada vez mais espessa. Em poucos instantes, o horizonte se encurta até um passo de onde estou. E agora a neve começa de novo, para valer. Não há vento algum, e o dia não está tão fio quanto alguns têm sido ultimamente, mas existe algo de assustador na natureza dessa nevada. Os flocos estão enormes, o que é incomum, uns tão grandes quanto margaridas, outros tão cheios quanto dentes-de-leão. Caem com tanta velocidade e tão impiedosos que é difícil não inspirá-los, e me pergunto se alguém pode se afogar na neve. Todos os sons pararam. Não do jeito corriqueiro em que o inverno pode acabar com ecos e abafar ruídos, mas pararam *por completo*, como se o mundo inteiro fosse tão mudo quanto eu. A única coisa que me diz que não fiquei surda é o barulho da minha respiração dificultosa enquanto me esforço para andar na neve que logo se torna cada vez mais profunda. Tento retraçar meus passos, mas minhas pegadas estão sendo preenchidas mais depressa do que consigo acompanhá-las. De Bracken, nem sinal. Bato as palmas das mãos enluvadas numa tentativa de chamá-lo, mas o barulho tão baixo que fazem é sugado pela tempestade vertiginosa de flocos e silenciado num instante.

É agora que sinto, mais do que ouço, os sussurros. No começo, estão distantes, como se mais alguém tivesse se aventurado a sair e tivéssemos esbarrado um no outro. Mas não. Logo me dou conta, à medida que as palavras se tornam mais claras e altas, que não emanam de ninguém ali presente. Pelo menos, ninguém ali presente em carne e osso. Um movimento do ar úmido e espesso ao meu redor, uma irregularidade na queda da neve, me alerta para o fato de que não estou sozinha nesse pesadelo branco e que quem quer que esteja comigo aqui está apenas em espírito. E esses espíritos não são amigáveis. Enquanto passam apressados por mim, para a frente e para trás e ao meu redor, fazendo-me virar de um lado para o outro, procurando a nevada que remoinha, sinto um hálito quente sobre mim. Há mais de um. Detecto uma presença à direita e à esquerda e agora outra atrás de mim. É impossível contá-las. Só sei que estou cercada por essas entidades invisíveis e obscuras e corro grave perigo. Tenho que escapar, tenho que descer o morro. Mas em que direção devo ir? A eliminação de quaisquer marcos é tamanha, até mesmo no chão, com apenas alguns passos curtos para a frente ou para trás, que mal consigo identificar para que lado é a descida, muito menos em que direção está a casa. Minhas pegadas, *todas* as pegadas, foram cobertas. Uma força passa depressa perto de meu rosto, atingindo-me com um verdadeiro poder, muito embora não haja nada a ser visto, abrindo o corte em minha bochecha, que começa a sangrar de novo. Preciso me controlar. Isso é coisa de Isolda, tenho certeza. Agora consigo detectar seu odor rançoso, sulfuroso. As vozes aumentam em intensidade e número. Chamam meu nome. Gritam comigo. Riem de mim. Lamentam e imploram e insistem em me atormentar de todas as maneiras possíveis. Num determinado momento, acho que ouço a voz de meu pai, mas logo percebo que não passa de um truque. Não posso fraquejar. Cai morrerá sem mim. Essa é a verdade. Não vou encontrar meu fim aqui, nessa montanha sem vida e sem cor, e deixá-lo à mercê do destino.

Assim não vai dar. Não mesmo.

Permaneço imóvel e estabilizo a respiração. Respirando o mais fundo que consigo na neve sufocante, cerro os dentes e invoco minha vontade. Sinto o sangue pingar espesso do ferimento recém-aberto em meu rosto. Quanto mais convoco minha força interior, mais o sangue escorre, espirrando no chão alvejado, espalhando escarlate, manchando a neve ao meu redor, numa trilha vermelha que vai crescendo e se ampliando até eu me encontrar numa piscina reluzente feita por mim mesma. Sinto as vozes se esvaindo, desaparecendo, cada vez mais distantes e menos atormentadoras. Até os flocos de neve dão lugar à bolha invisível que me cerca. Tenho que aproveitar o momento, tenho que escapar. Ainda não há nem sinal de Bracken. Não posso deixá-lo aqui em cima nesse frio, sozinho, distraído pela caça. Se ao menos pudesse chamá-lo até mim. Meu apito! Meu coração acelera enquanto tateio sob as roupas e pego a colher entalhada com motivos românticos. A madeira está quente pelo contato com minha pele. Levo os lábios entorpecidos até o bocal e tento soprar, mas não consigo emitir som algum. Tento de novo, e sai um som agudo e úmido. De novo — desta vez funciona, um barulho estridente atravessando o nevoeiro e alcançando muito além do visível. Não há resposta. Sopro no bocal de madeira mais uma vez. Por um momento, nada, e agora, surgindo ao longe, vem o cão coberto de neve, com o pelo molhado por água gelada, a língua pendendo para fora enquanto ele ofega e sorri para mim. Me agacho, segurando sua cabeça com firmeza, fazendo-o fitar meus olhos. Em minha mente, imagino nossa casa claramente. Nossa casa e Cai. *Para casa, Bracken*, lhe digo em minha mente, desejando que as palavras silenciosas o alcancem. *Para casa.*

Solto Bracken, ele se vira e sai correndo em meio à tempestade de neve. Me apresso para segui-lo, confiando que ele me levará de volta para a sede da fazenda, dando as costas e bloqueando a mente para os fantasmas de Isolda.

Nossa descida é acelerada e um tanto desajeitada, e a tempestade de neve não para por um minuto, de modo que quando me arrasto pela porta dos fundos, estou suada pelo esforço e coberta de neve. A casa está estranhamente silenciosa. Sem me dar ao trabalho de tirar as botas, corro para a cozinha. Cai está na cadeira ao lado do fogão e se mexe quando chego. Desperta e me vê, chocado com o estado em que me encontro.

— Morgana? *Duw, cariad*, olhe para você! É quase uma boneca de neve. — Ele se esforça, desajeitado, para ficar de pé. — Venha se sentar perto do fogo. A Sra. Jones vai buscar um pouco de canja para você. Sra. Jones! — chama Cai. Nenhuma resposta. — Onde ela pode estar? — pergunta-se ele, em voz alta, esfregando os olhos. — Ainda estou grogue por causa do láudano. É forte, sabe? Me lembro agora, enquanto adormecia, que ela comentou sobre lavar a roupa. Que iria lá fora buscar água. — Cai olha para mim, sério agora, de repente totalmente acordado. — Você deve ter visto a Sra. Jones antes de entrar — diz ele.

Mas não vi. Saio correndo da cozinha, escancarando a porta dos fundos, quase tropeçando num corgi confuso em meio à pressa. A nova tempestade de neve é rápida, mascarando todos os traços de pés, patas e cascos, mas consigo identificar por pouco marcas de botas corpulentas seguindo em direção à fonte. Acelero até a mureta, ainda procurando pegadas no chão, vindas da água, mas não consigo encontrar nenhuma. Um mal-estar revira as profundezas do meu estômago. Cada vez mais receosa, me forço a espiar o poço. Os blocos espessos de gelo separados pelo martelo se fundiram de novo por uma fina folha de água de água congelada, como vidro, que, por sua vez, foi coberta por uma fofa camada de neve. Me abaixo e retiro a cobertura esfarelada da superfície. Olhando para cima, para mim, estão os gentis olhos da Sra. Jones enquanto ela permanece submersa e afogada nas águas paradas e escuras do poço.

Cai emerge da casa para o curral bem a tempo de ver Morgana se jogar, totalmente vestida, dentro do poço.

— Morgana! *Duw*, o que você está fazendo? — Ele cambaleia até o poço, e os pôneis, alarmados com seu tom de voz e o movimento incomum, se afastam, deixando o feno para ficar de pé e bufar na extremidade mais distante do curral. Bracken pula na mureta do poço, latindo, frenético. Cai chega e agarra Morgana, que tem metade do corpo submerso e se debate em meio ao gelo, à neve e à água frita letal. Agora ele consegue ver o que a levou a fazer isso. Agora ele vê que ela está com a Sra. Jones nos braços e lutando para tirá-la dali.

— Ah, meu Senhor! — Cai agarra o braço da velha e a puxa para a mureta. Morgana empurra, e juntos os dois tiram da água o corpo encharcado e sem vida, pondo-o sobre as pedras baixas, de modo que este desliza para o chão coberto de neve. Morgana cai de joelhos ao lado do corpo, com lágrimas escorrendo dos olhos. O coração de Cai se contrai ao vê-la sofrer mais uma perda. — Ela deve ter caído enquanto tentava encher o balde — diz ele, indicando o balde ali perto, coberto de neve até a metade. — Cai balança a cabeça. — Ela não devia ter vindo aqui fora sozinha com esse tempo horrível. Devia ter me pedido ajuda. — Ele percebe que em pouco seria capaz de ajudar qualquer um no estado em que se encontra. Já está ofegante por ter se esforçado para recuperar o corpo e suas pernas tremem. — Eu podia ter vindo com ela, pelo menos — diz, com lágrimas os olhos. Funga, enxugando o rosto com a manga da camisa molhada, fazendo força para ficar de pé. — Temos que levá-la. Arranjar um lugar para deitá-la. — Ele hesita. As estradas estão intransitáveis e ainda devem continuar assim por algum tempo. Terão que mantê-la em algum lugar do lado de fora da casa para que o frio preserve o corpo. Cai olha ao redor, se forçando a ser prático, a pensar apenas no que precisa ser feito, não em como se sente, não no que poderia ter sido evitado. — Ali — diz ele, por fim. — Podemos deixá-la no último estábulo. Ela ficará... segura lá. — Morgana olha para ele com perturbação no rosto. Ele ajuda a esposa a se levantar, enxugando as lágrimas das bochechas avermelhadas dela. — Temos que levá-la, *cariad*. Preciso da sua ajuda. Você consegue?

Morgana assente. Está se curvando para pegar a Sra. Jones mais uma vez quando nota algo preso na mão fria e inchada da mulher. Toca os dedos inflexíveis, abrindo-os com delicadeza, revelando um quadrado de ardósia plano.

— O que é isso? — pergunta Cai. — O que tem aí? — Ela passa a pedra para ele, que a estuda, limpando o barro e as algas mortas até enxergar que há símbolos entalhados na superfície. *Não*, pensa ele, *símbolos não, letras*. — C... *T*? Não, não é *T*, é *J* — lê Cai para Morgana. — Veja, aqui está escrito *CJ*. — Ele sente suas entranhas se revirarem e um arrepio não provocado pelo frio penetra em seus ossos. — Minhas iniciais — diz ele, em voz baixa. — Cai Jenkins. — Sua boca seca. — Você sabe o que é isso, Morgana?

Ela balança a cabeça, franzindo a testa, sem conseguir entender nada.

— Você não se lembra de que a Sra. Jones nos contou que na Ffynnon Las existe um poço de maldições? Ela acreditava nessas coisas, sabe? Eu costumava rir dela, zombar... mas ela insistia que a lenda era verdadeira. — Ele esfrega o polegar sobre as letras meio apagadas na ardósia em sua mão. — Parece que mais alguém acreditava nisso também. Esta é uma pedra amaldiçoadora, Morgana. Alguém usou esta pedra, usou meu próprio poço, para me amaldiçoar.

Morgana pega a pedra fria das mãos de Cai e olha fixamente para ela.

— Mas quem? — pergunta Cai. — Quem poria isso aí? Quem iria me querer morto? Quem seria capaz de fazer uma coisa dessas?

Morgana olha bem nos olhos de Cai, erguendo a palma da mão num gesto que diz que ele sabe, que a resposta é simples.

— A Sra. Jones não poria essa pedra aí! — ofega ele.

Morgana balança a cabeça, revirando os olhos, irritada. Ela mantém a mão acima, sugerindo alguém mais alto, e então faz uma silhueta, descrevendo alguém mais magro. Se abaixa e usa o dedo para escrever uma letra malfeita na neve. A letra *I*. Para realçar seu argumento, franze a testa num gesto sombrio e cospe no que escreveu. Agora ele entende.

— Isolda? Você acha que Isolda fez isso? — Ele está incrédulo, mas Morgana assente com a cabeça enfaticamente, implorando que ele acredite, que aceite como verdade o que ela sabe. — Sei que você odeia Isolda. E nos últimos tempos tenho visto que ela também não gosta de você. E a Sra. Jones, bem, nunca foi muito chegada a ela. — Agora Cai se lembra da conversa mais cedo em que sua empregada havia tentado lhe contar, tentado alertar sobre o quanto a aversão entre as duas mulheres era profunda. Ele não quis escutar, não foi capaz de assimilar a informação. Por que ela simplesmente não foi objetiva? Não foi objetiva e disse *Isolda é uma feiticeira*? A Sra. Jones tinha visto o quanto ele estava fraco? Tinha se dado conta de que as frágeis mãos que se agarravam ao que ele sabia que era real e verdadeiro escorregavam? Não havia sido fácil para Cai, afinal, aceitar os dons de Morgana. O que ela era. Ele teria sido empurrado para um lugar sombrio e instável se levado a pensar que Isolda Bowen, pilar da comunidade, sua amiga havia anos, também era... uma bruxa? Agora tudo faz sentido. Agora ele entende. E ao olhar para o rosto de Morgana abalado pelo pesar, ele entende algo mais. A Sra. Jones não lhe contou a verdade toda porque tinha medo do que ele poderia fazer. Do que ele poderia *tentar* fazer. Cai estava tão nervoso depois do que aconteceu com Morgana em Tregaron naquele dia. Se sua empregada tivesse citado Isolda como a fonte de todo aquele ódio, ele teria saído na neve, imediatamente, para ir atrás dela, para confrontá-la. E o fato era que ele estava fraco demais até para selar um cavalo. Ele teria tentado proteger Morgana, e isso poderia muito bem tê-lo matado.

— Isolda — diz ele, de novo, quase sussurrando.

Morgana range os dentes e arremessa a pedra amaldiçoada contra o muro do estábulo, onde esta se despedaça; os cacos perfuram a neve ao cair. Cai olha para ela. Por um momento, nenhum dos dois é capaz de se mexer, já que assimilam o que aconteceu; o que acaba de se perder e o que acaba de ser descoberto. A neve ainda cai, remoinhando, pesada sobre eles. Cai recupera os sentidos primeiro, dando-se conta de que está ao ar livre sem casaco e de que Morgana está toda molhada.

— Venha — diz ele. — Vamos colocá-la para descansar. — Juntos, os dois lutam com o corpo pesado da Sra. Jones, que não ajuda em nada. Não conseguem levantá-la, então, são obrigados a arrastá-la, deslizando-a na neve até a porta do estábulo e em seguida a levando lá para dentro, sobre o chão pavimentado. Cai pega um pouco de feno e eles a deitam com delicadeza. Morgana fecha os olhos da empregada com cuidado, e Cai pega duas moedas do bolso para impedir que as pálpebras se abram. Ele põe as mãos da querida amiga sobre o peito e ajeita sua saia para que ela pareça decente e composta, como gostaria. Descobre, quando se levanta, que está trêmulo e fraco como um filhote de gato. Pega na mão de Morgana.

— Podemos deixá-la agora, *cariad* — diz. — Temos que entrar. Temos que nos aquecer, Morgana. — Ela olha para Cai e, ao ver como ele está mal, assente depressa e o segue de volta para dentro de casa.

Na cozinha, o fogo ainda queima no fogão, mas os carvões não emanam calor suficiente para combater o frio intenso que Cai começou a sentir. Morgana está com uma palidez horrível, e seus dentes batem.

— Você está toda ensopada — diz Cai. — Venha, tire as roupas molhadas. Fique perto do fogo. — Ele se arrasta até o andar de cima para buscar a camisola de Morgana e toalhas e cobertores quentes. Ao voltar, descobre que ela tirou apenas o casaco e as botas, nada mais, e que mal fica de pé, tendo o corpo todo convulsionando diante do choque pelo frio e do choque pela terrível descoberta da Sra. Jones no poço. Ela parece assustadoramente gelada, não apenas com o rosto branco, mas, de alguma forma, desbotada, como se ele estivesse vendo a vida congelar dentro dela. Cai viu um homem morrer de frio uma vez, quando menino. Subi a montanha com o pai e um tio para reunir o rebanho, e eles foram pegos por um baita frio. Na pressa para descer, o cavalo do tio escorregou e o derrubou, provocando-lhe uma fratura feia na perna. Cai foi deixado com o homem ferido enquanto seu pai cavalgava em busca de ajuda. O frio ajudou a estancar o sangue que jorrava do ferimento, mas continuou parando o sangue do tio até parar o coração também. Cai passou três longas horas na montanha com o corpo do tio, e a palidez e a aparência sem sangue que foi forçado a ver durante todo esse tempo ele reconhece agora em sua pobre e jovem mulher. Ele precisa trazer o calor de volta para o corpo dela e precisa fazer isso depressa se quiser salvá-la. Pega uma pequena cadeira e, usando toda a força que lhe resta, a joga contra o piso. A cadeira quebra e lasca, de modo que ele consegue separar suas partes e empilhar a madeira no fogo. Por um momento, a lenha queima sem chama e centelha e, então, o pinheiro seco e encerado explode, incendiado, emanando um calor feroz no mesmo instante. Cai despe Morgana o mais rápido que pode, tirando a própria camisa, também encharcada. Pega as toalhas e esfrega o corpo de sua mulher com vigor, até, por fim, começar a ver um pouco de vida retornar aos olhos dela, e um pouco de cor, ao seu rosto.

— Assim está melhor, *cariad*. Você esquentou depressa, está vendo? — diz ele, mantendo a voz estável, sem querer deixar transparecer seus temores. — Hoje está frio demais para um mergulho no poço, minha selvagem. — Ela se vira nos braços dele agora, se aconchegando, e então ele deixa de secá-la para puxar um cobertor quente xadrez e envolvê-los. — Pronto. Agora está melhor, não é? — Ele beija o cabelo molhado dela, sentindo seu cheiro, enquanto o fogo começa a fazer os dois soltarem vapor, expulsando a água e a neve da pilha de roupas aos seus pés e de seus corpos úmidos. A pele macia dela tem um maravilhoso toque aveludado e está lindamente viva com seu calor e sua energia interior enquanto ele a abraça. Ele lhe dá um beijo no rosto agora, na testa, no nariz, nas bochechas, no queixo e, então, na boca, demorado e lento. Fita seus olhos escuros.

— Tudo vai ficar bem, *cariad* — diz ele. — Eu sei, eu sei, meu coração está partido pela querida Sra. Jones também. Ela era uma boa mulher. Uma alma gentil. Nós dois vamos sentir muito a falta dela. — Ele balança a cabeça. — Sabe, acho que ela foi procurar aquela pedra amaldiçoada. Ela devia estar com essa ideia na cabeça de que alguém a tinha posto ali, que é isso o que há de errado comigo. E agora, graças a ela, graças a você, acabou. A maldição se foi. — Ao ver que não a convenceu, Cai força um sorriso. — Já estou me sentindo melhor. É verdade. Estou, sim. — É a primeira vez que ele mente para ela e lhe dói fazer isso, mas, nesse momento, está tão preocupado com a recuperação dela, com que Morgana seja ela mesma de novo, que é capaz de fazer qualquer coisa para ajudá-la a superar o que aconteceu e tranquilizá-la quanto ao futuro.

Ele a beija mais uma vez e sente os mamilos dela se enrijecerem em contato com seu peito. Sabe que não é mais o frio o que afeta o corpo dela. Morgana desliza o nariz pela pele de Cai e beija seu pescoço, com os lábios frios em contraste com a pele quente dele. Logo ele se dá conta da própria excitação, do próprio desejo. Uma parte de Cai está chocada por ele ser capaz de pensamentos libidinosos quando uma boa amiga acaba de perder a vida. Mas é como se a proximidade da morte servisse como lembrete da própria mortalidade e despertasse seu desejo. Como se o único modo de triunfar sobre o horror da fraqueza humana, da fragilidade da vida, fosse se envolver num gesto de procriação, num gesto de paixão e vigor.

Ele se vira, girando Morgana e deitando-a sobre a mesa comprida, tirando castiçais e canecas do caminho, sem se importar que caiam tilintando no chão. Ela puxa Cai para baixo, para cima dela, ávida por ele, envolvendo suas pernas nuas no corpo dele, reagindo à necessidade dele com a sua, cada parte sua tão ardente, cada parte sua tão sedenta. Ao penetrar nela, ele se sente mais poderoso, mais vivo do que se sentiu durante muitas semanas longas e sombrias. Ela se agarra a ele, com a boca em sua orelha, e ele ouve a respiração ofegante dela, os suspiros dela que são quase palavras, quase um discurso. Então, ele pensa, os dois não precisam conversar agora, não quando estão assim. Estão como um só ser, ligados fisicamente, emocionalmente, de todas as maneiras que importam.

— Meu amor — sussurra ele. — Meu amor.

O prazer de Cai é de uma intensidade impressionante, mais do que qualquer um que ele conheceu um dia. Morgana arqueia as costas, jogando a cabeça para trás, expondo seu pescoço branco e esbelto, mexendo-se com ele, tão ardente e apaixonada quanto ele, e ele logo chama seu nome, se perdendo por completo no momento.

Mais tarde, Morgana se deita em almofadas, enrolada em cobertores sobre o banco de madeira, e Cai se senta de frente para ela, em sua cadeira, incapaz de tirar os olhos da mulher.

— Você é muito bonita, Sra. Ffynnon Las — diz ele.

Morgana dá um sorrisinho triste. Ele percebe que ela se permite pensar na Sra. Jones agora e sofrer. Como ele gostaria de poder fazer mais para aliviar a dor da esposa. Pelo menos, agora que a maldição acabou, ele pode começar a melhorar agora, a se tornar forte de novo, a ser inteiro, a trabalhar na fazenda e a cuidar de Morgana. O pensamento mal se formou em sua cabeça quando ele sente uma dor causticante horrível no estômago. É tão feroz e tão inesperada que ele é incapaz de se impedir de gritar.

— Ai! Meu Senhor! — berra, caindo da cadeira no chão, apertando o estômago, puxando as pernas para cima em agonia. — O que pode ser isso? — urra Cai enquanto Morgana larga os cobertores e se joga ao lado dele. — Nunca mais vou me sentir bem de novo? Não haverá fim para esse sofrimento? — Cai grita agora, um som tão horrível e desesperador que até ele se assusta. Morgana o ajuda a voltar para a cadeira. Corre para pegar o láudano na cômoda e segura a garrafa diante dele. Cai balança a cabeça.

— Não! Isso vai me deixar abobado. Não vou ficar aqui desacordado e deixar você sozinha!

Morgana, porém, insiste, removendo a tampa da garrafa e aproximando-a da boca de Cai, tombando-a para que ele tome uma golada do líquido amargo. Ela deixa a cabeça dele pender para trás, apoiando-a na cadeira, larga a garrafa, e o observa de perto. A respiração dele logo se estabiliza.

— Assim está melhor — diz ele. — Fique tranquila, *cariad*. A dor passou. Estou melhor.

Os olhos de Cai encontram os de Morgana e ele deseja que isso não tivesse acontecido, pois a expressão dela pergunta claramente *mas por quanto tempo?* O pensamento não pronunciado paira no ar entre os dois. *Por que a maldição não acabou?* Ele tenta encontrar palavras para confortá-la, para tranquilizar a si mesmo, mas está desorientado demais por causa da dor, desgastado demais. Sua mente se torna monótona, uma escuridão baixa, e ele, tonto, pega num sono profundo e sem sonhos.

Observo até ter certeza de que Cai não vai se mexer. Meu corpo se recuperou do frio, mas um arrepio ainda me percorre quando penso na pobre e querida Sra. Jones gelada e sem vida no estábulo. Como posso ter deixado isso acontecer? Como posso ter sido tão lenta, tão fraca em minha percepção e não ver que ela corria tanto perigo quanto Cai e eu? A Sra. Jones deve ter considerado a possibilidade de Isolda ter posto a pedra amaldiçoadora no poço e ido procurá-la, sabendo que fazer isso significaria arriscar despertar a ira das feiticeiras. Por que ela não esperou por mim? Agora a pedra foi retirada, mas Cai ainda sofre. A maldição não acabou. Não posso dizer que estou surpresa, pois há muito que sei que aquela criatura não irá parar até uma de nós morrer. E nesse meio-tempo, ela pretende matar todos que já amei um dia.

Assim não vai dar. Não mesmo.

Cai emerge das profundezas do sono drogado e se depara com Morgana na cadeira de frente para ele. Fica um pouco alarmado ao ver que, apesar de ela parecer dormir, seus olhos estão abertos. Suas mãos estão juntas sobre o colo, e ela parece serena, composta e imóvel. Há uma característica estranha em sua imobilidade que o enerva. Ele esfrega os olhos, balançando a cabeça na tentativa de clareá-la. Se empurra da cadeira com alguma dificuldade e se ajoelha diante dela.

— Morgana? — Cai pronuncia o nome em voz baixa, mas ela não sorri, mexe a cabeça, assente ou reage de maneira alguma. Ele se inclina para a frente e, devagar, acena a mão diante dos olhos dela. Estão abertos, mas não piscam. É como se, conclui ele, tivesse entrado em algum tipo de transe. Aos pés de Morgana, Bracken está sentado, observando a dona com atenção e, às vezes, se queixando. Cai pensa em sacudi-la com delicadeza para tirá-la desse estado sobrenatural, mas se lembra de que quem é encontrado caminhando durante o sono nunca deve ser perturbado. Apenas observado. Por instinto, sabe que não é apenas um estado aleatório — não é uma doença que visitou sua mulher. Pelo contrário, é um estado em que ela entrou por conta própria, consciente. Com que propósito, com que fim, ele não consegue nem começar a adivinhar. Recosta em sua cadeira, e a fadiga, a tristeza e a preocupação trabalham com o ópio para rendê-lo, exausto. Ele tem que confiar em Morgana. Os modos dela podem ser estranhos, às vezes, mas são os modos *dela*. Cai irá vigiá-la e esperar que ela volte para ele.

Depois de meia hora, tem dificuldade para manter os olhos abertos. A escuridão está quase chegando, e um ar frio entra pelo vidro das janelas. Um tanto desajeitado e com dor nas juntas, ele fica de pé e vai fechar as persianas. Ao fazer isso, avista algo estranho na noite caindo lá fora. A lua está brilhando, e o céu, sem nuvens agora. Um vento ruidoso serpenteia ao redor da casa. Árvores são puxadas e atingidas por ele, de modo que parecem envolvidas numa dança pesarosa sob a luz da lua. Tudo, porém, está como deveria depois de uma nevasca. As nuvens espalhadas, o clima tomando fôlego severamente antes do ataque seguinte. O que é estranho, o que está fora de lugar, é o tremeluzir de tochas na estrada. Ele espia pela vidraça gelada, franzindo a testa para focar. Como era de se esperar, mal consegue distinguir as figuras sombrias passando pela entrada erguendo tochas e lampiões. Fica perdido. Deve haver uma dúzia de pessoas marchando, com determinação e propósito, em direção à casa. Pelo andar e porte, ele imagina que sejam todos homens. Então os vê, claramente definidos sob a luz cinza-azulada. Nota que mais da metade dos homens carregam armas. Agora se lembra de como o povo de Tregaron tratou Morgana na última vez em que ela esteve lá. Lembra-se das pedras atiradas e do corte no rosto dela. Traz à mente o que a Sra. Jones disse sobre terem medo de Morgana e sobre como os amedrontados são capazes de fazer coisas horríveis. E se lembra, com um calafrio que faz seu corpo inteiro tremer, de que a consideram uma feiticeira. Só agora ele consegue admitir para si mesmo que vem temendo esse momento o tempo todo. Que vem esperando por ele. À medida que as figuras se aproximam, não há como restar dúvidas: vieram atrás de Morgana.

Murmurando um xingamento, Cai bate as persianas, fechando-as e pondo a barra de metal no lugar. Corre até a porta dos fundos para bloqueá-la. A porta da frente está fechada com segurança, não é aberta há semanas. Ele cambaleia até a sala de visitas, com a respiração penosa, a visão confusa, e fecha os trincos dali também. De volta à cozinha, faz uma pausa para olhar mais uma vez para Morgana. Ela não se mexeu nem um pouco e ainda se senta ereta e composta, com os olhos abertos, e a alma, ele não sabe onde. Ele lhe dá um beijo carinhoso na testa antes de se virar para Bracken.

— Fique aí, *bachgen*. Tome conta da sua dona direitinho — diz ele, antes de pegar a arma nos ganchos sobre o suporte acima do aparador. Tateia a gaveta em busca de balas, carrega a arma, pega toda a munição que tem e sai apressado do cômodo, arrastando-se escada acima, para o quarto da frente, onde assume sua posição na janela para observar e esperar.

— Podem vir — diz ele em voz baixa. — Podem vir. Não vão tocar nela. Não enquanto eu viver.

19.

Apesar de meus sentidos aguçarem enquanto viajo através da magia, sou impenetrável ao frio, o que é uma bênção. Com tranquilidade, consigo deixar meu corpo sob cuidados carinhosos de Cai e me levar à ampla porta imponente da frente da casa de Isolda Bowen. Olhando ao redor, vejo que a praça da cidade se encontra deserta. A noite está clara agora, e a lua, um disco brilhante num céu aveludado. Uma neve quebradiça permanece espessa sob meus pés leves, mas não faço barulho algum ao me aproximar nem deixo pegadas que delatem minha presença. Estou protegida pelo manto de magia, o que significa que, em meu atual estado etéreo, ninguém além de quem é como eu pode me ver. Atravesso a porta da frente e entro na casa proibida.

Como Isolda interpreta a viúva rica com perfeição. Como engana completamente todos que a conhecem. Até Cai, com seu coração generoso e confiante. E veja como ela retribuiu essa confiança! Vai matá-lo se eu não a impedir. Tenho certeza disso agora. Do mesmo jeito que tenho certeza de que tirar a pedra amaldiçoada do poço, por qualquer que seja o motivo, não acabou com a maldição de Cai. Não me resta alternativa a não ser enfrentá-la. Agora. Aqui. Estou preparada. Consultei o *Grimório* e pedi a assistência das Feiticeiras do Poço. Estou pronta, por fim, para ficar cara a cara com a criatura horrível que tiraria de mim a única pessoa que ainda amo neste mundo. Que me ama. A magia é minha única arma; o apoio de minhas irmãs Feiticeiras do Poço, minha proteção; e meu amor por Cai, minha motivação.

A casa está quieta, apesar de eu conseguir ouvir umas vozes abafadas. Elas vêm dos cômodos nos fundos, muito provavelmente da cozinha. Imagino que sejam as criadas conversando, pois não identifico a voz de Isolda. Chego aos pés da escada curva. O pilar tem delicados entalhes de bolotas, com folhas de carvalho retorcidas subindo pelos corrimãos. Ratinhos de madeira decoram a balaustrada. Tudo dá a impressão de gentileza, de uma unidade com a natureza. De benevolência e religiosidade. Que falso. Que mentira! Sigo até a porta comum no canto do corredor. Há um leve tremeluzir passando por baixo da dela. Sou atraída por ele. Sei, sem ver, que a fortaleza de Isolda, o lugar onde ela é mais poderosa, onde ela menos espera que eu a confronte, fica depois dessa porta. Farejo o ar e detecto com clareza seu fedor, já conhecido. Sobrevoo o piso plano e atravesso a porta trancada. Do outro lado, há uma passagem estreita e um lance de escadas que leva a uma escuridão sombria abaixo. Uma escuridão que é interrompida por uma luz instável, como se houvesse velas ali em vez de lampiões. Desço e, enquanto faço isso, o medo serpenteia por meu ser fantasmagórico e me acompanha, uma companhia fria e escorregadia, em minha jornada rumo ao desconhecido. Quanto mais avanço, mais opressores meus arredores se tornam. Meu instinto me manda dar meia-volta, fugir dali, mas não devo. Não posso. A vida de Cai depende de mim e do que acontecer aqui neste lugar horrível esta noite. Não vou falhar com meu único amor.

Quando chego ao fim do extenso lance de escadas, há uma passagem sinuosa à frente, iluminada não por velas, mas por tochas presas às paredes de pedra úmidas. Ao longe, ouço gotas d'água. Uma ratazana passa correndo, me assustando. O teto é horrivelmente baixo e parece me pressionar enquanto prossigo. Eu me aventuro adiante, por mais um trecho, antes de chegar a outra porta. Essa também está trancada e fico agradecida pela falta de substância que me permite atravessá-la sem dificuldade. Do outro lado, há um cômodo como eu nunca tinha visto antes. Aqui, o teto é alto e de pedras, arqueando sobre minha cabeça. Há muitas tochas. Conto seis ou sete numa olhada, emitindo uma luz forte demais que faz sombras saltitantes e nervosas nas pedras cinza-azuladas da parede. A decoração e a mobília são escassas, a não ser por quatro tapetes enormes pendurados nas paredes, grandes o bastante para ir do teto ao chão. Exibem cenas tão indecentes e lascivas que não consigo imaginar que mulheres podem ter tecido aquilo. E não há luz natural nem ar vindo de nada que pudesse ser chamado de janela além das pequenas aberturas nas pedras lá no alto, com barras de ferro. Na extremidade mais distante desse espaço cavernoso existe uma espécie de altar, com uma mesa ampla em um estrado. A mesa não passa de uma placa de pedra, na qual há candelabros de ferro pretos e itens curiosos, que desconheço. Um é algum tipo de adaga. Outro, uma panela grande. O cômodo dá a sensação de ser de outra época, uma era atrás. Há algo ameaçador na estranheza do lugar e em como ele está escondido aqui, profundamente na terra, isolado da luz e do mundo. Ao me aproximar, vejo uma forma inscrita nos blocos de pedra escuros no chão. É uma estrela, acho, com cinco pontas, desenhada para tomar o espaço todo, com as pontas tocando nas paredes de um lado e de outro.

Tão de repente que faz meu coração pular no peito, Isolda aparece, surgindo das sombras atrás do altar.

— Morgana — diz ela, com uma voz melosa —, que bom que você veio me visitar. E que esperta você é por ter encontrado meu lugar especial. Mas também você é uma bruxinha esperta, não é? Talvez eu devesse me considerar afortunada por você não ser capaz de falar, pois quem sabe que histórias você contaria e para quem.

Permaneço de pé, imóvel. Não deixarei Isolda me intimidar. Não pode haver fuga dessa vez.

Ela começa a caminhar pelo cômodo e, por instinto, me afasto, me movimentando num círculo. Eu me encontro estranhamente atraída para o centro, como se o coração da estrela de formato curioso exercesse uma força sobre mim, como a de um redemoinho num riacho sugando uma folha flutuante, só que com uma força maior, imensurável.

— Você gosta do meu pentagrama, Morgana? Ele é precioso para mim. Um lugar de magia. Um ponto consagrado há muito tempo por um dos meus ancestrais. Ah, sim. Cheguei a Tregaron não muitos anos antes de Cai trazer você para a vida dele, mas meus antepassados estiveram aqui antes. Eu estava apenas voltando para o que é meu por direito de nascença. Ou, pelo menos, em *parte*. Pois existe outro lugar, um lugar sagrado para mim e meus semelhantes. Um lugar que logo será meu. As boas pessoas desta cidadezinha adoram recontar a leda do poço da Ffynnon Las. Acham a fábula divertida. Uma história para assustar criancinhas e fazer um arrepio estranho percorrer a coluna numa noite de inverno. Não sabem a verdade. Mal sabem o quanto aquele lugar é poderoso, o quanto ele é mágico. E ninguém tem consciência de que sou descendente da feiticeira de quem falam. Criaturas tão estúpidas. Tão fáceis de impressionar. E logo meu domínio sobre elas será completo. — Os olhos de Isolda estão fervendo agora, ardendo de raiva e de um desejo insano de ter o que quer. — O poço é meu. É meu direito reivindicá-lo! E, com ele, o *Grimório*.

Ela nota minha expressão enrijecer e agora sabe que vi o livro. Sabe que tenho consciência do poder que ele possui.

— Então aquela empregadinha gorducha mostrou o livro a você, não é? Me admira vocês duas não terem sido queimadas pela força dele. Esse livro não é brinquedo. Os feitiços que existem nele não foram feitos para uma bruxinha tola nem uma feiticeira limitada que só sabe ferver ervas. Se você viu dentro do livro, sabe disso. Sabe por que o quero. Ele pertence à dona da Ffynnon Las, que, até o fim deste inverno, será eu.

Não consigo evitar olhar para as linhas no chão sob mim. Elas são fascinantes. E quando olho, a forma começa a girar, cada vez mais rápido. O odor nocivo de Isolda preenche minhas narinas, dando-me ânsia de vômito. Uma tontura me domina de tal forma que tropeço e caio de quatro. No instante em que me encontro dentro dos limites do desenho, sei que estou presa. Muito embora esteja presente apenas em espírito, é como se eu fosse sólida e corpórea e pesada como chumbo. Estou acorrentada ao chão por uma centena de correntes invisíveis. Agrilhoada nos calcanhares e punhos por ferro invisível. Enlaçada. E, como um coelho no laço de um caçador, quanto mais me debato contra as amarras, mais elas me prendem. Luto ferozmente contra elas, me virando daqui e dali, retorcendo e dando puxões nas amarras invisíveis. Mas não adianta.

Isolda dá um sorriso, um sorriso lento e escorregadio. Seu rosto se tornou mais angular; seus olhos, mais profundos; as concavidades e as sombras, mais acentuadas, de modo que pouco resta em sua expressão que possa ser chamado de bonito.

— Me pergunto quanto tempo você pode permanecer aqui assim. Quanto tempo até você ser incapaz de fazer a viagem de volta para seu doce corpo jovem? Onde você o deixou? Sob os cuidados de Cai, presumo. Por quantas horas, quantos dias ele tomará conta de você até perceber que apenas testemunha o apodrecimento de um cadáver?

Tento invocar minha vontade, lutar contra, exercer a própria magia de qualquer maneira que possa me libertar de Isolda. Sua feitiçaria, porém, é tão forte, tão antiga e tão praticada que requer um esforço de drenar as energias apenas para eu manter os olhos abertos. Então, tudo o que consigo é bater a porta, fazendo barulho.

Isolda dá uma gargalhada.

— O que pretende fazer, Sra. Jenkins? Me matar de susto?

Uma escuridão começa a se fechar sobre mim, como se minha visão encolhesse. Logo estou imersa em escuridão. Minha força se esvai; posso senti-la me abandonando. O escuro é reconfortante, quase tranquilizador. Não consigo ouvir nada agora, então, flutuo, inconsciente, nesse nada aveludado. Como seria fácil me render, aceitar a derrota, me permitir ser engolida por essa noite infinita. Que esperança tenho de derrotar Isolda? Ela é muito mais poderosa do que eu. Se sou uma feiticeira, então, ela é outra de origem completamente diferente. Uma força diferente a impulsiona. Uma força imbuída de toda a ameaça sinistra e intensidade maligna. Como posso ser páreo para tamanha força? Para tamanha crueldade? Devo deixá-la acabar comigo? Talvez, se eu não estivesse em seu caminho, Isolda cedesse e permitisse que Cai vivesse, voltando ao plano original de se casar com ele. Ela não pode saber que ele descobriu a pedra amaldiçoadora. Não sabe que ele acredita que ela seja a causa de sua doença. Mas, se eu morresse, e como Cai sabe dessas coisas, ele resistiria a ela. E aí ela o mataria para ficar com seu precioso poço. E o *Grimório*. Me lembro do homem arruinado que o reverendo se tornou sob seus feitiços. Vejo o rosto congelado e morto da Sra. Jones flutuar diante dos meus olhos. Isolda seria imbatível se controlasse a força do livro de magia. Por que se importaria com Cai? Ela o destruiria exatamente como está se dedicando a me destruir. Pois sabe que só a dona do poço pode manejar seu pleno poder. Outros podem usá-lo de algum jeito, com permissão ou desrespeito, mas ela não se contentará com nada menos do que controle total. E que destruição ela poderia provocar então!

Me sinto tão fraca e, ah, tão exaurida.

Ouço algo. E uma silhueta pálida se forma diante dos meus olhos. Primeiro, é difícil distingui-la, mas agora vejo que é uma figura. Um homem. Me esforço para escutar e reconheço a voz que um dia me foi a mais querida no mundo.

Papai!

— Morgana — diz ele, com delicadeza, as feições gentis e o sorriso aquecendo meu coração.

Papai! Encontrá-lo, enfim! Depois de todos esses anos procurando, aguardando, esperando. Ele vem ficar de pé ao meu lado e me ajuda a levantar. Apesar de não termos substância, de não termos formas tangíveis, sinto seu toque, sinto sua mão em meu rosto, como se eu fosse uma criança de novo.

— Minha menininha. Que bela jovem você se tornou. — Seu sorriso dá lugar a um franzido na testa. — Não suporto ver você sofrer tanto, minha filha.

Balanço a cabeça, pois não sinto dor nem medo nem agonia agora que estou na presença do meu pai. Deixo que ele me abrace e sou envolvida em tanta paz, em tanta tranquilidade que nunca mais quero deixar a proteção e o conforto de seus braços.

— Você está a salvo agora, Morgana — diz ele. — Chega de sofrimento. Você está a salvo aqui comigo.

Ah, como desejo ficar com meu pai! Acompanhá-lo a onde quer que ele me leve, sabendo que, desde que eu esteja com ele, nenhum mal pode me atingir. Mas não posso ficar. Eu me forço a deixar seus braços e olho para seu rosto querido. Mais uma vez, balanço a cabeça, mas agora o que quero dizer é diferente. Ele já pode ver que estou me afastando.

Não, Papai. Não posso ficar.

— Não volte, *cariad*. Venha comigo, minha filha.

Recuo, me afastando dele, me sentindo como se meu coração estivesse sendo partido em dois. Seria tão fácil ficar, continuar com ele, o pai de quem senti tanta saudade durante todos esses longos anos. O pai que me compreende melhor do que eu me compreendo. Mas não posso. Existe alguém que precisa de mim. A sobrevivência de Cai depende de mim, e não vou abandoná-lo. Agora meu lugar é ao lado dele.

Devo voltar, Papai. Tenho que voltar.

Ao ver a tormenta estampada em meu rosto, ele dá um pequeno sorriso e assente com a cabeça.

— Estou orgulhoso de você, filha. Vamos nos encontrar de novo, um dia, quando for a hora. Você tem sangue mágico, Morgana. Use o seu poder. Volte e trilhe o caminho que é seu, *cariad*.

Então, me obrigo a voltar, voltar à consciência, ao cômodo, a Isolda. Há um barulho na minha cabeça agora, um barulho horrível, como se o lado de uma montanha despencasse. E então estou de volta, com os olhos abertos e a visão recuperada. Me mantenho firme, fitando os olhos de Isolda. Pode ser minha imaginação, mas acho que identifico surpresa ali — ou seria, talvez, um pouco de medo?

— Ora, ora — diz ela. — Não pensei em vê-la encarar uma luta como essa, bruxinha.

Sua voz continua estável, mas agora percebo um nervosismo. Posso saboreá-lo. E mesmo assim ela não me liberta. Ainda pensa em me atormentar. Em ter o que quer a qualquer custo.

Preciso parar o redemoinho em minha mente. Preciso fazer o que vim fazer. Cambaleio para ficar de pé e bloqueio sua voz zombadora. Bloqueio o pentagrama. Bloqueio a lembrança de Papai. Bloqueio tudo para me concentrar em meus pensamentos, direcioná-los para chamar, invocar, suplicar às Feiticeiras do Poço.

Socorro. Venham me ajudar agora. Me apoiem em minha causa para deter essa criatura má e diabólica que usaria vocês e sua sabedoria para os próprios fins insensíveis e horríveis.

Repito a súplica uma e outra vez, visualizando o *Grimório* com clareza na mente, exatamente como a Sra. Jones me ensinou. Não devo temer seu poder. Cabe a mim comandá-lo agora.

Sou a dona da Ffynnon Las! Guardiã do Grimório *e proprietária do Poço Azul. Venham até mim agora e lavem a escuridão que me cerca!*

Por um momento de agonia, nada acontece e temo ter falhado. Agora, porém, fraco no começo, mas cada vez mais forte, ouço dois sons distintos. O distante badalo do mais doce dos sinos que se possa imaginar, nítido e verdadeiro, aumentando aos poucos até a câmara ser tomada por ele. Isolda ouve também, e a vejo olhar ao redor. Seu nervosismo me dá esperanças.

O segundo barulho anuncia uma força desencadeada que transforma sua ansiedade em puro medo. Água. Água entrando ali. Aí vem ela! Surgindo de baixo, atravessando a passagem, torrencial, violenta, imbatível, se derrama na câmara com tanta velocidade que, em poucos segundos, chega aos nossos joelhos. Vejo isso, mas não tenho medo. Pois estou ali em espírito e não preciso de ar para respirar.

Isolda solta um grito de fúria. Ergue os braços e começa a entoar em línguas estranhas, repetidas vezes, rodopiando e girando, provocando um redemoinho de água ao seu redor, mesmo enquanto a água sobe até suas coxas. A pressão aumenta à nossa volta. A pressão não dos elementos, mas de magia lutando contra magia.

De repente, tão abruptamente que levo um momento para compreender o que aconteceu, o dilúvio para. Nenhuma gota de água se move. Encaro o azul que me rodeia e agora entendo. Não estou mais na água e sim no gelo. Isolda deteve o progresso da inundação num instante, congelando-a.

Ela ri de mim, o alívio e deleite iluminando seu rosto. Fita meu rosto, triunfante.

— Isso é mesmo tudo o que você tem a invocar? Você tem o *Grimório* à sua disposição e é isso o que faz manifestar? — Ela acena o braço, fazendo pouco caso, e continua rindo de mim.

Assim não vai dar. Não mesmo.

Estreito minha atenção para que ela esteja por completo neste momento, neste lugar, e invoco minha vontade. *Minha* vontade. Posso ser inexperiente com o *Grimório*, mas tenho a magia dentro de mim. O sangue mágico de Papai. Trago todos os meus pensamentos para um ponto, exatamente como fiz quando restaurei a porcelana chinesa de Catrin. Como fiz quando remendei o braço ferido de Cai. Puxo toda a minha força para mim até sentir o ar crepitar. Ouço com atenção. Farejo o ar úmido da câmara. Com meus sentidos aguçados ao viajar através da magia, posso detectar com facilidade a presença de outros seres. Há tantos deles se mexendo e chiando e se contorcendo nos drenos e aquedutos estreitos e túneis que seguem num labirinto sob as casas e ruas da cidade. Sinto o cheiro de seus corpos quentes e sujos. Ouço seus dentes mastigando, ávidos, qualquer coisa que encontrem. Pois estão famintos. Muito famintos. Esse inverno repentino os levou depressa à quase inanição. De algum lugar profundo, dentro de mim, encontro forças para superar meus medos, minha repugnância natural. E os chamo.

Venham, pequenos irmãos e pequenas irmãs. Venham até mim e lhes darei tamanho banquete, tamanha fartura... que sua barriga se encherá nesta noite, e seu pelo se embelezará com o sangue fresco de sua caça.

Sei que Isolda me ouviu também, mas ela não tem como adivinhar o que planejo. Ou, se adivinhou, não me considera capaz de fazer isso acontecer, pois não demonstra sinal algum de medo, apesar de, na verdade, ter muitos motivos para temer.

Agora volto os pensamentos para a parede atrás dela. A parede tem séculos de idade, pedras protuberantes, a argamassa se despedaçando e está gasta pela água. Posso mexer essas pedras. Sei que posso. Estreito os olhos e invoco minha força, com mais determinação, com mais ferocidade, com mais fúria do que jamais havia usado para invocá-la. No começo, a tarefa parece impossível. Redobro os esforços e, ainda assim, não identifico nenhum efeito.

Isolda me observa com um sorriso seco nos lábios, divertindo-se com minhas tentativas aparentemente vãs. Quase que de modo relaxado, ela se mexe de um lado para o outro, diminuindo o gelo que cobre o chão da câmara. É claro que não me considera mais uma ameaça.

Mas eu sou.

A primeira pedra mexe apenas uns dois centímetros, acompanhada de um pequeno rangido enquanto se movimenta minimamente. Isolda ouve o barulho, mas não consegue detectar sua origem. Continuo. Agora uma segunda pedra se mexe. Agora outra. E outra. Ela vê o que fiz e ri com escárnio.

— Está pensando em derrubar minha casa em cima de mim, bruxinha? Se acha mesmo capaz?

Não, deixo que ela leia meus pensamentos, na esperança de conseguir mais alguns instantes. *Não acho.*

— Ah! Só agora você decide se comunicar comigo. Que pena você não ter pensado em fazer isso antes. Quem sabe a que acordo poderíamos ter chegado, se você tivesse mostrado um pouco de espírito de... cooperação — diz ela. Mas nenhuma de nós acredita que exista alguma verdade em suas palavras. Ela caminha até um dos buracos que abri na parede, tombando a cabeça para o lado a fim de examiná-lo.

— Pobre Morgana. Tanto trabalho para você. Por que se incomodar? Por que não simplesmente se deitar e dormir? É muito melhor, muito mais digno do que esses esforços fúteis.

Por fim, outra pedra se mexe, desta vez, a vários metros de altura na parede. Ela se solta com tanta velocidade e força que voa de seu lugar e cai no chão perto de Isolda. Argamassa e barro e pedra se despedaçam e se espalham aos seus pés. Logo depois, mais quatro pedras fazem o mesmo. As aberturas que elas deixam, porém, permanecem vazias; não passam de espaços escuros que permitem a entrada de ar frio e eventuais goteiras de água gelada. Por um momento, acho que não me ouviram, que não virão. Chamo de novo.

Venham, pequenos. Corram, meus amigos famintos. Corram para o banquete!

O primeiro nariz cinza-amarronzado surge num buraco atrás de Isolda, e ela não o vê. Ele cai de seu túnel, com o corpo esquelético e o rabo careca perto do chão e começa a rodeá-la. Mais bigodes aparecem no mesmo buraco e, então, depressa, vários focinhos e olhinhos redondos e brilhantes começam a emergir de todos os espaços que criei. Em segundos, o chão parece estar vivo de tantas ratazanas. Elas correm para se derramar na câmara, erguendo a cabeça para farejar comida, expondo os dentes amarelos.

No início, acho que me ignoram porque estou aqui apenas em espírito e, portanto, não sou uma possível fonte de sustento. Noto, porém, que tomam o cuidado de não pôr uma pata molhada sequer sobre o traçado do pentagrama. De fato, o evitam como se ele pegasse fogo. Há centenas delas agora e ainda mais jorram pelas aberturas nas pedras. Isolda xinga e bate o pé no chão para se sacudir e espantar as primeiras atrevidas que já começaram a mordiscar seus dedos dos pés. Uma delas, especialmente grande, mesmo em seu estado reduzido, com um pelo preto e denso, cai direto no ombro de Isolda. Se agarra enquanto a mulher a pega pelo pescoço e puxa. A ratazana está determinada, cravando as garras afiadas no vestido da mulher, que arranca o animal de si e o joga do outro lado do cômodo com tanta força que ouço a coluna do bicho se quebrar. O corpo cai no tumulto de suas primas, que, farejando sangue fresco, partem para cima dele, mordendo e mordiscando. É como se um sinal tivesse sido dado para que o frenesi da alimentação começasse. De repente, como se fossem uma única fera de várias cabeças, as ratazanas se projetam para a frente e partem para cima de Isolda como um enxame.

A mulher solta um grito furioso, agarrando os roedores que a escalam e rastejam por ela; ela os arranca de seu corpo e os joga para um lado e para o outro com movimentos de força e agilidade sobrenaturais. As ratazanas, porém, são numerosas, demais para que ela se defenda, e surgem muito depressa. Logo, ela está toda coberta pelas criaturas chiando e fedendo, pendendo de seus dedos, do corpete e da saia, do cabelo, enfiando-se nas roupas, mordendo e arranhando, experimentando o banquete que lhes pertence por estar ali. E ainda mais ratazanas despencam na câmara, tanto que as pedras do piso são uma massa que se retorce ao meu redor, revelando o formato da estrela em que me agacho.

Isolda continua guinchando e enfurecida, mexendo os braços, balançando a cabeça, chutando e cambaleando, mas está completamente coberta de criaturas pulsantes e barulhentas que se prendem pelos dentes e pelas patas, aproveitando cada oportunidade de morder e mastigar. Ruídos repulsivos tomam o ar — sons de carne sendo rasgada e sangue sendo bebido. À medida que a figura completamente coberta se move desajeitada pelo cômodo, rastros e esguichos de sangue se espalham sobre mais ratazanas famintas que lutam por uma amostra do que seus parentes encontraram. Assisto, horrorizada, ao que provoquei. Sou forçada a assistir, apesar de temer ser aquela uma visão que assombrará meus sonhos pelo resto dos meus dias.

No instante em que parece que será dominada, empurrada para o chão, atacada e devorada por centenas de bocas famintas, Isolda para de se agitar e permanece imóvel, a não ser pela ondulação do casaco de pele vivo que veste. Ela emite um som contínuo e baixo que arrepia minha alma. Não é nem um grito de dor nem um berro de fúria. É, muito claramente, uma invocação, um chamado, um pedido. Para quem ou para que, não quero descobrir, mas a temperatura da câmara cai de modo dramático. A nota dissonante e cada vez mais alta é sustentada por um fôlego de duração impossível, forte e resoluto, estável e monótono, ameaçando além da imaginação. Até as ratazanas parecem perceber o perigo na quietude que vem em seguida. Algumas caem de seu corpo e se escondem. Outras param com o frenesi. Há um breve momento de total calma em que todos os movimentos, todos os sons, toda a vida, ao que parece, estão paralisados.

E então a fera é libertada.

As ratazanas ainda agarradas a Isolda, ou ao que *era* Isolda, são atiradas para as extremidades do cômodo, sendo esmagadas nas paredes de pedra. Dali debaixo, emerge uma forma se retorcendo e latejando que cresce enquanto se sacode e convulsiona, se livrando dos parasitas, se contorcendo e alargando até isso, até *ela*, se transformar por completo. Pois não é mais uma mulher que está diante de mim, mas sim uma serpente monstruosa em vários tons de verde. Ela ergue a cabeça colossal, com os olhos amarelos brilhando sob a luz das tochas, a língua bifurcada entrando e saindo da boca cruel e sem lábios. A câmara é tomada por um sibilo ensurdecedor, por certo alto o bastante para despertar os mortos. As ratazanas apavoradas se viram e fogem, subindo umas nas outras na pressa de escapar, rastejando pela parede para chegar aos buracos por onde entraram. A cobra gigante, porém, ataca numa velocidade letal, enchendo a boca de criaturas em pânico, engolindo-as em goladas agitadas. Numa questão de segundos, a câmara está vazia. As ratazanas se foram, comidas ou foragidas. Só eu continuo ali, com meu espírito ainda prisioneiro do pentagrama. E a serpente enrolada e inchada, que desliza em silêncio pelo cômodo, não tira os olhos de mim por um segundo sequer.

É mais um choque ouvir a voz de Isolda vindo dessa aparição horrível.

— Suas atitudes me cansam demais, bruxinha — diz ela enquanto passa escorregando por mim. — Você tem que saber que não é capaz de me derrotar. Por que persistir em retardar o desfecho inevitável? Desista desses atentados sem sentido contra mim. Seus esforços não darão em nada. Tudo o que se requer de você agora é que se entregue, se submeta ao inevitável. Ao fim. A mim.

Os músculos da criatura se movimentam como ondas enquanto ela se projeta em círculos, ganhando velocidade. Por um momento, acho que planeja se enrolar em mim e me esmagar até me tirar a vida, mas me lembro, é claro, que em meu estado de quem viaja por meio da magia, ela não pode me prejudicar fisicamente. Toda a força animal maligna de sua forma repulsiva é inútil contra mim em estado de espírito. Ela tentou me mandar para outro lugar, me enfraquecer e me tentar com meu querido pai. Será que foi mesmo ele quem vi? Ou que foi apenas um truque, outro feitiço de Isolda para que eu fosse sugada pela morte? Nunca terei certeza. O que sei é que, sem meu corpo aqui para destruir, existem poucas maneiras em que ela pode provocar meu fim. Na verdade, me parece que sua única opção seria me manter aqui, presa, até eu ter passado tempo demais fora do corpo e não ter forças para voltar. Mas por quanto tempo? Por quanto tempo posso existir como uma alma penada, desencarnada e vagando? Ela me fez essa pergunta, mas eu mesma realmente não sei a resposta. Sei que estou enfraquecendo. Que me sinto cada vez mais cansada. Cada vez mais tonta. Não tenho muito tempo. Preciso usá-lo com sabedoria.

Eu me sento, puxando os joelhos para debaixo do queixo, abraçando-se com força.

Você tem razão. Disponho meus pensamentos com clareza diante dela. *Sei disso agora. Me perdoe. Tenha piedade.*

— Piedade? Ha! — Saliva esguicha das mandíbulas da cobra enquanto Isolda ri da minha súplica.

Mantenho os olhos voltados para baixo.

Me importo apenas com Cai, digo. *Por favor, tenha misericórdia. Se eu...*
morrer.

— *Quando* você morrer. Porque você vai morrer.

Por favor, deixe Cai viver. Abro os olhos e encontro os da criatura lúrida que abaixa a cabeça enorme diante de mim. *Eu imploro. Deixe Cai viver.*

Nunca tinha visto uma cobrar rir nem ouvido um barulho tão cruel quanto o que essa faz.

— Implore! Você me causou infinitos problemas, *Sra. Jenkins.* Se não fosse por você, eu poderia ter convencido aquele seu doce marido. Poderia tê-lo feito meu. Aí, eu teria sido a dona do poço da Ffynnon Las e todo o poder que existe ali teria sido meu. Eu teria sido invencível. *Serei* invencível. Mas não me sinto inclinada à misericórdia. Agora não. Por que deveria? Você vai morrer logo, logo e Cai se juntará a você num túmulo compartilhado na capela Soar-y-Mynydd. A fazenda será posta à venda e *eu* a comprarei, é claro. Então, implore o quanto quiser, sou surda para qualquer pedido que possa retardar minha, enfim, obtenção do que é meu por direito de nascença.

Assinto, cuidadosa, resignada diante do meu destino.

Muito bem, digo, *não posso mudar o que vai acontecer. Encontrarei meu amor na vida após a morte. Aí, vamos ficar juntos e ele não sofrerá mais.*

A cobra para de escorregar, olhando-me de perto.

Só peço uma coisa. Permita que eu não deixe esta vida em meio a tanto horror, na companhia apenas de uma criatura do inferno. Você, ao menos, não voltaria à sua forma feminina para que minha última visão seja a de uma coisa bonita e também para você fitar meu olhar enquanto ele se esvai até não restar nada?

Isolda dá mais uma gargalhada e a serpente começa a emitir uma luz trêmula e a se contrair. Apelei não para sua benevolência, não para sua caridade, e sim para sua vaidade. Ali, descobri sua fraqueza.

Depois de muito se dobrar e retorcer e se chocar contra as pedras, a cobra diminui, encolhe aos poucos e se reduz até que a própria Isolda surge diante de mim mais uma vez, quase sem um arranhão das ratazanas para contar a história daquela provação.

Ela passa uma das mãos no cabelo, preocupada em ajeitá-lo.

Não me levanto. Permaneço ali, pequena e imóvel, bem no centro da estrela. Olho para Isolda, tentando me impedir de tremer, forçando-me a continuar acordada e alerta, apesar de sentir que estou desaparecendo.

Você não vai ficar sob a luz para que eu possa vê-la direito?, peço. *Você está nas sombras, então, não consigo ver seu rosto.*

Com apenas um pequeno suspiro impaciente, ela anda por uma curta distância para ficar entre duas tochas enormes, e as chamas dão um brilho caloroso a suas belas feições.

— Depressa, agora, bruxinha. Desapareça. Vá embora. Estou cansada dessa brincadeira — diz ela, com as mãos na cintura, a cabeça tombada para o lado, observando-me como um corvo observa um cordeiro agonizando.

Este é meu momento, esta é minha única e última chance. Ela só precisa me esperar morrer. No entanto, não pode prejudicar meu corpo aqui. Nesse sentido, não sou vulnerável. Mas ela é.

Tomo um fôlego profundo e lento, enchendo os pulmões até eles quase explodirem. Invoco toda a força de meu amor por Cai, toda a adoração que carreguei comigo durante todos esses anos por meu pai, todo o amor que senti por minha mãe e toda a selvageria das montanhas. Sinto a magia preencher minha alma, alimentá-la, até me deixar radiante. E então exalo. Um grande tumulto perturba o ar dentro da câmara como se uma tempestade se espalhasse. Meu cabelo voa para cima e para fora, como se estivesse numa ventania. Minhas roupas são agitadas do mesmo jeito. As chamas das tochas crescem e esguicham, dobrando de tamanho num instante. Isolda olha ao seu redor, desconcertada. Volta os olhos para mim e, acenando com o braço, envia uma rajada de energia para tentar me deter. Mas permaneço ilesa. O cômodo é logo tomado por um vento uivante e circular, que gira e gira, mais e mais depressa, ganhando força e ferocidade, rugindo enquanto sopra, arrancando os tapetes pesados como se fossem teias de aranha, fazendo-as voar e se agitar. E enquanto voam e se agitam, são lambidos pelas chamas das tochas. Em instantes, o primeiro já pegou fogo. E então o segundo. E então outro. Agora todos estão em chamas, com o ar acelerado alimentando essas novas e horríveis fogueiras até o espaço inteiro se tornar um redemoinho de chamas.

Ouço Isolda gritar promessas e xingamentos. Ela corre até a porta, puxa a maçaneta, mas eu a tranquei, e trancada permanecerá.

— Não! — grita Isolda. — Não! — Ela percorre o cômodo, em vão, em busca de outra saída. Ao contrário de mim, ela está aqui de corpo e alma. E enquanto um espírito pode atravessar paredes e portas à vontade, um corpo não pode. Enquanto uma alma pode se retirar para um lugar seguro sem usar as escadas, um corpo não pode. Uma alma suporta o calor intenso do fogo e emerge ilesa. Um corpo, não.

Os gritos de Isolda logo se tornam gemidos. Ouço aquilo não com horror, não com triunfo, mas com uma aceitação tranquila, com a certeza de que fiz o que pude e de que Cai estará a salvo. E agora, enquanto a caldeira devora cada parte desta tumba de pedra, eu espero.

Já está convenientemente escuro quando Cai abre a janela do andar de cima e apoia a arma no parapeito. Lá embaixo, os homens chegaram ao jardim da frente. Sob a luz da lua, Cai reconhece alguns rostos: Edwyn Nails, Llewellyn, o reverendo Cadwaladr e muitos outros. Uns têm armas, outros, machados. Um carrega um rolo de corda. Cadwaladr se aproxima e bate com força na porta da frente reforçada por uma barra de ferro.

— Jenkins! — berra ele. — Cai Jenkins, abra essa porta!

Cai muda de posição com cuidado. Mesmo apoiando o cano da arma como está fazendo, ela parece quase impossível de se manejar de tão pesada. Ele sempre foi um bom atirador, mas agora, sentindo-se tão fraco, com o corpo destruído pelas dores, se pergunta se será capaz de erguer a arma para atirar direito.

— O senhor não pode entrar, reverendo — grita ele lá para baixo, fazendo com que a multidão volte os olhos para cima.

Edwyn agita o punho.

— Viemos atrás de Morgana, Jenkins — grita o rapaz, com o rosto retorcido de tanto ódio. — Mande-a para fora!

— Esta é a minha casa. — Cai mantém a voz o mais estável que consegue e luta contra um arquejo enquanto a dor aperta seu peito. — Nos deixem em paz!

O reverendo Cadwaladr grita:

— O senhor está enfeitiçado, Sr. Jenkins. Enfeitiçado por aquela criatura.

— Ela não é uma criatura, reverendo. É a minha esposa. Uma boa mulher.

— Ela é má! — grita um velho de trás da multidão. — Trouxe a morte para a nossa cidade.

— Isso não é verdade. — Cai balança a cabeça, chocado diante da facilidade com que estão preparados para acreditar em coisas horríveis sobre Morgana.

Llewellyn se aproxima.

— Tem gente morrendo por causa dela. Ela transformou a terra em gelo! Vai matar todos nós.

— Não, você está enganado.

— Foi ela quem trouxe essa doença horrível para nós — berra outro.

— Não foi, não! — insiste Cai. — Se é maldade o que vocês estão procurando, tentem naquela bela casa na praça. Olhem mais de perto para Isolda Bowen.

— O quê? — Cadwaladr está incrédulo. — Que absurdo é esse? A Sra. Bowen é uma mulher respeitável e temente a Deus.

— Vocês estão enganados sobre ela, exatamente como estão enganados sobre Morgana — diz Cai.

Edwyn não está disposto a ceder.

— Viemos para levá-la, Jenkins. É melhor você abrir essa porta. Você está doente, camarada. Ela deixou você doente.

— Não estou fraco a ponto de não poder proteger a minha mulher. Estou avisando. Para trás! — Cai ergue a arma.

Llewellyn ri dele, desafiando-o.

— Você não pode lutar contra todos nós, Ffynnon Las.

Como resposta, Cai dispara a arma e a explosão atinge o chão coberto de neve, atrás da multidão. O som é cacofônico, quicando ao atingir a paisagem congelada e ecoando mais e mais pelo vale. Os homens dão pulos e se espalham em todas as direções, jogando-se para fora do alcance.

— Vocês terão que me matar para levá-la — grita Cai. — Estão preparados para fazer isso? O senhor está, reverendo? Ela não fez nada de errado. Estou dizendo.

Os homens se levantam com cuidado, mas se mantêm distantes. O reverendo ergue as mãos, em parte como quem se rende, em parte como quem reza.

— Não temos a intenção de lhe fazer mal algum, Cai Jenkins. Vamos deixá-lo agora, para que você tenha tempo de refletir. Vamos voltar para buscá-la. Temos que voltar. — Para variar, a voz daquele homem corpulento hesita e falha. — Deus não permitirá que essa maldade triunfe. Ele está punindo todos nós, Jenkins. Minhas queridas filhas...! — O reverendo não consegue terminar a frase.

Cai vê o desespero do homem e balança a cabeça com tristeza.

— Lamento por saber que sua família está sofrendo, reverendo. Sinceramente. Se o senhor deseja salvá-la, vá até Isolda Bowen. Faça o que tem que fazer com aquela desgraçada, e talvez Deus veja suas atitudes com bons olhos. Mas Ele não vai agradecer ao senhor por perseguir uma pessoa inocente como a minha mulher.

Há muitos murmúrios e pés se mexendo. Punhos são erguidos, e promessas, feitas, antes de a multidão, relutante, se virar e pegar o caminho para Tregaron. Cai espera na janela, observando enquanto se vão, querendo se certificar de que não vão mudar de ideia e voltar mais uma vez.

Ele se assusta com o latido frenético que vem da cozinha. Bracken, que havia permanecido quieto durante todo aquele barulho e toda aquela agitação lá fora, dá sinal. Agarrando a arma, Cai sai cambaleando do quarto e despenca nas escadas. Atravessa a porta da cozinha apressado e encontra Morgana caída do banco no duro chão de pedra.

— Morgana! — Ele se joga de joelhos ao seu lado. Bracken pula e se queixa e late, claramente consciente de que sua dona está com problemas. Cai a pega nos braços. Ela está com os olhos abertos, mas parece cega à sua presença, como se ainda estivesse em algum lugar distante, testemunhando algo horrível. Começa a fazer movimentos violentos. Então se contorce e se debate com tanta força que ele tem dificuldade para segurá-la.

— Morgana, *cariad*, pare — implora ele. — Por favor, meu amor, por favor.

Por fim, ela resfolega, seu corpo enrijece e seus braços param de bater no chão. Ele fita os olhos dela e vê o reconhecimento tremeluzir ali. E terror, nas pupilas arregaladas, a boca se abrindo e gritando num pavor silencioso diante de alguma calamidade invisível. O olhar de Morgana se fixa no fogo da lareira e ela se arrasta para trás, lutando para se afastar das chamas.

— Agora, calma, *cariad*. Você está a salvo aqui, a salvo comigo — diz ele, puxando-a para perto, abraçando-a com delicadeza e embalando-a para a frente e para trás.

Agora os braços e pernas de Morgana relaxam, e ela o deixa ajudá-la a se levantar e voltar para o banco. Ele pega nas mãos dela, ajoelhando-se sobre o tapete à sua frente.

— Por onde você andou, minha selvagem? Como eu gostaria que você pudesse me contar.

Ela se inclina para a frente, de modo que sua testa toca a dele e ele sente o quanto ela está exausta. Mesmo assim, ela aperta as mãos dele com força e então se recosta para que ele possa ver a expressão em seu rosto. Ele fica surpreso ao descobrir que ela está... *feliz*.

— Para onde você iria? — pergunta ele a si mesmo tanto quanto a ela.

— Eu estava doente e você foi a algum lugar para tentar me ajudar. Tentar encontrar uma cura? Não, não é isso. Para impedir alguém de me machucar! É claro. Isolda. Você foi atrás de Isolda?

Morgana assente com a cabeça, calma.

— Que garota corajosa. Ela machucou você, *cariad*?

A jovem parece assustada por um momento e hesita antes de balançar a cabeça bem devagar.

— O que aconteceu? Ah, meu Deus, Morgana. Você tem que me contar. Isolda está vindo para cá?

Ela balança a cabeça de novo.

— Você a deteve? A fez parar?

Ela assente, e seus olhos encontram os dele com tanta seriedade que o assustam.

— *Duw*, Morgana, você... — Ele não consegue se forçar a dizer o que está em sua mente. — Ela... ela está morta, Morgana? Isolda está morta?

A jovem assente com a cabeça e os olhos cheios de lágrimas. Ela assente e se joga nos braços dele, soluçando, agarrando-o como se nunca mais fosse capaz de soltá-lo, e a Cai só resta imaginar o que Morgana deve ter passado. Mas Isolda está morta. O que quer que tenha sido feito está feito, e os dois estão livres dela, finalmente!

Cai beija os cabelos de Morgana, permitindo-se desabar sobre ela enquanto a abraça, com o corpo fraco de tanto alívio.

— Agora, calma, *cariad* — diz ele. — Tudo vai ficar bem, minha selvagem. Calma. Tudo vai ficar bem.

Tudo, porém, não está bem. Um dia e uma noite passaram desde que encontramos e destruímos a pedra amaldiçoadora e desde que assisti Isolda queimar e, ainda assim, Cai continua doente. Pelo menos, o povo da cidade não voltou, e por isso estamos agradecidos. Talvez, sem a Sra. Bowen para incitá-los, não me persigam mais. Com certeza, se ela era responsável pela doença na cidade, agora, isso passará. Não me atrevo a me aventurar em Tregaron para descobrir o que está acontecendo. Só sei que Cai continua sofrendo. Sofrendo e enfraquecendo — portanto, ainda temo por ele. Nós dois estamos perdidos, tentando compreender isso. Por que a maldição não acabou? Ela pode continuar, mesmo depois da morte de Isolda? Vou perdê-lo, então? Depois de tudo o que aconteceu, depois de tudo o que passamos, vou perdê-lo? Ele não quer comer nada no café da manhã, só tomar sopa rala. Deixo-o cochilando perto da lareira e subo para buscar o conhaque ao lado de nossa cama. Ao chegar lá em cima, sou atacada, mais uma vez, pela presença ameaçadora e horripilante que permanece ali. Catrin? Mas por quê? Por que ela projetaria tanta ira, tanta raiva, tantas emoções obscuras em mim? Não consegue enxergar que amo Cai? Que só quero o que for melhor para ele? Que estou me empenhando, fazendo tudo o que posso, para ajudá-lo? E agora, quando minha mente dói, confusa e cansada, é outro de meus sentidos que me alerta para a origem da entidade fantasmagórica. Sinto o cheiro de enxofre. Isolda — *ainda!* Ou, pelo menos, o diabo de Isolda. Então, só pode haver outra maldição. É, só pode ser isso. Ela escondeu algum talismã ou boneca de palha na casa. Em algum lugar ali perto. Onde? Onde ela poria uma coisa dessas para que fizesse mais efeito? Eu me preparo, pois sei aonde devo ir. O quarto de Catrin. O quarto que ela compartilhou com Cai quando ele era seu marido. O quarto onde ela morreu. Forço-me a abrir a porta e a entrar a passos largos. Mas não há presença alguma aqui. Toco a colcha sobre a cama não usada. Vago pelo quarto limpo e bonito. Abro o guarda-roupa e até me olho no espelho. Nada. Não há nada aqui para prejudicar ninguém. A presença no topo da escada, a presença de Isolda, e não a de Catrin, ao que parece, não consegue penetrar mais adiante. E, no entanto, *ainda está ali!* O que devo fazer para me livrar da influência maligna dessa mulher? Ela usou o poço para amaldiçoar Cai, sabendo do poder que esse poço tinha, mas eu mesma quebrei a pedra amaldiçoadora. Vi quando ela se partiu em cacos. Com certeza, não pode mais influenciar nada, não é? A pedra foi retirada das águas mágicas. O objeto, destruído. Mas a maldição não acabou. Na verdade, não enfraqueceu em momento algum. É como se ainda estivesse no poço, ainda exercendo sua maldade, sem ser perturbada. O pensamento me atinge como uma pancada na cabeça. Talvez ainda esteja no poço! E se a pedra que tiramos não for a única?

Eu me viro e corro lá para baixo. Bracken, percebendo a urgência de meus passos, vem apressado da cozinha e me segue enquanto saio pela porta dos fundos. Atrás de mim, ouço Cai chamar meu nome depois de ter sido acordado pelo barulho que fiz.

As rajadas de vento que sopram sem parar desde ontem agora trazem uma neve dura e cruel. Não são flocos e sim minúsculos pedaços de gelo que ferroam meu rosto e pinicam minhas mãos sem luvas. O barulho do vento toma minha cabeça enquanto olho fixamente para baixo, para o poço coberto de gelo. Não tenho o martelo na mão, então, arranco uma das pedras que arrematam a mureta ao redor da fonte. Levanto a pedra bem alto, acima da cabeça, e a jogo com toda a força que consigo invocar. O gelo racha e quebra, mas apenas um pequeno buraco aparece. Levanto a pedra de novo. E de novo, e de novo, e de novo, até que, por fim, a crosta de gelo se rende, despedaçando e dispersando na água oleosa. Por sobre as queixas do vento, ouço Cai chamar da porta dos fundos.

— Morgana, tenha dó, o que você está fazendo? Morgana, você está sem casaco. Há muita água aqui dentro. Volte para cá.

Suas palavras são levadas pelo vento infinito. Não posso parar agora. Existe mais alguma coisa a ser descoberta aqui. Tenho certeza disso. Mergulho os braços na água negra, resfolegando diante da intensidade do frio. Tateio e arquejo, deslizando as palmas das mãos anestesiadas pelas pedras enlodadas, procurando, buscando, testando fendas e frestas. Onde poderia estar? Onde? Onde?

Cai lutou contra o vento e atravessou o curral para ficar ao meu lado. Ele vê que estou procurando alguma coisa.

— O que é? O que você pensa em encontrar? Tiramos a pedra daí, Morgana. Não se lembra?

Não tenho tempo nem forças para tentar me explicar, e ele me conhece bem o bastante para entender que não desistirei de fazer o que decidi. Então, trata de me ajudar, puxando grandes blocos de gelo da água e os descartando, de modo que para mim fica mais fácil procurar. Minhas mãos estão longe de sentir alguma coisa agora, e a água encharcou minhas mangas completamente, então, meus braços doem de frio. E, no entanto, continuo procurando. Aqui e ali, encontro uma pedra solta, alguma que se soltou da mureta, mas nada inscrito nela. Passo uma por uma para Cai, e ele as confere, mas não consegue detectar letra alguma. Continuo apalpando, cavando em cantos invisíveis e rachaduras estreitas no interior da mureta, escavando barro antigo do fundo do poço. E então encontro. Logo que as pontas dos meus dedos frios e desajeitados a alcançam, sei que encontrei outra pedra amaldiçoadora. Puxo-a para fora e a mostro a Cai. É ardósia, como a primeira, um pequeno retângulo. E nela estão arranhadas umas iniciais. Três letras dessa vez — *CTJ*.

Cai arregala os olhos para mim.

— Minhas iniciais. *Minhas* iniciais... Cai Tomos Jenkins. Esta pedra me amaldiçoa. — Ele empalidece ao perceber a verdade. Empalidece primeiro e depois enrubesce de raiva. — A primeira não era para mim. Meu Senhor, a primeira amaldiçoou Catrin! — Ele recua como se tivesse sido atingido. — Aquela bruxa! Aquela criatura maligna e afastada de Deus! Ela amaldiçoou Catrin! Ela a matou e matou meu bebê também! — Com um berro de fúria ele agarra a ardósia com as duas mãos e a joga com força na beira da mureta do poço. A ardósia se desfaz e despedaça, partindo-se em uma dúzia de cacos inofensivos. Cai se ergue, ofegante pelo esforço, com o vento gemendo ao nosso redor, uma verdadeira nevasca se espalhando agora, tanto que mal conseguimos enxergar a casa do outro lado do curral. Ponho minha mão congelada na dele. Quando seus olhos encontram os meus, estão cheios de lágrimas. Acaricio seu rosto, desejando ser capaz de acabar com aquela dor. Compartilhamos um momento de tamanha quietude que é como se o gelo e o ar selvagem que nos atacam não existissem. Mas então, em meio a essa intimidade, em meio a esse instante de recordações, de perda e de esperança chega um som que faz meu couro cabeludo arrepiar. É um som baixo, mas fora de lugar e sobrenatural.

Viro-me em sua direção, espiando o turbilhão branco, em busca da origem. Ao meu lado, sinto o corpo inteiro de Cai enrijecer quando uma silhueta começa a emergir do redemoinho de neve. Devagar, um borrão, uma figura vaga, se aproxima, acompanhada de sons de algo se arrastando, deslizando sobre o chão gelado. Não há pegadas. Não há respiração. E, no entanto, é, só pode ser, algo vivo. À medida que se aproxima, tenho que lutar contra o impulso de fugir, pois seja o que for, está possuído por uma presença tão apavorante que cada parte de mim deseja correr para o mais distante e na maior velocidade que eu puder. Ouço Cai suspirar e pedir a proteção de Deus enquanto a figura se move, desajeitada. É Isolda. Ou melhor, o que um dia foi Isolda, pois a criatura que se arrasta sobre a terra congelada mal pode ser descrita como humana. Suas roupas estão derretidas e fundidas em seu corpo com queimaduras horríveis. O cabelo se foi, o couro cabeludo brilha, molhado e negro, misericordiosamente encoberto até certo ponto pela nevasca. A carne do rosto e dos braços está avermelhada e chamuscada e pende em trapos, como ela se tivesse sido atacada por um demônio com garras afiadas. Ela não caminha: avança em movimentos dolorosos, desajeitados e esfarrapados, desengonçada e pesada sobre a neve a cada metro conquistado.

Quando ela fala, é através de uma boca horrorosa e sem lábios.

— Ora, que casal bonito vocês formam — diz ela. — Morgana, vejo que você encontrou o presentinho que deixei para Cai. Uma pena destruí-lo quando o trabalho estava quase feito.

Ela se arrasta para mais perto e Cai me envolve em seus braços, puxando-me para perto por instinto, apesar de nós dois sabermos que ele está fraco demais até para se defender.

— Vocês acharam que eu seria derrotada com tanta facilidade? — sibila Isolda para nós. — Vou sugar o último suspiro de cada um de vocês, recuperar meu corpo com o seu sangue e depois deixar os abutres se fartarem com suas carcaças!

Dito isso, ela aponta a mão derretida e sem dedos em direção a Cai. A dor que ele sente é tanta que é empurrado para o outro lado do curral, chocando-se com força contra a parede do estábulo, onde fica gemendo, com as mãos na cabeça. Eu me vejo, mais uma vez, incapaz de me mexer. Algo saliente na neve recém-caída me salta aos olhos. Só consigo identificar o cabo do martelo! Reunindo a força que ainda me resta, sabendo que não agir significaria o fim para Cai e para mim, faço o martelo voar do lugar onde repousava e cortar o ar. Ele atinge Isolda com força suficiente para quebrar seus ossos. Mas não quebra. Simplesmente atravessa seu corpo. Agora entendo! Não é a forma terrena de Isolda que está diante de nós e sim um espelho dela. Ela está viajando através da magia. Seu corpo deve continuar preso nas cinzas e brasas de seu porão, mas seu espírito escapou e veio atrás de mim. Ela se lança à frente, e sinto suas mãos fantasmagóricas agarrarem minha garganta e me empurrarem de volta para a mureta do poço. Como posso lutar contra o que não está aqui? Eu me retorço e contorço, mas ela me prende como num torniquete. Sinto a água encharcar meu cabelo, arrastando a cabeça para trás para que eu bata as costas na mureta ou me afogue ou seja estrangulada.

— Morgana! — chama Cai. — Morgana, aqui!

Retorço-me nas mãos de Isolda para vê-lo no exato momento em que ele joga alguma coisa para mim. Por instinto, pego. É um pedaço de ardósia com a ponta afiada, e acho que talvez a intenção dele seja que eu a use como arma, sem compreender que o espírito apodrecido de Isolda não pode ser machucado por aquilo. Agora, porém, vejo que ele arranhou alguma coisa ali. Letras. Iniciais. Eu me forço a prestar atenção, a pensar, a lembrar — sim, letras: *IB*. Com um último gesto de força de vontade, me arranco das mãos sufocantes de Isolda. Então me inclino para a frente e jogo a pedra amaldiçoadora na água, o tempo todo fitando os olhos repugnantes dela. Em seguida, formo as palavras com clareza em minha mente, palavras que sei que ela será capaz de ouvir.

Amaldiçoo você, Isolda Bowen! Condeno você ao inferno, agora e para sempre!

O ar é cortado por um berro agudo horrível, todos os sons de um pesadelo num breve momento, enquanto a medonha aparição diante de nós se contorce e dá um grito estridente e cambaleia e esbarra e gira, fumegando, até, de repente, desaparecer. E a neve para. E o vento paralisa. E há silêncio. Nada além de quietude e silêncio.

Amanhã é Natal. Pego na mão de Cai e passeamos pelo prado, subindo até o pasto mais alto. O sol brilha suavemente, baixo no céu. Há neve no chão, mas de um tipo tão delicado e tão atraente que fico feliz em vê-la. Uma camada nas árvores ajuda a atenuar sua nudez no inverno. Uma cobertura na grama sob nossos pés realça sua cor opaca desta época.

É maravilhoso ver meu marido recuperado e bem de saúde mais uma vez. No instante em que Isolda foi amaldiçoada e banida, o sofrimento de Cai passou, exatamente como a nevasca. Do mesmo jeito, a doença que infestava a cidade desapareceu. Todos que estavam doentes se revigoraram e recuperaram, inclusive as filhas do reverendo Cadwaladr. A opinião em geral foi que, no fim das contas, a culpa não era minha. Parece que o incêndio que destruiu a casa de Isolda revelou a existência do porão. Os vestígios chamuscados do que havia ali foram examinados bem de perto, e o reverendo, com outros versados nas práticas do oculto, identificaram itens que se mostravam de feitiçaria e magia. A conclusão a que se chegou é que foi Isolda quem lançou a doença e a fome sobre eles. Esvaziaram casa e se desfizeram do que sobrou. Os restos de Isolda foram enterrados sob um pesado bloco de pedra bem além dos limites da cidade, fora do solo sagrado.

Enquanto inclinamos o corpo para subir a ladeira, expirando nuvens brancas no ar frio do inverno, Cai se vira para mim, sorrindo.

— Não imaginei ver você sem o casaco e o chapéu de condutora de rebanhos de novo um dia — diz ele, dando uma gargalhada.

Por fim, o clima está bom o bastante para que eu use o casaco de lã mais atraente que Cai comprou para mim e não precise de chapéu. Gosto de sentir a brisa fresca mexendo meu cabelo solto. Dou-lhe um tapinha de brincadeira, puxando o chapéu para cobrir seus olhos. Sei que ele não se importa com a maneira com que me visto, mas está feliz em me ver sem as camadas de roupas que o clima brutal exigia. Nenhum de nós vai esquecer o que passou. Nem por um instante. Nem seremos capazes de afastar de nossas mentes o inverno sobrenatural que quase paralisou toda a vida nas redondezas.

Como se lesse meus pensamentos, Cai faz uma pausa na caminhada, voltando os olhos para o vale abaixo com uma expressão séria, e diz:

— Você acha que ela não teria parado por nada, Morgana? Eu acho. Penso que ela teria matado cada homem, mulher e criança sem hesitar, só para conseguir o que queria.

Aperto sua mão com mais força. Nós dois sabemos o quanto ela chegou perto de conseguir.

— Ela subestimou você — diz ele. — Pensou que você fosse uma garotinha tola, não é? Não sabia no que estava se metendo quando se voltou contra você, Sra. Jenkins. Ninguém sabia. — A seriedade abandona seu rosto de novo, e seus olhos se abrandam. — Escute, agora não existe ninguém num raio de trinta quilômetros que não tenha ouvido falar da nova dona da Ffynnon Las. Viram que você ficou do meu lado, como você foi durona, determinada. Viram como enfrentamos aquele clima cruel juntos. E encontraram o alvo certo, no fim, para pôr a culpa pelas perdas que sofreram. Você conquistou o direito de estar aqui, Morgana. Ninguém nunca mais questionará isso.

Acabamos de subir e decidimos apreciar a vista, acomodando-nos numa pedra achatada e inclinada que se projeta no chão coberto de neve. De onde nos sentamos, aqui em cima na montanha, vemos o vale em toda a sua beleza e sabemos que em toda parte as pessoas estão ocupadas com pensamentos sobre vida nova, esperança e boa vontade para todos os homens. O clima melhorou tanto que tem dado para trazer as ovelhas de volta para cá, no topo da montanha, e atrás de mim elas escavam, encontrando raízes e galhos macios para mordiscar. Daqui, avisto Prince no prado do lago, interrompendo sua pastagem ociosa para rodear as éguas, mordiscando a garupa de uma delas só para lembrá-la quem está no comando. O gado, engordando de novo, por fim, tem a produção do celeiro e o curral.

Bracken volta depois de perseguir um coelho e se senta perto de mim, lambendo minha mão.

— Cachorro bobo — diz Cai, pondo seu braço forte sobre meus ombros e me puxando para perto.

Ninguém nunca mais me acusou de qualquer tipo de feitiçaria. Cai estava disposto a exigir pedidos de desculpas e que limpassem meu nome em público. Mas o convenci a deixar as coisas fluírem. Não sou mais temida nem odiada e sim aceita. Respeitada até. Estou contente com isso.

Além do mais, como eu poderia permitir que ele se erguesse e negasse o que sou de verdade? Isso faria de nós dois mentirosos. Não sou simplesmente a Morgana que viaja através da magia nem a Morgana com os talentos estranhos — não posso mais pensar em mim mesma assim. Sou Morgana Jenkins, Guardiã do *Grimório do Poço Azul*, Dona da Ffynnon Las. Depois que a Sra. Jones se foi, o *Grimório* passou aos meus cuidados. Exatamente como o poço agora é meu, o livro também é, embora, na verdade, essas coisas não possam ser possuídas. Sou sua protetora, sua guardiã, assim como elas são as minhas. Usarei as propriedades de cura do poço para os que precisarem, apesar de ter que fazer isso em segredo. Agradecerei todos os dias às Feiticeiras do Poço que vieram me ajudar quando mais precisei e que me permitiram usar o espantoso poder do *Grimório* para salvar Cai e, finalmente, nos livrar de Isolda. E, nos anos que estão por vir, se formos abençoados com filhos, talvez um deles seja uma menina, e então terei alguém para iniciar nos mistérios do Poço Azul. Devo criar a minha pequena feiticeira e lhe mostrar como viajar através da magia e ensiná-la a respeitar o sangue mágico que corre em suas veias. O *Grimório* e o Poço Azul serão sua herança e seu direito de nascença, e devo guardá-los em segurança até ela chegar.

E agora Cai e eu, o *porthmon* e sua mulher selvagem, podemos ser felizes aqui na Ffynnon Las. É claro que nossa felicidade é marcada pela perda, pois sentimos muito a falta da Sra. Jones. Dado o frio extremo que todos nós vínhamos vivenciando, ninguém questionou que ela tivesse sido vítima do clima. Nós dois estamos nos esforçando ao máximo para aprender a cozinhar e costumamos desejar que ela estivesse aqui para criticar nossa falta de jeito. Já admito logo: Cai dará uma dona de casa melhor do que eu.

Eu me aconchego em seus braços, apreciando a beleza da paisagem abaixo, aquecida por sua presença, por seu amor por mim e pela felicidade reconfortante que vem de saber que aqui é o meu lugar. Que esta é a minha casa. Cai põe um dos dedos sob meu queixo e vira meu rosto para si. Olha para mim com tanto carinho que seria capaz de derreter o mais congelado dos corações.

— Minha selvagem — diz ele. — Amo você, Sra. Jenkins Ffynnon Las. Você sabe disso, não sabe?

Olho para Cai e vejo o amor emanando dele com um brilho e me sinto segura e desejada e adorada; sempre me sentirei. Sinto a pressão aumentar dentro da cabeça; e ouço um barulho como o dos ventos do inverno permeando os pinheiros escuros; e meus pensamentos e sentimentos vêm à tona, tropeçando uns nos outros; e meu sangue, meu sangue mágico, canta em minhas veias; e dou um suspiro longo e profundo; e minha língua pesa em contato com os dentes, desajeitada dentro da boca; e meus lábios se separam; e há algo espesso em minha garganta; e abro a mandíbula; e meu coração se anima; e... eu... digo...

— Sei!

Impresso no Brasil pelo
Sistema Cameron da Divisão Gráfica da
DISTRIBUIDORA RECORD DE SERVIÇOS DE IMPRENSA S.A.
Rua Argentina, 171 – Rio de Janeiro, RJ – 20921-380 – Tel.: (21) 2585-2000